U0579159

让 我 们 一 起 追 寻

ELIZA MARIAN BUTLER

〔英〕伊莉莎·玛丽安·巴特勒／著　林国荣／译

The Tyranny of
Greece over Germany:
A Study
of
the Influence Exercised
by Greek Art
and
Poetry over
the Great German
Writers
of
the Eighteenth,
Nineteenth
and
Twentieth Centuries

希腊对
德意志的
暴政：

论希腊艺术
与
诗歌对
德意志
伟大作家的
影响

社会科学文献出版社
SOCIAL SCIENCES ACADEMIC PRESS (CHINA)

他将她独置于这间辉煌阔丽的房屋闪耀的古代大理石间。她坐在这圈神像正中，处之茫然，目光停留在那些美丽且未知的面容上；她似乎，在探听它们永恒的静默。至少在罗马，长久观详一列伟大的希腊群像，而无法感应它们高贵的静穆，诚非能事；此等静穆，乃跟随那慢慢关闭的仪典大门，将宁静之气贯注神像躯体，如同缓缓落下的白色幕布。

——亨利·詹姆斯

致帕拉斯·雅典娜

目 录

作者附言

本书中的翻译全权由我负责，另有诉及除外。我仿效了所呈现诗篇的原初格律，并保持其韵律；但结果远难令人满意，尤其在摘取自歌德和荷尔德林的段落中。

非常愉快的是，我得以借此机会向剑桥大学格顿学院的J. 贝肯（J. Bacon）女士和冈维尔与凯斯学院的 E. K. 本内特（E. K. Bennet）先生致谢，感谢他们给我的有益的批评和建议。我也永远感谢剑桥大学纽纳姆学院的慷慨和支持，并感谢剑桥大学出版社的编审和工作人员，感谢他们诸多的善举和勉励。

第一章

概　要

我常常在想，世人不过是一群在冷硬的事实孤岛之上四处 3
晃荡的孩子，大多数人背对大海，不知懈怠地在沙滩上挖掘
着、建造着。他们劳作甚多，所成甚少，即便是这些可怜的成
就，通常也都经不起风浪的吹打，要么只留下一些残迹，要么
就干脆什么都没留下，于是，他们便只能改换场所，从头再
来。更富冒险精神的人会聚集在水边，在那里游走、摸索，胆
子更大一些的，也许会尝试在那水中游上一游。他们当中的聪
明人会制造出原始的木筏，那些勇敢之士则将自己的性命托付
给这样的水上工具，奋力尝试在那木筏进水并沉没之前回归陆
地。也会有那么一些人，会选择远离此一纷繁喧嚣的人世劳作
场景，木然注视着海洋，仿佛完全沉浸在海洋的奇异、神秘和
威慑力量当中了。一般而言，这样的人并不会像常人那样讨人
喜欢；他们表情阴郁，姿势紧张，似乎是在告诉人们，他们不
能像其他人那样适应这事实孤岛之上的生活；不过好在只要仍
然沉浸在自己的梦想当中，他们也就不会制造什么麻烦。

现代欧洲大地之上的德意志族群，一度就是此一场景当中
的那群孩子，它将那孤岛视为世界，将那海洋视为未知的绝对
权能。德意志人素来就对所谓绝对者抱持一种绝望的激情，无
论这绝对者叫什么，也无论这绝对者以怎样的形象现身。当
然，俄国人会抱持更为怪异的意象，法兰西人则更有能力将抽
象观念熔铸于具体的政治制度当中；但德意志人有着独一无二
的激情去追寻理念，并以同样独一无二的激情去将理念转化为
事实。德意志人拥有伟大的成就、灾难性的失败以及悲剧性的
政治史，这一切的一切，都灌注了德意志人那危险的唯心情 4
怀。世人通常都是环境的受害者，但作为一个整体的德意志人
却是观念的奴仆。

德意志人不具备自我防护的能力和意识，此一怪异情状已然在德意志文学中留下烙印。在一段又一段的漫长时光中，他们满足于卑躬屈膝地模仿外人，时刻受制于全然失衡的热情。在种种格言警句、风尚以及审美理论面前，他们通常都会无可挽回地俯首称臣。这一切就足以说明问题了。不过，也正是因为缺乏自我防护的能力和意识，极具创造性的优美作品得以产生，那样的作品充满了斯芬克斯式的魅惑，并且极富哲学意涵。一般而言，都是诗人创造生活景观，但是德意志人却要向哲学家寻求灵感。歌德的天才乃是斯宾诺莎养育而出的；席勒总是要跟康德缠斗；浪漫派诗人深深浸润在费希特和谢林的思想世界中；黑格尔则主宰着青年德意志运动；瓦格纳和尼采更成了叔本华的子嗣。德意志诗人站在哲学家的肩膀上才能去观看这个世界；确切地说，德意志诗人总是要在绝对真理的王国当中，才能展开对绝对之美的追随历程。

为什么文艺复兴在德意志采取了宗教改革这一形态，这就是根本症结所在。尽管那一时期，诗性之美、艺术之美以及生活之美在欧洲其他地方得以重生，但那样的美根本就难以触动德意志。对路德那深沉且阴郁的心灵来说，"真"的分量是"美"远远不能比拟的。希腊人和罗马人不可能教会一个人如何拯救灵魂。天主教会也是一样。众所周知，正是此一发现，令哲学得以逐渐篡取原本由宗教为诗人履行的精神权能。将罗马天主教同德意志人剥离开来，路德也就等于夺走了曾经养育了德意志神秘主义并扶持了德意志美感的那套体系，这套体系也曾执掌德意志信仰。简言之，路德摧毁了基督教的神话元素，正是这样的神话元素将真和美诗性地融合起来，此后，德意志人便一直试图在希腊神话或日耳曼神话中寻找这样的诗性融合，为此，德意志人甚至尝试过回归天主教信仰。思想自由，是路德此一成就的题中之意，令科学和哲学受益无穷；而德意志诗人却因这一解放行动遭遇创伤。无论是不是怀疑主义者（德意志的伟大诗人大多数都是怀疑主义者），德意志诗人都发现，路德传递下来的基督教已经完全剥离了美的元素，同时也缺乏深沉的神秘主义元素，哲学则顺势取而代之。

　　宗教改革在诗歌王国引发的直接结果就是民众传统的陨落，此种境遇之下，德意志人强固的族群品性也不免一同归于殒殁；毕竟，此一时期的德意志族群品性和传统仍处在胚芽期，尚且不足以抵御此等精神变故以及随之而起的三十年战争的大灾难。此等情境之下，域外力量纷纷涌入德意志，将之吞噬，特别是巴洛克元素在德意志展示出极为夸张且怪异的形态，差不多窒息了德意志诗歌的生命力。17世纪，倒也有一批神秘主义者写就了怪异且不乏美感的宗教诗歌；一个纯而又纯的抒情诗人在德意志大地上生活过、犯罪过、受罪过并吟唱过；一个伟大的现实主义作家书写了一部伟大的散文体小说；一个悲剧作家创制出强劲、奇异、狂热的天问剧，灵肉二元论的痛楚观念在这些剧中纠结着、翻腾着，这也正是时代精神格局的伟大写照。怪诞的表情、颤抖且尖利的声声嘶叫，指向同样的道德世界。然而，总体而论，情感之贫乏到了令人难以置信的地步，还有那昂扬肆意的欲念、机敏、精湛的技巧、怪异的散文、山一样的学识、鼠一样的智慧，这一切真正刻画了17世纪德意志的文学劳作。

　　18世纪早期，德意志的精神钟摆向着戈特舍得（Gottsched）予以阐发的法国人的理智和品位摆动；然而，当瑞士人葛莫利·

5

博德摩尔（Gemelli Bodmer）和布赖廷格尔（Breitinger）举起大旗，为想象力和神奇诗性高声鼓噪之时，德意志的精神钟摆又开始犹疑了。1748 年，克洛普斯托克（Klopstock）的《梅希亚斯》（*Messias*）前三篇问世，诗篇当中奔涌着激情和乐感，如同洪流一般，喷薄而出，涌入洛可可节律那贫瘠荒漠当中。德意志文学仿佛迎来了伟大的复生之机。这场大复兴浪潮究竟会采取怎样的具体形态，这一点从狂飙突进时期的歌德身上便不难窥见一斑。温克尔曼正是在此一时期，为德意志人找到了美的绝对标尺，也就是那所谓的希腊标尺，此一标尺在德意志人心目中是完美的，并且自那时起便一直令德意志诗人魂牵梦绕。温克尔曼的此一发现堪称奇迹，一个人无须成为德意志人，便尽可以体味该发现所激发的灵感的性质。

倘若让我来修一部 1700 年以降的德意志文学史，那我便只能从这个角度入手。在我看来，温克尔曼的希腊乃是 18 世纪下半叶和整个 19 世纪促动德意志诗歌进程的本质要素。这是文艺复兴运动的整体重演，只不过舞台设置在德意志，此一时期的德意志之接纳此等运动潮流，自然不同于欧洲其他地方。在这场大复兴运动中，如果说希腊人是暴君，那么德意志人便是注定了的奴隶。这样一个希腊深刻影响了现代文明的整体走向，希腊的思想、标准、文学形式、意象、视野和梦想，只要是世人能够寻获的，都在这场运动中发挥出足够的威力。然而，在此一纵横四海的希腊影响力潮流当中，德意志成为至高典范，以一己之身见证了这场希腊精神暴政的大跃进。德意志人以无出其右的奴隶态度效仿希腊；希腊精神最为彻底地渗透并征服了德意志人的精神和梦境，同时，德意志人较之其他任何族群更为彻底地吸纳了希腊精神。简言之，希腊精神之欧洲影响力是难以估量的，不过，其烈度在德意志臻于顶峰。

画布并非只有一面。任何暴政都是要催生反抗的；希腊诗歌的异域之美，当然也会催生强劲抵抗，这样的抵抗已然在欧洲文学血脉当中留下鲜明印记。"古今之争"在许多国家都有回响。莎士比亚对荷马英雄的仇恨已然明确呈现在《特洛伊罗斯和克瑞西达》当中，并且他也凭借这部剧作展现出强有力的反抗势头。确实，希腊人的荣光呈现出横扫一切的态势，但植根于希腊人的此一精神挑战也在莎士比亚这里得到了强劲回应。在这场反抗潮流中，德意志人表现出来的烈度非他人所能及，那样的反抗堪称暴烈。浪漫派诗人和自然主义作家以极端态势，力求解脱希腊暴政，然而，如此暴烈的反抗行动，不免迅速沦落衰朽，最终，反而只能眼睁睁看着敌人满血而归。如果说诸如弥尔顿和拉辛这样的诗人也接纳了希腊精神的深刻影响，那也只能说，他们只不过是为了对希腊精神予以剖析，予以揭示。而德意志人则以英雄姿态全然承受了那可怕的希腊精神权能，仿佛那是德意志的宿命，也只有德意志人能干出这样的事情。

本书就是以这个角度为基点展开的，论题宏大，当然会有大量材料无从处理。材料来源问题更是难以触碰。不妨举一个具体的例子：歌德的《伊菲革涅亚》对欧里庇得斯的法文版同名剧作有颇多借重，但这个问题并没有得到处理。温克尔曼及其追随者总体上误解了希腊诗歌和艺术的特性，这一点时常有人提起，但温克尔曼及其追随者究竟对希腊人有着怎样的切实了解，这个问题倒是鲜有人提起。不过，切实知识绝少能提供灵感；理想，尽管并不切实，却是具备激发能量的，特别是对德意志心灵，而本书欲意考量的，正是此种激发能量。本书

7

提及众多诗人的作品，此类作品于一个希腊主义者而言当然是有特殊魅力的，但这不是本书要关注的。德意志人尽可能地向着希腊标尺靠拢，这其中的成败，也不是我要关注的。我关注的是，希腊人如何影响德意志人，而非德意志人如何利用希腊人。毕竟，本书并不是一部德意志古典运动史。倘若要书写一部德意志古典运动史，就必须将大量的批评、翻译以及研究作品囊括进来，还有一堆相应的诗歌作品以及大量的古典学论章不能忽略，但本书无意于此，对此类作品也就一掠而过了。希腊影响力之于德意志文学的伸张范围及其进行并非本书主题。因此，维兰德（Wieland）、施莱格尔兄弟（Schlegels）、格里尔帕泽（Grillparzer）以及普拉滕（Platen）之辈，本书也只能予以蜻蜓点水式的处理。歌德借《诸神、英雄和维兰德》（Gods, Heroes and Wieland）向维兰德的《阿尔刻提斯》（Alcestis）发难，引发了那场著名的争吵，不过，本书自然也没有工夫处理这场争吵。本书要考量的乃是希腊精神暴政之于一些伟大德意志人的烈度和性质。因此，本书选材的标准可以说全部取决于这些德意志伟大人物的个体命运。莱辛、赫尔德以及施皮特勒这样的人物实际上并未承受此一希腊宿命，本书之所以引入此类人物，乃是因为是他们将一种特殊意向赋予了此一拥有强大潜能的理想，而这一理想改变了他人的精神生活。本书本想更为详尽地处理尼采，但受制于篇幅，此一规划未能成行。在这个环节上，我最终给出的结论是：真正给温克尔曼的希腊理想以致命一击的人并非尼采，而是海涅，尼采则是海涅引入的新理想范式的第一位受害者。当然，这个结论在本书所提诸多申述当中，引发了最大的争议。因此，尼采在本书中也就无从据有主人公位置。最后，德意志生命和心灵拥有

难以尽数的面相，我则主要关切其中的一个面相，因此，一定 8
程度的风格化处理是无可避免的。本书论题实际上是极为复杂
的，但作为一个完整论题，本书则是以概要的方式予以简化处
理，力争将大致轮廓厘清并呈现出来。若是能大致上将德意志
特性呈现出来，我就满足了，不管怎么说，我会尽力而为。倘
若本书给人以电闪雷鸣般的感受，那是论题本身的缘故，与作
者无关。德意志人善于制造这样的效应，他们并不通晓世事之
艰深，而且似乎也不曾意识到观念或者理想会招致何等危险。

那群在想象孤岛之上四处逡巡的孤独孩童最终集结起来，
以集体态势同其他人展开游戏。他们挖掘得越来越深，但所成
越来越少；他们游得越来越快，但始终在原地打转；他们建造
了大船，但船很快就沉没了；他们不能也不愿接纳不同的游戏
规则。但是，他们知道一些别人不知道的事情，此类事情关涉
海洋之本性。

第二章

发现者：温克尔曼
（1717 ~ 1768）

奇异的异域旅行计划时时划过心头……他渴望找回丢失的东西，无意发现新东西。

——沃尔特·帕特（Walter Pater）

《文艺复兴》（*The Renaissance*）

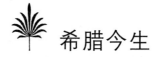 希腊今生

两面山墙支撑而起的一处基座上面，矗立着一个有着浅
浮雕装饰的底座。一座由四头狮的爪子支撑起来的棺材就放
置在此一底座上；温克尔曼的阿加托达蒙斜倚着棺材，正因
痛失爱人而悲恸，他怀抱一副盾牌，盾牌上雕刻着爱人的肖
像。底座浮雕所呈现的是温克尔曼手持火炬走向一座金字塔，
金字塔前面堆积着希腊、埃及、罗马以及埃特鲁斯坎的古物。
温克尔曼身后则跟随着绘画女神、雕刻女神、建筑女神、历
史女神、批评女神、哲学女神以及考古女神。[①]

这就是后人给一个人物树立的纪念物，正是此人召唤那已
然沉没的世界，令其重见天日，进驻 18 世纪的世事和生活。
此人制造的暴烈潮流自诞生之后，便再也没有全然消退，仍然
冲刷着 20 世纪的海滩；他的一切劳作乃是依从一种本能展开
的，此种本能世人只有部分体认，也正因如此，此类劳作极具
效能。他的个体存在已然是遥远之事，如今只能依凭其深藏不
露的意图来洞悉其人，而那宿命却也正是借由此人而得以创
生，这个创造宿命的进程依然不曾有过停歇。

---

① 温克尔曼的纪念碑坐落在的里雅斯特的奇石之苑。这座纪念碑出自威尼
斯雕刻家安东尼奥·博萨（Antonio Bosa）之手，是 1832 年树立起来的。
复制品可见 *Il Sepolcro de Winckelmann in Trieste*，Venice，1823。

J. J. 温克尔曼，生于 1717 年 12 月 9 日，家境贫寒，父亲是阿尔特马克地区施滕达尔的鞋匠，温克尔曼是家中独子，在单间草棚当中长大，其实就是鞋匠铺，这个铺子同时也是卧室、餐厅和客厅。幼年的温克尔曼对自己的贫寒出身并无意识，不过很快，他的行为便展现出怪异之处，他甚至有了投胎重生的奇特念头。他再三请求父母让他接受教育，那样的教育既超出了父母的财力，也超出了父母的见识。温克尔曼顽固地拒绝子承父业。他的空闲时间都用于挖掘施滕达尔城外沙丘下的墓葬器皿，他对此颇为狂热。他对身边触目可见的哥特建筑之美视而不见，相反，他会耗费数小时，安坐不动，埋头攻读《骑士之域》，这是一份贵族世家编纂的百科全书式的东西，里面记录并讲解了一些遗迹。希腊文字令温克尔曼血脉贲张，在迅速吸收了当地老师们那可怜的《新约》知识之后，十七岁的温克尔曼动身前往柏林，投身基督徒托比亚斯·达姆（Tobias Damm）门下。当时，崇拉丁抑希腊之风正席卷德意志，希腊语和希腊文学几乎完全被人遗忘，在世之人，仅有寥寥数人崇希腊抑拉丁，达姆就是其中之一。两年之后，温克尔曼一路跋涉前往汉堡，1738 年 2 月 17 日，约翰·阿尔伯特·法布里西乌斯（Johann Albert Fabricius）的著名藏品将要拍卖，温克尔曼希望能买到几份精美的古典文本。热情催动天才，他不虚此行。无可满足的求知欲催动他踏上求知路，从施滕达尔到柏林到萨尔茨维德尔，再到哈勒再到耶拿。温克尔曼就这样以热忱之心钻研一切学问，但神学除外；对神学，温克尔曼的憎恶是无可遏制的，尽管他名义上还是一名神学院学生，并且神父一职还在等待他去争取。《圣经》课堂和教堂布道是此一时期温克尔曼身边的生活氛围，不过，他兀自沉浸于古代作家，此一工作也不是一直都在秘密进行。在离开大学之前，温克尔曼便酝酿起逃离德意志。1741年，他离开耶拿前往巴黎，这一次依然是一路跋涉，历尽艰辛。在抵达美因河上的法兰克福之时，他无力前行，只得折返。

他身上的情感，无论好恶，都臻于暴烈程度，这究竟是怎么回事？他那不教自会的渴望以及那无以解释的躁动不安，背后的动力究竟何在？难道温克尔曼真是一个希腊人，只不过生错了地方，生错了时间吗？他在德意志大地四处游荡，难道真的是要如此盲目地让自己的身体找到回家的路，返回希腊吗？他细心挖掘埋葬在地下的古物，尽心学习一门已经被人忘却的语言，对他来说，这门语言并没有死亡。这一切是为了让自己的精神也找到回家的路，返回希腊吗？

历次关口上，他总是因为贫困而遭遇挫败。在仍然可以心安理得地接受资助的年龄，他有父母支撑他。他也尽显男子汉的担当，几乎祛除了生活中的一切舒适和享受，唯有青灯古卷为伴，他是孝子。此等境遇之下，他不得不接受私人教师这一差事，以便赚取薄酬，维持生计。他在哈勒和耶拿之间的奥斯特堡担任了一年的家庭教师，对方是格罗尔曼（Grollmann）家族；大学毕业之时，他于1742年在哈德墨斯莱本找到了一个家庭教师的职位，对方是兰普雷希特（Lamprecht）家族。也就是在哈德墨斯莱本，他身上的另一重大倾向开始显现出来：他对男人之间的友爱有着强烈本能。温克尔曼天生仰慕俊美的男青年，并且非常喜欢教导有前途的年轻人，不止一个作家从中看出了他同苏格拉底有着明显的相似之处。他本人奉希腊英雄人物之间的友爱——诸如忒修斯和皮里托厄斯之间的友爱、阿喀琉斯和帕特洛克洛斯之间的友爱——为异教英雄友爱之典范，这样的友爱同爱情是难以甄别开来的，他对此等友爱颇为欣悦。尽管屡遭挫败，但他一直都在追寻与自己心性相合的精神，从一开始，此一追寻过程就穿插了一种阴郁的情愫，此种情愫显然是德意志式的，而非希腊式的。

　　他同年轻的兰普雷希特的这份情缘，足以立为存照：开始时是迷醉和狂喜，接下来便是阴沉和哀伤，最终则是令人痛楚的心灰意冷。后来的任何一段关系都不曾像这段关系那般痛彻心扉，对这段早年情缘的记忆挥之不去，伴随他终生。1763年，温克尔曼还对兰普雷希特念念不忘，他说他在兰普雷希特身上燃烧了自己，耗尽了自己的健康，自己的爱情，兰普雷希特对他从来都没有感恩之心，但他还是从来没有忘记兰普雷希特。1765年，他说兰普雷希特是他没齿难忘的朋友，是他最初的爱，也是唯一的爱。"我希望在幽暗和寂静当中深深沉陷，"1748年，他用法语致信兰普雷希特，"我希望能摆脱这种激情，它让我灵魂难安。"不过，说起来容易，做起来难。温克尔曼还是时常跟兰普雷希特会面，他从来没有停止过追求后者，这种状况一直延续到1755年，尽管早在1743年危机迹象就已经很明显了。1743年3月，博伊森（Boysen），温克尔曼大学时期的一个朋友，在从希豪森到马格德堡的路上，发现温克尔曼在哈德墨斯莱本附近的一家旅店里面等候他。此时，两人只是几年没见，温克尔曼已然悲伤至形容枯槁，博伊森差点没认出他来。此番场景令博伊森心生悲痛，温克尔曼以哀婉之态向这位震惊不已的友人提起恳请，希望博伊森从中举荐，为自己争取希豪森一个学校的校长职位，因为博伊森刚刚从这个职位上退下来。此等哀求，博伊森无从抗拒。开弓没有回头箭，温克尔曼就此离开兰普雷希特家族，在乡村校长的职位上度过了五年荒寂时光。这也是一段磨难和奴役时光，每每回想起来，温克尔曼都颤抖不已。的确，温克尔曼已然处于命运的谷底。如果说白天的时间温克尔曼只能用来"教那些毛头孩童识文断字"的话，这样的时光也实在是惨淡，不过，夜晚则是温克尔曼自己的，这样的时光实在是享受，无以言表。在寒冷的冬季，温克尔曼会穿着破旧的皮衣，舒适地蜷缩在扶手椅上，旁边生上一堆火，他将如此舒适的时光变成他所钟爱的希腊时光，直到午夜的钟声响起。接着他就在扶手椅上睡去，从午夜时分一直到凌晨四点，而后又是两个小时的希腊时光，六点钟声响起，他就该起身上课去了。夏季时光，温克尔曼会睡在长凳上，担心不能按时醒来，他便将木块系在脚上，只要他稍微一动，木块就会掉落，那声音会将他吵醒。此时，希腊文学在欧洲已经沦落放逐之地，并且这样的放逐时光已经超过一个世纪了，如今，终于有人来敲门了，希腊文学将迎来重生之机。在那样的时代，获得希腊文本难上加难。然而，在阿尔特马克这座荒寂边城，一个衣衫褴褛、境遇凄惨的年轻乡村校长，却在贪婪地阅读荷马、埃斯库罗斯、索福克勒斯、色诺芬、柏拉图和希罗多德，并且读的还是原文。这个年轻人在每个午夜时分，都能见证那奇妙的希腊异象。且让他如此单纯、如此执着下去吧，他会让这些幻梦成为现实的。

这凄惨的外在境遇最终还是动摇了，略略让步了。温克尔曼成功申请到了一个图书管理员的职位，为布瑙（Bünau）公爵效劳，公爵家就在德累斯顿附近的诺特尼茨堡。1748 年 8 月 10 日，温克尔曼得以逃离希豪森。逃离之时，他满身心都是对普鲁士无法磨灭的恨，同时还有对个人自由和独立的无限

激情，这一切都是因为他那凄惨的贫困同高翔的雄心之间的落
差砥砺而成的。从此以后，人之幸福在他这里便概括为两个语
15　词——自由和友爱，并且永远都挂在他嘴边。他一直在同凄惨
的境遇抗争，同命运抗争，此时，可以说他几乎是奇迹般地赢
得了第一个回合。由此，他得以从彻底的幽暗之地和悲凉的奴
役境地脱身而出，进入一个更大更自由的世界。此时的温克尔
曼已经得到了一个富有且仁慈的恩主，况且，德累斯顿还拥有
德意志最具教养、最热爱艺术的宫廷。接下来的七年时光中，
温克尔曼将主要精力用于襄助公爵搜集整理相关材料，这些材
料最终成就了《德意志帝国和皇帝史略》（*History of the
German Empire and Emperors*）。不过，在萨克森，他的重大体
验关乎审美，而非智识。在德累斯顿，温克尔曼全副身心地浸
润于巴洛克艺术，同时，他也在试探另一个艺术王国。那恢宏
的"茨温格宫"（仅仅是这个著名的建筑艺术群就足够了），
还有那"大花园"（当时，"大花园"拥有一百五十多座大理
石雕像，它们出自意大利、法国和德意志的贝尔尼尼模仿者之
手），这一切都给温克尔曼带来了巨大的视觉冲击，令他不敢
直视。要是想见识一下绘画艺术，他尽可以去观瞻霍尔贝因、
科雷焦、维罗奈、提香的作品，还有拉斐尔的西斯廷圣母，这
些都尽显在画廊当中。"大花园"的凉亭、谷仓当中，还有数
不清的、很多都看不到的古代艺术珍品。据温克尔曼后来回
忆，那些雕像就如同木排之间的青鱼，拥挤成堆，此等乱象只
能观瞻，观者无法展开思考。要体认希腊之美，温克尔曼就必
须前往博物馆，细心研究刻有铭文的珠宝的复制品。实际上，
他不曾真正体认这些绘画和建筑，巴洛克雕刻作品在他身边掀
起一阵狂风骤雨，但他的本能不曾有过一刻动摇。显然，对温

克尔曼来说，那幽暗的凉亭，那不见天日的博物馆，较之
"大花园"那醉人的阳光，更为甜美，更胜一筹。他几乎是以
暴烈态度拒斥巴洛克艺术，尤其是贝尔尼尼及其全部作品，这
就再次证明了他内心的激情是毫无妥协、毫无动摇可言的，这
激情，无论是在时间上还是在空间上，都催动他踏上当年那条
通往希腊的回家之路。

在德累斯顿的境遇以及他置身其中的那个时代，较之一直
困扰着他的生存困境，在他的生涯中扮演了更为深重的宿命角
色。在这座萨克森都城，他的本能偏离了原初的轨道。奥古斯 16
都三世（1733～1763 年在位）及其王后（一个奥地利公主），
以及整个萨克森宫廷，要么是归附了罗马天主教，要么一开始
就是天主教徒。1751 年 6 月 29 日，宫廷教堂接受了王家忏悔
神父列奥·劳赫（Leo Rauch）的祝福；来自意大利的教皇使
节阿尔钦托（Archinto）公爵进驻宫廷。整个德累斯顿都不免
望向罗马。温克尔曼得以将自己的激情同意大利和罗马勾连起
来，这是必然之事，不过也是依托了此一出其不意的机缘。要
说温克尔曼此时相信罗马就是他的麦加，那也只能说，他并非
真正了解自己；在那样的时代和境况下，温克尔曼生出此等信
念是令人吃惊的。当时的罗马乃是古典艺术独一无二的聚集之
地，在随后很多代人的时间里，也是如此；著名的罗马七丘，
难以计数的纪念碑、建筑以及雕像，这一切令众人的眼光无从
逾越罗马，无从探视远在罗马之外的雅典和希腊诸岛。这样的
罗马成了一座辉煌、壮观、令人流连忘返的中途客栈，极具震
慑力，令每年如潮水般涌来的游客停驻在此，只有极少数人会
选择继续前行。温克尔曼就在这极少数前行者之列，这一点一
看即知，他内在的激情必然催动他向着一切希腊元素奔赴而去。

他是命定了要有这么一趟游历的，在那个时代的活人当中，此
一激情在他身上恐怕是最具烈度的。当然，在德累斯顿期间，
罗马乃是他全部希望和欲念的唯一目标，不过，罗马不可能永
远留住他。他自己也曾经谈起，这个世界上，毕竟有一种催人
前行的力量，他肯定是要展开一趟面向希腊的朝圣之旅的。

　　要成就一番事业，刚正品性乃是不可或缺的。为此，温克
尔曼必须清楚认识自己，也必须清楚认识自己的目标和局限，
并决绝摆脱一切可能伤害并瓦解自我的妥协和冲突。然而，温
克尔曼全然在他那内在本能的催动之下，而这一本能力量的指
向却发生了偏移。温克尔曼为了逃离德意志大地，竟然选择了
牺牲自己的刚正品性。他迈出了这错误的第一步，有了第一
步，就会有第二步；而且，这一步迈出去，会是非常不祥的，
因为这一步之误乃是双重意义上的。他为此选择了归附天主
教，而他这么做，却是为了罗马。后来他也曾谈及此事，他
说，他愿意牺牲一个手指，愿意成为一名西比林（Cybele）祭
司，为的是能看一眼希腊。此举无所谓牺牲，肯定也谈不上背
叛，毕竟，这样一个在一切布道时间里都阅读荷马的人，骨子
里当然是个异教徒。不过，在此后的漫长岁月里，温克尔曼一
直都在公开拥抱一切形式的基督教信仰，这样的举动可以说是
直截掩盖或者否认了自己的真实信念。温克尔曼这样的人，可
以一直都是好的新教徒，不过，他也完全可以转换身份，成为
一个好的天主教徒，这不会对他的道德品性造成太大冲击；所
谓"改宗"，只不过是一个强行打进他此前一直特别完整的道
德品性当中的楔子而已。他有关这个话题的信件都很含混，相
关的说辞并不平顺而且变幻难测。他不想因为显得忘恩负义而
得罪布瑙公爵；他也害怕因此失去朋友的资助；当然，他也痛

恨为着物质考量而选择精神依附。精神上的依附是十分可怕的，他一度完全拒绝考虑此事。因此，罗马从他的愿景中黯淡下去，最终消失不见。温克尔曼不免大病一场。看起来，没有别的出路了，要么死去，要么去罗马。劳赫和阿尔钦托都不再为他提供保障，因此，除非改宗天主教，否则他就无从指望得到生存和资金上的支持了。也就是说，唯有改宗天主教，他才有可能顺利展开一趟希腊朝圣之旅，才有可能见识希腊的大理石神像。罗马的诱惑最终胜出。温克尔曼决定"当一回伪君子"，以便达成所愿。1754 年 7 月 11 日，他归附天主教；随后，他以尖刻之词发泄自己的怨气，对改宗仪式大加嘲讽。很幸运，这令我们得以洞见事情的另一面。"终于搞定了，"1755 年 7 月 25 日，他致信友人贝伦迪斯（Berendis）说，"我得到了我一直在找寻的东西……自由和友爱一直都是我的伟大目标，这决定了我的一切行动。现在，自由终于到手了。"

1754 年 10 月，温克尔曼放弃了诺特尼茨的职位迁居德累斯顿，同画家厄泽尔（Oeser）建立了密切交往。在厄泽尔的启发和影响下，温克尔曼于 1755 年 6 月写就了《略论对希腊绘画和雕刻作品的模仿》（*Thoughts on the Imitation of Greek Works in Painting and Sculpture*）。这本小册子内容精细且极具冲击力，的确是植根于同厄泽尔的一系列美学探讨，是一面反巴洛克旗帜；反巴洛克运动刚刚开启，温克尔曼为其领袖。抛出这枚炸弹之后，温克尔曼于 1755 年 9 月 15 日离开德累斯顿前往罗马。他恳求兰普雷希特陪伴他，由自己负责全部开销，还承诺兰普雷希特能在罗马赚上一笔，但都没有起丝毫作用。兰普雷希特没有离开德意志；温克尔曼遂同一名年轻的耶稣会士前往罗马，从此同兰普雷希特断了联系。

罗 马

　　罗马出现了一个特异人物，他很少抛头露面，不过，要比四处游走的主教们和权位追逐者们更具分量。这是一个德意志神父，先后攀附枢机主教阿尔钦托、亚历山德罗·阿尔巴尼，是典型的德意志学究、谦卑的随从，靠恩主为生，在其权贵朋友中寻求逢迎之道；一个犬儒中人，爱享受，嗅觉灵敏，攀上富有且颇具才学的画家拉斐尔·门斯，不过，对待罗马艺术家和古物家，却是一番怪异态度。在罗马，这名德意志神父日日埋头书册，尽管他并不爱好文学；日日勘察艺术作品，到处攀爬雕像基座，深入古物洞穴，尽管他不是艺术家。他在做什么？意欲何为？罗马人尽管没有真正弄明白这一切，但他们自有答案，因为此时，这位德意志神父写就了《古代艺术史》前几卷，而且，罗马人也已经明白了，在 18 世纪浮泛的艺术汪洋当中，这个叫作温克尔曼的德意志神父发现了失落已久的古代艺术。①

　　此番迷人叙事全然应和了温克尔曼早期罗马信笺当中传递的印象。温克尔曼刚刚从囹圄中获救，开始的这段岁月于他而言实在是惬意且幸福，于是他整个人便不免浸染在一片身心虚

---

① Veron Lee, *Studies of the Eighteenth Century in Italy*, London, 1880, p. 47.

娇的氛围当中。倘若只是读一下他前罗马时期的生平传记，并
亲眼在罗马见到此人，必定会大为吃惊。早期信笺并不是很
多，基本上都是围绕改宗话题展开的，没有充斥于罗马信笺那
种尖利的嘲讽之音。卡尔·尤斯蒂（Carl Justi），温克尔曼的
传记作家，可以说是令人敬慕的，不过这位传记作家对此类尖
利之音也不是全都听得见；至于歌德和帕特绘制的温克尔曼肖
像，则更是展现出一个希腊艺术的单纯爱好者拥有高贵灵魂，
仿佛从那面容当中就能够洞见一个单纯且自决之人，然而，这
样一个人，虽然令人难以置信地单纯，但也难免尖刻甚至卑
贱。是生活改变了那个年轻的乡村校长吗？这不是那个为了阅
读索福克勒斯而同睡眠抗争的年轻人吗？可能是因为他出离图
圈的时间太晚了，也可能是因为改宗一事对他造成的创伤如今
开始发作，毒害了他的心灵。但不管是何情由，从这些信笺来
判断，他差不多四十岁时并非一个富有魅力之人。

　　必须考虑到温克尔曼高度窘迫的经济状况，这是很重要的
因素。萨克森宫廷每年为他提供约三十英镑的津贴。这笔可怜
的津贴最初只有两年期限。尽管此一期限一直延展到 1763 年，
但温克尔曼显然不能靠这点儿钱支撑下去，而且即便是这点儿
钱，更多时候也是劳赫（Rauch）神父自掏腰包提供给他的。
因此，温克尔曼不得不向权贵圈子祈援。其实，这也没什么可
羞耻的，可能是因为他禀性当中那种怪异的反复无常，他经常
对此类恩惠展示出蔑视的态度，甚至会否认自己接受过此类恩
惠。也不能说温克尔曼天生就不知感恩。他也会坦率意识到别
人有恩于自己，而且，他比任何人都更为迅速地承认这一点，
或者说，在这方面，可能任何人都比他更为健忘。他对布瑙公
爵的感恩之心就经久不去，而且表达得也是情真意切，这是他

19

性格当中令人欣然的一面。然而，他的性格有着多重面相，而且还彼此矛盾。他不能忍受那种有可能降低自己的尊严并削弱自己独立地位的恩惠。在这个问题上，他极度敏感。抵达罗马之时，他的境况非常糟糕，他根本无法在物质和精神上都维持独立。因此，他决定全副身心地致力于艺术研究，不把时间耗费在维系身体和灵魂的事务上，这样的事情毕竟太费心神了。此举相当明智，他就可以享受寄生虫的一切优势，但又不必对任何人感恩。确切地说，他就没必要为生计操劳，同时也没必要对施舍之人感恩戴德。实际上，在同枢机主教阿尔钦托的交往中，他对此类彼此矛盾的需求就已经有了明显感受。这位昔日的教皇使节此时已经回归罗马，愿意在这位德意志改宗者面前扮演米西奈斯的角色，并且已经为此做好了准备。在温克尔曼眼中，这不过是令他感到羞辱而已，因此他对此一直秉持一种再自然不过的憎恶态度，并尽可能地疏远枢机主教大人。他先同画家拉斐尔·门斯共处了一段时间，省去了不少生活开支，并同这位画家结下了深厚友谊，而后又接受了一名丹麦雕刻家的好意。不过，即便是这样，三十英镑的年度津贴很快便耗尽了。最后，他不得不接近阿尔钦托，后者表示热情欢迎，并在自己的府邸为温克尔曼提供了一间住所。温克尔曼非常为难地婉拒了此一邀请。他向老朋友贝伦迪斯天真地解释了这件事情，他说他的境况已经好转了，在一位丹麦雕刻家那里有免费的住宿之地。在改宗危机期间，贝伦迪斯就已经是他的密友，此时则依然在德意志扮演一个遥远的倾听者的角色。不过，可能是因为丹麦人厌倦了此等善举，也可能是因为温克尔曼手头太需要钱了，几个月后，温克尔曼主动向阿尔钦托申请搬进枢机主教的府邸居住，并义务为阿尔钦托料理图书室。这

20

是温克尔曼自己的讲述，他说，此举"是顾及枢机主教大人的面子，而不是相反"。此后，温克尔曼经常强调这一点，而且态度相当坚决，这就不禁令人怀疑整个事情可能不是这样的。但不管真相如何，他对待恩主如此刻薄，而且讲述起来更是洋洋自得，这不会有什么好结果。1757 年 5 月 12 日，在给布瑙公爵的信中，温克尔曼写道：

> 以前没有去过枢机主教大人府邸的客厅，几个月前，我在那里等候他，等了有一两个小时之久，于是我告诉在场的人说，我这个人很珍惜时间，每一个理性造物都应当如此。我还说，就这么数着客厅里的石头，空耗时间，这有违我的尊严。而且我也并不隐讳，在场众人当中，我可能是唯一一个对主教大人无所求的人。枢机主教大人终于现身了，他问我有什么特殊的事情要说。"没有。"我说。主教大人沉吟片刻，我拒绝进一步谈话，于是他便只能继续跟其他人交谈。"现在您为什么不吭声了？"在场的一干宵小纷纷询问我。我回答说，枢机主教大人的派头让我不想再说什么了。

很显然，这封信笺表达的是恶感，人类的一切情绪都是如此，倒也没什么好奇怪的。阿尔钦托其人相当正直，富有高度智慧且有着政治家风范，在罗马深受爱戴，若能为这样一个人效劳，应当是一桩幸事。然而，温克尔曼那狭窄且好斗的心性和见识，令他一叶障目，抓住这一事件不放，认为自己受到了羞辱。担当枢机主教大人的仆从，这件事情本身就令温克尔曼倍感刺痛，即便他索要的职位并没有薪酬。枢机主教阿尔巴尼

21

和帕西厄尼虽给予他恩惠，却根本没有表现出居高临下的态度，然而，温克尔曼即便是对待这两名恩主，也仍然表现出荒诞不经的自立态度。1758 年年底，阿尔钦托亡故，罗马举哀，但对温克尔曼来说，他的死无异于巨大解脱。赢得枢机主教阿尔巴尼的恩顾之后，温克尔曼开始飞黄腾达；尽管从一开始，他在这座永恒之城的日子就相当不错，他从一开始就可以纵情浏览文物古迹，还能够同兼具相当天赋和才具的门斯深聊绘画和雕刻艺术，直到午夜时分。这对温克尔曼来说，乃是十足的福祉，他宣称，此等福祉是他从未享受过的。

　　温克尔曼对于求取他人的恩顾有着相当的技巧，此等技巧绝非仅限于捡拾枢机主教家餐桌上的碎屑，也不会仅限于窘困艺术家通常的住宿和早餐之需。他永远都需要钱，这令他毕生最重要的一段交情也不免遭到损害。这是他同斯托施（Stosch）的一段交情，斯托施是菲利普·斯托施（Philip Stosch）男爵的侄子兼继承人，拥有一批相当有名的珍贵石具藏品，温克尔曼为这批藏品编排了名录。穆泽尔·斯托施在舅舅普利普死后，成为温克尔曼的终生友人，那是 1757 年的事情。这位年轻的前任军官实际上是一个相当慷慨的人，如今他已经享有舅舅留下的财富并且还打算去东方览胜，对温克尔曼来说，这样的机会实在是千载难逢。只要温克尔曼略略暗示一下，自己的一切心愿就都能够得到满足，而且还是被加倍地满足。倘若温克尔曼说需要一两个盎司的土耳其咖啡豆，那就会有两百磅的极品咖啡豆不远千里从开罗奉上；倘若温克尔曼对某种昂贵酒品约略表示赞赏，这酒就会一桶又一桶地滚到他门前。这简直就是《天方夜谭》中才会出现的场景。只要温克尔曼不是那么急切地想着从斯托施的慷慨中渔利，只要温克

曼的信笺中不是那么频繁地发出乞丐的怨诉之音，他就可以得
到这个富有且慷慨的友人的倾心恩顾。然而，温克尔曼对酒、
书、钱和衣物的索取是如此之不堪，任何友情都不免承受过高
的考验。出自 1759 年 5 月致斯托施信笺的这段话，就颇能说
明问题，而这只不过是众多类似言辞中的一段而已：

> 您的善意令我感动，我应该亲吻您的手才是。不过，
> 除了钱之外，您不用给我别的东西，我需要钱来购买书籍
> 和其他物件。容我在这份便笺里面略作说明，我需要简单
> 添置一件秋衣，以备热天过后所需……我手里没钱，我必
> 须适应这种情况；贫困毕竟是我的忠实伙伴，看来我是无
> 望摆脱它了，对此，我有预见。感谢上帝，我还健康，精
> 神头也不错，这是黄金也换不来的东西。

无须多言，斯托施在回信中附上了一笔不菲钱财，温克尔
曼对此既羞愧又感恩。

斯托施相当富有，可以承受得起此等慷慨。温克尔曼第一
次造访那不勒斯的时候，相关的说法揭示出他的境况甚至更为
糟糕。当时，他同一个叫维勒（Wille）的人有通信联系，维
勒在巴黎当皇家平版工。1757 年年底，温克尔曼致信维勒，
陈明自己极度困顿的心境。德累斯顿方面的津贴已经不足敷用
了；他已经无力造访那不勒斯，尽管他筹划了很久，而且他那
部里程碑式的作品《古代艺术史》最终能不能完工，就部分
地取决于那不勒斯之行。这情况的确有些残忍，温克尔曼对
此也毫不吝言，信笺当中充斥着痛楚和抱怨，令维勒顿生怜
悯；维勒即刻展开募捐活动，予以襄助，并且自己还是第一

23

个认捐的。温克尔曼还发出了不少类似的信笺，有一封是给瑞士艺术家加斯帕·弗斯利（Caspar Fuessli）的，信中的哀婉申述令这位艺术家大受触动，他四处求援，从三个热心朋友那里套取不少资金，同时也从自己的微薄收入中分出一份，给了温克尔曼，很显然，弗斯利自己因此承受了极大的经济困顿。正如弗斯利自己所说的那样，他恨不得一分钱掰成两半花，那情形令人痛苦。人们也许都想知道，这些好心人收到温克尔曼寄来的感谢信之时会做何感想。德累斯顿方面的津贴如期而至，在这笔善款抵达之时，温克尔曼已经在那不勒斯待了两个月之久了，温克尔曼当初可是说过，没有这笔善款，他的那不勒斯之行肯定要泡汤。很显然，斯托施也收到了此类信笺，并实施了急速援救；至于阿尔钦托，则"差不多是强迫"温克尔曼接受了一笔五十银币的赠款。如此丰厚的恩惠，令接受者以极为热烈的语词对维勒和弗斯利表达了谢意。温克尔曼说，这是"对全人类的善举"。他也承认，德累斯顿方面的津贴及时抵达，令他的那不勒斯之旅得以成行；阿尔钦托和斯托施提供的资助，温克尔曼则只字未提。他以如下动人语句结束了给维勒的感谢信：

> 你都看到了，老伙计，现在我不需要钱了。不过，我不会把钱还给你，我会把这些资助作为善款保存下来，让捐助者们日后自行处置。而且我也不想冒犯您的慷慨，我就不再多说了。①

---

① To Wille from Naples, April 1758. 温克尔曼给弗斯利的感谢信大体上也是一样的内容。

温克尔曼就此开启了同包括弗斯利、伍斯特里及其圈子在内的一批瑞士艺术家的通信,这份友情持续了终生。在一系列的通信中,温克尔曼一直都惦念着弗斯利曾经的善意,因此力求展示出自己最好的一面:随和、可信、友善,而且还是以轻松、自然的方式予以妥帖呈现。这份交情,乃因一封祈援信笺而起,可算是一份惬意且正常的交情,这样的交情在温克尔曼一生中并不多见。

暗示、抱怨、感激乃至直接的祈请,这是温克尔曼常用的招数,和此类招数一起反复出现的,则是他一直都挂在嘴边的矛盾申述:"我穷,我一文不名;不过我享有傲然自由,若为自由故,一切皆粪土。"实际上,这世界上很可能没有谁比温克尔曼更不自由了,那内在的激情一直主宰着他,贫穷如同牢狱将他闭锁起来,心灵则成为独立幻象的奴仆,那嚣张的自我背叛冲动扭曲了他的性格,他的情感等待着一切善意之人的垂怜。他就是命运的造物和玩物,命运对他的摆布到了可怕的地步。傲然自由,不过是堂皇说辞而已。且看一看他为了更好地研究雕像的面部,爬上路德维希庄园那座密涅瓦雕像的基座。然而,那雕像的脑袋却突然滚落,在他的脚下化为齑粉。他差点儿被砸死;不过,他那死灰一样的表情却根本不是因为这场死里逃生。当然,这场事故并不是他的错。那雕像的脑袋应当和其他雕像一样,是同躯体接合在一起的;不过,据他说,那脑袋仅仅是放在脖颈上而已。的确,不管实情如何,他毕竟是得到了庄园主人的特别允准前来参观这座庄园的。事件发生之后,守卫甚至还打开了画廊供他观瞻!他害怕令人起疑,不敢偷偷溜走。无论如何,他必须若无其事。就没有人看见吗?当然有人看见,不远处就是园丁,假装在工作的园丁。不过,最好是原

24

谅这些人；他们当然看见了发生的一切，也完全可以将事情报知守卫。温克尔曼却将银币悄悄塞给他们，令他们闭嘴。倘若真有自傲之心，绝不至于干出这样的事情；此番思虑非自由之人所为。当温克尔曼踮起脚尖，越过草坪，悄悄离开受损的密涅瓦雕像之时，"绝对不可"这样的辞令也许会在这个可怜人的耳边嗡嗡作响。要嘲讽这个可怜的德意志乡下人的下作品性，那是很容易的事情，他自己就经常这么干。不过，要克服这样的品性，可就难了，堂皇之词谁都会说。这个德意志乡下人乃是一个自作自为之人，单打独斗闯荡江湖，他当然成就了一番伟业，不过，他从来都不知道如何担当这来之不易的声望。关于自己在罗马受到的待遇，他历来不乏尖利但也令人怜悯的夸张说辞，早期信笺充斥着此类说辞，并且往后也一直都没有断
25　过（尽管已经没有了早年那股喧闹劲头），直到生命终结。

　　这些大人物、这些枢机主教，是如何对待我这样还算有点地位的人啊，应当将之公布于世。应当让那些笨头笨脑、俗华不堪的德意志神父开开眼，这些神父除了自己的教区，什么都没见识过。在罗马，我很少在家中吃饭，因为我一直都是枢机主教们的座上客。他们都是见过世面的人物，而且他们也都清楚，傲慢是不可能得到真正的尊重的。每次拜访枢机主教阿尔巴尼，他都会张开双臂拥抱我，他这么做，是因为他的确喜欢我。我还跟枢机主教帕西昂尼一起吃过饭，那实在是美好时光，帕西昂尼是个欢快随和的老头，已经七十八岁高龄了。我常常跟他外出游玩，他每次都亲自送我回家。我还跟他一起去往弗拉斯卡蒂，我们就穿着拖鞋戴着睡帽坐着闲聊；当然，如果顺着

他的意思，穿着睡袍也无妨。这些的确都不可思议，不过，我可是实话实说。

倘若此番说辞不免有得意忘形之嫌，也不能责怪于他；他自己就曾谈起，他的青年时代实在是太过凄惨了。命运的报偿虽然迟到了，但也算丰厚，这在他看来，乃是必然之事，正所谓苦尽甘来。不过，他那构造奇特的心性倒也是忠诚的。他的母亲于1747年谢世，父亲于1750年谢世；亲情已然无家庭可以寄托，便非常稳定地向着老朋友们倾注而去。温克尔曼从未忘怀昔日朋友；他经常打听老友们的近况。他同他们推心置腹，无所保留，那样的坦诚令人心动：

> 我从来都期盼用德语写就一部作品，让外人看看我们德意志人的能力，尽管此时的曙光还远在地平线之下。至少我已经知道有那么几部作品以不错的风格表述了很多重要的事物（包括我本人的观念在内，当然还有其他人的观念）。一想到你们将满心愉悦地读到这么一部作品，我就会急不可耐、浑身颤抖。我已经在费尔米安公爵的内心唤醒了此一激情，尽管我只是将我这部作品的很小一部分读给公爵大人听。公爵大人不吝溢美，将我视为德意志民族的荣耀引见给其他人。我怎么想就怎么说。我知道你们会原谅我这份虚荣之心。

温克尔曼真正开启了美的历程，这条道路相当曲折、坎坷，他展现出相应的狡猾和手段，只为"强行开辟"一条道路，以便见识那些伟大容颜。比如说，在那不勒斯，他用尽了　26

手段，力求能看一眼埋藏在庞培古城和赫丘利神庙的珍品。当世之人，能真正鉴赏这些珍品之价值者为数寥寥，温克尔曼就厕身其中，但是要得见这些珍品，想必难上加难。且想象一下，这么一个伟大的艺术批评家和考古学家，为了看一眼珍品，竟然像夜来之贼一样（用他自己的话来说），四处潜行，四处嗅探，这实在是一幅讽刺画。在那不勒斯，温克尔曼不免染上了他这个行业的普遍病症，那就是保守并垄断自己得到的一切信息。这个世界上所有的信息挖掘者都喜欢占着茅坑不拉屎，温克尔曼也不例外：

> 凯洛斯（Caylus）对我们的工作（也就是斯托施家族那批珍贵石具藏品的名录编排工作）极尽赞誉，我在相关评论中提到了他，对此，他表示感谢。他也曾用过各种办法，想得到我在枢机主教大人的庄园里发现的那批画作的速写材料。不过，这方面的信息我是不会提供给任何人的。我自己要用的东西，是不会跟任何人分享的。

自从和枢机主教阿尔巴尼一起发现了那座神殿之后，温克尔曼在罗马的生活便彻底改变了，从此之后，他全副身心地致力于这方面的考古发掘工作，稳定且勤勉。他在此一时期的思考和发现都以描述、历史或者批评的方式记录下来，由此成就了一系列的作品，其中，1764 年问世的《古代艺术史》享有至高地位，紧随其后的则是 1767 年以意大利语写就的皇皇巨著《未经发表的古物》（*Monumenti Inediti*）。这部巨著在他的作品库中自成一类，因为它以有机方法研究艺术作品，彻底革新了艺术研究，据此，艺术成为人类发展进程的组成部分

（温克尔曼乃是第一个倡导此论的人，也是第一个这么干的人）。温克尔曼令自己生活中的一切都臣服于对造型之美的关切。没有任何东西能够超越那些美妙且无可磨灭的时刻，因为在这样的时刻，他会对可爱的农牧神雕像的头部展开沉思，也会对某位智慧女神的容貌展开沉思，对他来说，那样的时刻乃是令人迷醉的静穆时刻。他片刻都离不开它们，哪怕是恍惚之间，他都会日思夜想，满脑子都是那些美的意象。无论是在罗马，还是在佛罗伦萨或者那不勒斯，都是这样的情形。即便是喧闹不堪的乡间庄园生活也不能令他有丝毫分神。每逢夏季，罗马城外阿尔巴尼庄园里，绅士和淑女们彻夜欢宴。温克尔曼则仿佛用了一道绝缘体使自己同这一切喧闹隔离开来，独坐楼梯之上，如同海狸那般不屑劳作，幽僻、勤勉且幸福着，且让楼下的欢闹尽情喧嚣，一切均与他无涉。

　　能够引领大人物游览自己所钟爱的罗马城，应该是幸事一桩，况且，此等人物想必是有一定鉴赏力的。"神一样"的安哈尔特－德绍（Anhalt-Dessau）亲王以及同样高贵的梅克伦堡－斯特雷利茨（Mecklenburg-Strelitz）亲王，都曾在温克尔曼引领之下游历过罗马城，温克尔曼显然已经是罗马教廷的钦定导游了。然而，并不是每个人都喜欢由贴身导游引领着游历这座城市，毕竟，这种游览方式会有麻烦之处。温克尔曼曾引领格尔顿（Gordon）公爵及其兄弟在罗马览胜，一路上，温克尔曼可以说是眉飞色舞，不过最终，这位钦定导游立下誓言，再也不当英国人的导游了。游览过程中，温克尔曼运用了"精彩绝伦的表述和最为高贵的比喻"，试图唤起两位英国游客对古代艺术的热情，然而，公爵却始终都是表情漠然，无动于衷；公爵大人甚至都没有表现出生命迹象，他的兄弟也差不

27

多。巴尔提摩（Baltimore）勋爵的表现则更为糟糕。这些英国人似乎患上了疑病症，周身都笼罩在一片浓云惨雾当中，他们似乎根本就不知道生命的脉动时刻，以决然的冷漠对待万物。他们不知道欢愉为何物。整整三个小时，温克尔曼在宴会上同一批英国人坐在一起（罗伯特·斯宾塞勋爵也在其中），这些人连笑都没有笑过。至于法国人，差不多是无可救药了；古代跟法国人简直是风马牛不相及。所有的现代人跟古人比起来，简直就是傻子；其中最蠢的就是法国人。

时不时的狂躁，根深蒂固的吹嘘癖好，过分关心自己的声誉，尖刻且好斗，对自己的伟大批评者兼崇拜者莱辛更是刻薄，遣词造作，这一切在他的第二卷和第三卷通信集中演奏出不和谐的音调。不过总体上说，第二卷和第三卷读起来要比第一卷令人愉悦很多；而且，这两卷信笺当中，乞援的内容已经不占多数了。名气大了，荣誉也就接踵而来。梵蒂冈方面为他提供了图书管理员的职位，而且自 1763 年起他便担任古物委员会主席一职，这个职位是有薪酬的，虽然不是很高，但对温克尔曼来说，也是足够了。当然，并非一切都尽善尽美：温克尔曼每天都要待在梵蒂冈数小时，这令他烦恼不已；阿尔巴尼似乎太喜欢他了，占去了他大量的时间。然而，这一切的美中不足又何足挂齿。他不是已经置身罗马了吗？身边到处都是辉煌的艺术品，而且他每天都会有新的发现。如此充实的生活，每天二十四个小时都不够用，但温克尔曼每天早上还是会抽出半个小时来沉思自己的幸福。想着自己这一路的艰辛，岁月从眼前划过，他已经忘却了自己的神父袍服。他不禁抬高嗓门，用一种人人都不难想见的糟糕音调，吟唱路德派圣歌，赞美上帝。温克尔曼已然是人间帝王了。

爱　欲

　　这样一幅爱欲画面，不免给人以老夫少妻之感，仿佛那吟唱是在老人新婚之夜发出的。为何会有这样的感受，倒是很难说清楚。此时的温克尔曼毫无疑问是幸福的，不过，他此一时期的信笺却也传递出异乎寻常的孤独感。但凡伟大观念都会令观念的担当者感到孤独。伟大观念当然会滋养其人的心灵，却也总是令其人的心性归于荒寂。温克尔曼当然崇拜友谊，不过，他整个人也是一场非凡的见证，从中可以看出，一个人是何等地不需要他人的情感和友爱，更不用说物质上的考量了。他毫无疑问是憎恶婚姻之人，情感的贫瘠渗透了他此一时期的信笺的角角落落，即便在他情绪最为奔放之时也是如此，而且，他情绪越是奔放，就越是可以见出他情感上的贫瘠。那激情澎湃的文字喷涌而出，浸染了信笺的每一页，但都难免和干燥了的沙粒一样，轻轻一吹，便即刻消散而去，不留一丝痕迹。他常常情绪似火，极少表现出温情；他当然会尽情燃烧，噼啪作响，但他根本不会有熔化的迹象。人类情感的常态表达，诸如自发的情感、无私的关切、爱欲的躁动，在他的信笺中是完全见不到的。他时常给一个瑞士友人写信，信中的表达是友善、亲密且轻松惬意的；这样的信笺可以说是他情感荒漠中令人惊喜的绿洲。

29

　　他的生活的这个特殊方面，就如同一场漫无尽头的耐力游戏，在发烧一般地进行着。他摒弃王后，转而与国王和无赖为伴；他并不缺乏值得信赖的老朋友，但诱惑力十足的年轻男人却总是迷惑他，欺骗他，他需要他们的时候，他们总是不知去向，他们总是在破坏这场游戏。兰普雷希特骗了他的钱，并残忍地抛弃了他。1762 年夏天，一个名叫赫尔·冯·贝格（Herr von Berg）的利沃尼亚年轻人又令他陷入激情和绝望之中，温克尔曼对此人极为痴迷，把他当神一样供起来，言语之间，甚至到了偶像崇拜的地步。温克尔曼真想将这尊男神引入罗马。冯·贝格显然是个逢场作戏的轻佻之人，只是玩玩而已，他可不会在温克尔曼这个当世苏格拉底的面前扮演亚西比德的角色，他没有前往罗马，而是迅速改道，去往巴黎。随后，温克尔曼心目中的这个亚西比德表现得警惕且冷漠，并且在很长时间之后，才以同样的警惕和冷漠回复温克尔曼那半火山半祈请的信笺；最终，这个亚西比德则完全没有声音了，尽管温克尔曼将《论体验美的能力》（*On the Capacity of experiencing Beauty*）这本小书献给冯·贝格，但也不曾得到他的一丝回应。更糟糕的是拉斐尔·安东尼奥·门斯这个优秀且多才多艺的画家的所作所为。门斯无力拒绝伪造艺术品这一诱惑，毕竟其中的报酬是极为丰厚的（当然，他也不是完全没有可能要戏弄那些艺术批评家一番，这其中就包括温克尔曼）。于是，门斯便以极为娴熟的笔法伪造了以朱庇特和甘米尼德为主题的画作；卡萨诺瓦（Casanova）则从旁添油加醋，将这幅画作视为罗马出土的真迹。温克尔曼一见之下，兀自倾倒，宣称这是世上最美的画作，在《艺术史》中更是一番溢美之词。几年之后，温克尔曼才知道真相，意识到这是门斯的恶举，两人的关系随即归于破裂，再也没有得到修复。
这还不算，生活随后再次背叛了温克尔曼，这场背叛令温克
尔曼更为伤心，更为纠结：1763 年，他那伟大的意大利友人
鲁吉耶里（Ruggieri）神秘自杀。在爱欲事务上，温克尔曼实
在是太不幸了。岁月流逝，温克尔曼不得不越来越频繁地重
新洗牌，重新出牌。是啊，那偷心的贼究竟在哪里呢？那些
风流倜傥的年轻人，不过是温克尔曼生命中的匆匆过客，只
能算是兰普雷希特和冯·贝格的糟糕替代品而已。好在温克
尔曼生活中并不缺乏自己的国王，枢机主教阿尔巴尼就是其
中之一：

> 我是他的图书管理员；他的藏书可谓宏富，完全可以
> 为我所用，而且我是唯一可以享受这笔财富的人。所有作
> 品我都可以阅览。我只是在主教大人外出之时，才会伴随
> 他左右。再没有如此亲密的友情了，此等友谊，令一切嫉
> 恨无从作为，唯有死亡才能将之阻断。我会向主教大人坦
> 承我灵魂当中至为幽深之处，他也同样信任于我。我自认
> 这样的境遇可谓尽善尽美、无欲无求了，像我这样的人，
> 世间能有几个呢。

这封写于 1762 年的信笺实际上是一份自传式的描摹，鉴
于温克尔曼显然是希望借由这封信笺在朋友中制造某种印象，
其中当然是存在水分的。枢机主教当然算是温克尔曼的知交，
即便如此，枢机主教也并非真的能够满足这个德意志门生那狂
躁且贪婪的心性。他比温克尔曼大三十岁，而温克尔曼对于自
己理想中的年轻男人自有一番幻想，温克尔曼真正欲求的乃是

30

年龄相当的德意志人，在这方面，温克尔曼是相当坚决的。他一直同贝伦迪斯保持联系，直到后者死亡，任凭岁月流逝，他总是能够重建这样的联系；他对诺特尼茨的同事弗兰克（Franke）也极为关切，甚至在1763年的悼词中申述说，弗兰克是他唯一一个真正意义上的朋友。

　　昔日的一切友谊都经不起岁月考验；我们的友谊则是永恒的，是以坟墓为终点的，这友谊纯净清明，没有任何杂质，而且经受了岁月的漫长考验。

　　在这样一场游戏中，温克尔曼面对着诸多关口，他实际上根本不知道该如何出牌。究竟要在哪个朋友身上赌上自己的幸福呢？温克尔曼一直都在掂量、比对和权衡，一直都在写下简短名单，据此排列次序。1763年，弗兰克位列名单首位；1764年，则是斯托施领衔。1765年，他致信刚刚结识的里德塞尔（Riedesel）男爵：“现在，我只有三个朋友了，那就是您、斯托施和门斯夫妇，当然，我将门斯夫妇算作一个人。”

　　一年之后，门斯伪造画作一事败露，在温克尔曼眼中，此人无疑成了典型的混蛋，如果世界上真有这么一种人的话。在刚刚给斯托施写就的信中，温克尔曼认为有三个人毒害了自己的生活，门斯名列第三位，另外两个毫无疑问就是兰普雷希特和冯·贝格。然而此后，温克尔曼和门斯的老婆之间却发生了一场情事，此事十分怪异，是半柏拉图式的，相当令人憎恶，这一切，门斯都是知情的，而且也予以默许，这位丈夫因此也就在温克尔曼这里重新得宠。弗劳·门斯（Frau Mengs）可以

说是唯一进入过温克尔曼心灵中的女人，她令两个男人之间的
关系趋于和解。此时的弗兰克应该是已经掉队了。不过在
1766 年，就在温克尔曼的友爱名单即将关闭时，一个不速之
客闯入，并成为温克尔曼的密友，此人就是此前从未听闻过的
冯·迈赫（von Mechel）：

> 我的全部心迹都在这里了……世事难测，令我常常怀
> 疑并不存在友谊这回事，不过，你让我相信这事情是存在
> 的，我的幸福就是你的幸福！

兰普雷希特、贝伦迪斯、弗兰克、门斯、斯托施、弗斯
利、伍斯特里、冯·贝格、鲁吉耶里、阿尔巴尼、里德塞尔，
还有冯·迈赫，这一张张牌从他指间滑过，这一系列的名字都
令他刻骨铭心，不过总体来说，这些名字所表征的不过是他生
命中空虚的能量，还有他那陷入迷途的情感。他那无能的爱欲
和无果的激情跟现实毫无关系，倘若不是因为他那特殊的脾性
在他的宿命当中扮演了重要角色，这些人本来是可以完全不予
顾及的。

在生命的最后几年，斯托施和里德塞尔这两位男爵在温克
尔曼心灵当中各占半壁江山。斯托施要比温克尔曼小几岁，里
德塞尔则要比温克尔曼大了二十三岁。两人都分享了这个大名
鼎鼎的友人的美学趣味和考古趣味；里德塞尔的《西西里和
希腊游记》（*Journey through Sicily and Greece*）乃是献给温克尔
曼的，后来歌德对这部游记给出了高度评价。里德塞尔的品性
很像温克尔曼；他们如同鉴赏家一样品评各色年轻人的美态，
彼此之间没有保留。里德塞尔乃是受人敬重之人，很和善，对

32

温克尔曼的才具充满敬慕，是极具鉴赏力的游历者，在各方面都比那花哨有余、感恩不足的冯·贝格更配得上温克尔曼的情感。两人之间的友谊肇端于 1763 年，可以说就是踩着冯·贝格的躯体升腾起来的：

> 这样的友谊，对方不在身边，反而令我更加坚强，我想除了你之外，还有一个人能为我带来这样的友谊，尽管世人都已经不再相信有这样的友谊了。

这是温克尔曼 1764 年的信笺。1765 年，他同样是这么申述的：

> 来信收悉，这样的信笺我还是第一次看到，即便是那个负心汉，也万难写出这样的信笺，当初为了他，我可是要少活好多年啊。

此时，斯托施因为有事，已经结束了君士坦丁堡之旅，于 1765 年返回了德意志，两人之间的友谊经历了十年的考验，而今一如既往地稳固且亲密。温克尔曼为斯托施的藏品编排了名录，可谓帮忙不小；斯托施自然也非寻常之辈，他当然能意识到温克尔曼这一工作的价值。两人的关系一直都很诚挚，虽然谈不上多么热烈；后来，斯托施承认，自己的感情经历了一场突然的巨变，这令温克尔曼吃惊不小。1765 年，正值温克尔曼同门斯夫人那段奇特情事期间——这段情事最终当然是无果而终了——他想象中倾注在门斯夫人身上的热情，却一下子转移到斯托施身上：

本次嘉年华，我是第一次也是最后一次观看一部歌剧，这中间，我满脑子都是你的音容笑貌；我完全克制不住对你的感情，不得不躲起来，让泪水尽情释放。没错，我的确坠入爱河了，我所爱的那个夫人的形象本应当更切近我的心灵，然而，我满脑子却是你的影像，我的朋友。从年轻时起，我的灵魂便只为这样的友谊开放，此情此景，便是明证。即便我满心欢悦，移情别恋，这友谊也依然要回归那源流之处，那里是友谊的巅峰，友谊的王座，人间愉悦莫过于此。我无法隐藏对你的情感，我的整个精神都彻夜翻涌，我试图用眼泪来抚平这哀伤。我数次从卧榻之上起身，而后又躺倒，且让我纵情畅游这人间至福吧。

这是一份非同寻常的自我写照，表明温克尔曼确实对女人没兴趣。谈到友谊之时，温克尔曼的语言高亢激昂，语言的背后毫无疑问是奔涌着情感激流的，那就要看一看他是否有能力建立这样一份友谊。可以说，斯托施已经是温克尔曼仅存的希望了。他认识斯托施很多年了，也喜欢斯托施很多年了，对于这样一个男人，他突然爆发出此等感情潮涌，这本身是一个好信号，同时，这一情感潮涌当中，还伴随有深沉且从未止息过的感激之心。此后，他对斯托施的感情就成了最为纯粹的爱欲激情。对这段特殊关系，温克尔曼的情感相当平稳，他坦承，这样的关系对自己有好处，对男爵大人就不一定了；他还补充说，他有不少朋友，但同斯托施的友谊则是经历了磨难才建立起来的。这样的说法出自温克尔曼之口，的确令人感到奇怪；而且，这样的怪异表述不仅出现在给斯托施和其他人的私人信笺当中，在 1766 年面世的《艺术史评论》 （*Remarks on the History of Art*） 一书的献词当中也有公示。至于里德塞尔，则在他的情感世界中扮演着次要角色，但也是极具分量的，依然能够令他愉悦并痴迷。由此，温克尔曼的情感清单便最终落定为两人名单；门斯伪作一事败露之后，他便同这对夫妻彻底了断了。他 1767 年 1 月 29 日致信里德塞尔：

34
　　我的朋友，这么多年，我身边的朋友来来去去，唯有你和斯托施历经考验，是真朋友。一直以来，我冷落甚至忘记了你，现在我给你写信，就像爱人那样，唯愿你完全明了，我对你的爱是热烈的，没有任何逢迎。

　　由此，1767 年开启之际，温克尔曼得以安坐下来，思量着手中的两张牌。没人能分清花色，也没人能说出哪张是哪张。倘若一个吉卜赛人在这个特殊的嘉年华之夜偷偷溜进主教大人的宫殿，她势必会提醒温克尔曼，他的生活就取决于他如何出牌了。

 宿　命

　　温克尔曼未抵达罗马，心绪就已经飞到希腊了；不过，希腊之旅的可能性看来相当渺茫，他也就很少再想这个事情了。奇迹并非每天都能发生，而且，他已经来到罗马并且有所成就了，这应该是足够了。然而，一个人若是内心藏了秘密，当然就会心绪难安。这的确是相当奇特的故事，不过，这故事中最为别致的情节却在于，尽管他本人对此事默不作声，甚至都已经顺从命运了，但他经常挑动他遇到的游客，希望这些游客能带他前往希腊。表面上看，他在考古领域的声望足以解释这一欲念；不过，虽然他屡次接到这方面的邀约，而且资金丰厚，他还是一次又一次地予以拒绝，但凡读到这些情节，便不免令人感觉出，他正在同宿命展开缠斗。在希腊问题上，温克尔曼始终游移不定。他当然强烈地想去希腊看看，但是，冥冥中总有一股抗拒力量在发挥作用。他一直都在刻意放大希腊之旅会遇到的困难和障碍；不乏热情之人替他消除设想中的困难，此时，他又会说，他太老了，走不动了。他可能确实是老了。他的生命源流在德累斯顿就已经遭遇了不少挫折。在德意志，他和他的天才一直在同这个世界抗争；如今，他的人和他的天才

已经无法协同作战了；他的天才当然还在为他作战，不过，作战的方式却只能是将自己内心的希腊欲念移植到他人的心灵当中。

1758 年和 1759 年之间的那个冬天，苏格兰画家莫里森（Morrison）主动提议，愿陪伴温克尔曼前往希腊。这对他当然是有诱惑力的，不过，此事的难度太大了，他选择了放弃。35 接着便是 1760 年 1 月，斯托施来信告知温克尔曼，奥尔福德（Orford）夫人正在找人陪她前往希腊旅游，他遂举荐了温克尔曼。这次，温克尔曼看来是铁了心要去希腊了，他说这是他全部的心愿了，看来这座空中楼阁终于要在一位夫人身上落实了，看来，上天也在眷顾于他，令他的空中楼阁有了坚实的基础。然而，1761 年 3 月，这项计划却最终泡汤了，原因是钱不够；他不禁尖刻抱怨说，这个不知感恩的世界根本没必要这么对待自己。看来，主要的障碍还是在资金方面。不过，1762 年夏天，一个名叫亚当的英国人提出要带温克尔曼出游希腊、小亚细亚以及埃及，还要游走这些地区的全部海岸地带。结果遭到温克尔曼郑重回绝。他说，他已经完全打消了这方面的欲念，他已经老了，懒得走动了，还是希望安享晚年。1764 年 1 月，一个德意志旅行家提出了同样的慷慨邀约，他给出了同样的说法，尽管语气没那么决绝了。这年夏天，一个非常富有的英国人强有力地化解了温克尔曼的心结。他承认，诱惑力十足；他说，如果他能年轻几岁，如果阿尔巴尼放他走，他会考虑这份邀约。前一年，他就差点儿跟随名声在外的爱德华·沃特利·蒙塔古（Edward Wortley Montagu）前往希腊；此时，他再次动摇了。然而，1765 年，温克尔曼非常交心地告诉弗兰克，1759 年之后，他就再也不曾郑重考虑希腊之旅了，这

个年份也许应该界定在 1760 年，至于现在，他肯定不会再想
这件事情了。①

　　1766 年，更为年轻、更为进取的里德塞尔结束了西西里
和希腊之旅，返回意大利，引发了温克尔曼同另一个自己的一
场斗争，这场斗争颇具荷马色彩，持续了四个月之久。1767
年 7 月，里德塞尔从那不勒斯致信温克尔曼，信中陈述了他酝
酿已久的计划，他邀约温克尔曼一同游历希腊和近东地区，自
己将承担全部费用。可以说，这是温克尔曼凭借自己的天才甩
下的一手王牌；不过，温克尔曼还藏有另一张王牌。也是在这
时，斯托施也邀约温克尔曼造访德意志。不仅是斯托施有此愿
望，温克尔曼的昔日老友们差不多都有此愿望。"神一样"的
安哈尔特 – 德绍（Anhalt-Dessau）亲王、梅克伦堡 – 斯特雷利
茨（Mecklenburg-Strelitz）亲王以及施魏因（Schwerin）等人
悉数在内，此外还有弗里德里希二世、厄泽尔，需要特别提起
的是一个名叫沃尔夫冈·歌德的年轻人（温克尔曼此时尚且
不认识此人），整个德意志都在恭候他驾临。此时的温克尔
曼，声望已经覆盖整个德意志，以致腓特烈大帝在 1765 年还
将皇家图书管理员的职位提供给他；德累斯顿和布伦瑞克方面
也发出了类似的邀约。温克尔曼差点就接受了来自柏林的邀
约；可惜的是，柏林方面提供的薪酬根本没有王家风范，双方
的谈判遂告中断。故国之爱，一夜之间便在温克尔曼内心燃烧
起来，不过，看到薪酬远远没有达到期望，这火焰便同样迅速
地熄灭了。"要想让我放弃目前这种尽善尽美的生活状态，让

36

———————

① 1764 年面世的《艺术史》中，温克尔曼表达了自己的迫切意愿，希望能
在埃利斯展开挖掘工作。

我离开这片可爱的土地和罗马，这世界之上独一无二的城市，好处必须是大大的。"温克尔曼非常坚定地告诉斯托施。倘若给出足够的诱惑，他的忠诚是会从罗马转移到柏林的；当然，枢机主教阿尔巴尼是要从中阻拦的，主教大人担心自己最宠信的这个人会一去不复返。

　　当里德塞尔携带他那迷人的计划兴冲冲地赶来之时，事情就是这样。温克尔曼遂做出了一生中第二次重大抉择。只不过，这次的抉择并不牵扯伦理上的顾虑；但从事后来看，其中涉及的问题则更为重大。倘若他有意令自己的人生以及毕生的工作得到完满，倘若他希望发现自我，同时也为德意志人和同时代人发现希腊，那么他就必须将命运的赌注投在里德塞尔这边。至于德意志，既然已经等待了这么多年，那就不妨让它多等几年，不必这么急着欢迎他。温克尔曼可能只是在潜意识里意识到这一点。不过，那潜在的阻滞力量最终还是生出了，他需要钱，他已年迈，加之阿尔巴尼的存在，这些都是横在路上的障碍。而且也应当考虑到，此前虽有莫里森、亚当和蒙塔古这样的人物提起过邀约，但这些人显然都不是这么一趟旅程的合适旅伴。两相权衡之下，阿尔巴尼此时也公开表明态度，支持温克尔曼展开希腊之旅，毕竟，对枢机主教大人来说，这总比让他返回德意志要好。更何况，能够同里德塞尔一同展开这趟旅程，想必是上善之事，里德塞尔毕竟是温克尔曼钟爱并熟识的老友，他清楚希腊的情况，会令这趟旅行颇为平顺。不难想见，温克尔曼内心的震荡是极大的。对此等境况，他本人有真切描摹，他说他处于撕裂状态，一边是周围的朋友，一边是遥远的朋友；一边是希腊，一边是故土。他谈到了内心的巨大冲撞，谈到了那古老愿望的再度萌动。他是多么希望能干下这一桩最后的蠢行。他感觉到了正在弥散开来的危险，他将这样的危险同希腊联系起来。这可以理解，不过却是错误的。的确有一种力量将他向着这个方向牵引，不过，这力量植根于他内心那暴烈的原始力量。他以一种邪恶的方式解释这种力量，不是一次而是很多次地将这种力量称为恶灵，那是魔鬼，那是他真正的对手。他在一封信笺中宣称，这是他的宿命，他无力抵抗。他承认他惧怕希腊之旅；不过，他也承认，那恶灵在内心的天平上占据上风。更糟糕的是里德塞尔，他一定要得到答案。就是这样，各方力量都在各显神通，一边是里德塞尔，一边是斯托施。温克尔曼相信，这是他最后的机会；不过，他的心却告诉他，要拒绝这件事情。

然而，他的心未必可靠。温克尔曼当然可以现在就去拜望斯托施，但是太晚了，他十八个月之前就应该这么干了。不是一次，而是两次，仿佛命运在故意刁难于他，斯托施给了他难以计量的恩惠，1766 年 8 月，斯托施更是给了他丰厚资助，令他顺利出版了《未经发表的古物》。每一次，温克尔曼都只是表达了感谢，并就此打住。1766 年 9 月，斯托施来信说，他正承受着眼疾的痛苦，很可能会瞎掉。后来他恢复了一些，不过，1767 年 4 月，病痛再度袭来。最终是在经历了多次重大手术之后，他才得以康复。不过，当年 9 月和第二年 4 月，情况再度十分危险，温克尔曼也是这么感觉的。1766 年他致信斯托施：

说实在的，我心里很痛苦……难道就没有人能得到尽善尽美的幸福吗？难道太过优秀的人都不能得到幸福吗？我全部的希望都在此刻飘落尘泥，如同枯草一般。 38

我只想着尽快让我的书面世，这样我就可以尽快去见我的老朋友了，说实在的，我的全部牵挂都在他身上，就是因为这个老友，我才爱上我的故土。我的老朋友，这是我一生中最悲伤的消息了。倘若这样的境况让你的心灵承受痛苦，倘若我能在这样的时刻鼓励你，为你疗伤，那么我愿意牺牲一切，承受一切，直到生命尽头。这世界还是有人将友谊视为最高的尘世财产，看重友谊胜过一切，我就是这样的人；而且，我希望我能因为一段非凡友谊而留下身后名。

1767 年，温克尔曼还写下了如下信笺：

　　来信收悉，我无尽悲伤……只有在你这里，我才能感受到这样的悲伤。就像安德洛玛刻对赫克托耳说的那样，在你身上，我感受到了一个慈爱的父亲、忠诚的兄长，感受到了一切可以触动心灵的东西，毕竟，我的家人都已经离开这个世界了，这样的情形太独特了。昔日那些友谊都是骗人的，都是虚假的。倘若你的病症在于内心，一个朋友的到来能够将之驱散，我会毫无迟疑地赶来见你。不过，现在的情形，只能靠你自己的勇气了；没错，是勇气，那才是疗伤圣手。[①]

温克尔曼并没有因为友谊而留名后世，他也配不上。即便

---

① 　从信笺内容来看，应该是就斯托施的某次手术而写的。不过，信里面也就这么一处提到了斯托施的病情，其余的内容则全部都是有关《未经发表的古物》的。

他真的抛开《为发表的古物》的出版事宜六个月之久，去抚慰他的朋友，这也不能算是什么特别的友谊举动。在温克尔曼的友谊王国，并没有艾米斯（Amis）和艾米勒（Amile）那种友谊举动可以传诸后世。如果温克尔曼真的知道什么是爱，他会毫无犹疑地赶去的，这本是情理之中的事情，正所谓"因为是他，因为是我"。就斯托施来说，倘若温克尔曼真的这么做了，反而会令他不安，毕竟，他们的关系还不至于此。实际上，温克尔曼的所有朋友在遭遇困顿时，都不曾有过略微地表示说希望得到他的抚慰或者帮助，他也只是以考古学家和导游的身份游走在这些人当中。所以，他这样的反应对斯托施来说，倒也没什么大不了的，不过，他自己倒是于心难安。实际上，温克尔曼其人完全缺乏坦诚之见，他刻意让自己相信，一个即将瞎眼之人，是不可能承受心灵上的痛楚的，因此也就不需要朋友的安慰。不知道这样的说辞会不会令斯托施怪异一笑？很有可能。1767 年 9 月，《未经发表的古物》已经出版，斯托施也已经恢复过来，在这样的情况下，如果说温克尔曼乃是情系德意志而非希腊，那也只能说为时太晚了。温克尔曼已然拒绝听从健全理智的指引了，他已经不再信任自己的理智，并且还对这理智感到恐惧，于是，他将决断的重负交托给自己的心性，任凭这个完全不可靠的人类机能为自己指条明路。

此时，里德塞尔刚刚返回罗马；前一年秋天，温克尔曼还曾前往那不勒斯拜会里德塞尔。两人之间的交情不浅，实际上，两人是可以共患难的。倘若里德塞尔的提议被证明是无可抗拒的，那么温克尔曼也就当然有可能在最后一刻决断投身希腊。他将最后的决断推迟到那不勒斯的会面时刻。前景难料，但希腊之旅看起来已然如同宿命一般，是注定了的，是无可避免的。温克尔曼也颇令人意外地给出了信誓旦旦地说辞。他在那不勒斯待了一个多月，是 1767 年 9 月和 10 月；其间，他见证了维苏威火山的爆发，是在 10 月 19 日到 22 日，并且他还近距离地观看了这一壮观场景，为此，他甚至不顾个人安危。此事强化了他的隐忧，南方之旅也许会有危险；恰在此时，里德塞尔决定成婚，这也多多少少令温克尔曼感到失望。第二年 3 月，温克尔曼向斯托施抱怨说，其他所有友谊都已经趋于冷却了，都不能碰触他的内心了。最后则是阿尔巴尼，他力促温克尔曼前往希腊，借此阻止温克尔曼归国，由此唤醒了温克尔曼内心的警觉和独立意识。温克尔曼必须向世界和自己证明，他是完全自由自主的；若有必要，他会强行离开，即便阿尔巴尼不愿意。看起来，内心的神灵已然令温克尔曼失去了理智。友爱和自由，从来都是他生命中的主要动机，对危险先知般的预感因巨大的精神疲惫而强化起来，这一切纠结起来，摧毁了温克尔曼，此时，他的宿命之旅尚未开启。此时，他的另一个自我则仓皇地展阅如下文字，且在手足无措地抽泣：

40

　　我已经将希腊欲念全部抛到九霄云外了；置身此等艰难困苦，毫无疑问是愚蠢透顶的，而且没有任何回报可言，这样的年纪该想想别的事情了。①

　　在这段最后的岁月，温克尔曼必定是感觉到自己大限将

————————

　　① To Stosch from Rome, November 21, 1767.

至。1767 年，他一直以来的眩晕症又开始作祟，而且变得非常频繁且严重了。此一症状在德累斯顿时期实际上更为严重，很显然，这是他精神焦虑的结果而不是原因。死亡和危险的阴影在他内心翻滚，同来自雅典和希腊的诱惑缠斗在一起。在一封非常平淡的信笺的结尾，温克尔曼语出惊人，说该及时行乐了。他说他还能再活二十年，但是他又说，他希望在安详死去之前，能够再拥抱斯托施一次，两相对照之下，不禁令人感觉怪异。这话不免令人意识到，这个铁定的希腊人或者说是改宗了的希腊人，正梦想着自己死后的生活，梦想着不再有操劳，可以尽享友谊的生活，念及于此，想必任何人内心都会升腾起怜悯的刺痛：

> 一切会停歇下来的，那里是希望之地，在那里可以见到老朋友，可以纵享友爱。念及此事，我就深情激荡，涕泪横流，真的高兴。我轻轻地来，也希望轻轻地走。我想念我为那高贵的友爱而抛洒过的泪水，那友爱从永恒爱情的深渊涌动而来，那就是同你的友爱。①

看来，死神已经近在咫尺了。1768 年 4 月 10 日，温克尔曼在意大利雕刻家卡瓦塞皮（Cavaceppi）的陪伴下，离开罗马前往德意志，途中穿越了洛莱托、博洛尼亚、威尼斯和维罗纳。他刚刚进入蒂罗尔地区，内心就翻腾起一阵战栗之感，十三年前，蒂罗尔的美妙风光曾令他彻底迷醉，此时的战栗之感

---

① To Franke frome Rome, February 6, 1768.

41　则更是暴烈且莫可抵御。"看呐，我的朋友，看呐；多可怕的风光！"他又对吃惊不已的卡瓦塞皮说，"马上回去吧，我们回罗马吧！"这位雕刻家一开始以为他是在开玩笑，而后认为这不过是他一时的情绪所致；然而，日复一日，一路上，他不停地重复那不祥的说辞："我们回罗马吧。"无论卡瓦塞皮如何劝说，如何请求，如何斥责，他始终都是这句已然成了歌谣的说辞。温克尔曼似乎已经没了理智。到了慕尼黑，他便拒绝前行了。对德语一无所知的卡瓦塞皮，几乎是将他拖到了维也纳，在维也纳，考尼茨（Kaunitz）公爵良言相劝，但也是无果。在觐见奥地利王后后，温克尔曼再次病倒在床，他已经开始发烧了；雕刻家意识到自己不便在场，遂离开。5 月 14 日，温克尔曼从维也纳致信斯托施和安哈尔特 - 德绍亲王，他说这趟行程已经使自己疲惫不堪，心情沮丧至极，他无法再继续了，他要返回罗马，不能见他们了。5 月 28 日，他只身踏上回程，前往的里雅斯特，并于 1768 年 6 月 1 日抵达。

如此恐慌、如此战栗、如此仓皇地逃离危境实际成了一场预兆，预示着正在的里雅斯特等待着他的灾难。温克尔曼付出巨大努力试图避开此一灾难，却无法避开宿命，此可谓真正的希腊方式。他对无形的危险有着特殊的感受力，同时他也完全没有能力对此类信息予以解释，因为他背弃了自己的宿命，也正是因此，他毁灭了本来要给他指引航向的罗盘。温克尔曼已然丧失了一切方向感，他的内心在翻涌，在咆哮；他能听到那震耳欲聋的警钟，但无法知道那声响来自何处。他的心性也同样失去了力量。在这样的关口上，他本来是靠着这心性来拯救自己的，可惜的是，他同斯托施的友谊并未成为他生命中的关键因素，也就无从在这样的时刻引领他。

情感和激情在惊慌时刻是不会有用处的。温克尔曼根本就不曾想到那些等着见他、拥抱他的人，他背向友爱，抽身而去，投入了杀人犯的怀抱。这一切，他从来都缺乏清晰意识，如今，则令这迷离激情走入歧途；当年，正是这样的迷离激情，催动着他奋力挖掘埋葬在沙丘中的古瓮，令他在索福克勒斯的作品中消耗自己的健康，在希腊精神中彻夜恍惚，一觉醒来，他发现自己仍然身陷德意志。恐慌和来自北方的疲倦刺激着他，催动着他，令他后退再后退，他和他的天才一起逃离，他没有别的想法，只想着逃离。在抵达风暴中心之时，他和他的天才便一下子平息下来。生命中这最后一周的时光，温克尔曼就待在的里雅斯特，等待渡船接他前往威尼斯或者安科纳，在这段时间里，他同弗朗西斯科·阿尔坎格利（Francesco Arcangeli）肆意调情，不曾有危险的风信传到他的耳中。然而，那个“情欲旺盛的浪荡君子”，他的举止和做派就不曾引起温克尔曼的警觉吗？此人竟然一直都在尾随温克尔曼，不是这样吗？是命运将阿尔坎格利安排在温克尔曼的隔壁房间。不过，真正的原因却在于温克尔曼的品性，正是他的品性，令生命中最后这桩情爱之事竟然是同一个曾因盗窃罪而受审的道德堕落之人展开的。温克尔曼竟然将这么一个下贱且奸诈之徒接纳为自己的伴侣，这需要何等宽松的识人标准啊。就是这样，温克尔曼同这等人渣日夜厮守。阿尔坎格利显然是在寻找猎物，不停地用各种问题刺探温克尔曼；温克尔曼当然也抵挡了相当长的一段时间，没有泄露自己的名字，也绝不至于泄露自己的身份。然而，吹嘘的诱惑力实在是太大了，而且，时间长了，温克尔曼的警觉之心也就渐趋松懈，最终颇为神秘地说出了一些实情，甚至令阿

42

056 / 第二章 发现者：温克尔曼（1717~1768）

尔坎格利怀疑温克尔曼并非他自己所说的那样一个大人物。为了证明自己所说的，温克尔曼以觐见奥地利王后一事为证，还拿出了王后赐给他的黄金徽章。看到这个东西，阿尔坎格利才算真正满足了；温克尔曼也算证明了自己所言不虚。在即将动身的那个早上，他甚至邀请阿尔坎格利去罗马拜访自己，说只要阿尔坎格利来罗马，他就会为阿尔坎格利引见枢机主教阿尔巴尼，还说会略尽地主之谊，不至于辱没了他钟爱的这座古城。这是6月8日的事情。闻听此言，阿尔坎格利即刻离开房间，又迅速返回，用更多的问题来纠缠温克尔曼。温克尔曼正在考量《艺术史》第二版的修订问题，对阿尔坎格利颇为不耐烦。这正是阿尔坎格利求之不得的机会。他将前一天就准备好的绳子套在温克尔曼的脖颈上；一番搏斗之后，他将温克尔曼摔在地上，朝胸口连刺数刀。此时，一名侍者进入房间，阿尔坎格利随即逃离，几天之后被抓获，审讯之后便被处以车轮之刑。在为自己辩护时，阿尔坎格利尖刻斥责温克尔曼，说那是他的错，他不应当拿出那枚黄金徽章来炫耀。这当然是堂皇狡辩，不过，此事也不免发人深省，倘若温克尔曼不是那种人，这桩野蛮罪行也许就不会发生。

经历八个小时的痛楚之后，温克尔曼孤独死去，比活着的时候更为孤独；身边先是一堆惊惧不已的仆人，而后又是一堆神父和律师。他接受了最后的圣礼，还涂了油，立了遗嘱。尽管他还能够指认通关文牒上的那些名字，但已经无法说出自己的名字了："别管我，我说不了话了，护照上有我的名字。"①

温克尔曼的死有着象征意义，这样的意义见于艺术而非生

---

① "Lasciatemi, non posso parlare, dal mio passaporto lo rileverete."

活，像温克尔曼这样的人物，通常都是这样的情形。可以说这是涅美西斯采取的行动，而且是温克尔曼自己招来了涅美西斯的报复。原因很简单，温克尔曼背弃了自己的神灵，背弃了诸神为他安排的宿命。他的确是在的里雅斯特死于阿尔坎格利这个杀人者之手。然而，是温克尔曼自己首先剪断了自己的命运线团。

拉奥孔神话

　　见到新发现的这些艺术品，我体验到了莫大的喜悦，这是最纯粹的喜悦，无与伦比。

　　温克尔曼爱美，特别是雕塑之美，这是他生命中的主导激情。他在波勒兹庄园见证了有翼天使群雕，并留下那著名的描述，这就是一个例子，足以揭示出他那样的热情是这个世界上极少有人能体验到的。他自己也清楚，他的此等才赋可是世间稀罕之物：

　　我已经年过四十了，这样的年纪，一个人是不能太放任自己了。我清楚意识到，我身上赋有的那种精微才具正在消散，过去的岁月里，每当我沉思美，这等才具如同强劲羽翼一般，将我抬升起来。

　　如果说温克尔曼的这种热情在早期岁月当中是不具备批判能力的，那么此种对敬慕之物真切的爱，后来则将他引入冥思境地，这样的冥思不但没有批判可言，而且还是充满静穆和敬畏的。也正因如此，随着年华老去，温克尔曼越来越像纯粹的考古学家，而非审美批评家。他几乎是一味地追慕一切希腊事

物（这常常令他无以自持，后来他不得不调整自己的一系列
说法），但也正是他这样一个人，曾警醒世人不可过度仰慕希
腊，这样的论调出自这样一个人之口，着实不太协调：

> 您还记得吧，您从前经常跟我说：第一印象会在我们
> 身上产生一种阻碍我们看清事实的情感，那就是略有些愚
> 蠢的敬仰之情。①

温克尔曼从来不吝于坦诚自己的错误。他在细节上的错误
数不胜数，他也一直都在予以修正，倘若他能多活一些时日，
当然就会有更多的错误得到纠正，因为他每天都在学习，每天
破晓之时，就是他开始学习之时。尽管他的杰作已然在自然淘
汰过程中被取代了，他关于艺术的有机生长观念，关于艺术是
同种族、气候、社会和政治境况不可分离的观念，依然是人类
心灵的一项永恒成就。大体上可以这么说，温克尔曼为欧洲重
新发现了失落的古代艺术。不过，在这个问题上，倒是需要指
出其间一项重大情状。温克尔曼几乎没有，或者说根本就没有
见识过希腊黄金时代的雕刻艺术作品，因为在他那个时期，这
些艺术作品尚未被发掘出来，不过，他却能够极为精细且准确
地刻画出它们的诸多本质特征。正如帕特所说的那样：

> 实际上，就是在这么为数寥寥的散漫古物当中，温克
> 尔曼得以从波纹中清晰地看到那面容，他从来都能据此占
> 卜古代世界的特质，他纵情于此……他本性当中就已经蕴

---

① To Desmarest from Rome, September 5, 1766.

45　　藏有理解希腊精神的钥匙，这钥匙本身就如同古代遗迹一样，只能是偶尔才会闪现在我们这完全异质的现代氛围当中。

温克尔曼占卜得相当准确——尽管他没有识别出来——他手中的素材都是走了样的复制品，不过，他给出的解释却是错误的。他就像一个希腊人那样去感受和思考，不过，他的说辞却像一个罗马人。显然，这是因时间和地点的错位而造成的显著错位。恰恰是这一错位，对后来的德意志文学产生了重大影响；特别是他对拉奥孔雕像的描述，这一描述就是那根催生了熊熊烈火的火柴。

温克尔曼的美学理论在初版于 1755 年的《关于希腊绘画和雕塑作品中模仿的思考》中就已经有萌芽了。后来，他拓展了相关论述，不过不曾有过大幅度变动。即便做了大幅度修订，情况也不会有太大不同，毕竟，真正对他那个时代的文人学士发挥重大激发力量的，就是这本小册子，而不是他的皇皇巨著《艺术史》。这也没什么好奇怪的，毕竟，这本小册子乃是极具灵感的，那是先知的语汇，并且还时常表述得幽暗朦胧（仿佛是在跟神谕一争高下）。很显然，这本小册子乃是依托超凡洞察力写就的，并不是观察的结果。其间充斥着预见和预判；结论则都是从反面得出的，确切地说，其间确证的种种特质，都同巴洛克艺术的本质特征正相反对。巴洛克雕刻艺术家致力于归类之时的逼真和复杂，致力于以石块和大理石表达运动，同时也致力于表达激情，并将之视为运动的灵魂。17 世纪和 18 世纪的艺术家们，特别是贝尔尼尼，通过对介质的精妙运用，最终达成了巴洛克艺术的极致。温克尔曼则对此等神奇成就展开了暴烈反叛。他靠着自己的本能就知道，那不是希腊艺术。于是，他从德累斯顿"大花园"中摆弄的那些运动的、舞蹈的或者泛着波纹的雕像抽身离去，转而透过阁楼的栅栏，去观瞧那些在幽暗之地暗暗闪光的静态雕塑。他几乎不怎么能看清这些已然残缺不全的希腊－罗马遗物，不过，仅仅瞥上一眼就足以唤醒那沉睡的记忆了。温克尔曼重新置身"大花园"中巴洛克艺术作品的那种 ⁴⁶运动和仓皇氛围中时，仿佛听到了一系列的词语和句子从自己的潜意识中迸发而出。他就是用它们来刻画希腊雕刻艺术的。它们用在厄瑞克提翁神庙的女神像柱身上，简直就是天衣无缝。不过，任何词句恐怕都不足以刻画他心目中的至高艺术典范，那就是拉奥孔群雕，对温克尔曼来说，这件艺术品表征着"完美的艺术法则"。

这种普遍的、支配性的希腊杰作的特点，在姿态以及表达方面，最终乃是高贵的单纯和静穆的伟大。那海的深处总是宁静的，无论其表面多么狂野和风暴肆虐；而以同样的方式，希腊人物的表达呈现出在无论何种情感苦痛中的灵魂的伟大和镇定。这种精神被刻画于拉奥孔的面部，且不单在面部，尽管遭受着最为暴烈的苦痛。这种痛，显现于身体的全部肌肉和筋腱中，并且当它沉思于腹部疼痛的缩张时，它看上去近乎在自我体悟，无须来自脸部和其他部分的烘托；然而这种疼痛，我认为并非借助任何脸部的，或作为整体的姿态的狂暴，来呈现它自身。这样的拉奥孔并不发出可怖的喊叫，不像维吉尔诗歌中的英雄。嘴巴的张开并不认同这一点。它更像一种被压抑的焦虑的叹

息。身体的疼痛和灵魂的伟大通过这种人物构造被同等地
平衡，并看上去相互抵消。拉奥孔受苦；他如同索福克勒
斯笔下的菲罗克忒忒斯一般受苦。他的不幸穿透我们，直
达灵魂；但我们希望能以这位伟人的此种方式来承受
极苦。

这段著名评论清澈透明，其和谐令人感觉要融化其中了，
此等表述看来已经是登峰造极之作了。温克尔曼的眼睛游走在
内心和空间之间，以宏伟且富于冲击力的语词阐述了他的主
旨，即单纯、静穆和伟大，同时也令这一表述本身变得极具震
慑力。然而，我们倒也不妨看看这件艺术品本身，它根本谈不
上单纯或者静穆，实际上，拉奥孔群雕在温克尔曼内心唤起了
一种宏大的意象，那意象表征着灵魂的幽深和狂躁。灵魂之伟
47　大——温克尔曼在接下来的论说中是有定论的——在于平静的
状态；那扰动的激情则是相当低级的艺术形式。拉奥孔群雕本
身似乎就可以用来证明温克尔曼提起的此一论断，尽管他心目
中的这件至高艺术品表征着全部的激情和运动。温克尔曼为何
要选择这么一件艺术品来作为他心目中那些品质的典范呢？这
个问题并不容易回答，毕竟，这件艺术品是完全缺乏那些他欲
意阐发的特质的。毫无疑问，若是同贝尔尼尼及其追随者的作
品比较起来，这件极受追捧和效仿的巴洛克艺术典范之作，应
该说是具备单纯和静穆这样的特质的。温克尔曼本人只是见证
过石膏浇铸而成的仿制品，这样的仿制品不可能将细微之处呈
现出来。对此，尤斯丁（Justi）给出了一番锐见，他说，此时
的温克尔曼是如此切近雕塑艺术的时代氛围，同时又如此远离
那样的艺术氛围，这本身就绝佳地表征着新旧时代的一条分界

线。不过，尤斯丁此论并不能切实解释如下情状：温克尔曼运用"单纯"和"静穆"这样的语汇来刻画这件复杂的、精微的自然主义杰作，而这件作品若是仔细勘察起来，是极具现实气息的；若是远观那存放在梵蒂冈的原件，则会发现它是一件华美的、优雅的复杂饰品，每一部分都展现出动感。温克尔曼竟然能从他心目中的此一真正典范身上看出希腊艺术的特出品质，此举无疑展现出他那异乎寻常的盲目，对此，最好的解释莫过于：他在给出那段著名论说之时承受了极大的天启。那一刻的温克尔曼，已然置身恍惚境地；在此等天启催动下，他不免要说出一系列的真理，这真理同他眼前的物件没有任何关系，他只不过是在自己内心里，将二者联结起来而已。

剩下的问题便关涉到灵魂之伟大。在这个问题上，温克尔曼理论的基础要坚实得多。他的确在拉奥孔身上看到了这一点，没有人能够证明拉奥孔身上没有灵魂之伟大。这也就为温克尔曼提供了绝佳的制高点，他据此对巴洛克艺术展开了无形的攻击和批判。为此，温克尔曼借助了维吉尔和索福克勒斯的力量，那部小册子在接下来的几段论述中成就了一段文学简史，那是温克尔曼的文学史，正是这样一部文学史，发挥出长久且暴政性质的影响力：

> 这杰出的艺术品拥有其青年期及成年期；这些艺术品的开端看上去近似于造型艺术家的初次尝试，在这里只有浮华和惊叹能满足艺术品位。这曾是埃斯库罗斯的悲剧缪斯所采用的形式，而他的《阿伽门农》部分是更模棱两可的——这归于他对夸张手法的使用——甚过赫拉克利特 48

已有的作品。或许一流的希腊画家是以他们一流作家的创作方式来绘画的……这种希腊雕塑的高贵的单纯和静穆的伟大是那个最伟大时代——苏格拉底学派著作的时代——的希腊文学的真实特质……

自然界的感官之美和人身上的精神之美都是可以模仿的；当然也可以借由高贵、单纯、静穆和伟大这样的艺术品质，将美和崇高，将人和神联结起来。不过，所有这一切唯有研究并效仿希腊人方能达成。这就是温克尔曼传递给同时代人的审美信息。这信息背后潜藏着如下绝对律令："看到至高者，就必须爱上至高者"。此乃无可更改的法则。由此也就不难理解温克尔曼那火山喷发般的成就，以及这一成就为何会产生如此长久的影响力。他那特出的优美风格，如同一柄轻灵长剑，闪着光芒，划过18世纪德意志那粗笨而枯燥的散文世界；他那奔放的热情一下子照亮了那长久的失落和遗忘之地，那不正是最为伟大的人类精神遗产吗？他对美实施了卓绝的剖析，由此挥刀斩断了巴洛克艺术那厚重的丛结，此时的巴洛克艺术正待舞蹈至死，已经进入了末日狂欢的耗竭阶段。弥散在"大花园"当中的狂野动感和迷狂，已然沦落僵硬之地，新的王朝正在开启，缓慢地、无可更易地、肃穆地，这有什么好奇怪的呢？

"大花园"阁楼的幽暗之地，那是希腊艺术品的放逐之地，而如今，它要重新登临艺术宫殿，还要夺回被诗歌和戏剧当中的正面英雄长期把持的地盘。这是温克尔曼策动的一场文学革命，是以希腊这个充满魔力的名字展开的。在这场革命中，温克尔曼制造了新的国王，不过，他的国王都是假冒的，温克尔曼对此从无意识，因为他不会去倾听他自身天才的声音。实际上，只需要多付出一点点辛劳，温克尔曼就能够得以进入那个令他一直魂牵梦绕的国度。然而，他那内省的眼睛却拒绝去观瞧雅典卫城，尽管那座卫城就在那里，等着他去观瞧。

第三章

阐释者们：莱辛（1729 ~ 1781）
与赫尔德（1744 ~ 1803）

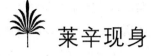

莱辛现身

已经两年了，我的境况都极为糟糕，而且我越陷越深。该怎么给母亲回信呢？怎么能让母亲知道我的境况呢？显然没有可能实现的希望，我还能坚持吗？倘若天不助我，我就注定了要沉沦下去，我又怎能指望帮助别人呢？……我亲爱的哥哥，我写这些，不是为了让你为我担忧。完全不必这样。我能忍受一切，除了人们的怀疑、蔑视和仇恨，特别是那些倘若我的境遇能好上一些，我会为之付出一切的人。不要让母亲知道这些，这是对我最大的帮助。

戈特霍尔德·埃弗赖姆·莱辛，一个毕生作品都如同军旗一般彰显着高昂战斗精神的人，于 1774 年从一个德意志王侯的宫廷致信自己的哥哥泰奥菲罗斯（Theophilus）。绝少有谁会像莱辛这般令人畏惧，也绝少有人能活得像莱辛这样无所畏惧。此等卓绝智识同此等宽广宏伟的心性，在莱辛身上合为一体，这样的情形世所罕见。莱辛生于一个贫穷的牧师之家，在活下来的七个孩子中，他排行老二。贫穷伴随莱辛终生，令他痛苦不堪。倘若不是如此牵挂他同样挣扎的家人，莱辛是可以轻松承受贫困的。他身上有着堂吉诃德式的侠义精神，家人困顿而自己无能为力，令他心碎不已；但是，家人并不总是能够体认莱辛心性中这一特质，总是吵着闹着问莱辛要钱。与此同时，死神也一直在莱辛钟爱的人中制造悲剧。他的挚友埃瓦尔德·冯·克莱斯特（Ewald von Kleist）1759 年在库纳尔斯多夫战场上因伤死去；1764 年，他失去了哥哥戈特弗雷德（Gottfried）；他父亲于 1770 年离世，他母亲也于 1777 年故去，留下这么一个可爱的儿子，兀自悲恸不已。在沃尔芬布特尔度过了七年的艰难时光之后，他于 1776 年娶艾娃·柯尼格（Eva König）为妻，然而，在度过了十二个月的短暂时光之后，莱辛失去了妻子，还有她腹中的胎儿。此情此景，莱辛也只是简短地致信一位朋友说："我妻子去了。我总算体验到了个中痛楚。很高兴不用再去经历这样的痛苦了，我很平静。"莱辛有着极强的独立意识，甚至有些过头，他害怕摆出求援的样子，即便是低微的姿态，都令他退避三舍。有三年半，他就在悬而未决的状态中苦苦等待，等待布伦瑞克王储卡尔·威廉·费迪南德（Carl William Ferdinand）兑现当初的承诺，给他图书管理员的职位涨薪水，给他皇家史官的职位和酬劳，然而，苦苦等待，最终只换来一场空。王储的这些承诺可能超越了他的权限；可以肯定的是，王储是那种绝不道歉也绝不解释的人。这就令莱辛深陷无可忍受的两难境地，要么继续等待垂怜，要么辞去这个职位，但是这个职位是他触目所及最后的谋生手段。最终，莱辛还是迈出决绝一步，写下一封长长的解释信笺；王储总算伸出了援手，慷慨赐予莱辛一个更高的职位，涨了薪水，还提供了一间住房，供莱辛夫妻二人居住。

　　莱辛毕生，无论是在智识领域，还是在道德世界，都在跟群丑斗争，他的任何动作，都会引来一阵阴毒的明枪暗箭。这群小人当然也不会平安大吉，世事总是一报还一报。海涅在《德意志宗教和哲学史》（*History of Religion and Philosophy in Germany*）当中，对此有上佳的评说：

> 在莱辛的刀剑面前，所有人都会颤抖。与他交战，没有人的脑袋是安全的。他的确是出于纯粹且昂扬的斗志，砍下不少人的脑袋；不过，他却也足够毒辣，竟将敌人的脑袋高高举起，让人们看到里面实际上什么都没有。若是有谁是他的刀剑够不到的，他就会动用讽刺之箭，将其射杀。

然而，小丑毕竟是人数太多了，一批神学家还给了他致命一击。莱辛其人，真理之爱是他强有力的智识激情，正是这一激情令他于1778年陷入同这批神学家的争斗当中，原因是他发表了莱玛鲁斯（Reimarus）关于福音书之历史准确性的诸般怀疑。莱辛本来期望一场理性的讨论，但他等来的却是漫卷而来的人身攻击，审查制度更令他无从为思想自由事业展开些许反击。不过，莱辛还有一件武器，那就是他的临终遗言。正是借由这份遗言，莱辛将宽容、人性和常识留给自己的国家，毕竟，此时的德意志和以往一样，太缺乏这些东西了，这份遗言也就演变成一份绝佳的呼吁书。人类为了对抗宗教偏见和宗族偏见，曾发出难以计数的呼吁，但莱辛的这份呼吁，很可能是最具魅力的。不宽容精神仍然存在，而且会一直存在下去，毕竟，人情世故之浓重是无从消解和祛除的。然而，自《智者纳坦》（*Nathan the Wise*）问世之后，在欧洲的非德意志思想群体中，不宽容便失去了强大力量。

几乎在一切方面，莱辛都同温克尔曼正相反对。温克尔曼几乎不知道正常的情感状态；莱辛的情感状态在一切日常关系当中，全然归属那种人情味十足的状态，而且也是非常强健的。温克尔曼四处要钱；莱辛有时候也会借钱，但他一直也在仗义疏财。温克尔曼天生就能吸引富有的恩主，莱辛则是在显贵手中倍受羞辱。温克尔曼为了美而牺牲真；莱辛则愿意为了真而牺牲生命。然而，正是温克尔曼激发了莱辛，不过，温克尔曼不曾从莱辛那里学到任何东西。

两人从未谋面，不过，两人的生命轨迹倒是有交集。1765年，两人都得到举荐，争夺腓特烈大帝的皇家图书管理员职位。莱辛最终败北，不过他淡然处之。1751年和1752年之间那个冬天，莱辛和伏尔泰之间爆发了一场争吵。原始是伏尔泰的秘书理查德·德·卢文（Richard de Louvain）将《路易十四时代》的一份抄本给了莱辛，莱辛在前往威登堡的时候随身带上了这份抄本。伏尔泰的警觉病一下子又犯了，他认定莱辛此举是为了出这部作品的德语盗版，便用一系列威胁信笺追索莱辛，莱辛在回信中同样是淡然处之。十四年后，又发生了一场伏尔泰式的闹剧，那位普鲁士君主是不会忘记这件事情的。莱辛并不受腓特烈二世待见；腓特烈二世曾为温克尔曼提供了薪酬为二百二十五镑和三百镑的职位；温克尔曼欣然接受了薪酬三百镑的；而后，这位向来节约的国王遣人告诉温克尔曼，薪酬削减为一百五十镑，接不接受该职位由温克尔曼自己决定。（据说这位国王的原话是："对一个德意志人来说，这足够了。"）温克尔曼愤怒拒绝，这个职位于是被交付给一个籍籍无名的法国人。当莱辛的《拉奥孔》（Laocoon）面世之时，两人的生命轨迹再次出现了交集，在这部作品中，莱辛多次征引温克尔曼的论述，并对《艺术史》表达了赞赏。温克尔曼听说莱辛曾攻击过他，对此事不屑一顾，不过，当他最终读到莱辛的《拉奥孔》之时，一开始他是极为满足的，还在1766年8月6日给施拉布伦多夫（Schlabrendorf）的信笺中写道：

> 莱辛的东西写得情真意切，很遗憾我没有读过他的其他东西；您没有告知我他现在何处，要不然我会立即给他去信。在某些问题上，我是可以给出解释的，他也完全有资格得到我的回复。得到一个受人敬重之人的赞誉，这是荣幸；得到这样一个人的批评，同样荣幸。

温克尔曼从未致信莱辛，1767年，他致信斯托施，一番思量之后，他的言辞就没那么大度了：

> 读了莱辛的书，写得不错，尽管风格上存在常见的缺陷。这家伙的知识太欠缺了，根本不值得回应，任何回应都不可能让他有所提升。倒不如劝导一个来自乌克马克的俗人，这样的人毕竟还有些常识，像莱辛这样的大学人士，则不过是想着用惊人之论来博得一些光环而已。所以，没必要回应他。

莱辛对温克尔曼其人了解多少，我们不得而知，不过，温克尔曼的死讯传来，他对温克尔曼的道德评价并不高。他写道，他愿意将自己的生命分几年给温克尔曼，但即便真的如此，温克尔曼也不过是将这些时间用来拜望君王并收集艺术珍品而已。差不多就在温克尔曼离世的同时，莱辛开始计划前往意大利和罗马（他此前从未提起过这样的想法），就仿佛昔日的障碍终于在今日得以清除。也许，他一直都避免同温克尔曼会面，尽管他在智识上是非常敬仰温克尔曼的。可以肯定，只要温克尔曼还在罗马，这座城市对他就不会有特殊的吸引力，但是现在，他则跃跃欲试，准备走上一趟。而且一种欲念也在

55　极度刺激着莱辛：说不定，他能接替温克尔曼的位置。

> 知道我为什么烦躁吗？（1768 年 10 月，莱辛这样问他的朋友艾伯特。）我跟大家说"我要去罗马"，所有人都立刻将这话同温克尔曼联系起来。我要去意大利，要去罗马，这跟温克尔曼有什么关系呢？我比任何人都敬仰温克尔曼；但是我讨厌被当成温克尔曼，就如同我也常常讨厌被当成莱辛。

此种心境下，当斯托施携带举荐信前来拜会他，他当然不会高兴：

> 我非常感激穆泽尔·斯托施先生的善意 [1768 年 12 月，莱辛告诉尼克莱（Nicolai）]。请转告斯托施先生，我会珍视这次机会，不过也请斯托施先生多了解了解他要举荐的这个人，在此之前，我不会即刻动用这些举荐信。不过，跟你我也不必隐瞒，我是根本不会动用这些推荐信的。我无意在罗马结交任何人，除非是我自己愿意结交的。倘若温克尔曼不是阿尔巴尼的特殊朋友和门客，我相信他那本《未经发表的古物》的结局会非常不同。这本

书中可是有不少沉渣，这一切都是因为它生在阿尔巴尼的庄园。这本书也谈不上有美学价值和考古价值，如果说有的话，也只能说是温克尔曼强行塞进去的。我想看什么，我想怎么活，乃取决于我自己，跟那些主教大人无关。

不过，莱辛智识上对温克尔曼的敬重不曾因此改变。1776年，莱辛开始着手编辑温克尔曼的作品，同时也对《艺术史》展开评注工作。斯托施将自己同温克尔曼的全部通信都交付莱辛使用，当然也给出条件：莱辛只可以发表那些关乎艺术旨趣的内容，私人内容则需要全部回避。莱辛大致浏览了这些信件，说会抽时间进行摘录，并表示这并不麻烦。他虽有"坚定决心"要完成温克尔曼全集的编纂工作，但这项工作无果而终，很可能是因为他细读了这些通信。其中的"私人"内容毫无疑问令他倍感厌恶。①

莱辛的意大利之旅，他自己在1769年谈起这一打算的时候，认为那是"必然的宿命"，但直到1775年，他的意大利之旅才得以成行，这主要还是因为沃尔芬布特尔的召唤。最终，他进入他的这片应许之地，根本就没有心情为之沉醉，因为他虽然刚刚在维也纳同分别数年之久的艾娃·柯尼格重聚，却又因为要陪伴布伦瑞克的列奥波德（Leopold）亲王而不得不再次与她分别，亲王要展开一段为时颇长的游学之旅。这段游学旅程从1775年4月一直延续至10月，途经米兰、威尼斯、利沃诺、科西嘉、热那亚、都灵、帕尔马、那不勒斯和罗

56

① 达斯多夫（Dasdorf）出版了温克尔曼和斯托施1781年之前的全部通信，此一不慎举动令赫尔德惊惧不已。

马。对莱辛来说，这实在是一段悲惨旅程，因为他甚至连艾娃的信都收不到；他感觉艾娃可能已经亡故，或者至少也是病得极为严重，已经无法提笔写信，于是他陷入木然的绝望当中。对这趟旅程，他仅仅保留下来一份旅行日记，那纯粹是交代一些枯燥的事情，里面不曾涉及拉奥孔。据说他曾在这座雕塑面前沉思良久，最终得出的结论令人极端诧异，也许只有他本人能够理解：他更愿意观摩石膏仿制品。以他那巨大的才智，他可以仅仅依托他人的一段话以及为数寥寥的复制品和雕刻物，便提出一整套艺术理论，而无须亲眼见证那些艺术品。当然，他的意大利之旅也是必须考虑的因素，不过，这趟旅程完全由他自己的心性主宰，他的心性则显然要比他的头脑更为伟大。此外，还应当考虑到，拉奥孔群雕及其意义，对莱辛而言，已然是古老的故事了，已经有二十岁了；1755 年，温克尔曼的册子问世；1766 年，莱辛已经发表了自己对这座雕像的回应，那份回应是人类的批评机能所能造就的最为出色的天才之作。

拉奥孔再现

《拉奥孔：或称论画与诗的界限》，是纯粹智识造就的令人极为振奋的罕见艺术作品之一。或许，此前只有柏拉图的对话才能在文学王国造就此种令人激奋的情感，令读者感到亲身参与了追索真理的旅程，仿佛是在同艺术家本人一起创造那令人迷醉的结构，一砖一瓦，历历在目。这部作品也是一切所谓的美学论章当中最富教条色彩的，人们可以在其中见证到作者是在高声抒发自己的想法，读者也可以闯入其中，尽情抒发自己的看法，提出反对意见，这样的反对意见，对方会在后面予以回应，要不就是将之彻底驳倒。与此同时，论辩双方会突然发现，他们是在就同一项例证展开推敲，一方要证明一个看法，另一方则要反驳这个看法。合上书本，读者便一下子意识到，思考诗歌和艺术之性质问题，竟然如此富有张力，如此富有创造性，并且这项思考活动本身实际上绝少依赖孤单单一个人，即便自己的大部分结论都同提出这些结论的那个人所持的看法是全然对立的。然而，《拉奥孔》并非单纯的辨证练习，尽管其最显著的特征就是以苏格拉底的方式取得了这场现代成就。今天看来，这部作品的主要价值也并不在于其提出的美学原则，实际上，书中的大多数原则要么已经被后人拒斥，要么已经消融在批评潮流当中，

沦为老生常谈了。不过，而今再阅读这部作品，莱辛那奔放
恣肆、席卷一切的申述，仍然拥有令人震颤的力量。表面上
看，《拉奥孔》是要勘察审美法则；但实际上，无论就目的
来说，还是就结构而言，《拉奥孔》都是一部解放大剧，并
且以恢宏态势呈现在恢宏舞台之上。[①] 英雄、诸神都参与到
这部戏剧当中；凡俗的人类则负责在旁评说，尽管评说通常
是错误的，但凡人还是尝试着去理解整个传奇、神话、艺术
和诗歌的世界。丰富的参引和联想是这部作品最具魅力的地
方之一。这一切都透射出丰沛的希腊戏剧手法。然而，所涉
及的主要问题是极为复杂的，个体化的人物更是为数众多，
他们因为各自的愚蠢而制造了不小的伤害，同时，真理借由
一个缓慢的辩驳过程才被揭示出来，这一切实际上都预示了
后来易卜生运用的那种叙事方式。特别要考虑到，剧中的主
要人物之一，也就是以"评论人"之名出现的莱辛本人，则
对问题的根本是有清晰认识的，而且也的确向众人揭示了问题
的根本所在。

　　和所有有着相当分量的戏剧作品一样，《拉奥孔》实际
上没有任何内容纯粹是作者自己创造的。其中包容的宏富素
材，的确能令掌控能力不足的人倍感惭愧。不过，莱辛运用

---

①　我是在完成了对莱辛《拉奥孔》的此一阐释之后，才读到阿道夫·弗雷
　　的相关研究，参见 Adolf Frey, *Die Kunstform des Lessingschen Laocoon*,
　　Stuttgart and Berlin, 1905。阅读这份研究，我的感受是复杂的：一方面，
　　我很高兴一个如此聪敏的批评者站在我这边；另一方面，则不免也有些
　　失落，因为我不是第一个看出这部美学杰作之戏剧结构的人。我将我的
　　论述原封不动地展现出来。弗雷对这个问题的处理则要粗略得多，而且
　　他对剧幕的划分跟我也不一样，他将"俗见"（right opinion）而非荷马
　　视为主人公；此外，他并没有看出，里面的潘达罗斯实际上就是莱辛本
　　人。参见弗雷作品第 39～45 页。

58

素材也有自己的方式，他会甄选并简化素材，对之进行编排和分组，由此展示出剧情的本质要素，而这恰恰能够显示出他的创造性以及戏剧感。此外，莱辛操控剧情发展并将运动和生命注入剧情当中的方式也是令人仰慕的。《拉奥孔》发挥出的戏剧效果以及莱辛本人要展开的解放工作，很显然会感染所有读到这部作品的人。莱辛拥有百科全书式的知识，拥有扎实的、足以成就一名杰出学者的古典学养①，他在审美心理学问题上同哲学家摩西·门德尔松（Moses Mendelssohn）的谈话和通信极具激发力，这其中，尼克莱的天分虽然逊色，但也是有所贡献的。此外，他对杜波斯（Dubos）、斯宾塞、哈利斯（Harris）、凯洛斯、巴托斯（Batteux）、哈格多恩（Hagedorn）的作品都了如指掌，当然还包括狄德罗的《盲人书简》（*Lettre sur les Sourds et les Muets*）（这可能是其中最具分量的一部作品）。这就是莱辛的素材，莱辛就是从这些素材中将"躯干"塑造出来的，确切地说，就是将"杂乱无章的注解塑造成一部完整的书"，他以《拉奥孔》来命名这本书，不过，这一名称肯定是有欺骗意图的，毕竟，形式问题在他这里是至关重要的，也正是因此，这部作品的初始版本就不下于三个。

应当承认，知识积累到足够的地步，自然就会成书；不过，单单是知识是绝无可能成就一部艺术作品的。直到1756年12月，当门德尔松提请莱辛关注一下温克尔曼那本小册子的时候，莱辛的内心才有了真正的规划，他要将自己掌握的素

---

① 莱辛是在梅森那著名的圣阿弗拉学校学习的希腊语，在莱辛时代，古老的人文主义在这所学校余温尚存。

材组织起来。温克尔曼的希腊艺术观念激发了莱辛，令他成就了自己的伟大观念，并开始酝酿以论辩方式将自己的观念呈现出来。1764 年《艺术史》问世，这显然是莱辛生命中一个激奋的时刻，正是温克尔曼这部作品，为莱辛提供了契机和灵感，令他得以用戏剧模式重塑自己的作品，并以论辩方式将之呈现出来。温克尔曼对拉奥孔群雕的那份早期描述，如今已成为莱辛的出发点，同时也为莱辛自己的作品提供了名称。不过，《艺术史》本身并没有被莱辛纳入素材库，也没有为他的作品添加什么分量，因为他既没有时间也没有心思去吸纳温克尔曼这部作品。1765 年，他准备出版《拉奥孔》，破天荒地征引了温克尔曼的巨著的第二十四章，这颇有些戏剧化，就仿佛温克尔曼这部作品刚刚问世一般。这就等于是将一种诗性真理赋予了《拉奥孔》，确切地说，就是将戏剧模式灌注到莱辛的作品当中，不过，除此之外，也就没别的了。

　　莱辛本来是完全有可能忽略《艺术史》的，毕竟，他在文学领域是无所不知的，而且他对史诗和戏剧素来有着充沛热情，而对于造型艺术，他却历来都秉持无知态势，尽管这未必就意味着他对造型艺术之性质没有强烈的理论兴趣。在写作《拉奥孔》之时，莱辛不曾观摩过任何绘画，就更不用说雕塑了；对文学作品了如指掌，对造型艺术一无所知，盛开在德累斯顿艺术长廊中的那些画作于莱辛而言毫无效能。《拉奥孔》一书要令拉奥孔成为家喻户晓之事，然而，写作这部作品时，莱辛是否瞥过一眼拉奥孔群雕，这一点颇值得深究。不过，即便为了写作《拉奥孔》而令莱辛在温克尔曼钟爱的罗马城的画廊和博物馆逡巡数周乃至数月，想必莱辛还是会那么去写；他对线条和色彩素来都是缺乏感受的，而且已经是无可救药了。于莱辛而言，艺术始终都会是诗歌的穷亲戚。他的偏见是全然倾向于文学的，这也就是《拉奥孔》的整体倾向所在。也正是由此，德意志古典运动的一项显著特征再次显现而出。希腊令温克尔曼倾倒，但温克尔曼一直顽固地拒绝造访希腊；莱辛则更是勇敢无畏地伸张自己的艺术理论，却不曾试着亲眼见证艺术品。不过，考虑到莱辛的作品本质上是一部戏剧作品，考虑到莱辛的写作诉求，他这么做，倒也应该说是再合适不过的了。中正态度之于学术论题的分量，恐怕再怎么强调都不为过，但若是放在艺术作品的世界当中，中正态度的效能就很可疑了。《拉奥孔》是一部戏剧，这一点正是我在此处要予以明示的，既然是一部戏剧，自然会抛开一切理论考量，理论之事历来都是批评家们喜不自胜的逐鹿之地，那就留给批评家们去做吧。作为戏剧作品，自然就会出现高潮阶段，令双方冲突的本质尽显无遗，并由此带来一种启示，借由这种启示，冲突双方得以和解，其中一方还得以解放。

60

解释工作出现在前言部分，前言负责交代实际的场景，是随后剧情的序幕。据此前言，艺术和诗歌借由纯然的想象而结成"邪恶同盟"，此一同盟令二者相恨相杀，以相互毁灭为乐。此种关系格局，令艺术成为寓言的奴仆，诗歌则只能为艺术描摹效力；双方都成为对方的仆从，此种境遇对双方来说都不合理，而且令双方尊严尽失。唯一的救赎之道就是将二者分离开来。若是分离二者，则非得承认二者之间是存在明确区别的。一番申述之后，戏剧大幕遂即拉开，剧情随之展开。

第一幕
（第一～六章）

不妨想象一下，大幕拉开，拉奥孔群雕出现在眼前，温克尔曼和莱辛正对之展开品评，其中，温克尔曼将要点展现出来：

> 宇宙，希腊杰作的典型特质，最终，是高贵的单纯和静穆的伟大……这位拉奥孔，并不像维吉尔诗歌中的英雄，不会发出可怕的叫喊……拉奥孔忍痛；但他的忍痛如同索福克勒斯笔下的菲罗克忒忒斯……我们愿能以这位伟人的方式忍受极苦。①

莱辛和温克尔曼之间的冲突在第一幕开启之时便已经显现出来，直接呈现在这段著名言说当中。两个对手首先在一个次要问题上展开了近距离交锋：灵魂的高贵只能以斯多亚的方式展现出来吗？温克尔曼认为的确如此，并将拉奥孔群雕作为证61 据。莱辛没有质疑拉奥孔群雕的斯多亚风格——他是透过温克尔曼的眼睛去观察这座雕塑的——但他反对将拉奥孔和菲罗克忒忒斯进行比较，在莱辛看来，将二者比附起来是荒谬的。菲罗克忒忒斯当然也展示出非凡的英雄气质，但在痛苦境地，他却发出了激情的喊叫。荷马的英雄都有这样的特质，维纳斯也是如此，"铁铸战神"也不例外。身体痛楚令人高声叫喊，这是很自然的事情，文明的现代人羞于喊叫，野蛮人则是害怕喊叫，他们担心一旦高声喊叫出来，勇气就会随同泪水消散而去。希腊人将超人英雄气同一切自然而然的人类激情之完好表

---

① 参见第 46 页。莱辛在第一章开篇，引述了温克尔曼的整段论说。

达融合起来，在这方面，希腊人是独一无二的。菲罗克忒忒斯，甚至《忒拉奇斯妇女》中的赫拉克勒斯，都会因为身体上的痛楚而痛哭哀叹；索福克勒斯那部遗失了的《拉奥孔》恐怕也不会多一点儿斯多亚特质。这是完全可以想见的，因为一切斯多亚特质都不是戏剧性的。因此，即便说拉奥孔群雕在某种程度上显示出人对自身痛哭的控制能力，那也只能说，这一雕塑所呈现的灵魂之高贵，并不是斯多亚式的。必定存在另一种类型的高贵灵魂，那么它会是什么呢？

这个问题恰恰触及了拉奥孔问题的核心。艺术，在温克尔曼看来，是要服从美的法则的；趣味、性格以及激情之表达，也必须服从美的法则。这是希腊杰出艺术家们尊奉的规则，因此，这一规则必定是正当的。为什么提曼忒斯在描摹伊菲革涅亚的献祭场景之时，会遮住阿伽门农的脸呢？这是美的法则所要求的。作为父亲，阿伽门农承受此等痛楚，必定会面容扭曲，扭曲的面容则必定是丑陋的。拉奥孔的痛苦表情也正是出于同样的原因而在艺术作品中得到缓解：扭曲的身体和大张的嘴巴，是雕刻作品中最丑陋的景观，这是一定要避免的。此外还有一个原因：所谓艺术，乃系于某个特定的时刻，既然如此，就必须选择内涵最为丰沛的时刻，这样的时刻绝对不会是激情极度喷涌的时刻，也绝对不会是行动臻于高潮的时刻。这些转瞬即逝的时刻不应当在艺术作品中持存；毕竟，艺术品若是用来呈现这样的时刻，想象力就完全没有施展空间了。

因此，应该说，拉奥孔雕塑中呈现出来的法则植根于艺术的特殊本性，也植根于艺术的界限和限制。那么，诗歌这个更为宽广的领域是否也受制于同样的法则呢？温克尔曼对维吉尔的拉奥孔提起了隐含的批评，认为维吉尔不应该令自己的拉奥 62

孔发出"可怕的呼叫"。然而，一旦听到"可怕的呼叫声直冲云霄"这样的词句，谁又会惦记着说，这样的呼叫之声必定是嘴巴大张、极其丑陋的呢？诗人自己也根本不会对这个特定时刻表示出特别的关切，在整个事件的快速推进当中，这只不过是转瞬即逝的一个时刻而已。如果这也算是拉奥孔的软弱的话，那么这转瞬即逝的软弱根本不足以令人们对这样一个已经被证明了拥有众多德性的人失去同情。因此可以说，即便雕塑家们得到强有力的建议说，不可以让他们的拉奥孔高声呼叫，但维吉尔也仍然有着充分的理由允许自己的拉奥孔高声呼叫。

　　不过，维吉尔是个史诗诗人。换作剧作家又会怎样呢？在雕刻作品中，这样的痛楚已经是无可承受了，倘若是在舞台上见证并倾听此等痛楚的爆发，岂不是更加令人痛苦？理论上讲，这一反对意见是非常充分的；但实际上，索福克勒斯的天才还是成功地克服了这一危险，这一点看一看《菲罗克忒忒斯》就不难明了。莱辛随后对这部剧展开极为生动的剖析，仿佛菲罗克忒忒斯本人现身一般，仿佛就是主人公本人在读者眼前演出一样。《拉奥孔》将菲罗克忒忒斯从传说当中召唤出来，并将他那英雄意志活生生地呈现出来，莱辛则扮演了合唱队的角色，解析我们的怜悯和恐惧，此乃《拉奥孔》的成就之一。莱辛高声申述说：

　　　　绝不要瞧不起这么一个石头般坚强的人物，一连串的巨大打击可以令他高声呼叫，但仍然没有击垮他！身体的痛苦自然难以忍受，但他的意志却不曾屈服。对朋友的爱和对敌人的恨，不曾有丝毫动摇。索福克勒斯选择了超自然的创伤来克制人们对他身体痛苦的同情和怜悯，尽管要克制这样的同情并非没有难度，除此之外，索福克勒斯还添加了因被遗弃荒岛以及遭遇涅俄普托勒摩斯的背叛而承受的精神痛楚。由此，身体的痛楚便只是众多痛苦中的一项而已。此外，涅俄普托勒摩斯最终也因为见证了这撕心裂肺的痛苦，以及意识到菲罗克忒忒斯很可能会完全服从于这样的痛苦而生出悔意。此等情节便催生出戏剧效果和悲剧价值。涅俄普托勒摩斯之所以还能回归本性，能够听到自己的本性在内心发出的呼唤，完全是因为菲罗克忒忒斯是以自然的方式而非斯多亚的方式，去承受那样的痛楚的。

63

莱辛这一剖析，其效果是双重的。一方面，为了回应温克尔曼就拉奥孔群雕做出的那项流光溢彩的品鉴，莱辛凭借此番剖析揭示了造型艺术和戏剧艺术之间无可估量的鸿沟，尽管莱辛在这个问题上并没有展开长篇大论。另一方面，这一剖析也解释了那撕心裂肺的痛苦呼叫是完全有可能提升英雄品性的，并由此将那种塞涅卡或者科尔涅琉斯式的英雄（他们只是偷偷溜进舞台而已）贬抑到角斗士的层面上。他们绝无可能再次抬起他们的头颅，因为在此种境况之下，温克尔曼所推崇的斯多亚悲剧理想已然全盘瓦解。在此种境况之下，斯多亚意义上的"高贵"以及被温克尔曼阐释为"静穆"的"平静"，也就跟悲剧完全不沾边了。温克尔曼错误地贬抑维吉尔，并看错了拉奥孔和菲罗克忒忒斯之间的相似之处。由此，莱辛的第一个，也是最具分量的论敌便被打发掉了。

接着，莱辛以维吉尔《埃涅阿斯纪》为武器，展开进一步论说，将诗歌同雕塑艺术进行对比，由此向自己也向人们证明，如果说真有模仿这回事，那也是艺术家在模仿诗人，而非诗人模仿艺术家。第一幕就是以莱辛的这一申述收场的。这一幕表明，艺术是次于诗歌的，而且艺术所涵括的范围就其本质而言要比诗歌狭窄得多，艺术的天然界限就是美，而且艺术行动是存在严格的时间限制的。诗歌拥有更为宽广的领域以及更大的潜能，这也正是莱辛意图伸张的一点；不过，人们还不曾为诗歌确立明确的法则，也不曾有谁谈起过诗歌和艺术的本质。

第二幕
（第七~十章）

莱辛的第二个对手可没有温克尔曼那样的才具。这就是斯宾塞先生。斯宾塞提起的论点是："诗歌中的好东西，到了雕塑艺术当中，通常也会是好东西。"此一看法是对诗歌的恶毒诽谤，这一点是莱辛必须予以揭示的。斯宾塞的著作，十卷本《睿智，或一种探询，关乎罗马诗人和古代艺术家遗作间的契合，作为揭示他们相互关联的一种尝试》（*Polymetis*[①]，*or an Enquiry Concerning the Agreement Between the Works of the Roman Poets and the Remains of the Ancient Artists*，*Being an Attempt to Illustrate them Mutually from One Another*）是一份相当有分量的论章，莱辛曾仔细研读过，现在则是要予以驳斥了。莱辛认为，斯宾塞不曾见出艺术和诗歌的根本区别，正是因此，斯宾塞成了诗歌和艺术之"邪恶联盟"的支持者，还特地不辞劳苦地将拉丁诗人的寓意叙事溯源于绘画和雕塑，认为是绘画和

---

① polymetis，足智多谋的、睿智的，荷马史诗中曾用于形容奥德修斯，他曾被直呼为 Polymetis。——译者注

雕塑启发了他们。莱辛认为这是肤浅之论，必须予以驳斥，因而提起了相当辛辣的论辩，将斯宾塞驳得体无完肤。莱辛指出，斯宾塞先生非常牵强地四处找寻拉丁诗人和古代艺术家的相似之处，这并不能说明问题，只是徒增荒诞而已，莱辛遂抓住这一点大加嘲讽。于是，讽刺之词便如同雨点一般倾泻在这个博学却没有趣味的神父身上，斯宾塞先生的确犯下成堆的错误，莱辛则不吝语词，在读者面前予以一一展示。斯宾塞这一幕延缓了剧情的发展，而且莱辛这么做应该说也没有太大必要；不过，这一幕倒也不能说完全多余，毕竟，正是在这一幕中，莱辛充分展示了诗歌和艺术之"邪恶联盟"的倡导者们做下的愚蠢之事。剧情当然没有在这一幕得到推进，不过场景本身倒是得到了更为清晰的界定。领域更为宽广的诗歌由此便吹响了更为嘹亮的冲锋号；艺术则开始渐渐退却了。诗歌是艺术的小妹妹，它借由莱辛在这一幕的论析一改颓势，不再是那老迈装饰品的仆役了，那并不符合这个小妹妹的身份。随着莱辛给出的这一最终宣示，斯宾塞先生被扫地出门，大幕随之落下。

第三幕

（第十一～十六章）

第三幕的大幕刚刚开启，莱辛仍然在思量斯宾塞的蠢行，法国人凯洛斯公爵就进驻舞台，胳膊下夹着一本书，斗志十足，公爵大人乃是另一部愚蠢作品的创制者，《出自荷马〈伊利亚特〉、〈奥德赛〉以及维吉尔的〈埃涅阿斯纪〉的画作，兼论服饰》（*Tableaux tirés de l'Iliade, de l'Odyssée d'Homère et de l'Enéide de Virgile, avec des observations générales sur le Costume*），这部作品莱辛同样仔细研读过，而且也给出了大量的批注。凯洛斯这部作品中的信息是向艺术家传递的，这信息就是：且在绘画中忠实反映荷马和维吉尔的叙事，由此将诞生何等辉煌的画作啊！在莱辛看来，凯洛斯公爵也是温克尔曼和斯宾塞幻象的牺牲品，他们都错误并愚蠢地认为，艺术和诗歌实际上是同一的。莱辛再次提起论辩，借此证成第三个论敌的愚蠢。两人于是就凯洛斯的叙述展开剖析，开始探讨该如何刻画诸神，莱辛也借此对公爵那"奥义迷雾"展开嘲讽，这样的"迷雾"遮挡了人们的视线，就在此时，第三名演员已经准备好了进入舞台。此人就是荷马，《拉奥孔》真正的主人公，他将掀起戏剧的高潮。莱辛则继续跟公爵大人展开论辩。他提起论辩：诗歌中的场景同绘画中的场景是全然不同的。据此，莱辛以《伊利亚特》第一卷中那肆虐的瘟疫为例，揭示出荷马是如何引领读者穿越那"众多迷人场景组成的整个画廊的"，而绘画则只是展现那尸体堆积如山的场景，在这一场景当中，阿波罗从云端射下箭头，将那如山般堆积起来的尸体予以焚烧。这样的场景是根本不适合作为绘画主题予以呈现的，而且也根本不可能成为恰当的艺术评判标准。接着，莱辛便转而考量"诸神议事"这个叙事场景，跟人们的预期相反，莱辛宣称这一场景若是在绘画中得以呈现，会令他迷醉。莱辛说，不妨看一看《伊利亚特》是如何展示这一叙事场景的，诗歌场景展示出更大的美感，那么，莱辛看到了什么呢？那朴素的四行诗是诗人们的通常呈现方式。这不正好证明荷马作为场景诗人的天赋同他激发出来的那些绘画是毫无关联的吗？有些诗歌场景可以呈现在绘画当中，有些则不能。诗性意象的整个不可见的世界，是全然对画家关闭的。更何况，在那可见的场景当中，也有许多东西对画家而言是毫无用处的。凯洛斯公爵对这一点也应当是有潜在意识的，比如说，凯洛斯公爵完全可以以《伊利亚特》第四卷的潘达罗斯叙事为例来支撑自己的看法，这是全部荷马诗篇当中最为详尽也最为生动的叙事场景了。

围绕"荷马叙事场景"展开的这场论辩，令剧情发展逐渐提速，达成最终结论之前的戏剧张力也随之提升起来。"可画的场景和不可画的场景"这一表述以及瘟疫即将降临的场景（"令人震撼的场景画廊"），已然令读者头脑中的剧情加速奔涌而出，超越了莱辛的言说。由此，剧情之迅速推演在读者脑海里制造出剧烈的印象，当荷马正式步入舞台并开始吟诵的时候，剧情推演陡然加速：

66

> 随即，他拔出他那磨光的角弓……如此当他上好弦，他放下，将它歇置在地……接着打开他的箭筒盖，取出一只从没射过的带羽毛的箭……不久后他将锐利的箭，架在公牛筋制成的弦上，张拉，将弦拉至胸前，对着弓的铁质前端。如此当他此刻将巨弓张拉成一个环，角吱声，弦大声鸣响，而那锐利的弓急速弹出，沿着众人间他的道路飞翔。

随着剧情逐渐向高潮推进——观众当然也能够意识到这一点——即将到来的场景会令观众战栗，这是文学王国最戏剧化的时刻之一。凯洛斯已然从舞台上消失了，他那"奥义迷雾"一下子将他遮挡住，莱辛则进而扮演起潘达罗斯的角色。拉奥孔群雕又开始变得模糊了，只剩下轮廓。艺术和诗歌紧密纠结在一起，如同那模糊的拉奥孔群雕的轮廓一样，四肢扭曲，面容纠缠，这样的错误就如同那条巨蛇一样，缠绕在艺术和诗歌身上，艺术和诗歌则在凄惨境地中苦苦挣扎，恰在此时，莱辛弯弓搭箭，弓弦崩响，一箭穿心，正中那缠绕着诗歌和艺术的怪物。就这样，诗歌和艺术再次分离开来，彼此解脱：艺术如同死了一般安静下来，如同那无声静止的雕像，诗歌则因为得以重新灌注了能量和生命力而震颤不已。"邪恶联盟"就此瓦解：

　　假如这是真的，那幅画，在它的仿效方面，使用了与诗歌创作完全不同的工具和符号，早先致力于肖像和空间中的色彩，后来刻画时间中的声响，假如，无可争议地，符号必定同描绘的事物有一种恰当的关联，那么共存的符号仅能表现共存的客体，或者共存的部分体。但是连续的符号仅仅表现连续的客体，或者在时间中互相接续的部分体。共存的客体，或者共存的部分体，被称为形体（body）。它遵循形体，就其可视的特性，是绘画的恰当客体。连续的客体，或者互相接续的部分，通常被称为行为（action）。它遵循行为是诗歌恰当的客体。

67

　　但是所有的形体不仅存在于空间中，也存在于时间中。它们有连贯的持续性，并且在持续性的每一个时刻，能识别一种不同的表象并立足于一种不同的关联。每一个时刻的表象和关联是一个连续行为的先行动作和原因的效果……它遵循绘画能模仿行为，但仅仅通过形体来认知它们。

　　此外，行为不能自身维持，而必须依靠特定的存在物。在此范围内，目前，这些存在物就是形体，或者能被如此认定，诗歌亦是绘画形体，但仅借行为来阐发它们。①

　　莱辛，一个批评家，至此算是将论敌悉数打发掉了，由此也界定了诗歌和艺术的本质区别，并据此将二者彼此分离开来，令二者各自解脱，留下那些误入歧途的诗人接受荷马的温婉抚慰。此后，荷马主导了剧情之进展，并进一步阐明，诗歌必须获得真正的自由。连续的行动场景是诗歌的要义所在；纯粹堆积辞藻是有害的；静态叙事则如同瘟疫，应当极力避之。诗歌应当呈现赫柏是如何将朱诺的战车拼装起来的，而不是仅仅描述这辆战车；或者说，应当呈现阿伽门农是如何穿戴王袍的；应当呈现阿伽门农的权杖或者潘达罗斯的弓箭缘何而来，而不能仅仅是描摹这权证或者弓箭。简言之，诗人应当将空间上的共存之物转化为时间上的先后序列，据此予以呈现；这些都是诗人手中的利器。

第四幕
（第十七～二十五章）

　　有了这样的武器，荷马得以接着迎战并击败所有更次一级的诗人，这些诗人并没有荷马那样的武器。以阿尔布莱希特·哈勒（Albrecht Haller）为首的那群致力于静态场景的吟游诗人不战而降。然而，维吉尔恰在此时现身舞台，他拥有更为强劲的武器，并且在戏剧开启之时曾将温克尔曼击溃。维吉尔以《埃涅阿斯纪》为据，发起攻击，为诗歌的共时性场景展开辩护；不过荷马手中挥舞的则是阿喀琉斯的盾牌，并为"历时性"大声呐喊，荷马向维吉尔发起压倒性的进攻，最终将其击败。埃涅阿斯的盾牌在同阿喀琉斯那荣耀之盾发生碰撞之时，尽皆

68

----

　　①　此处用的菲利莫尔（Phillimore）的译文，有几处略微改动。

碎裂；埃涅阿斯的盾牌毕竟是不堪一击的，外强中干，胡乱拼凑而已。维吉尔的败落令静景诗人们大为震动和惊惧，毕竟，维吉尔是他们最强大的支柱。

接踵而来的是情欲诗人的大溃逃，在荷马笔下海伦那无与伦比的美貌面前，这些人已然溃不成军，荷马从未对海伦那出奇的美展开过静态描摹，相反，荷马借用此等美貌的效能来呈现这种美貌本身。特洛伊的老人们也深深慑服于海伦的美貌，无言以对，无法再去谴责特洛伊人或阿该亚人，即便特洛伊人和阿该亚人为了这永恒美貌而陷入连年战祸当中。凯洛斯选择了在这么一个糟糕时刻再次现身舞台，他提起荒诞申述，认为此一场景是非常好的绘画主题。公爵大人为自己的鲁莽付出了惨重代价，遂悄悄溜走了。毕竟，艺术家若是描摹海伦的美貌，就只能就此一美貌本身施展拳脚，予以静态呈现，并呈现得光华缭绕，此等美貌之效能，也就是那些迷醉其中的老人，艺术家是无从顾及的。造型之美，乃是艺术的专属职能。既然如此，就让艺术去统领这个王国吧，就让她去统治这片寂寥之地吧。诗歌则必须远离这样的领地。那么剩下的宇宙，可见的和不可见的，则都将成为诗歌的正当领地。恰在此时，忒耳西忒斯现身舞台，他提起申述说，即便是面容的丑陋，也是可以进驻诗歌王国的；他还非常尖刻地嘲讽说，这样的话，他自己那丑陋身体的共时性便可以转化为历时性的一系列行动，由此催生诗性之美，对此，私生子埃德蒙和理查三世高声附和。

第五幕

（第二十六～二十九章）

温克尔曼的《艺术史》突然面世，终结了进一步的论辩。莱辛宣示说，在没有阅读这部划时代的作品之前，不可继续论辩下去。随后就是细节上的一些批评之论，主要是涉及拉奥孔群雕的时间问题，由此，这部解放剧也就有了一个还算温和的收尾，此剧的主旨是要解除艺术对诗歌的奴役。作为一份美学论章，《拉奥孔》不算完成之作，当然也不可能有真正完成之时；作为一部戏剧，《拉奥孔》则可以说在第二十二章就已经归于完整了；毕竟，就丑陋和令人憎恶之物的呈现问题展开的长篇探讨，本质而言是离题的余论而已，从戏剧角度来看，是完全可以去除的。

依托这部作品，莱辛在诗歌和艺术之间订立了一份协约， 69
令艺术独自掌领造型之美的王国；不过，莱辛也因此为诗歌赢取了多得多的东西，而艺术则顶多是赢得了一场外交上的胜利而已。莱辛据此也就达成了这部作品的诉求，将诗歌从艺术的奴役当中解放出来，重新将运动引入诗篇当中，同时也成功地倡导戏剧对情感实施激情表达。由此，莱辛得以驱使艺术走上一条危险道路，诗歌如果愿意的话，则可以高枕无忧了。无论莱辛的此番令谕对绘画和雕塑产生了怎样的影响，《拉奥孔》对德意志文学的影响都是巨大的。歌德后来在《诗与真》中有论，若要体悟莱辛这枚炸弹的解放效能，一个人必须让自己变得年轻。我相信，正是莱辛引入诗歌王国的运动观念，如此深刻地影响了歌德，尽管此一影响一开始只是无意识的。人们一直以来也都赞同，歌德的抒情诗篇比任何诗人都更具动感。后来，歌德更为充分地意识到莱辛诗歌观念的创造性效能，他特地写了一份颇为迷人且欢愉的短诗，名为《爱，风景画家》（*Love, the Landscape-Painter*）。丘比特在画下一幅极为迷人的风景画之后，将一个迷人少女引入画面当中，由此令画面变得相当完美，并将动感灌注到整个画面当中：

而当我正说着，瞧，一阵轻风

搅动着自身，并将树林晃动，

泛起那条河上的全部波痕，

掀起那淑女的面纱；

并且，我感叹甚而惊讶的是，

她迈出她的金莲和脚踝，

开始靠近并走向我

那儿，我与我年幼又顽皮的老师同坐。

而那时一切事物因此而晃动：

河流、树林、鲜花，还有那面纱，

伴着那美人如此优雅的脚步，

你是否觉得在我石头上端坐的那人，

像一块石头，而我太过呆坐又迟钝？

　　诗篇写于 1787 年，是献给玛达莱娜·里奇（Maddalena Riggi）的，诗篇本身表征了莱辛对歌德的诗学影响，无论这70 影响是有意的还是无意的。莱辛打开了闸门，令洪水涌入那僵滞的德意志诗歌王国，令歌德的诗才翻涌奔腾而起，最终成就了歌德那灵动且生机十足的动感诗篇。

　　不过，尚存一些未解决的问题。从理论上讲，《拉奥孔》算是将史诗和戏剧从艺术的奴役中解放出来了，但实际上却并非如此。《拉奥孔》完全未能瓦解温克尔曼在德意志古典运动时期的戏剧影响力。莱辛徒劳地呼喊着"毁灭"，并且也策动了一场斗争，"高贵的单纯和静穆的伟大"，这一表述却也是兀自矗立，不曾倒地，毕竟，这一表述太具魅力了，也太具欺

骗性了。赫尔德（歌德在其生涯的可塑期对赫尔德颇为倾听）
在悲剧之法则的问题上，同温克尔曼站在一起，与莱辛对抗。
《拉奥孔》可谓一场劳作，不过其特殊效果却是令温克尔曼发
现的那个希腊更广为人知，甚至更具魅力了。莱辛对荷马和索
福克勒斯素来尊崇，同时也将切实的生命感贯注到对荷马和索
福克勒斯的阐释之中，令荷马和索福克勒斯在当时的德意志受
教育群体当中展示出新的生命样态，令他们得以在德意志大地
复生，显然，《拉奥孔》发出的动人号召是拥有无可抵御的力
量的。是温克尔曼激发莱辛围绕希腊文学展开写作，两人之间
的这场争斗激发了诗人对一切希腊事物的强烈关切。一种几乎
是无限制的，甚至可以说是无批判的希腊激情，便随同《拉
奥孔》涌入德意志文学，并且此后便一直都是德意志文学血
脉中的一个关键要素。此外，莱辛还于 1769 年写就了精美小
册子《古人如何呈现死亡》 （*How the Ancients represented
Death*），以极具说服力的方式呈现了一幅对照场景，一边是基
督教禁欲主义的阴暗面，另一边则是异教徒之于生命和美的欣
悦。此一对照震荡着随后的岁月，一个又一个诗人前赴后继，
传递着莱辛发出的战斗呼声，席勒则将这呼声凝结为如下
诗行：

> 那时，没有可怕的骷髅对这将死之人
> 可怖地显现。那最后的呼吸
> 被一次来自几无悲叹之唇的亲吻，
> 一把因死神而燃尽的火炬，所接纳。

赫尔德回应"拉奥孔"

感受崇高乃是我的灵魂所向。这决定了我的爱、我的恨、我的仰慕以及我对幸福和不幸的梦想，也决定了我在这个世界的生活意志、我的表达、我的风格、我的行为、我的体格、我的谈话、我的关切，我的一切！我的爱！多么切近崇高，甚至到了脆弱感伤的程度！往事对我有着如此强力的影响，悲伤，爱人眼里的一滴泪水，亦令我如此触动！——还有什么能比往事更能切近我，更能打动我呢？——正是这一点决定了我对沉思、哲学、诗歌、故事以及思想中肃穆之物的热气，决定了我对古代、对往昔岁月的追慕，决定了我对作为一个族群的希伯来人的热爱，也决定了我对希腊人、埃及人、凯尔特人、苏格兰人等的热爱。我的早期精神志业由此得以确定，对此，我年轻时代的地方倾向贡献良多，教会和圣坛、布道坛和布道词的影响也同样是无可争议的，当然，身为神父的职责以及信仰的影响也是功不可没。我最初的关切、我年轻时代的美好梦想、我在花园里的惬意时光、我孤独行走的身影、我对人类灵魂有了新发现和新思考之时的那种颤抖感觉、我半清明半凝重的风格、我的洞见、我辑录的"森林志"碎片、雕像碎片以及人类素材碎片，总之，一切的一切，也都是由此得以确定了的！我的生命就是向着哥特式拱顶展开的一趟旅程……

J. F. 赫尔德在写下此番对灵魂海洋的奔放且极具穿透力的自我剖析之时，已经掌握了"拉奥孔"这个密码，那是一片狂风暴雨般的海域，海浪汹涌激荡，不受拘束的思想、狂放的梦想以及天启般的景象，在他心灵当中跌宕起伏。歇斯底里的音符在他的很多作品中纷纷奏响并震颤着，这样的音符伤害了他就人类历史所做的庞大概览，令他对于人类演进的先知情感变得虚假且虚浮。然而，正是这样的概览以及情感令赫尔德连同他那无所不包的心灵在他那个时代生出巨大效能。"研究文学的起源及文学迄今为止的发展与革命，这将是一部何等伟大的历史啊。"这是赫尔德在《我在1769年的游记》（*Journal of my Journey in 1769*）中不禁喷薄而出的一句话。同时，他也坦率承认："我享有太多东西，已经失去品位了。"他的雇主曾发现，他酣睡之时，床上堆满了希伯来人和希腊人的书，书堆里面一支淌着蜡的蜡烛仍然在燃烧，这令雇主着实吓了一跳。这样一个人是非常容易激动的，因此也是非常容易动怒的，他身上有着大量的缺点，不过，所有这些缺点都应当归因于他的神经。多刺且难以相处，这仅仅是他的外表而已，在此一外表下，隐藏着一个善良之人，甚至是一个有些多愁善感的人。他是能够做到迷人且随和的。他是极为朴素且真挚的牧师，并凭借无与伦比的布道，赢得了妻子。众多淑女名媛都仰慕于他。赫尔德也并非完全没有欲念。那个时代的一等人物都喜欢他，敬慕他。他灵魂中深藏了"丑恶的不和谐元素"，他自己也曾谈起这一点，正是这些元素令许多于他有着善良意愿

72

的人都渐行渐远。最终，他那伤人的尖刻讽刺以及恶劣举止，也耗尽了他曾经的学生、卓越的友人歌德的耐心和宽宏。在此事上，他的妻子卡洛琳（Caroline），一个素怀崇拜之心且激情四溢的女人［歌德称她为伊莱克特拉（Electra）］是肯定有份儿的。正是因此，赫尔德在生命中的最后几年，可以说是完全孤立的，如同一条丧家犬，对着歌德和席勒的作品咆哮、撕咬。然而，不正是他凭借自己神奇的批判才能，将各个民族、各个时代的杰作挖掘出来并展示给世人吗？糟糕的境遇毒害了他的脾性，毁灭了他生命中的很多事情，特别是毁掉了他生命中不可或缺的罗马之旅，那是1788年和1789年的事情。和他同为牧师的费里德里希·达尔贝格（Friedrich von Dalberg）是沃尔姆斯和施拜尔的教堂神父，此人坚持邀请赫尔德前来做客，赫尔德也欣然应允；然而，达尔贝格并没有让赫尔德知道他的情妇弗劳·冯·塞肯多夫（Frau von Seckendorf）也会在场。塞肯多夫随同他一起抵达奥格斯堡，这个女人一路相随，举止放荡且态度倨傲，令赫尔德无法再接受达尔贝格的好客举动，永恒之城最终也成了赫尔德眼中名副其实的人间地狱：

> 我亦见过那里，假如我已留下来唤你的名，
> 噢，你残忍的，古老又现代的罗马！
> 但借助名字，谁已不再认得你，
> 噢，神殿，连同你，圣彼得的穹顶？

73

> 你沉没了，从那里创设出这一片火热的土地
> 一条激流涌淌而出，从新近和遥远的罗马，

　　那儿，元老和战士们留驻往昔，

　　如今却是黑披风的传教士和主教。

　　莱辛是以满眼的哀伤去见证罗马的；赫尔德则是在暴躁和鄙夷的氛围中见证罗马的。罗马给赫尔德带来的除了愤怒便没有别的了，这种观感一直延续到他遇到"天使般"的安吉莉卡·考夫曼（Angelica Kauffmann）为止，她抚平了赫尔德灵魂中的苦恼。

　　怀着复杂的心情从赫尔德这个人转向赫尔德这个人的作品，就如同在倾听一株敏感植物的思想一样，很显然，这植物有着神奇的语言天赋。赫尔德拥有非同寻常的感受力，特别是对抒情诗；无论是翻译还是阐释，他再现美之灵变本质的能力差不多到了令人恐怖的程度，特别是要考虑到他有着极为宏富的知识量。作为诗人，他可能是最糟糕的，但作为翻译家，他却如有神助。这世界上可能没有谁比他更明了那些诗性作品了，无论是希伯来的、冰岛的、印第安的，还是希腊的。他对诗歌极其敏感，对观念亦是极具感受力。一个约略的提点，就能在他这里产生极为深远的效果。"北方巫师"（Wizard of the North）哈曼（Hamann）曾锻造出如下词句："诗乃人类的母语"。赫尔德真正挖掘了古老的德意志民间诗歌，同时也辑录并翻译了各个族群、各个时代的原始诗篇，并彻底改变了流行的《圣经》观念。温克尔曼展现了希腊艺术的有机生长进程——逐渐繁盛又逐渐败落。此一申述激发了赫尔德，催动他去追索人类的精神历程，并将文学作品作为人类思想历程中的纪念碑加以阐释。较之哈曼和温克尔曼，莱辛对赫尔德甚至有着更为深重的影响，莱辛刺激着他不断追随自己的脚步（尽管常常是以反抗的姿态）。莱辛散射出来的智识光芒令他炫目且盲目，不过，他也一直都浸染在莱辛的思想当中。①赫尔德并不是真的对戏剧感兴趣；莱辛骨子里对抒情诗也谈不上什么兴致。考虑到两人之间的此一差异，也就有理由认为是莱辛一直在刺激着年轻的赫尔德，令他不断进行反驳、调整或者赞扬，这种刺激贯穿了赫尔德终生。在文学生涯起步阶段，他便用一部献给莱辛的作品来回应"拉奥孔"的呼叫。

　　赫尔德是非常理想的读者，对种种情感和观念有着非同一般的感受力。他对《拉奥孔》的回应，显然是以作者希望的方式展开的，在这项回应中，赫尔德紧紧跟随莱辛的剧情，展开了一场贯穿始终的论辩。从 1769 年《评论集》（*Sylvae Criticae*）的第一份论章开始，赫尔德就开启了追随莱辛的道路。因此可以说，赫尔德的生涯路径是莱辛已经为他开辟好了的，这样一条道路当然会有令人厌倦的一面，会令赫尔德的论章显得琐碎且多余，尽管在很多细节上他都给出了颇具锐见的批评。不过在今天，人们阅读《拉奥孔》已然是为了愉悦而非为了从中获取教益，此种境况之下，赫尔德的评论也就失去了说教价值。在 20 世纪，倘若还有人阅读《拉奥孔》是为了从中汲取教益，那就等于是承认自己在智识上毫无进展，而且还可以据此论定这样的读者在审美上是非常迟钝的。莱辛可以

---

①　赫尔德为莱辛的 *Briefe, die neueste Literatur betreffend, 1766 - 1777* 写作了续篇，接着便在 1769 年写就了 *Kritische Wäldchen*，这部作品处理了拉奥孔问题，并攻击了莱辛的论敌克洛茨（Klotz）。赫尔德还于 1769 年写了小册子 *Wie die Alten den Tod gebildel*，以此回应莱辛的拉奥孔论题，莱辛谢世之时，他还赋诗予以祭奠。他为莱辛书写的悼词以及他的论章 *Winckelman, Lessing and Sulzer* 也足以成为明显证据，表明他从未停止过对莱辛及其观念的关切。

说是最具理智的批评人，不过在写作《拉奥孔》之时，也仍
然是受到了天启一般；赫尔德则取狂想一途，不过在回应
《拉奥孔》之时，则仅仅是接纳了莱辛的激发力量而已。理想
的读者未必就是理想的阐释者；激奋和热情往往会走过了头。
《评论集》的第一份论章就是这方面的一个例子。不过，赫尔
德显然比莱辛更好地理解了荷马，他对荷马的阐释也更为贴
切。他对诗歌之本质有着更为敏锐的意识，对艺术的理解也合
理得多。他以自己敏锐的感受力，探询莱辛的薄弱环节，而这
样的环节，他也的确找到了很多。

　　说荷马世界中的英雄在受伤的时候都会大声呼叫，这肯定
是不对的：荷马的英雄会倒在地上，那漆黑的夜色掩盖了他们
的眼睛；神与人当中，唯有怯懦者和恃强凌弱之辈才会在身体
痛楚之时发出嚎叫；至于精神伤痛，则是另一番情境。莱辛认
为在荷马的世界中凡人是看不到诸神的，这也是全然错误的。　75
此外，诗歌当中所谓的序时行动原则失于纯粹武断，因此，莱
辛那种认为诗歌只能呈现序时行动的论断也就轰然倒地了。能
量乃是诗歌的灵魂，这跟行动是完全不同的事情。荷马当然也
会把握一切机会，以序时方式展开叙事。荷马的主体叙事手段
是行动而非静态的场景描述，这一点是可以肯定的，不过，荷
马运用此一叙事手段，并不是为了铸造"诗性场景"，而是另
外的诉求。特别是，荷马之叙事并非纯粹依托感觉和经验而
行，并不是单纯地将空间上的共存转化为时间上的行动序列，
倘若诗人仅仅满足于这样的叙事方式，这世界也就没有人配得
上诗人这个称谓了。将一切静态场景逐出诗歌王国，将会实实
在在地扼杀大量的优美诗句。同理，将一切运动逐出艺术王
国，就等于剥夺了艺术的灵魂。所有的时刻都是转瞬即逝的，

所有的身体状态多多少少也是如此，倘若据此认为艺术不应当呈现此类转瞬即逝的时刻，也就等于摧毁了艺术的本质。在这个问题上，莱辛同样是错误的。

赫尔德就这么不断地发出急切的声音，并没有招来反对或者论辩，因为他只不过是在大声重复自己的反对意见而已。不过，这样的自言自语，也实在是没有任何乐趣可言。在《拉奥孔》中，古希腊的破晓时刻电闪雷鸣般降临。但是在《评论集》中，这样的盛况已然是明日黄花。读者当然想着热切地跟从莱辛，但是赫尔德浓墨重彩地阐释了自己的看法，遏制了读者追随的脚步。看来，花期已过。赫尔德就温克尔曼和莱辛的叙事风格给出了令人陶醉的对比，不过，这也并不能弥补他征引了温克尔曼对拉奥孔群雕的评说这一事实；在他的论说中，温克尔曼的看法得到了彻底证成，不过，这样的证成只不过是令读者徒增厌倦而已。更糟糕的是，赫尔德还试图将自己对菲罗克忒忒斯的解释强加给读者，他大声宣示说："回到希腊舞台！"于是，读者顺从，但并不情愿，读者对此感到厌倦，这却是必然之事。莱辛给出的是完美的剖析，廓清了实情的前因后果，那样的分析是极具激发力的，而且也是相当简洁遒劲的。赫尔德给出的解释则是抒情诗式的（尽管还不至于像他几年之后就这个主题写就的那部情节剧那般糟糕），没有给想象力留下任何空间，全部都是他对莱辛《拉奥孔》前三幕的观感，语气过于昂扬，辞藻过于臃肿，而且情感也显得泛滥。在赫尔德的解释中，拉奥孔毫无畏惧。很可能因为对拉奥孔问题已经非常熟悉了，所以赫尔德才生出轻蔑之感；毕竟，赫尔德的解释跟莱辛的解释是不一样的，在赫尔德的解释中，拉奥孔的动作和呼叫，始终都是借由英雄气度予以克制的。今天的读者已经对这部剧太过熟悉了，甚至都没有必要再去阅读它了，而且也觉得没有必要为这部剧付出智识上的努力。莱辛的热情是极度高昂的；赫尔德的情感则是极度冷漠消沉的。

无论是温克尔曼还是莱辛，都不认为有任何别的民族能够为希腊人引路。① 赫尔德的视域则要宽广很多；他是在没有偏见的情况下，对其他族群的文学进行理解和品鉴的，他将这些作品视为文明和时代的产物。特别是他那"穿越哥特拱顶"的历程引领着他回归原始诗歌，那样的诗歌对他的吸引力一直都是无可抵御的。如果说荷马是《拉奥孔》的主人公，那么《评论集》的主人公就是莪相；如果说莱辛的作品充满了错误，那也可以说，赫尔德也犯下了极大的愚蠢错误，他对莪相的崇拜"太多，太过分，简直失去了品位"。1769 年，他还相信麦克弗森（Macpherson）的诗篇是真正的原始诗篇。甚至后来当此一信念站不住脚的时候，他也不愿坦承。他就荷马和莪相做出的那项著名对照，的确是他的佳作之一。如此精细的批评者竟然会将麦克弗森那种臃肿的风格视为美的极致，这实在令人遗憾。尽管如此，本章开篇引述的那番自我剖析，则可以说跟他身处的那个时代一样，同样都表明这是很自然的事情，甚至可以说是无可避免的事情。《评论集》中的莪相以强劲姿态宣示说，原始族群或者野蛮族群也擅长以诗歌手法表达自己的哀伤，在这方面，他们毫不逊色于倍受赞誉的希腊人：

---

① 莱辛认为莎士比亚足以比肩希腊戏剧家，不过，这是他提起的唯一一个例外。

我不知道诗人是如何将伟大而温柔的情感如此完美地融合一体，令如此完全的英雄主义和人类情感集于一个人的灵魂的，如古代苏格兰人那样，据新发现的他们的歌曲佐证……

77　　　何处浮动着更高贵的泪水，甚过当芬格尔之子奥西恩再造他的子孙和父亲的事迹以及他们之死的回忆？——何处有更高贵的泪水，甚过那老人面颊流淌的泪水，他"站姿如一棵橡树；但是火焰耗尽了我的枝丫，而我在北风的羽翼下颤抖。独自地，独自地我必得回到我的灰烬之地"。就此勇敢的奥西恩悲痛不已，就此他令两鬓繁霜的卡利尔悲痛不已。在这样的教诲中，英雄们，他们部族的父辈，深深地哀悼他们。全部的英雄气和全部的人类情感……都活现在这类人的诗篇中，感人心脾。

我相以及我相在赫尔德内心催生的观念明确显示出，在温克尔曼和莱辛的希腊观念之外，一项新的元素诞生了。这项新的元素实质上乃是一首哀歌。"模仿希腊人"，这是温克尔曼和莱辛发出的令谕。"不可能"，这是赫尔德在1778年的温克尔曼论章中给出的哀伤回应。这份论章颇为锐利，甚至有些狂放：

你已消失在何处，绘画、著作和言辞中古代世界的童真、甜美、令人眷恋的素朴感？如今你身处何处，令人眷恋的希腊，充满美、神性和年轻的样态，充满想象和由甜美真理填充的想象中的真理？你的时日远去，而我们的记忆之梦，我们的历史、研究和愿景不再将你召唤。旅行者的脚步将不再唤醒你，如同他踩踏你并遴选你的碎片。我们被绑缚的缓慢转动的时光之轮，仿佛身处一条毁灭的、裂变的旋涡……

这恰恰就是我想悼念旧日英雄的方式。尽管温克尔曼也曾因为他所发现的那个希腊只能属于过去而感到深深哀伤，但那些残存下来的纪念物令他欣悦不已，这远远超出了他的失落感：

> ……我们……如过去一样，一无所有，除了一个余留的我们意愿之物的阴影的轮廓，除了那独然唤醒一种对我们已失之物更多渴求的暝蒙，而我们更专注地研习这原初之物的素材，甚过我们已研习的原初之物本身，假如我们已完全掌握了它们。①

赫尔德则强调了此一失落乃是无可挽回的，而且古时的希腊与当今时代的距离也是无可弥平的。赫尔德同样也有着强烈的欲望，想亲眼看一看希腊，去倾听那活着的希腊语言（此一欲念之强烈甚至超过了温克尔曼）。赫尔德真正缺乏的不是欲念，而是钱。

赫尔德的创造力并不止于此。他还尝试着去解决神话学的根本问题。克洛茨是莱辛的忠实追随者（赫尔德曾对这个可怜学究实施过暴烈攻击），曾就《拉奥孔》写过一些批评文

78

---

① 此处用的是 G. H. 洛奇（G. H. Lodge）的《艺术史》译本，字句方面略有改动。这段话出自结尾段落。

章，还在其《荷马评论集》（*Epistolae Homericae*）当中采纳了一种并非不合理的反神话立场。巴洛克诗人、洛可可诗人、抒情诗人和属灵诗人，甚至包括"启蒙"诗人在内，除了"弥赛亚"诗人克洛普斯托克，可以说所有这些诗人都一直在召唤希腊－罗马的神灵，无论妥当与否。克洛茨则认为是时候戒绝这些丑恶神灵了，若是在宗教诗篇中召请这些丑恶神灵出场，那就会有异教嫌疑。赫尔德首先为诗歌当中的希腊神话元素辩护，赫尔德这么做，部分诱因在于他的好斗品性，不过，他也因此很快进入论战的深水区，并且从此以后，再也不曾重获坚实的立足之地。一开始，赫尔德倡导诗歌中的神话元素，仅仅是因为这样的元素可以提升诗歌的优雅和美感，赫尔德也是据此倡导对古老的希腊神话观念展开现代解释并予以发展，此时的赫尔德认为，希腊神话乃是美的极致，而且也很难再去重新创造那样的神话了。

应当运用希腊神话，赫尔德在 1767 年就表达了这样的看法：

　　但不是像希腊人或者罗马人那样运用它们（希腊人和罗马人是将它们视为宗教事实或者历史事实）；不是像宗教改革家们那样，在经历了蛮荒时代之后，思虑着将它们保存下来（作为古代的神圣遗迹，而且仅仅是因为它们的声望）；不是像那些没脑子的人那样运用它们（仿佛那只是空洞的声响）；不是像那些话痨那样运用它们（这类人动不动就从希腊神话当中摘取一段隐喻，这样的隐喻已经被用滥了，这些人还是不会动一动脑子，去找新的）；我们对希腊神话的运用应当依托创造精神和艺术精神来展开，并据此开辟出新的肥沃土壤……

在此,赫尔德面临一个两难困境。若要令古老神话以创造性的方式得到新生,唯一的办法便是对这些神话有信仰,此一路径,作为虔诚基督徒的赫尔德自然是不会规划的。此外,他的历史意识以及他的常识也都令他充分认识到,世人信仰神话的时代已然消逝不见了。大概是十年之后,赫尔德对这一点予以了特别申述:

> 它们已然从这个世界消逝而去了,那是人类想象力能够塑造的最美偶像。既然它们都坍塌了,不似它们那般美妙的偶像岂不是也要随之坍塌吗?谁来取代它们?是另外一批偶像吗?

作为诗性之人,赫尔德当然会为希腊诸神的沦落而悲伤;作为基督徒哲学家,他不会希望看到希腊诸神胜利回归:

> 倘若你希望依托诸神意象迎接新希腊的回归,就必须首先让世人回归那诗性的神话迷信,回归那自然的单纯当中蕴含的一切。游历希腊并思量那里的庙宇、岩洞以及圣林,你甚至都不会觉得有任何族群能够臻于那样的艺术高度,毕竟,其他族群根本就不知晓希腊人的宗教,根本就不知晓这种富有此等生机力量的迷信,而正是这样的宗教,令神话和诸神浸染了希腊世界的一切角落。

在游历罗马之后,赫尔德更为强烈地感受到,不能将希腊诸神逐出文学王国,他便向象征主义寻求庇护。赫尔德将希腊诸神视为人性之至高且神圣的表现，认为应当在这个意义上运用希腊诸神。他自己甚至也依托一些希腊神话来传达人道主义理想，他还写作了一系列的抒情剧，诸如《菲罗克忒忒斯》《阿德墨忒斯与阿尔刻斯提斯》《被释的普罗米修斯》等，这些剧作都有着强烈的伦理意味。此外，他还写就了一批他所谓的准神话作品，实际上就是散文体的神话故事，借此传扬哲理。然而，这最初的努力根本没有成功可言，欲意传达的道德信息也太过突兀；此种做法是根本不可能解决神话的文学地位问题的。赫尔德自己对此应当也是有意识的。他对原始诗歌的了解令他充分认识到，原始诗歌是从神话当中生发而出的，因此，倘若德意志诗歌要获得重生，就必须依托神话。这方面的障碍一直都在于那个关键的信仰问题。让一个基督教民族回归异教信仰，这显然是不可能的，而且，赫尔德这样虔诚的基督徒也是不可能依照异教诗性神话的眼光来看待基督教的。在生命暮年，很可能是为了反驳已经深深信从希腊诸神的歌德和席勒，赫尔德以相当犹疑的态度同克洛普斯托克、格尔斯滕贝格（Gerstenberg）等"吟游"作家协同作战，在这场斗争中，他特别提起《埃达传奇》（Edda），认为那里面蕴含了特别契合北欧和日耳曼诗人的神话元素。[①] 不过，此时他对希腊神话秉持的这种犹疑态度，并不能削弱他因为强调希腊诗歌当中神话元素之重要地位而产生的影响。赫尔德对希腊神话元素的强调所产生的影响是非常显著的，也许不像他的"人性"理想那般直接，不过，那样的"人性"理想也正是莱辛在《智者纳坦》中予以卓越

---

① 特别参见 *Iduna, order Der Apfel der Verjüngung*, 1796。

阐发的。这也正是赫尔德阐述于《人性书简》(*Letters on Humanity*) 中的主导伦理观念,在这部作品中,赫尔德的集中关切恰恰就在于被温克尔曼奉为理想之美并钟爱有加的那些男神和女神,而这些神灵,却是被作为理性主义者的莱辛或多或少忽略了的。

 入 侵

　　现在看来，没有什么东西能够阻挡这批神秘希腊人入侵德意志了，尽管此前这个神秘族群无论是在海洋上还是在陆地上都消逝不见了。"高贵的单纯和静穆的伟大"，这个神秘族群就是以温克尔曼所见证的这种方式现身了。他们的出现掀起了一股强劲的潮流，这是因为莱辛已然赋予他们充沛的生命力，令他们足以强势进驻德意志大地。这批希腊人在德意志大地上树立起绝对的完美标尺，庄重、肃穆、虚幻；他们笼罩在异域美感当中，因岁月砥砺而彰显出朦胧和沧桑。德意志遂匍匐在这群神秘希腊来客脚下，亲吻着他们借以实施暴政的棍棒；众人纷纷发出"请赐予我们神话"这样的祈请，并以迷醉的眼神看着这批神秘且令人印象深刻的访客，这些来访者在人道理想的端庄掩盖之下，已然加入了入侵者的军队。最令人费解的是，德意志人在拉奥孔群雕问题上就这么一直坚持着这种盲目态度。1755 年，温克尔曼只是在观摩了这座雕塑的石膏仿制品之后，就给出了自己的一番品鉴，那是德意志人第一次碰触拉奥孔问题。后来，温克尔曼在罗马见证了群雕的原件，对自己的论说进行了细化，不过，他并没有改变自己的观点。1764 年出现在《艺术史》中的相关论说，并无本质上的改变。1766 年，莱辛逐字逐句地摘引了温克尔曼最初那份论说；

1769 年，赫尔德再度摘引。席勒于 1793 年将《艺术史》中的论说全文摘引于自己《论感伤》（*Pathos*）一文中；在两年后的《理想与生活》（*Ideals and Life*）当中，他将拉奥孔视为征服悲伤和痛苦的至高典范。歌德曾于 1771 年在曼海姆拜倒在拉奥孔群雕的仿制品脚下，并在一番思虑之后，于 1797 年写就了自己的看法（同温克尔曼的看法并无太大不同）。荷尔德林于 1790 年在他的第一部散文体作品中，以流光溢彩的语词谈论拉奥孔。最终是海涅打破了这个魔咒，那还是因为他在这个历来被德意志人奉为神圣的论题上写就的一份诗篇中的一个无关的玩笑。此时，时间已经进展到 1821 年了。

至于其余的一千人等，则都将这尊怪异而阴沉的艺术品奉为希腊式静穆的象征，认为其中的寓意就是静穆战胜了生命的悲剧。德意志人有求于希腊人，他们有求于希腊人的正是这一点，而这恰恰是希腊人无法给予德意志的。拉奥孔群雕因此也就成了德意志古典运动的反讽象征，德意志人显然是就希腊艺术应当是什么样子有了构想，而后才找到了拉奥孔群雕，对之实施了极为严重的扭曲。拜伏于拉奥孔神话的德意志诗人（就如同那些雕刻家一样），借此创制出怪异且迷人的诗篇，此类诗篇极具奇幻气息，而且也极具哀婉气息。最终，这件艺术品催生的悲剧效果占据了主导地位，而这样的悲剧效果却正是德意志诗人竭力予以消除的（在这一点上，德意志诗人和这件艺术品的创制者们是不一样的）。

第四章

创造者：歌德
(1749 ～ 1832)

您的守护神，维护着您的那种精神，是
高贵的、奋发的、昂扬的、无可匹敌的，
恺撒的守护神并不在那里；但在他身旁，您的天使
由于更为强力，变得恐怖，因此
在你们之间，要留有足够的空间。

——《安东尼与克莱奥帕特拉》

普罗米修斯

诗歌世界的三个伟大创造者——荷马、但丁和莎士比亚都
是通过创造世界来阐释生活的，他们令各自的时代升华到崇高
且极富张力的境地，不过，他们也都极为贴近自然，那样的真
实性就如同现实生活，尽管他们都极尽诗性之荣光。他们的作
品展示出巨大的人类经验，不过，无论这经验何等地大，却也
都是同质的。他们时而令我们沉陷黑暗当中，时而又将我们提
升到明媚的阳光之下；他们可以压制我们，也可以抬升我们。
不过，一旦我们弄清楚自身的境遇，便能够认清楚是什么样的
法则在统领着他们的宇宙，尽管在他们的世界中，就如同在我
们的世界中一样，最终的秘密是不会有揭晓的一天的。

歌德是现代诗人当中唯一一个可以同这三个创造者齐平的
人；不过，他的作品中的总体经验却是极端异质的，全然缺乏
内在的和谐感。歌德创造的不是一个世界，而是多个彼此矛盾
的开端，并且是前后相继的开端，这些开端都是在他为阐释生
活而展开的连续实验中创造出来的。这些成就虽然也极尽荣耀
光环，却是各自孤立的，各个组成部分之间并无有机关联。这
就如同一座迷宫，各个时代、各个地域的风格尽现其中，涌动
着并且彼此冲撞着。歌德如同莎士比亚那样，引领我们碰触相
当的高度并探索相当的深度，也如同但丁那样，引领我们走过

天堂和地狱之旅，还如同荷马那样，以此等可爱的朴素，向我们展现各个时代的生活；此外，他还以他那优美绝伦的抒情诗愉悦我们。但要将他们的作品作为一个整体加以品鉴，乃是相当艰难的事情，也是相当棘手的事情。这就令我们不得不逃离他的世界，因为我认为，那并不是一个世界，仿佛仅仅是深陷困惑和挫败而已。歌德提供的整体经验缺乏本质上的和谐，也缺乏潜在的逻辑，在荷马、但丁和莎士比亚那里，是见不到这样的总体经验的。更糟糕的是，歌德的作品，至少是后期作品，甚至都失去了生命力。

　　为何会这样呢？歌德本人首先就个中情由有所揭示，而且说得相当到位，他认为，是他处身其中的那个世界出了错；这就令他面对的世事素材较之荷马、但丁和莎士比亚的更为艰难、更为复杂、更为阴郁。他生活其中的那个世界，知识和文化都在提升，由此造成的重负令那个世界走上了解体的轨道，这是荷马、但丁和莎士比亚不曾见识过的。那样的世事潮流之中，一些东西存活下来，很多东西已然死去，正所谓世事纷纭变幻，令任何人单凭自身的力量都不可能予以吸纳并将之规整为一个整体。不断累积起来的知识令生活之神秘逐渐丧失，毕竟，生活之秘密本来就是一种巨大的灵感力量。至于歌德，则不仅仅是生活在这样一个时代，他还表征着这个时代。倘若他的心性不是那么包罗万象（不过若如此，他也不会成为歌德，也不会写就《浮士德》），他就大可以忽略科学的进步，忽略艺术和人文的遗产，忽略哲学取得的进展，忽略现代文明那庞杂的整体结构，或者至少也尽可以忽略其中的某些方面。那样的话，他也就不必因为专业化导致的黯淡前景而承受那么多的痛苦。然而，他这个人就是这样，历来都想着将生命作为一个整体来体味，由此便只能承受如此沉重的痛楚。不过，歌德对知识的欲望无论如何都不会逊色于他的创造本能，这种欲望常常同他的创造本能发生抵触和冲撞，而且在这样的冲撞中，往往都能占据上风，历来都令歌德处身动荡之中。

此时的整个欧洲都患上了这种病，这病也侵染并攻击着歌德，令歌德成为现代人。此时的诗人则承受着这种病的严重侵害，正在变得怠惰且绝望，要不就是变得顽固且躁动。大部分诗人都已经放弃了世代以来的特权，也就是作为生活阐释者的特权，并将这一特权交付科学家，科学家则当仁不让地篡取了这一特权。这其中，很多诗人已经毫无斗志，甚至都不再尝试同这个世界交流，转而自我闭锁在厚重的幽暗之地。歌德还不至于成为这样的失败主义者。面对现代生活的混乱，他尝试从中创造和谐，无论是他内心的和谐还是外在世界的和谐。人们普遍相信，歌德已经达成了内在的和谐；不过，人们都不觉得歌德在创造外在和谐方面也取得了成功。要在 18 世纪的欧洲创造这样的和谐，岂不是超越了凡人的能力？陀思妥耶夫斯基的例子就足以证明这一期待。歌德谢世三十年之后，这个伟大的俄国天才召唤一个陌生新世界进驻光天化日之下，并令现代人进驻这个新世界。歌德肯定要比陀思妥耶夫斯基伟大得多，他当然能够取得一场更为显著的胜利，可惜的是，他约束了自己的创造天才，不完全信任自己的创造天才。

诗人的创造力是不需要知识上的组织和积累作为依托的。诗人以另一种方式洞察世界。正如歌德在年老之时说的那样，诗人之洞察世事，乃是依托预感和直觉。日常经验向世人揭示出整体的生活，包括内容和精神。像莎士比亚和歌德这样的人，身上的天才是毫无疑问的，因此，他们能够创造出这个世界上的男男女女，就如同生活的精神创造了我们一样。他们当然也在运用语词作为媒介，不过，语词在他们那里是极为灵动且富有生命的，足以令他们创造的东西在世间获得长存，而那现实中的阿喀琉斯、福斯塔夫和浮士德则转瞬即逝。究竟是怎样的德性、怎样的神秘力量令这些天才有此成就？没有必要就荷马其人展开纠弹，这个叫荷马的人很有可能根本就不存在；对莎士比亚其人，我们基本上也没什么了解，因此，世人完全可以暗自怀疑，是否真是那么一个叫莎士比亚的人写作了那些戏剧。但丁提起贝阿特丽丝这个名字，同时还奉维吉尔为地狱和炼狱之旅的领路人，贝阿特丽丝则是从天堂和地狱的过渡地带接引但丁展开天堂和星际之旅。歌德拥有强烈的自我剖析倾向，并且在这方面是典型的现代人，他时常陷入梦游状态，并最终拜伏在恶灵面前，那恶灵时常造访梦游状态的歌德，强迫他顺从自己的意志。歌德也曾明确申述说，那样的事情实在是太恐怖了，让他惊惧不已，只要有可能，他就会逃离那样的境地。

尼采称这样的恶灵元素为狄奥尼索斯精神，认为狄奥尼索斯精神是要前来打碎已然陷落于普遍生活精神当中的个体身上的枷锁的，伟大艺术家在实施创造行动之时都会有痛楚感受，狄奥尼索斯精神则是此一痛楚感受最鲜明的表征。创造，就如同生活本身一样，鲜活艺术品之创制是以这么一个精神解体过程为先导和预兆的，此一精神解体过程也一直伴随着艺术创造行动。折磨、痛苦、劳作，人们反复用这些语词来描述贡多尔夫（Gundolf）所说的原始审美体验，而这种体验唯有一等一的伟大人物方能品鉴。其中的痛苦感受自不待言。歌德对此当然是很清楚的，他将此种原始审美体验同危险和毁灭联系起来，当然也同天才联系起来。而且歌德也曾亲口讲述说，他是竭尽所能地避免这样的体验的。我相信，这正是歌德同三位伟大先驱的根本差异之一。我肯定不至于认为荷马、但丁或者莎士比亚会拒绝这样的体验，拒绝同生活的精神建立直接且神秘的联系，无论那样的体验何时出现，也无论那样的体验以怎样的方式出现。

还有一项重大差异，此一差异很可能是以上述那项差异为依托的。生命和世界之间的本质和谐完满地渗透在荷马、但丁以及莎士比亚的作品当中。在荷马诗篇当中，生命和世界差不多就是一回事；生命于荷马而言，就是世界，生命本身就是美的，就是值得向往的。但丁则在生命和世界之间创造了一种形而上的综合，由此创造出重改的交响曲，其中，基督教主旋律化解并消融了那难以计数且四处冲撞的杂音。莎士比亚看到也接受了一个悲剧性的世界，认为这样一个悲剧世界是一个悲剧宇宙的反映，对于这样一个悲剧世界，莎士比亚以狂暴之势予以确认，并依据自己的心绪以激情之势予以呈现。莎士比亚的这个世界可以说是英雄情怀、激情、恶毒以及幽默融构而成的辉煌盛景。这样一个世界，起于烟花柳巷，终于尘世污浊；居住在这个世界的男男女女，乃是诸神的玩具，也是诸神的一场幻梦，如同彗星尾巴一样，追随着诸神的神秘轨迹。无论是荷马的英雄观念，还是但丁的禁欲观念，抑或是莎士比亚的悲剧观念，他们处身其中并予以呈现的那个世界都是宇宙和生命的回响和回应。

歌德不曾听闻有此等和谐存在。相反，他一开始就明确听到并且也意识到这个世界的深刻分歧和混乱。生活，也就是他常常说起的自然，于他而言，乃是令人满意的，生活本身就是真实的，得到了证成的，在这一点上，歌德同荷马是一样的；不过，世界就不一样了。此种二元观念是现代的标识，呈现出一种悖论格局，卢梭正是借由此一悖论对时代发出挑战的，此一悖论正是时代的病症，在歌德有关自身本性的二元观念当中得到了直接回应。也正是此一悖论为《维特》和《初稿浮士德》注入了情感张力和强劲动能。这也是《维特》能够横扫整整一代人并开启新的文学潮流的真正原因，毕竟，这是该二元悖论最早的美学表达，而且这一悖论较之荷马和莎士比亚的生活意象要真切得多。歌德的早期诗篇也同样或明或暗地呈现了此一悖论：《甘米尼德》（*Ganymede*）以及《流浪者的风暴之歌》（*Wanderer's Storm-Song*）都展现了那令人迷醉的泛神论情感，在这两份诗篇当中，上述二元悖论同人在面对自然之时的无能这一主题联结起来；《流浪的犹太人》（*The Wandering Jew*）则对这个世界提起了尖锐的批评；《鹰与鸽》（*Eagle and Dove*）则尽显生活的愉悦。歌德还在一份早期信笺当中近乎绝望地呼喊：“不要管这个世界了”，“就像圣徒塞巴斯蒂安那样，被绑在树上，万箭穿心，仍然颂扬上帝”。此类恢宏片断以及磅礴的观念散布在他的早期作品当中，其间激荡着此种二元观念，最终，也正是此种二元观念催动着他从沉沦和狂喜，突然转变为尖锐讽刺。他的作品也由此转变为断片这样一种形式。生活于他而言乃是饱满且充沛的，不过，他对那种完满的世界闻所未闻，一无所知。然而，他却如同提坦神一般，倨傲地进行着创造，毕竟，那是他的本能，这样的本能是无可遏制的。葛兹、普罗米修斯、维特以及浮士德，本质上讲都是现代英雄，之所以说他们是现代英雄，是因为他们承受的是一种新的悲剧命运，他们所表征的与其说是伟大人物同世界的冲突，倒不如说是生活本身的痛楚，因为生活已然被囚禁在一种根本就不适合生活的介质当中；他们被这样的生活压迫，倨傲地试图再造生活，自愿地离弃生活，要不就是竭力超越生活并尝试着寻找属于生活自身的元素。也就是在这个时期，一种对待生活的尖刻态度悄悄渗透到歌德的心灵和情感当中，这想来也是难免之事。鉴于生活和自然乃是同一的，歌德遂令自己笔下最富悲剧特质的失败主义者维特绝望地在自然当中策动了一股恐怖的毁灭力量。不过，此举显然是在亵渎，是对歌德的圣灵犯下的罪错。时常也会有迹象表明，歌德努力将自然同生活分离开来，并以宙斯或者诸神或者命运这样的超验名义来谴责生活。不过，这样的做法在歌德这里却是行不通的，因为这等于否决了歌德最根本的体验，即同呈现在自然当中的生活精神联结在一起；更确切地说，这是将不可分离的东西分离开来，由此来否决自己的根本体验，这本质上无异于精神自杀。而这恰恰就是他的恶灵一直敦促他去做的；除了"恶灵"，还能用什么来称呼歌德在斯特拉斯堡、韦茨拉尔和法兰克福展现出来的那种天才呢？正是这恶灵，在引领着此一时期的歌德走向毁灭境地。

90

此一时期，歌德有了第一次对爱的重大体验，这催生了他深深的危机意识，令他认识到那无可挽回的损失正在步步逼近，他由此生出警觉和抗拒之心，去抵御那冥冥中催促他继续向前、继续沦落的诱惑，正是这样的诱惑，要他去毁灭和被毁灭。歌德是以一种英雄方式展开抵抗的，这样的英雄主义在我看来是用错了地方。我看得清清楚楚，他的天才催动着他去重演他肯定有过的那种体验，去完全臣服于那样的体验，让瓦解和沉沦与他一路随行，一直进抵生活、爱和死亡可以同一的境地，接受那最终的莎士比亚予以接纳的启示：世界同生活处于悲剧性的和谐关系当中。《普罗米修斯》这部剧并未完成，剧中有一场对白足以表明，他很清楚是什么"在这场变迁的末端"等待着他，于是，他拒绝继续前行。潘多拉见证了她的两个同伴之间爆发的那场激情，遂向普罗米修斯寻求解释：

> **潘多拉**：而那是什么，毁灭了她
> 和我？
>
> **普罗米修斯**：是死亡！
>
> **潘多拉**：死亡是什么？……
>
> **普罗米修斯**：那时，从那被彻底毁灭的
> 至深之地，你体验到一切
> 曾涌入你的快乐和悲伤；
> 而那时，你的心，在这风暴中涨满，
> 将借泪水自我释放
> 那泪水只会增添它的激情；
> 而你体内的一切在摇晃，响彻，和震颤，
> 你的全部理智在晕眩，
> 近景在消融，
> 你在下沉，
> 你周围的一切都没入暗夜；
> 而你，在自我的最深处

91

拥抱向一个世界，

接着，人必将死去。

潘多拉：噢，父亲，让我们死去吧！

普罗米修斯：还没到时候。

　　倘若这还不是尼采所谓的狄奥尼索斯状态，那也就只能说，那样的状态在诗歌王国中确实是无处可寻了，况且，那伟大的创造者普罗米修斯对此种状态是很清楚的，只不过他拒斥这种状态。歌德也一样，他的确顺从了自我保护的本能，此一本能在这场博斗中总体上占据了上风，不过也并不总是能够占上风，而且这场博斗也不曾有定论可言。直到歌德八十岁高龄的时候，这恶灵才停止了对他的攻击和侵扰。不过，就他切实的诗歌成就而言，总体上可以说，歌德确认了自然的伟大和荣耀，在早期的那些开端时刻过后，他便拒绝接受生活的普遍悲剧性。简言之，当他的天才以恶灵的姿态彰显而出的时候，他便一直予以抵抗，而且抵抗到底。

　　也正是这一点解释了他的创造力的败落，除此之外，便没有别的因素可以真正解释发生在他身上的这种现象了。这是他的天才的悲剧，不过，他却从这场败落当中赢得了此等胜利，若换作他人，是定然做不到这一点的。踏足魏玛之后，歌德的灵感便阵阵勃发而出，到了这个时期，他同那恶灵的斗争便已经是有意识的了。这样的灵感时刻都是短暂的、阵发式的，持续的时间都不长；也就是在这个时期，他越来越需要朋友的不断鼓励以及出版方的严厉鞭策以在操劳和痛苦中完成工作，而他当初则是以热情和从容开启那些工作的。外在的鼓励和鞭策以及内在的钢铁意志，一次又一次地取代了灵感的地位。也正是因此，他那长长的规划清单从未实现，或者说，都呈现为碎片的状态。他往往是开启一项写作规划，很快便中断了，而后会在数年之后予以接续，不过，观点和角度已经完全变了，这一点从最终的写作情况很容易看出来。由此也催生了大量的琐碎断篇，其中没有任何的天才迹象。在最终阶段，他曾多次尝试完全放弃诗歌，转而从事公务、科学研究以及造型艺术。这一切都是因为他若要担当诗人和创造者的职责，就必须顺应他的天才，接纳他天才当中的恶灵元素，此一恶灵力量一直都在催动他进驻悲剧世界，以便创造悲剧。歌德往往就是在这样的时刻，选择了同自己的天才分道扬镳；他后来向席勒坦承，创造一部悲剧的念头一直令自己惊惧不已，他也看出来了，悲剧会完全毁灭自己。在一份自传中，歌德承认自己并没有致力于发展自然赋予他的机能，而是一直都在竭力获取自然否决于他的能力。他说在这个过程中，他一直承受着殉道般的痛楚，没有任何真正的快乐可言。这是越界行为，而且这样的越界之旅是极为艰辛的。

歌德的意大利之旅标志着他针对那恶灵力量取得了明确的胜利，在这趟旅程开启之前，他一直都在创造，他在那时创造出的种种鲜活人物，不但进驻了这个世界，而且至今都是这个世界的居民：葛兹、维斯林根和阿德尔海；维特和洛特；浮士德、梅菲斯特和葛雷琴；埃格蒙特和葛丽卿；威廉·迈斯特、费林娜和迷娘；俄瑞斯忒斯和塔索；还有一大批次要人物（诸如《葛兹》中的福尔达修士、《浮士德》中的瓦格纳以及《初稿迈斯特》中的一批人物），这些人的生活是莎士比亚式的，而这些戏剧中的主要人物则更具主观特质，此等特质在莎士比亚创造的那些男男女女身上是见不到的，更别说荷马世界中的那些英雄了，此一根本差异，显然归因于这个现代天才身上更为强烈的自我意识。不过，倘若说浮士德、梅菲斯特、维特、维斯林根、埃格蒙特、迈斯特、俄瑞斯忒斯和塔索以殊途同归的方式折射出歌德自身的特性，那也可以说，这些人物所涵盖的巨大领域足以证明，歌德本人也曾作为普遍生活精神的造物去体验这个世界。倘若说洛特带有歌德自传的性质，那么葛雷琴和葛丽卿则完全植根于歌德的天才。

歌德真的像一般批评家认为的那样，在相当程度上接纳了自然规定的宿命，并据此展开主观创造，这一点无论如何都是非常值得怀疑的。《初稿迈斯特》就是明证，这部作品显然是客观作品，其中鼓荡着生活力量。这部小说展现出跟《葛兹》一样的品性，至少是在这部作品中，歌德非常从容且轻松地创造出一批人物，较之那半主观的主人公，这些人物的生活、行动以及存在本身，都更具现实主义特质。

葛兹、维特、威廉·迈斯特以及浮士德，他们各自的生活领域全然不同，不过，他们都是这个真实且悲惨的世界之中的居民。1779 年，歌德写就了散文体的《伊菲革涅亚》，在这部作品中，歌德创造了一个更契合自己品位的人物，这样一个人物显然是对葛兹这样的人物的否决。由此，歌德便开启了恶灵和温克尔曼的希腊（强大且毫无顾忌的反恶灵力量）之间的战争。

93

伊菲革涅亚

　　歌德是在莱比锡的时候第一次知道了温克尔曼的希腊，当时，歌德童年时代既已习得的洛可可精神装饰正在碎裂、瓦解。科罗迪乌斯（Clodius）教授曾对歌德的一份随心写就的诗篇施以嘲讽，那份诗篇包裹着厚重的神话衣装。科罗迪乌斯的嘲讽当然有些尖刻，但也是颇有教益的，令歌德完全抛弃了神话万神殿。也就是在这个时候，厄泽尔第一次向歌德提起了温克尔曼这个名字，并提请歌德阅读温克尔曼那本"先知书"。这件事回望起来，不免令人觉得极具象征意义，很显然，这可不是对这个年轻诗人的品位实施了一场有益的净化那么简单，尽管当时未必能看得出来。歌德之于温克尔曼其人、其观念，有着感应式的热情，不过，歌德造访葛雷斯顿之时，并没有觑见"大花园"的那座阁楼；"大花园"中那些无生命的大理石雕像就已经足以令歌德驻足了。当整个莱比锡都在热切迎候温克尔曼的时候，温克尔曼遭到杀害的消息传来了；此事毫无疑问令歌德内心震荡不已，不过，在歌德当时的身体和精神状态之下以及随后那场重大挫折之中，此事也就很快被他淡忘了。

　　此时的歌德，不仅开始恢复过来，而且还俨然焕发出青春光彩，这自他童年时代以来还是第一次。在斯特拉斯堡，赫尔德令歌德见证了一个完全不同的希腊，那恢宏的狂飙突进运动就是在这个时候开启的。赫尔德的希腊同温克尔曼那庄严的、雕塑般的希腊恰成相反之势；这个希腊乃是诗歌和灵感的盛行之地，活力、自然以及民族生命在其中肆意激荡。歌德此时写就的莎士比亚导言所体现的正是这样的体验，并且也有着一样的激发效能。歌德并不能算是那个时代严格意义上的古希腊学者，当然更不能算是出色的古希腊研究者，不过，他完全接纳了品达那些狂放诗篇的影响，还在埃斯库罗斯的《普罗米修斯》当中体认出一种同自我颇为亲和的提坦精神。哈曼重新发现并重新阐发了苏格拉底的恶灵，那是一种直觉式的全知全能的天才，此一恶灵如今终于在一个活人身上找到同类并就此栖居下来，并即刻开始发布令谕。这还不是全部。自洛可可王国的万神殿坍塌并消散之后，歌德的精神王国当中已经没有了神灵。不过随后，弗劳莱茵·冯·克勒滕贝格（Fräulein von Klettenberg）的黑魔法和神秘主义虔敬观念就如同阴云一般笼罩了歌德的精神王国，部分地遮蔽着歌德的天空。这黑魔法，这神秘的虔敬观念，散发出极为朦胧的意味，可谓黑夜之中，暗香浮动。不过，到了这么一个时刻，歌德的精神王国则再次变得敞亮了，这是从未有过的事情。在那地平线之上，矗立起清晰、粗犷、巨大的神话形象，那是真正意义上的神话形象，恐怖的和邪恶的，美丽的和狂野的，怪诞的和崇高的，尽皆在列。宙斯、克洛诺斯、布罗米奥斯、甘尼米德、赫拉克勒斯、珀尔塞福涅、普鲁托、命运女神、森林诸神等。这是歌德生涯当中极具创造力的时期，他在这个时期创造了诸多神话。这些当然都是神话，却不能称其为神话学，这些神话是世界的折射和反映，象征着生活的种种奥秘。对此时的歌德

94

来说，世界是生活的折射，尽管是扭曲了的折射。由此，此一时期歌德那些神话断篇的激发效能得以产生；"浮士德"、"流浪的犹太人"以及"穆罕默德"在歌德内心同宙斯和普罗米修斯缠斗在一起，三大不同文明的残存物借由此一时期歌德那种躁动且狂暴的精神，一下子涌入现代生活的脉流当中。歌德的精神航船已然倾覆，这象征着歌德第一次体验到了生活和爱之破碎本质。

摇撼着歌德的风暴唤醒了对港湾的强烈欲望。此一时期，莎士比亚的天才成了歌德最为强劲的精神动力，引领着歌德跨越那精神深渊；埃斯库罗斯和品达将那疾风幻化为狂风。不过，希腊的明媚岛屿则是歌德的航向标，引领着歌德向荷马靠近。歌德在荷马这里见证了最为平静、最为平和的自然。荷马成了一首摇篮曲，令那狂暴的维特之心趋于平静。在瓦尔海姆的一座小村庄里，有一座周边环绕着农舍和谷仓的教堂，教堂外的菩提树下，人们可以看到歌德安坐桌旁，一边喝着咖啡，一边阅读荷马；也可以看到歌德在旅店花园里剥豌豆，然后到厨房烹制，此时他脑海里全是珀涅罗珀及其追逐者们，还有那满席的牛肉和猪肉。亲身体验一把那古老的家族生活，这恐怕是最令歌德愉悦的时刻了。维特的希腊同温克尔曼的希腊并无多大关联。当一个聪明的年轻人在维特面前提到这个考古学家的名字时，维特内心生出的是倨傲和厌恶。维特为了生计不得不向 C 公爵乞讨，那大理石雕塑展示出的淡然和静穆，根本不足以平复维特感受到的奇耻大辱。然而，奥德修斯和牧猪人的"辉煌歌谣"以及夕阳西下的场景，却成就了此一奇迹，令维特得到了平复。但凡维特提及荷马，一直都是指《奥德赛》；维特所关切的并非那些强大的英雄人物，而是里面描摹的淳朴生活，维特依托《圣经》来解释那种生活。那些族长在他们各自的生活领域之内尽情抒发着孩子般的情感，孩子般的诗篇，如此真实，如此满怀人性，如此深沉，如此狭窄，如此神秘。在那样的生活中，人只需要寥寥土地便可生活，便可长眠。显然，此时的歌德，那个有着提坦梦想的歌德，已然幻化到虚无之境，内心却涌起相反的情感，那就是对界限的诉求。《维特》就是对此一情感的表达，也是歌德在此一时期最后一部伟大作品，这不仅是因为《维特》谈到了荷马，也是因为《维特》谈到了他理想中女人的性格和特质。

然而，这一时期的歌德并没有准备好去接受此一界线必然带来的一切事物。这一时期的歌德，其心绪和情感往往都是暴烈且极富悲剧性的，因此也就不可能对那"摇篮曲"进行回应。此种境况之下，一个北欧巫师的吟唱显然要比一个希腊人的诗篇更具魔力。莪相便在维特的内心取代了荷马的地位。歌德以极具华彩的语词召唤莪相的世界，这就足以表明麦克弗森的诗篇在何等程度上激发着歌德，尽管在后来的申述中，歌德认为莪相的出现只不过是表征了维特内心日益涌起的混乱。维特在最后一次见到洛特的时候，给他吟诵了莪相的诗篇，歌德为此贡献了堪称神奇的散文章节，即便在今天，那样的文字也依然动人，令人难以置信的动人。那即将吞没维特和洛特这两个不幸且无助的年轻人的激情依然在摇撼着我们，我们耳中依然震荡着那北欧的哀歌音律，于是我们不免在困惑中自问，那昔日的巨人，那桀骜不驯的提坦，如今去了哪里？品达和埃斯库罗斯的神灵和英雄们已然消失在这四处涌起的雾霭当中；四处都是鬼魅般的身影，在哀诉古代英雄的消逝，那些英雄已然落入虚无和死亡境地了。这是提坦神的决死之旅；不过，在沦

96

落最终的败落境地之前，则可以说希腊黄金时代的能量也已然充分发挥出来了。那恶灵的对头已然出现在德意志的精神地平线上了。

歌德魏玛生涯的前十年，以狂飙突进运动催生的璀璨星河开启，以令人绝望的溃散收场，这个十年，见证了歌德向尘世之轭屈身臣服，希望借此让自己契合这个世界并在其中生活下去。是他的恶灵驱使他走向魏玛，他后来也是这么看的；不过，魏玛生涯对他的天才来说可不是什么好事，俗务缠身，为了自我拓展和自我涵养，他不得不如同囚犯和苦工那样劳作，他必须驯服自己的脾性。在这一点上，他成功了，至少在文字上是成功的；1781年，他明确接受了普罗米修斯曾与之展开倨傲对抗的限制。在《人类的限制》（*The Limits of Mankind*）和《神性》（*Godliness*）这两份论章中，歌德接受了普罗米修斯的挑战，并对八年前的那个歌德展开回应，就如同一个心高气傲的校长斥责一个傲慢且暴烈的学童。这两份诗篇展现出精妙而严格的美感，那样的抽象之感在他的诗篇中并不多见，由此便已经透射出他在这方面的意向；显然，这些诗篇意在在生活和世界之间达成综合，此一情状本身便足以暗示，歌德的心思进一步向着这方面靠拢了。也是在这一年，歌德在给卡尔·奥古斯特（Carl August）的信中强烈抱怨说，世界充满了愚蠢、矛盾和不公，如若不寻求退避，任凭世界遭受邪恶的宰割，这需要极大勇气。这显然要比在韦茨拉尔和法兰克福那段生涯更令人心碎，更为决绝，毕竟，此时的歌德有使命在身，他必须将这个小小的魏玛公国引上正路。

此时的歌德已然极为强烈地感受到生活与世界的不和谐，但依然选择了不对此等情状做诗性表达。即便是在《初稿迈

斯特》当中，他也不曾对此种不和谐展开批判，而是对世界
的阴暗面予以昂扬和激越的呈现，这显然就是对《维特》提
起的社会批判做出的正面回应，尽管《初稿浮士德》也无意
对世界实施理想化，至于《维特》，则不仅要承受生活自身的
痛楚，还要承受那没有心肝的惯例和人造制度的痛楚。面对这
个问题，同世界的战斗蜕变为对社会的攻击，歌德因此成为卢
梭的门徒，此等蜕变之后，这个问题便可以得到解决："回归
自然；回归高贵的野蛮人！"不过在歌德这里，所谓"高贵的
野蛮人"，乃是"回归自然"此一口号的逻辑延伸，这对歌德
来说，不免是一桩憾事。在《森林之神》（*Satyros*）中，歌德
就已经对此种解决路径提起了讽刺，此时就更没有可能予以接
纳了，毕竟，他已经从莉莉·舍内曼（Lili Schönemann）的牵
绊中解脱出来，成了夏露蒂人所共知的追求者，同时也是魏玛
公爵的枢密官。即便是如此伟大的诗人也不能向着这么一个虚
幻的田园之地寻求退避，尽管那是三十年战争时期德意志人心
之所向，并且德意志人也只是在《鲁滨孙漂流记》为厌世之
人开辟出更为激励人心的退避之道后，才抛弃了那样的田园向
往。但是，倘若歌德有意对世界实施理想化，这样的乌托邦精
神就肯定是不能少的。

温克尔曼对那个时代以及对后人的伟大赠礼，就是发现了
一个真实的黄金时代，这样一个黄金时代尽管归属往昔，但确
实存在过，那一件又一件的纪念物就是明证。那样一个时代是
如此辉煌且伟大，如此幸福且和谐，如此美丽且崇高（这都
出自温克尔曼的描摹），令这位最伟大的现代天才不免从中看
到自己所珍爱的信念有充分的实现机会，那信念就是生活的本
质之美。更为神奇的是，在那样一个世界中，悲剧俨然遭遇了

挫败。此一黄金时代的希腊艺术和希腊文学，据温克尔曼宣示，已然将激情和受难逐出了自己的作品；或者说，即便他们会对激情和受难有所呈现，也要对之实施软化和征服，为此，他们将激情和痛楚纳入美的范畴，并展现出灵魂的高贵和伟大。莱辛对此种希腊悲剧的解释模式展开对抗，不过，赫尔德还是为温克尔曼展开辩护，歌德则进一步跟随了赫尔德并且信从了自己希望信从的那些东西。温克尔曼的希腊乃是歌德魏玛幻梦的应许之地，要说这样的幻梦有其悲剧色彩，那也仅仅是因为温克尔曼的希腊属于往昔的时代。据此信念，要征服歌德之于生活与世界之间的不和谐意识以及他那二元悖论的心灵格局，将那个往昔的时代召唤到当前时代就足够了。

歌德在莱比锡听闻了温克尔曼的希腊，在曼海姆实际见识了温克尔曼的希腊。此时的歌德因为同弗里德里克·布里翁（Friederike Brion）分手而心情沮丧，遂造访曼海姆博物馆，在那些放置着古代雕塑石膏仿制品的宽敞展厅里游荡。这样的景观建制就是奇迹，是雕塑杰作的大集合，是伟大且理想的民族大集会。歌德在"望楼上的阿波罗"面前冥思良久，这是温克尔曼世界当中的至高典范，"阳刚之美的最高理想"。歌德凝视着阿波罗、卡斯托耳以及波吕科斯，当然，他尤其关注拉奥孔群雕。这些是罗马万神殿中关键物件的仿制品，巨大且优雅，一下子动摇了歌德对哥特建筑的热忱信仰。这一切就像是天启，不过，他来得并不是时候，当博物馆的大门在歌德身后关闭之时，他努力将自己见证到的这些东西从心灵当中驱逐出去，尝试回归自我，那样的自我在那么一段岁月当中是不会去关切静穆和宁静的。然而，他毕竟看到了也理解了那些雪白的大理石雕像，它们时常造访身在魏玛的歌德，回报歌德在曼

海姆时候给予它们的赞誉。"美丽的诸神不断前来拜访我",
1779 年 9 月 4 日,歌德在日记中写道,并在给夏露蒂的信中
更为精妙地表达了同样的意思。几个月之后,歌德便写就了散
文体的《伊菲革涅亚》。

弗里德里克·布里翁也沦为此一无情且毁灭性的恶灵的牺
牲品;她的命运在歌德内心催生了最初的对悲剧罪行的意识,
此时的歌德也意识到自己那幽暗的心灵深渊将给其他人带来危
险。洛特·布夫(Lotte Buff)也曾令歌德相信,他自己也在
危险当中。莉莉·舍内曼一度将他驯服,不过这只是表面上
的,他最终还是打破了她的束缚。夏露蒂·冯·斯泰因更为明
显地征服了歌德。两人之间时日漫长的关系经历了众多的起起
伏伏,对歌德来说,这段关系总体上发挥了净化作用。1780
年年底,两人订婚,将这段关系推向高潮;不过,此时,很可
能也包括随后的一段时间,两人之间的这种关系对歌德施加了
纪律上的约束,意在提纯歌德的激情,截至此时,歌德对自身
激情的体验都是自然且完整的。随后便开启了一场历时五年的
斗争,一边是剧烈涌动的激情,另一边是夏露蒂强加的禁欲理
想。歌德自己也认为这种理想是值得追求的,确切地说,此一 99
理想就是:借由夏露蒂那高贵的静穆和灵魂的伟大,来征服歌
德那最为暴烈的恶灵。这就是歌德对这场冲突和斗争的智识态
度;此时的夏露蒂已是精神希腊王国的居民,这样一个夏露蒂
当然也会令歌德向着这个精神国度之居民的方向转变。"她灵
魂中映衬出来的世界,实在是壮美。"1775 年,歌德对着夏露
蒂那雅致的身影感叹道。此时的歌德已经对夏露蒂表征的那种
和谐燃起了爱之火。歌德从自己的视角出发,将夏露蒂视为他
在自己诗篇中予以永恒呈现的灵魂伴侣,这样的意象同样呈现

在《伊菲革涅亚》当中。她在安抚、克制歌德，让他平静下来，将他心灵当中的风暴向着平和转化。然而，真正塑造了这份著名诗篇之节律的，却是一种无从言说的疲倦："为何看着如此深沉？"这是对两人之间这种神秘的关系发出的低声抗议，这种关系此前就已经存在了，而且存在于两个飘荡在幽暗世界的暗影之间。那"翱翔在尘世巅峰之上的和平"有着超凡脱俗的美，不过此时，歌德已经沦落完全的疲倦境地，令那非凡的美最终归于虚幻。1778年，歌德在给施托尔贝格女公爵撰写的墓志当中，就回响起这样的音符：

> 我已爱过并经历过那最好的
> 并安乐地躺下熟睡，
> 因为我不能享用更甚了。

　　歌德并不总是站在夏露蒂一边。在此种反叛情绪之下，歌德眼中的夏露蒂不再是灵魂伴侣，而是一个女人，一个他有着激情欲望的女人，但这个女人又令他的欲望遭到挫败。如果这世间真的存在违愿梦这么一回事的话，那无疑就出现在歌德的一部怪异小剧本当中，这部小剧名叫《兄妹》（*Brother and Sister*），在这部剧中，夏露蒂（不染尘烟的夏露蒂，在剧中已经成了老妇人）竟然死了。不过，她死后留有一女，一位可爱活泼、心灵开阔、激情满怀的少女，她坦然承认自己爱上了一个她认为是她哥哥的男人，由此，她驱散了母亲的鬼魂，但同时也摧毁了两人之间这种痛苦且生硬的兄妹关系。1776年这部剧在魏玛首次上演之时，歌德亲自饰演主人公威廉，并宣读了夏露蒂·冯·斯泰因写给他的一封信。不过在剧中，这封信是出自那个同名逝者。倘若夏露蒂当时在场，想必会周身寒意，透彻骨髓。

1779 年 4 月 6 日《伊菲革涅亚》首演之时，夏露蒂拒绝到场，因为她不能忍受剧中扮演俄瑞斯忒斯的歌德躺在科罗娜·施罗特（Corona Schröter）的怀中。谁又能责怪于她呢？她很清楚，而且是很痛苦地知道，这个科罗娜·施罗特，这个兼具可爱和天赋的女演员是全然顺从歌德的，这一点恰恰是她做不到的。《伊菲革涅亚》取得了巨大的成功，科罗娜在这其中扮演了不可或缺的协作者角色，命运往往就是这么反讽。剧中，这位女主人公深沉且纯粹地爱着自己的哥哥，愿意为爱人自我牺牲，这显然是在向夏露蒂的唯灵主义致敬，这部剧是歌德第一次做出重大努力，去呈现他内心那种尚且处在飘摇状态的和谐，以此来反映一个世界。唯有在这个世界当中，这样的胜利才是可能的，这个世界就是温克尔曼塑造的那个黄金时代。欧里庇得斯的《在陶里斯的伊菲革涅亚》讲述了一对兄妹在蛮荒之地相认并借由帕拉斯·雅典娜的帮助成功回归希腊的故事。这就是一对兄妹置身险境，一个女神搭救了他们的故事。这则故事剥离了一切偶然因素，也就成为歌德自身真切经验的体现。歌德是从表面上理解并看待欧里庇得斯的这部戏剧的。维拉尔（Verrall）对结局做出了引人入胜的阐释，认为那是反讽的拼盘，是讥诮的戏谑之作，只有俗众会将之视为福音，当然，他们愿意这么干，不过，对那些耳聪目明的观众来说，这样的结局提升了这部真正意义上的悲剧的冷酷程度。这样的解释源于一个较之歌德时代要复杂得多的时代，因此，这样的时代对希腊人之真实本质的理解也要深刻得多。这样的见解当然也比歌德的见解更为敏锐、更富批判性。能够给出此等见解的心灵是谙熟悲剧的，无论用什么样的伪装将悲剧遮掩起来，这样的心灵都能够将其识破。倘若1779年歌德见到这样的解释，他肯定会惊惧不已并将之拒斥。这样的见解如何同"望楼上的阿波罗"形成契合呢？这样的见解同歌德的梦想、温克尔曼的梦想，怎么可能扯上关系呢？即便能够扯上关系，歌德的希腊偏见已然足够坚硬，根本不可能同这部极具穿透力的现实主义戏剧产生契合。陶里斯的空气是难以呼吸的，弥漫着血祭的味道。伊菲革涅亚、俄瑞斯忒斯和皮拉德斯确实逃离了此地，不过，倘若仅仅是字面上接受此一结局，那将是全然的一厢情愿，根本站不住脚。伊菲革涅亚并非端庄娴静之人，而是充满激情和痛苦，同时也工于心计且无所顾忌。她置身绝望境地，采取了绝望之策，残忍但也不失情由地欺骗了那个虽然嗜血且野蛮但也简单且值得信任的国王。在这部剧中，何来灵魂之美和灵魂之伟大征服了悲剧呢？拉奥孔的经历实际上也是如此；人们普遍认定的一切伟大的希腊艺术的品性在拉奥孔群雕身上难觅踪迹，尽管人们普遍将这件艺术品作为典范来阐发那些品性。

　　然而，歌德是拥有创造性的天才的。他完全有能力将温克尔曼的希腊在欧里庇得斯的基座上树立起来。这是一个现代的、人道主义的希腊，是歌德真正切望的东西，其中充溢着从曼海姆博物馆那些雕像的宁静和庄严品性当中勃发而出的种种理想。俄瑞斯忒斯，那个倍受噩梦折磨、倍受痛楚的哥哥，像极了歌德自己，因此就不需要太大改动；欧里庇得斯的伊菲革涅亚则是必须清除的。帕拉斯·雅典娜，拯救者，高贵的智慧女神，必须从云端下来，变身为夏露蒂·冯·斯泰因。由此，歌德便得以"用灵魂去找寻希腊人的国度"，并最终凭借自己的《伊菲革涅亚》创造出温克尔曼在拉奥孔身上看到的那些东西：女主人公身上那高贵的单纯和静穆的伟大，以及凭借灵魂之崇高而对痛楚和苦难实施的征服。可怕的诅咒一直在追索着坦塔罗斯家族的最后余脉，不过，依据歌德的处理方式，这一诅咒引发的悲剧最终不是以女神的一项令谕得到化解的，而是靠着一个女人的纯洁。歌德剧中的伊菲革涅亚既不工于心计，也不会欺骗，这跟欧里庇得斯剧中的伊菲革涅亚是不一样的。而且在欧里庇得斯的剧中，要拯救这些受到诅咒之人，就必须毁灭那些可怕的神灵，那些神灵的野蛮激荡着欧里庇得斯的整部戏剧，它们的邪恶影响，歌德称为恶灵式的。在歌德的《伊菲革涅亚》中，女主人公向托阿斯国王细述了坦塔罗斯家族的漫长命运史，家族众人昔日里犯下的黑暗罪行，是埃斯库罗斯的卡桑德拉提起来就要缠斗不已的，欧里庇得斯的合唱队甚至连提都不敢提，由此，歌德便将希腊悲剧惯常的那种模糊且神秘氛围消解净尽，将一切都置于澄明之境。此举乃是从神话当中伸张教益，而不是在塑造神话。像剧中的伊菲革涅亚那样如此清晰地去知晓并理解整个传说的一切细节，意味着从理智上超越这一神话传说，认识到以怎样的方式才能将邪恶转化为善良。歌德的伊菲革涅亚显然不是命运的盲目牺牲品，她有意识地做好了自我牺牲的准备，去赎买她家族犯下的罪行；也正是因此，歌德的伊菲革涅亚才反对在陶里斯杀害陌生人，同时也拒绝将贞操献给陶里斯国王。她的手必须是干净的，她的心必须是纯洁的，否则无从达成目标。她已然在理智上经历了启蒙，在精神上保持着纯洁，由此就成了一切邪恶和病态力量的反对者，一个贞洁的反恶灵者。

102

　　歌德自己后来也在谈及恶灵之时给出了深刻言说：唯有神

才能反对自己（Nemo contra deum nisi deus ipse）。埃斯库罗斯乃是通过召请诸神，才得以斩断紧紧扼住俄瑞斯忒斯的、由血腥罪行和复仇形成的戈尔迪之结。无论欧里庇得斯剧中的帕拉斯·雅典娜是不是女神，有一点是可以肯定的，在欧里庇得斯这里，帕拉斯·雅典娜而且唯有帕拉斯·雅典娜能够避开那可怕的最终灾难，或者说，唯有她能够宣称自己拥有那样的权能；任何凡人都不可能反转诸神的令谕。然而，歌德将此种能力赋予伊菲革涅亚，令她成功驱散了那家族诅咒，由此也就否决了此一诅咒的神灵起源。在希腊悲剧当中四处出没的可怕东西，也就是歌德于1774年所说的"神话之强大世界当中的巨大身影"，也在歌德的戏剧诗篇当中投下长长的阴影，但那样的暗影最终被证明了不过是破晓之前迅速消逝而去的黑暗。即便是俄瑞斯忒斯的癫狂以及他在癫狂之中见到的先人的幽灵，即便是伊菲革涅亚吟唱的命运之歌，也都根本无力驱散世人内心那深深的无解信念：该来的自然会来，命运无可更改。伊菲革涅亚经受住了种种诱惑，始终保持纯洁；她以英雄般的决心讲述真相，她和俄瑞斯忒斯都没有因此遭遇苦难；她的困境成为纯粹想象性的；她也许会恐惧托阿斯，但我们不会。伊菲革涅亚的境遇、经历、外在的行动以及内在的冲突，都是象征性的。俄瑞斯忒斯的心境却是实实在在的：处身恶灵钳制之下的歌德，乃是借由夏露蒂·冯·斯泰因这么一个实实在在的人才获得拯救的。此一精神净化行动发生在一个理想世界，那是想象中的美丽希腊，可怕神灵已然从这个世界消散而去。在这个世界当中，高贵应和着歌德倾听的音乐战胜了悲剧，而歌德谱下此等乐章，正是为了"抚慰灵魂"。于此，伊菲革涅亚和俄瑞斯忒斯便都幻化为精神之音，可以倾听但无从得见。对悲剧的这场胜利，乃是作为戏剧家的歌德遭遇的第一次重大失败，因为伊菲革涅亚的内心冲突根本不能被称为冲突，那不过是一系列的美妙独白而已，不过是在历陈灵魂的纯洁而已。倘若说温克尔曼过分理想化了希腊以及希腊艺术的本质，那也可以说歌德走得更远，对温克尔曼的理想实施了基督教化，那时的温克尔曼并没有毅然决然地宣称自己不是基督徒。那时的温克尔曼拜倒在阿波罗脚下，将美的本质界定为阳刚之美；他是最后一个宣称《伊菲革涅亚》中那个贞女蕴含着拯救世界的力量的人。歌德在展开希腊研究的时候，以“恶魔般的人性”来斥责这部戏剧；他在 1780 年以自由格律对这部剧实施重塑，在 1781 年将之改造为散文体；最终，在就节律问题同赫尔德长时间商讨之后，他带着这部剧作前往意大利，并在意大利达成了完美的和谐境地，而唯有这样的和谐能够表达他的理想。《伊菲革涅亚》建基于一种精神上的爱的观念，这挂念未必真是歌德自己的，不过可以肯定，这观念对歌德的激发较之他那朦胧的希腊观念来得更为真切。他于 1781 年开始写作悲剧《厄尔珀诺尔》（Elpenor），不过并未完成，始终都是断篇，而且这部作品成了他后来特别憎恶的东西。剧中包含了就复仇问题展开的一段华彩论说，不过，其余文字都是极为僵滞的，这部分地是因为里莫尔（Riemer）对这部剧实施的修订，那样的修订毫无灵性可言。不管怎么说，问题始终都是存在的，他如何了解那些同他截然不同而且时间距离又是如此遥远的人呢？直感在这里真能帮上忙吗？也许，歌德跟温克尔曼一样，在心性上同那些人有亲和之处，尽管这样的亲和很是怪异且残缺。然而，真是这样吗？我相信不是这样的。实际上，他是在曼海姆博物馆的石膏仿制品面前一番沉思之后采纳并信从了他人的

140 / 第四章 创造者：歌德（1749～1832）

观念。他让自己接纳的这一切变得空灵，成为他和夏露蒂·冯·斯泰因的透明布料。无论是歌德还是这个世界上的其他任何诗人，都不可能一直将这样的创造维持在恰当的轨道上。倘若温克尔曼真的握有通往希腊的钥匙，那么歌德就必须看一看温克尔曼看到的那些东西。

104 　　那恶灵又会怎样呢？歌德和夏露蒂之间一直就存在这么一个恶灵，尽管该恶灵一直都遭到压制。歌德运用了众多比喻来刻画此种境况。1778 年，歌德谈到那困扰着他心性的铁笼正在收紧，很快，任何东西都无法在他心间穿行了。甚至可以说，他整个人都已经变成了烈火淬炼的铁块。1781 年，歌德告诉夏露蒂，她已经征服了他的心，将藏匿在这个强盗男爵城堡中的仆从悉数赶了出去。1785 年，他心里便只剩下两个神灵了：夏露蒂和睡神。两尊神灵治愈了他身上能够被治愈的一切病症，并驱赶了那些邪灵。他一度是那么幸福，而那个时候的夏露蒂也能令他倍感幸福，人们见到他，便不免生出一个垂死病人恢复健康的感觉，他衣着笔挺，心情舒畅；他的心灵如同一间干净且美观的客厅，但是空无一人。当两人的关系出现问题之时，歌德的信中展现出极大的恐惧和绝望，这实际上证明了歌德曾跟夏露蒂说起的话是真的。他曾告诉夏露蒂，她是他跟这个世界的唯一纽带。时间流逝，这纽带变得有些令人烦恼了，这是因为她嫉妒且苛求，也是因为她要求他为两人的关系保守秘密，这惹怒了他。歌德最终挣脱而去，倒也并非完全是出于这方面的原因；并不是夏露蒂在歌德心中种下了对意大利的激情和渴望，然而，正是这无可救治的乡愁令迷娘面无血色并在她的歌声中啜泣。歌德就这么保持着这种怪异的静默状态，一直到他抵达罗马，其中的情由恐怕绝非逃离魏玛或者逃

离夏露蒂·冯·斯泰因这么简单，这样的情由岂非太过凡俗
了？真正的情由乃在于他的天才，此时，他的天才已经揭竿而
起，准备为自己的存在而战斗了。这天才为他编织出一片浸透
了阳光的浪漫之地，如同魔咒般唤醒了父亲讲过的那些故事，
唤醒了自己那遥远的家族记忆，对歌德来说，意大利一直都是
应许之地。他的天才发出了日趋迫切的低语，并编织出那样的
魔咒。

　　他的天才先是臣服于一种柏拉图式的激情，而后又臣服于
一种精神化的激情；就如同狗一样，别人会扔给他一块切牙骨
去撕咬，要不就是从斯宾诺莎那里借来一把锯作为安慰；天才
被那个魏玛的枢密官呼来喝去，四处打杂；但凡公共庆典，人
们都会期待这位天才要出一些花样，供大家消遣；《伊菲革涅
亚》之后，这天才便差不多没有活力、没有生气了。歌德的母
亲在 1783 年这么描述她这个儿子：他似乎得罪了缪斯。不过，
此一时期，《威廉·迈斯特的舞台使命》（*Wilhelm Meister's
Theatrical Mission*）的写作倒是不曾中断过。歌德的天才并不像
表面上看起来那般顺服。两个人物悄悄闯入这个流浪剧团的破
落演员队伍当中。他们是谁？这两个哀伤且无从捉摸的造物，
究竟意味着什么？其中一个正在渴望中痛楚不已，另一个则在低
声抱怨命运。那是迷娘的声音吗？抑或是那恶灵在发出哀求之音？

　　　　你知道它否？
　　　　　　离开，离开，
　　　同你一道：噢，主人，请听我祈祷！[1]

———————————

[1]　出于明显的原因，我此处选用歌德早期的 *Gebieter*，而非后来的替代作品。

　　倘若温克尔曼当年顺从自己的天才，去往希腊而非意大利，那么歌德（他倒是根本无意前往雅典）显然就会在意大利找到他的天才意欲寻求的东西：浪漫、色彩、生命、温暖，以及青年时代的重生和直面危险的生活方式。当然，是那恶灵如此无可抗拒地、如此非理智地驱使歌德越过阿尔卑斯山，不过，"主人"的这趟行程却是有着自己的关切的，支配这趟行程的，乃是一种同那恶灵正相反对的生活观念。歌德听从恶灵的指令前往意大利，不过，这趟行程却也是出于自己的自由意志。此时的歌德，从理智上讲，已经决定了要去熟悉并了解温克尔曼的希腊，同罗马无可化解地纠结在一起。

意大利

歌德说，他在这座永恒之城经历了一次重生，尽管人们已经羞于重复这样的鹦鹉学舌之举了，不过他还是要说；他还在一封信中用到了"第二次青春"这样的表达。《意大利游记》（*The Italian Journey*）的确有某些部分是相当迷人的，不过，那里面也充斥着早熟的颓废。他在此行三十年之后，才依托信笺和日记将这份游记编纂出来，在此行四十年之后，才将趣味大为逊色的《第二次逗留罗马》（*Second Journey in Rome*）拼凑出来（这都是歌德严重的拖延症的明证）。同时期的信笺，更为直接、更为真切、更富激情地讲述了一样的有关消逝了的青春的故事。处身魏玛、在夏露蒂面前那个温文尔雅的歌德此时已然完全无从辨认了，一种怪异的自我意识升腾而起，而且，此种情状必定要发展下去。青年身上那不经思虑的自发性，借由天才存续下来，并一直保存到老年时期。此时，这种自发性一下子勃发而出，一发不可收拾，除了几个短暂的时期。此前，他曾在夏露蒂的协助下，勇敢地展开自我毁灭，不过，当这个时期结束之时，他对夏露蒂心生怨愤了，这一点在《塔索》（*Tasso*）中已经非常显而易见。

德意志学究气和德意志彻底性一直都是歌德禀性的组成元素，就如同他的诗才一样。在意大利的时候，这些元素强有力地涌动起来，这也不免令马科斯·比尔博姆（Max Beerbohm）这样的人感受到一丝邪恶的快感，比尔博姆的《论不完美》（"Quia Imperfectum"）可谓一篇迷人文字，非常耐读，他那邪恶的快感就在其间翻滚着。比尔博姆在这篇文字中对意大利时期的歌德实施了描摹，那是一个操劳、尽职尽责、毫无灵性、高傲、无趣的游客。此番描摹并非凭空想象出来的，而是一幅颇为真实的肖像画，其中会有扭曲，不过，也都是相当精巧且雅致的夸张而已。《意大利游记》是一部相当老气的作品，是一个自持自为之人的自白，有着严肃的目标意向，也有着强烈的心性。要看，要学，还要运用自己的学识，这值得赞誉，不过，这其中却没有任何灵性可言。歌德之置身意大利并非为了放纵自我，而是有着一系列的重大诉求，这一点他是有特别申述的。他说，他要在四十岁之前沿着正确的路线去学习，去发展自己。一旦想到《迷娘曲》，这一切便不免令人感到费解；在《迷娘曲》当中，处处都有诗行、字句乃至整个段落在展现隐藏在此一道德态度背后的强劲欲望，从中不难看出那驱使歌德离开德意志的可怕内在冲突以及他的心灵疾病和激情，而罗马之行救治了这样的疾病和激情。在这个问题上，歌德给夏露蒂·冯·斯泰因的一封私信有着更为雄辩的表述。在这封信中，歌德以悲悯之态展开自我谴责，为他的这场秘密逃离行动，也为他那怪异的沉默。面对这一切，歌德甚至很难理解自己。信中谈到了生死挣扎，谈到了此次绝望行动令他恢复了自我，还谈到没有任何语言能够说出他经历的这一切。包括这封私信在内的多封信笺，乃是十分切实的证据，表明此时的歌德本人并不真正理解自己的这些行动，也并没有意识到这些行动是一种尝试：他要永远地脱离魏玛，脱离夏露蒂。也不能单纯地将这场逃离行动理解为逃离唯灵论，逃往异教。歌德对此多多少少还是有意识的，就此而言，可以将这场行动视为一个转折点，是从诗歌创作向着沉思造型艺术的转折。当他那直觉式的创造力来到他梦想中的和谐世界的时候，此种直觉创造力不再被充分展现出来。歌德希望用学识来取代自己的直觉创造力，这就意味着，必须用知识来代替想象力的位置。为此，他首先必须熟悉并了解古代艺术品，这些他都可以在罗马看到，可以在罗马展开研究。他说，在魏玛的时候，他这方面的渴望就已经有很多年了，他要看看这些艺术品。那恶灵如今算是臣服于他的此种欲望了；那恶灵并不知道此一欲望意在何方，便追随歌德从布伦纳山口到维罗纳，从维罗纳到威尼斯。在威尼斯歇息片刻之后，恶灵又追随歌德借由费拉拉和博洛尼亚抵达罗马。

他从威尼斯发出信笺，信中说他真的相信倘若他没有采取此一决绝行动，他会完全死掉，他想要亲眼看一看意大利的古物，这欲望令他魂牵梦绕。过去几年间，他一直心系意大利，在此期间，但凡读到拉丁作家或者看到任何同意大利有关的东西，他就会极度痛苦。现在，他离罗马越来越近了。旅途的艰辛又算得了什么呢？他终究是要抵达罗马的，就让伊克西翁的轮子带他到罗马吧。他此时的根本信念同此一激情的勃发混融在一起，并且部分地解释了他的这种勃发的激情，此一信念就是：知识乃植根于对事物的实际观察，而且还主要是借由视觉来达成的。因此，他应当极大地倚重自己那锐利的双眼；这无异于对想象力的无能提起了狂烈且尖锐的批判，这样的批判竟然出自《浮士德》的作者，实在是令人诧异。在托尔博莱的加尔达湖畔，歌德宣称自己此前从未真正懂得哪怕一行的拉丁

146 / 第四章 创造者：歌德（1749~1832）

诗篇。此时，当沃尔克曼（Volkmann），他那个18世纪的贝
克德尔（Baedeker）告诉他说，加尔达湖在维吉尔的诗篇中被
称为贝纳库斯湖的时候，这个湖泊就真的在他内心焕发出不同
的意义。毕竟，维吉尔诗篇曾说起，"贝纳库斯湖，浪花滚
滚，波涛咆哮"。那座湖泊不正在他的眼前，不正是在风中荡
108 漾吗？此情此景，人们也许会感觉很荒谬，这世间的湖泊不都
是湖泊吗？要对维吉尔的诗句予以视觉化理解，难道一定要追
随诗人走过的地方吗？

　　这样的琐屑之事未免荒诞，不过，其中不乏颇能触动人心
之处，不妨想象一下，《塔索》的创制者就那么悠然自得地躺
在刚朵拉里面，悉心倾听两个船夫按照自己的旋律吟唱塔索和
阿里奥斯托。这两个船夫必定是歌德特地花钱雇来的，毕竟那
个时候，刚朵拉差不多已经在湖区消失了。既然真正的效果只
能是两个吟唱者遥相呼应，那么这个刚朵拉三人组就必须弃船
上岸。两个吟唱人各取一处，歌德在两人中间，庄重地走来走
去。他会走向正在吟唱的那个船夫，待那船夫吟唱完毕，便转
身走向正待接唱的另一个船夫。一个人要将自己交付音乐，这
样的办法也实在是太过操劳了，令人诧异。

　　操劳乃是整个这趟旅程的主音符。"重生"六个星期之
后，歌德在信中谈到更多的是操劳、受累，而非愉悦。歌德本
指望能依托这趟旅程学到很多东西，然而，要学新东西，就必
须将以前所学全部祛除并从头再来，这令他不堪重负。幸运的
是，他有提施贝因（Tischbein）作为领路人，而且手头还有温
克尔曼的《艺术史》。此时，温克尔曼已然成了歌德的教科书
而不再是先知了，这本教科书是无与伦比的，从没离开过歌
德的手。从不同的风格当中辨识出不同的时代，恐怕这本教科

书提供的帮助是最大的。在希腊艺术及其方法的问题上,这本教科书也是极具启发效能的,正是靠着教科书中揭示的那些方法,那些无与伦比的艺术家从属人形式中培育出全部的神圣品性。歌德还阅读了温克尔曼罗马时期的信笺,倾听了有关温克尔曼的逸闻轶事,他沉浸在温克尔曼的个性、观念以及生活氛围当中。事实上,可以说,此时的歌德竭尽所能地浸染在艺术家的氛围当中,有意识地模仿温克尔曼的生活方式;此一情状当中,提施贝因之于歌德,就如同门斯之于温克尔曼,甚至那最终的醒悟都如出一辙。歌德引述了温克尔曼的一番宣示。当年,温克尔曼宣示说,自己在罗马经历了淬炼和净化,此番宣示同样可以用在歌德身上。歌德补充说,就算是死也无所谓了,因为他心愿已足,他已经抵达了生涯的顶峰。这话等于说,除非艺术于他而言成为活生生的观念,而不再是往日里那种干瘪语词,否则他是不会停下来的。说出这话的人,一直以来都对古代事物极为渴慕,这样一个人显然也是在对《伊菲革涅亚》那种全然的虚幻情景展开暴烈抵抗;此一抵抗行动是如此暴烈,以至于这个伟大的直觉天才竟然在罗马同沃尔克曼一起安坐下来,悉心记录他未曾看过的东西,以便在动身前往那不勒斯之前,"将这一切收割下来"。

作为研究之地,罗马在歌德心目中占有头等位置;那里展示着各个时代各种风格的古物,这一切都是需要歌德付出没有停息的劳作的。这座城市,正如歌德自己在那不勒斯之时说的那样,令他对形式的感觉经受了极大的混乱。这样的混乱往往是压倒性的,需要长时间的训练,才能铸就纯粹的审美愉悦。不过,这世间也有那么一座城市,是不需要预先的训练或知识储备或辛苦劳作,便可以令观光者予以体验的。歌德可以在这

109

座城市体验到温克尔曼塑造的那种希腊启示，尽管温克尔曼从未亲眼见证这座城市。和世界上别的城市不同，这座城市以一座卫城为主导。那里的大理石神庙是单纯的、庄严的、静穆的。那里的像柱以平静且昂扬之态展示出雄心；就是这么悠然从容，就是这么雅致庄严，那女神像柱征服了一切的悲剧重负，将之转变为一场艺术征服行动。那是梦想之地，人们尽可以在这里梦想伟大、美、和谐以及静穆，因为它们就矗立在这里，同那大理石雕像融为一体。温克尔曼死了，生前愿景之真实性也随他而去，因为在一场剧烈的冲突和斗争之后，温克尔曼拒绝亲眼见证希腊。如今，歌德面临同样的挑战，不过，歌德不耐烦地将此一挑战搁置一边。当他离开那不勒斯前往西西里的时候，瓦尔德克亲王劝说道，等他回来之时，他们一起前往希腊和达尔马提亚。歌德认为这个计划是极为荒诞且轻率的。他说，这样的计划是看到了世界落入那些伟大力量之掌控的结果。他说，一个人必须站稳自己的脚跟，一定不能昏了头。后来，他安然返回罗马之时，便颇为愉悦地对着一个英国旅行家从希腊带回的速写展开沉思。他尤其对帕台农神庙的雕带感兴趣，那是菲狄亚斯（Phidias）的作品。他宣称，他再也想象不出比这更可爱的东西了，这东西给他留下了永难磨灭的印象。尽管看的只是二手材料，不过他丝毫没有遗憾。他并不是没有发觉，任何的速写、蚀刻或者石膏仿制品，都不可能传达出切实的艺术观念，为此，他在意大利旅行期间还无数次地咆哮、愤怒。他还高声喊叫着说，真要了解这些东西，就必须自己去看看。为什么帕台农神庙的雕带会是例外呢？

　　和温克尔曼不一样，歌德在拒绝亲自体验希腊的过程中并没有经历冲突。他天才当中更为潜意识的那一面已然满足于意大利的阳光了，已然对那不勒斯周边的乡村地区、西西里以及海洋之美颇为欣悦了。意大利的阳光足以令他迎来精神的重生。谈到这一切，他就如同一个崇拜太阳的人那样，一想起北方那阴惨和雾霭之地以及德意志那"铁一般阴沉的天空"，就心有余悸、颤抖不已。那不勒斯的优越位置令罗马显得像一座古老、幽僻的修道院。意大利的气候是歌德特别想随身带回德意志的东西，因为永远生活在意大利，这样的年头是不会在他心里浮现出来的。他真切地感受到，他同意大利人没有任何共同之处：他对罗马天主教及其一切的宣讲，都完全没有同情可言；那里的嘉年华既令他厌倦，也令他愤怒；一看到那种中世纪画作或者哥特式建筑，他便禁不住退避三舍，更别提巴洛克建筑了。现代意大利和中世纪意大利令歌德同样感到厌恶，无论是宗教方面、审美方面还是卫生方面都是如此。他看重意大利，完全是因为那是独一无二的古代艺术宝库，它也保存了拉斐尔、米开朗琪罗和达·芬奇的画作以及帕拉迪奥的建筑。然而对于歌德来说，真正重要的是，意大利的阳光令他重新爱上了生活，爱上了自然，爱上了那不勒斯和大海。

第一次见到大海之时，歌德的态度非常冷淡。在威尼斯海边，他只是约略地说景色不错，而后便专注于海滩上的贝壳和乌贼了。第二次造访威尼斯海滩的时候，他也只是就乌蛤、贻贝和螃蟹的行动方式给出了一番迷人描述，那算得上是整部游记当中最华彩的段落了。然而，在那不勒斯，大海慢慢地对他发挥出威力（当然，这要归功于那不勒斯的气候、环境以及沁人心扉的空气），他也逐渐开始接纳这种威力。他颇为谨慎地认肯了那种无边无际的感受，不过，接着他便回身去研究风

111

暴中波浪的形状；此举乃是在对那恶灵元素或者说是狄奥尼索斯元素实施封禁，使之不会对阿波罗的形式造成侵扰。尽管如此，歌德还是在日记中谈道，有人说去看一看大海是每天生活中不可或缺之事，但对他来说，在灵魂中看一看大海就足够了。毫无疑问，此时大海已然进驻了歌德的精神世界，并于四十多年之后成就了《浮士德》第二部分那段神奇叙事，在那里，歌德令主人公担当起宏伟使命，去限制海洋，为海洋划界。

歌德已经见识过大海，赞誉过大海，现在则要把自己交托给大海了。从那不勒斯到西西里的那段行程颇为艰难。歌德大部分的时间都在座舱里度过，正如他着力叙述的那样，他通常会选择水平的位置。他当时在他的舱位，一处开阔而危险的地方，不过，借着那艘乘风破浪的海船，他避过了它的危险，并且，借助饮食的常识，避免了它的摧残。歌德和那恶灵借此安全完成了这段航程。四天四夜，歌德一直都处在半醒半睡的状态，海浪摇动，令他同时间隔绝，歌德同那恶灵处于罕见的和谐状态，他们通力协作，致力于《塔索》的构思和写作，并由此来裁夺那未来的命运。日落、日出、狂暴的大海，那价值无可估量的秘书科尼普（Kniep）在甲板上极为辛劳地将这一切勾勒下来。那恶灵还需要更多吗？歌德还需要更多吗？由海洋开启的这段航程，最终以帕勒莫那美妙的自然景观作为终结。那美妙的自然景观就这么突然地、出人意料地出现在歌德面前，歌德一下子就看到了这一切。他在哪里？他是谁？这趟行程又意味着什么？公共花园中的柠檬树、夹竹桃和奇异植物，北方地平线上冲刷着海湾曲线的黑色海浪，还有空气中那大海的味道，这一切都令他感觉自己仿佛置身费阿刻斯人的岛屿之上，他，奥德修斯，则刚刚闯荡了风暴四起的海上险境，已经成为阿尔喀诺俄斯花园里那个远离故园的浪子。歌德手持荷马诗篇，将一个片断大声朗诵给科尼普听。奥德修斯遇到了瑙西卡，那样的会面方式似乎进一步呈现了歌德和奥德修斯的相似之处。尽管歌德在心计和手腕方面跟奥德修斯毫无共性可言，不过，歌德在这趟行程的问题上难道不也误导并欺骗过夏露蒂吗？于是，写就一部名为《瑙西卡》的悲剧，这个念头迅速在歌德心中萌动了。奥德修斯不仅要向女主人公隐瞒自己的名字，还要隐瞒自己已婚的事实；瑙西卡也已经公开承认自己爱上了他，倘若他的名字和已婚的事实都败露了，那就会要了她的命。谎言，或者说对真相的压制，歌德当初就是借此同弗劳·冯·斯泰因分道扬镳的，她的痛楚、他的悔恨、他对损失的预感，都将在这部未来的悲剧当中得到表达，这一切也许会催生他最伟大的希腊式作品。就是在此时，就是在此地，昔日的冲突再度在他的记忆当中翻滚起来，不过，他的痛楚已经没有当初那么强烈了。

112

自从跟弗里德里克·布里翁分道扬镳之后，歌德便一直尝试就此种特殊形式的悲剧罪错给出戏剧式的表达；歌德同女人的缘分通常都是这样的宿命，他离开她们，令她们痛楚不已。《葛兹》中的维斯林根、《斯台拉》（Stella）中的费尔南多以及克拉维格都身负着此等罪错；在浮士德和葛丽卿的悲剧中，可以找到对此种悲剧罪错的典范表达。歌德之抛弃弗劳·冯·斯泰因令他重新体验到那种令他撕心裂肺的力量；他从罗马写给她的信表明，他也会因为她的悲伤而悲伤，而且是那么痛苦和无助。他离开她，去找寻心目中的那个希腊；此刻，大海的涛声在他耳畔响起，一派南国风光在他眼前铺展开来，荷马诗篇在手，这样的情境当然令他心绪翻动，于是他写信告诉她，他正在给她准备一些肯定会给她带来愉悦的东西，而且他还告诉她，他的心是跟她的心在一起的。

　　然而，《瑙西卡》到此再无进展，仅仅是为剧情铺设的一些对白和随感而已。三十年后，歌德谈起这部悲剧的规划，说其中没有提及奥德修斯的欺骗行径，还颇为仔细详尽地申述说，这部悲剧的总体意向乃得益于旅途中同一系列女人的恩怨情仇。他说，他已经无意将他和夏露蒂之间的昔日情仇同这部悲剧联系起来，尽管这部悲剧已经胎死腹中。《瑙西卡》乃是灵感促成的，但是为什么这灵感如此迅速地便抛弃了他呢？对歌德来说，回答这个问题，实际上就等于是在回答生活。在离开魏玛之前很久，歌德便已经开始从科学角度研究自然；在整个意大利行程当中，他的全部时间除了用于沉思古代艺术，便用于这方面的研究。他对自然的此种热爱，当然可以见诸《甘米尼德》这样的诗篇，不过也同样真切地反映在这些观察和研究活动当中，尽管这两种表达方式是截然不同的。此时的歌德有意成为一名杰出的科学家，而且他也已经发现了人类的腭间骨，这毕竟称得上是一项重大发现，他相信全部生物是存在有机联系的，正是此一信念引导着他，令他有此重大发现。矿物学、地质学、气象学、植物学以及动物学，同艺术一起瓜分了他的意大利时光。现在，在他的书桌已经完全为诗歌而清空之后，他的生命又涌起一种强大的激情，同他那创造性本能展开对峙和搏斗，这一激情还在一番恶斗之后，将他的创造性本能击败了。他关于初生植物体的研究已然将《瑙西卡》的痛楚逐出他的心灵。1787 年 4 月 17 日，星期二，歌德在帕勒莫，日记中写道：

这么多如此不同的精灵在追逐我、诱惑我，这太糟糕了！一大早，我就前往公共花园，下定决心要在那里静心追逐我的诗歌梦想。不过，还没等我走到花园，另一个恶灵便将我抓住，这个恶灵在过去几天一直在追踪我……鬼影重重，四处浮动，令那旧日的迷思再度萌动。如此情景，我还能发现初生植物体吗？……我的诗歌计划遭遇挫折，阿尔卡诺斯花园，一座世界花园，取而代之。我们这些现代人为何要如此分散自己的精力呢？我们又是为何要向自己提起我们根本无从达成的要求呢？

就在几天前，歌德遇到了一个曾在魏玛待过的马耳他当地人，此人向歌德询问《维特》的作者的近况。他告诉歌德说，那可是一个生气勃勃的年轻人，在魏玛宫廷呼风唤雨。当歌德告诉此人自己的身份之时，这个人惊诧不已，高声说道："变化真大啊！"

《瑙西卡》就这么被遗弃在角落里，一动不动了，初生植物体研究取而代之；《德尔菲的伊菲革涅亚》（*Iphigenia in Delphi*）乃取材于许吉努斯传奇，不过，这个悲剧念头也仅仅是在歌德内心一闪而过，尽管并没有太多的原因可以令歌德放弃这个念头。然而，《在陶里斯的伊菲革涅亚》在歌德离开罗马前往那不勒斯之前，在歌德内心重新焕发出诗意，令歌德为之赋诗一首；这诗篇背后的灵感来自拉斐尔的画作《圣阿加莎》；在这件事情上，伊菲革涅亚未置一词，是歌德自己论定了这个圣徒本来无意表达的东西。诗篇写就之后，歌德将之呈送给赫尔德，歌德真诚地希望这份诗篇能够展现

出足够的和谐，同时也恳请赫尔德修订其中的疏漏。至于他
自己，则已经对这份诗篇无能为力了，因为他的精力一直都
放在剧作上，直到他最终对之完全厌倦。这份坦白可谓意义
重大。此时，他的作品集的编纂工作也正在进行当中，这项
工作给他造成了更为严重的厌倦；两部小剧本需要重塑，这
倒不是特别艰难的任务，不过，《埃格蒙特》《塔索》《威廉
·迈斯特》《浮士德》则有待完工，这显然不是歌德的精力
能够应对的。在返回罗马的路途之上，歌德首先展开《埃格
蒙特》的修订工作，这项工作于1787年8月完工，此一
"无法形容的艰辛工作"，倒没有引发他太多的叹息和抱怨。
《威廉·迈斯特》则只能任其自生自灭了。至于《塔索》和
《浮士德》这两个大部头，修订工作也没有太多进展，距离
完工尚且很远。最终，《浮士德》的两幕以及《塔索》的修
订工作乃是在魏玛完成的。歌德所缺乏的，是安吉莉卡·考
夫曼的精力和决心："难以置信，所有这些事情，她竟然都
完成了！"

　　意大利之旅并非歌德生涯中的创造性时期。在第二次逗留
罗马期间，歌德有意成为一名艺术家，试图借此将第一次驻留
罗马期间得出的理论付诸实践。素描、绘画乃至泥塑占据了他
的大部分时间。这严重影响了他日后的诗学技艺。对此时的歌
德来说，所谓创造，已然不再是灵感或者想象，而是建构；
"制造"（making）诗歌，歌德就是这么说的。此时的歌德必
须将创作对象呈现在纸面上，以便它们就站在那里。在谈到
《埃格蒙特》时，他说，这样的话，他就能够像谈论一幅画作
那样将《埃格蒙特》呈现在世人面前。此时，他也开始感受
到需要一种体验，这种体验必须同他要呈现的人物是完全同

一的。在《埃格蒙特》正待完工之时，皇帝同布拉邦特居民 115
之间那场冲突为他提供了莫大帮助。歌德还半开玩笑地补充
说，为了完成《塔索》，他有必要找一个公主恋爱，倘若《浮
士德》的工作能够有所推进，他也有必要将自己的灵魂出卖
给魔鬼，尽管他对这两者并没有太大兴趣。科学观察和研究以
及接踵而来的造型仿制技艺，当然还有那种最大程度上建立跟
剧中人物一样的体验的努力，这一切成了诗性灵感的万灵替代
品，而这些都是他从意大利带回来的。这一切跟他 1774 年给
雅克比（Jacobi）信中的那番讲述全然不同，致雅克比信中的
那番讲述呈现出永恒的神秘氛围："用一个内在世界来再现这
外在的世界，这个内在的世界涵育万物，统一万物，创造万
物，用我自己的形式和方式予以捶打和淬炼。"

"我必须而且也将变得完整且彻底。"1787 年夏天歌德再
次抵达罗马之时就是这么跟夏露蒂说的，语气颇为决绝；次年
1 月，歌德也得以向夏露蒂保证说，他至少已经在这个方向上
有所进展了，尽管他恐怕不得不将多半的自己留在罗马。意大
利那样一个世界在歌德看来，跟世界上的其他地方没什么区
别，确切地说，意大利于歌德而言并没有什么特别的价值，而
且同自然和艺术也没有本质上的关联。事实上，有那么一段时
间，此种莫可名状的不和谐感甚至还伸展到温克尔曼那个世界
的昔日荣耀当中。在西西里的沿海航程当中，歌德再次晕船，
此一感受乃是在这段时间生发出来的，歌德竭力克制此一悲观
情绪的影响，但此一悲观感受已然萌发了：

　　说到底，我们看到的不过是徒劳的人类，人们总是想
　望着对抗自然的暴力，对抗时间的恶毒，对抗因自身的分

歧而催生的敌意，难道不是这样吗？迦太基人、希腊人以及罗马人，还有跟随他们而来的众多族群，他们成就的一切不过是为了毁灭而已。

此时，歌德的恶灵又开始跃跃欲试了；恶灵驱使着这个畏缩不前的希腊主义者在《巫厨》（*Witch's Kitchen*）、《森林与洞窟》（*Wood and Cavern*）以及《浮士德》"协议现场"的后半部分同自己展开合作，这些都是发生在歌德再次逗留罗马期间的事情。

116　　歌德在离开这座城市之时究竟带着何等不舍，这一点从《意大利游记》的最后几段话以及他翻译的奥维德诗篇都不难看出。在离开之时，歌德抱定了信念，认为自己已经成为新人。也许他是对的。此时的歌德已经不再是逃离魏玛之时那个为恶灵困扰的可怜造物了；较之当初的逃离，如今的回归更为真切地意味着同过去的决裂。《塔索》这部剧十分精细地揭示出，歌德返回之时夏露蒂·冯·斯泰因是如何令他失望的，也揭示出他是如何回顾这段他曾经过度理想化的关系的。这部剧似乎展现出一种更为沉重的悲剧，是一个诗人的殒殁，而此一悲剧是以意大利之旅作为终结的。《塔索》的构造存在断裂，这是因为这部剧的创造者对于剧中两大对立人物的态度发生过变化。直到第二幕结束的时候，塔索都是正面一方。但是此后，安东尼奥则变得高贵起来，他坚实地扎根于现实当中，牺牲了自己诗人和梦想家的特质。歌德胸中无疑也蕴含了这两个灵魂，不过此时，歌德选择了那个"以稳固的感觉而持守世界"的灵魂，而非那个渴望生活在梦想之中的灵魂。塔索曾在事实岩石上碰得头破血流，所以必须紧紧地抓住这岩石，否则便根本没有生存指望。《塔索》对诗歌进行了掂量，但那样的分量太轻了。歌德苦笑着抛弃了那个诗人，任其自生自灭，连同夏露蒂·冯·斯泰因也一起抛弃了，而夏露蒂也很有可能已经抛弃了歌德。这就是这个新生的艺术家和新生的人对魏玛和德意志做出的宣示。以塔索之绝望铺就的激情乐章，就是那恶灵给出的回答，这部悲剧正是以恶灵的言辞来收场的，而且那恶灵也将自己的烙印留给了这部悲剧。

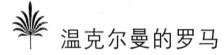

温克尔曼的罗马

　　正当塔索为生存而四处求告之时，歌德向世界表明，即便没有塔索，他也能在《罗马哀歌》（*Roman Elegies*）当中有相当作为，这部作品乃是纯粹的天才之作，而且其创造者是一个严格持守这个可见世界的人。这些诗篇乃是对《伊菲革涅亚》的直接回答，同时也是断然否决。然而，这二者都是从温克尔曼的黄金时代当中得到灵感的：一部作品是在一个文雅且曼妙的女人的影响之下写就的；另一部作品则是在一个出身低微的美丽少女的怀抱中写就的，这一点从字面上就不难看出来。更确切地说，一部是唯灵主义的纪念碑，另一部则是现代诗人能够成就的最为异教主义的纪念碑。一个像克里斯提安娜·沃尔皮乌斯（Christiane Vulpius）这么年轻且完全没有接受过教育的人，竟然成为歌德的缪斯，将他带回卡图卢斯、提布卢斯和普罗珀提乌斯的时代，并且还能够令他以六步格和五步格音律进行创作，这样的事情极其令人诧异。歌德珍爱着她。由此，太阳以其全部的南方的明媚，照耀着令歌德念念难忘的罗马城的恢宏全景。这是一次实实在在的重生。温克尔曼的罗马和克里斯提安娜在诗歌集群当中融合起来，此一集群乃是一派古代氛围，在情感和形式上，则展现出感性之美。

　　歌德和温克尔曼之间的一项本质差异一直都是存在的；歌

德虽然跟温克尔曼一样爱美，但歌德所爱的并非温克尔曼心目中的阳刚之美，而是阴柔之美。歌德虽然也力求呈现温克尔曼式的精神和谐，不过是将之呈现在《伊菲革涅亚》当中，还将之呈现为一个纯洁女人的成就。歌德在此体验并表现的感性和谐，乃是一个美丽少女的天赋。正是在这个意义上，可以说温克尔曼的世界和歌德的世界注定了不是一回事，就如同散文和诗歌之间那无可测度的鸿沟一样。此外，也一定不能忘记，置身罗马的温克尔曼在找寻希腊。但是在《罗马哀歌》中（《罗马哀歌》同样跟《伊菲革涅亚》形成直接对照），对那么一个已然消逝了的、无从亲见的世界的一切找寻都是不存在的。歌德将古罗马视为自己的田园，并且他的追寻也就到此为止了。这位创造者在他那不朽的六步格诗篇当中，一砖一瓦地重建了罗马，以便他自己和克里斯提安娜能居住其中。在这么一个阳光灿烂的异教世界，悲剧尚且没有被完全征服，至少还不至于沦落到全然瓦解的地步，而且，大体上还可以说，此前在伊菲革涅亚面前四散而去的神灵和鬼魅在歌德重建的这个罗马城经历了一场奥维德式的变形。这些轻松、优雅的神灵，这些罗马神话中的神灵，在歌德这里沾染了荷马式的静穆，同样也富有歌德年轻时代那些洛可可神灵的特质。爱神、命运之神、法玛、朱庇特、朱诺、墨丘利、巴库斯、伏尔甘以及月神等，取代了克洛诺斯和布罗米奥斯、普鲁托和珀尔塞福涅、普罗米修斯和宙斯。此类神灵并不像温克尔曼的神灵那般理想化；克里斯提安娜已然将大理石雕像中的这些神灵转化为血肉之躯。 118

> 而我是否未能教诲自我，告诉我，当直视着她胸部的凸起，当我的手滑过她的臀部？

最终，正派地领会这尊大理石像，我思索，并比对，

我用全部感悟的眼睛去看，用全部洞悉的手掌去感。

我也曾再三镌写下诗篇，置于她的手前，

而这六步格的节律，温柔地借手指

在她背上打着节拍，她呼吸于甜美的睡梦……

在这个诗群当中，和谐随处可见。精神渗透在感官当中，并据此在诗歌和艺术之间维系了一种完满的平衡。塑性手法当然是存在的，不过，也已然化解为运动，由此令过去与现在之间的和谐臻于绝对完整的境地。感受、思考、观察，这就是歌德在魏玛的生活内容，就如同在罗马那样。尽管歌德竭尽自己的全部诗性，将诗性之美注入温克尔曼的理想当中，不过，这其中已经没有了温克尔曼那怪异的对希腊的本能欲望，而正是这样的本能欲望令温克尔曼的理想散发出乡愁般的情感魅力，这一切在歌德这个诗群当中是看不到的。此一诗群呈现了一个完满的当前世界，并且歌德还令荣耀的光环伺候在侧，至于诗人眼中那些古代纪念物，则不过是为这样一个当前世界增添了尊严和稳定性而已，至于那些空洞的梦想，则悉数祛除。

这样的安宁能持续下去吗？此时的歌德建立起了无可动摇的信念，认为自己不仅能够创造一个自己的世界并且还能够生活于其中，这种看起来无可动摇的信念又有几多命数呢？他真的能够就这么生活在对意大利的记忆以及对克里斯提安娜的情爱当中吗？他最终真的能找到办法去充分呈现生活吗？《罗马哀歌》称不上伟大的艺术作品，也算不上什么了不起的成就。倘若真要生活在天堂当中，至少要相信天堂确实是存在的。但

是歌德在魏玛创造的这个异教罗马，乃是一个愚人天堂，乃是一处幻象，克里斯提安娜为他建造的家园则是为了帮助他维持这个幻象。歌德便只能待在这个家园当中。魏玛对待克里斯提安娜的态度也正是夏露蒂·冯·斯泰因对待克里斯提安娜的态度，这样的态度足以让歌德认清楚：他可以改变，但宫廷不会改变。更糟糕的是，他生活的世界是一个基督教世界，这个世界要否决他创造的世界。歌德并非那种动辄愤怒咆哮之人，然而，在1788年到1794年，他确实对基督教发出了愤怒咆哮，那样的语调仅见于这个时期。其间，歌德对自己一度仰慕的拉瓦特（Lavater）发泄了一通恶毒评说，对康德的《纯然理性范围内的宗教》更是暴怒不已。这一切都表明，环绕在他周围的基督教给这个新生的异教徒带来了可怕的烦扰，而这个新生的异教徒相信自己已经看透了爱和生活的精神意涵。他蔑视德意志人（"毫无独创性、毫无创造力的族群，没有性格，根本没有能力构思并创造艺术"），这令他不得不再次倒向科学的怀抱。他曾跟柯内伯尔（Knebel）谈起，置身于这么一个庸俗的国度，他的头顶竟仍然飘着那么小的一块诗歌云团，这令他大为吃惊。他观望着那个时代的德意志，触目所及，除了"恶劣和卑鄙"，便什么都没有。不难想见，《罗马哀歌》营造的温室世界不可能令歌德的天才获得长期的驻留之地，确切地说，歌德的天才之生长已经不是这间温室能够包容得下的了，而且，那样的生长也并没有真的狂野到可以在温室当中无限繁育的程度。

是法国大革命击碎了这座奢华温室的窗格，这场可怕的风暴，以摧枯拉朽之势闯入温室当中。此等规模的世界性遭难，唯有"悲剧"一词方能予以描摹了，显然，此一世事潮流如同恶灵一般涌动起来。不过，这一次，歌德自己的恶灵是无罪的；歌德的恶灵处于全然的蛰伏和顺服状态，保持了全然的静默，尽管这静默令人有莫名之感。我并不是那种因为歌德憎恶法国大革命而对他有所指摘的人，甚至这方面的念头都没有。这场大革命所表征的原则，毫无疑问是同歌德新近建立的信念相对立的，这些信念都是歌德极为珍视的，而且也都是来之不易的；整个革命运动蕴含了对歌德来说极具威胁且极为重大的元素。这必定会令歌德感到真真切切的恐惧，在这场革命运动中，歌德当然不难体验到在自己的小宇宙当中经常遭遇的那些东西，只不过那规模已经变得庞大无比了。歌德竟然能够如此严密地钳制自己的天才，从头至尾都将这么一场大革命视为没有任何魔性的事件，对之大加鄙夷，既不认为这场革命是不可避免的，也不觉得其中有任何伟大之处，这实在是相当有意思的事情，完全不必因此而对歌德抱有遗憾。这样一个歌德，已然对悲剧实施了封禁，甚至到了否决塔索的生活权利的地步，面对法国大革命，则只不过是在一种决绝得多的意义上拒绝承认悲剧的存在而已。大革命在法国扫荡了歌德所看重的唯一的生活态度，这态度不仅是个体性的，也是社会性的；看起来，德国和整个欧洲都难以避免这样的命运；文化和文明的拓展和深化，是歌德眼中真正的人文主义，他也正是此种人文主义的使徒，这样的人文主义只有在一个稳定且和平的世界里才有可能生长和发育。然而，这一切都在这场大革命中遭遇了实实在在的威胁，只需这一点便足以确切证明，悲剧在歌德自己的生活当中以及在整个文明世界当中是存在的。可悲的是，歌德仍然在想方设法地回避这样的结论。

1790 年，歌德再次前往意大利，3 月到 6 月这几个月，他一直待在威尼斯。这段时间的信件以及《威尼斯警句》（*Venetian Epigrams*）都表明《罗马哀歌》中的世界已然陷落了；除了克里斯提安娜，便什么都没剩下。《威尼斯警句》表达了歌德对克里斯提安娜的情感，此一情感较之《罗马哀歌》中展现的那种明朗的敬重，显然更富激情；歌德表达其中的对克里斯提安娜的渴望，对家园之和平与惬意的渴望，实际上正是对稳定和安全的渴望。这些东西在其他任何地方都是找不到的。对此时的歌德来说，世界变了，这一点是显而易见的，因为他正是在此时突然爆发出对民众的尖利仇恨，同时，昔日的那个意大利此时在歌德眼中也魅力全无，歌德的眼睛一下子变得很现实了。世界的确变了，然而，歌德拒绝承认这种变化。他对民众依然抱持着贵族式的蔑视，他对自由的使徒依然抱持着智识上的蔑视，这也就令他的感受找到了一个情绪上的发泄口。他给予魏玛公国热情赞誉，却是因为此时的魏玛公国毫无疑问表征着旧秩序。《威尼斯警句》当中弥漫着极度的痛苦，这正是他心境的写照。

这样的心境之下，歌德也确实有理由对法国大革命实施揭露，让世人看看革命的真实情状。在歌德看来，这场革命是完全可以解释的，甚至是可以理解的，不过，倘若法国贵族阶层稍稍收敛一下自己的腐化，倒也未必就一定要革命。这就是歌德那些破落的反革命作品的基本意向，这些作品既非希腊式的，也非恶灵式的，可以说，这些作品表征了他的天才沦落谷底之时的情境。他的大革命作品可谓枯燥、冗长，根本没有睿智、魅力以及审慎可言。此时的歌德已经远离了现实，甚至可以说是同现实隔绝起来了，这一点不难看出，因为此时他第一次细读了柏拉图的《会饮篇》《菲德罗篇》《申辩篇》，细读

121　之下，他竟给出极为怪异的申述，他说柏拉图的这些对话对他有直接启发，令他酝酿着将低地德语动物寓言故事《列那狐》改译为六步格诗篇。将这样的韵律用于如此特殊的目的，这还真是空前绝后的事情。在美因茨遭到围困期间（歌德参加了1792年和1793年同法国的作战行动，并在战场上表现出冷静和勇气，甚至还在瓦尔米炮战遭遇挫败之后显现出了洞察力），歌德着手进行光学研究，同时也展开了《列那狐》的改译工作，这段时间他差不多都躲在自己的帐篷里。同窗外世事的隔绝态势至此算是达到了极致。他戒绝了跟这场革命运动有任何的精神牵扯。他还刻意将自己的心灵同革命的一切结果保持距离。不过，他也曾再三尝试解释这场革命运动，力图将之敷衍搪塞过去。他就是这样一个人，对于自己有心予以呈现的事情，他坚信必须亲自去见证、了解并体验，任何细节都不应当被放过。由此便造成了这样一种极为怪异的情状：面对那个时代最伟大的运动造成的创伤，那个时代最伟大的心灵却仅仅满足于对之实施无害化处理。

荷马家族

    法国大革命将温克尔曼的罗马彻底摧毁了，歌德便不得不在此时回归希腊。1793 年年底，他告诉雅各比，他已经着手研读荷马，人总得有事可做，这样的话，余生也就不至于空寂了。恰在此一时期，席勒闯入了他的生活，这是好事，也是坏事。就好的方面而言，席勒的信念、热情、英雄崇拜以及见解激发他，若非如此，他完全可以怀疑，在法国大革命的摧残之下以及在同时代德意志那种完全孤立的生存境遇当中，他无法展现自己的诗才。因此，差不多也可以肯定，倘若缺了席勒，歌德很难有机会完成《浮士德》第一部。歌德自己也常常在给席勒的信中坦承这一点。"你让我再次焕发青春，"这是 1798 年 1 月 6 日的信，"我实际上已经放弃诗歌了，是你让我重新变回诗人。"倘若不是席勒的介入，歌德恐怕就要全副身心地致力于艺术和科学研究，并且还会将绝大部分的精力用来反驳牛顿的光学理论，尽管这门学问要求相当的数学知识，而歌德并不具备。光学理论在歌德着手的所有科学问题当中，也是唯一一个因先入之见而令歌德走上歧途的，并且在研究过程当中，歌德对他人的观点表现出极为暴烈且不能容忍的态度，这是完全有悖于歌德自身的品性的。这一切恐怕都要记入他的贷方账户。

他的借方账户的额度也是极为庞大的。席勒对歌德的了解和理解，在那个时代恐怕无人可比。1794 年 8 月 23 日的一封信笺中，席勒就歌德的心灵及其发展变幻展开了剖析，那样的剖析展现出非比寻常的敏锐，我还真不知道有什么人在这点上能够超越席勒。这封信笺对截至当时为止的歌德的生活和生存情状实施了总体勾画，呈现了一幅总括性的画面。席勒对歌德的直觉天才是有体悟的，他很清楚地意识到，歌德的此种天才在一种幽暗力量的支配之下进行本能创造，此种幽暗力量，席勒称为纯粹理性。席勒非常清楚地见出，歌德对于现时代的素材心有恶感，因此，歌德的意图是要重造一个希腊，借此来纠正当代那已然有了缺陷的人性。席勒也同样清楚地见出，到法国大革命时期，歌德的此种创造行动已经不是直觉式的创造了，而是一种以抽象观念为主导的创造行动，倘若任凭这样的创造行动进展下去，此种以抽象观念为主导的创造行动就必定要重归情感和直觉王国。没有什么比席勒的这番剖析更为真切或者更能说明问题了。然而，真正的麻烦恰恰就在这里，席勒在解析歌德的同时，恰恰击中了歌德那种创造力的根源。此前，处身夏露蒂·冯·斯泰因和生活之间的歌德，其创造性和自发能力已经因为此种夹缝式的生存而遭受折损。如今，席勒的此番剖析则如同启蒙洪流一般，对歌德内心潜藏着的无意识王国实施了致命打击。在意大利的时候，甚至比意大利时期还要早上一些，歌德就已经对自己的诉求和目标建立起意识了，这样的意识对歌德的天才造成了一定程度的伤害。如今，在席勒的此番冲刷之下，歌德则全然置身智识启蒙的状态之中，对自身之天才的性质已然建立起全然明晰的意识。也正是因此，歌德此后再也难以依托本能进行构思和创造了，也许他此后的抒情诗是个例外，不过，即便在抒情诗领域，歌德也并不总是能够做到以本能为依托。

在席勒的热忱引领之下，这个昔日的创造者逐渐转变为审美批评者。此一时期，歌德就诗歌、史诗以及戏剧之性质展开了连绵不断同时又极具分量的探讨，此类探讨成就了这一时期的大批通信，而这一庞大的书信库表明此时的歌德正在致力于研究文学技巧，就如同当初他在罗马研究绘画和雕塑技巧一样。只不过，当初完全是另一个天地。歌德曾屈从于莎士比亚的精神，而后又创造了非莎士比亚式的《葛兹》。他也曾屈从于自己的恶灵，并依托《初稿浮士德》创造出自己特有的表达形式。没有人会指控他照搬了欧里庇得斯的《伊菲革涅亚》。拉丁典范也曾令歌德心醉神迷，歌德遂将这些典范悉数吸纳，由此催生了《罗马哀歌》。不过现在，歌德则开始仔细研读希腊作品，他要一探究竟，看一看这些作品是如何得以创造出来的。月复一月，年复一年，席勒不断抛出自己的美学作品，对希腊文学展开阐释，特别是他的名篇《论天真的诗和感伤的诗》（On the Naïve and sentimental Poetry）。实际上，席勒正是在就歌德的天才实施一番勘察之后，才从中得到启发提出了"天真"这一观念。而且席勒并没有犹豫，他直接告诉歌德说，歌德就属于这个类型，是生逢其时的希腊人。歌德乐于信从席勒的这个看法。然而，一旦展开美学上的界定，"天真"这样一个概念，还能够存续下去吗？至少歌德的"天真"是经不起这样的界定的，这一点在《威廉·迈斯特》第七卷和第八卷就已经显而易见了，歌德承认，这部作品受了席勒的巨大影响；在这两卷叙事中，理想征服了现实，那幽暗的抽象人物，也就是一个荒诞且阴沉的秘密会社的成员，篡取了世间

123

男男女女的位置，后者虽然算不上多么体面，但都是活生生的人，而且，其真实性是相当吸引人的。

此一时期的歌德对世事颇感不安和焦虑，他对他厕身其中的时代、对同行作家以及对读者群体，都日益变得不满。他总是在抱怨找不到有分量的主题，总是在谴责环绕四周的"基督教式的道德－审美的卑贱"，正是这样的卑贱，激发了《齐妮亚》（*Xenia*）。尽管有席勒作为激发力量，1799 年之后，歌德便无法追赶席勒那巨大的创造性成就了。此时的歌德依附于席勒，就如同塔索依附于安东尼奥一样。他恳求席勒继续激发自己；他祈请席勒关心一下《浮士德》，席勒则为此度过了数个不眠之夜，全盘思量《浮士德》，并向他提出了整体修改意见。此一情状之下，席勒像极了真正的先知，他要负责解释歌德的梦。歌德对席勒的倚重可以说是到了极致。然而，他后来还是日渐清晰地觉察到此种灵感力量的邪恶品性，尽管此种感受一开始只是潜意识的。席勒提供的这种激发力量在驱使着歌德进行创造，但同时也在摧毁歌德之天才和创造力的源泉，因为席勒照亮了歌德心灵当中的幽暗之域，而生活就是在这样的幽暗之地隐秘地、静静地创造生活，这样的幽暗之地容不得外来的勘察之光。时光推进，歌德对自己的诗歌规划秉持了一种越来越有所保留的态度，有时候他还会三缄其口，秘而不宣。施莱格尔认为，真正的审美作品必定是全然无意识的，对此，席勒报以嘲讽，极为鲜明地展现出他对天才之本性的根本误解。"因此，你大错特错了，"席勒在给歌德的信中以此种嘲讽语气做结说，"迄今为止，你一直都在竭尽所能地达成一种深思境地，并据此展开写作，你还尝试对自己心灵当中的此一进程展开理解，这真的是大错特错了。"实际上，席勒似乎未能意识到，自己的此番言论道出了实情。

如此锐利的席勒，却在歌德之天才这个问题上陷入迷途。席勒认为，歌德的此种天才本质上是天真的，是希腊式的，德意志文学史上之所以会有那么一个"提坦时代"，是因为歌德创造了那样一个时代；他认为《维特》乃是一个"情感"主题，是以天真的方式呈现出来的情感主题。席勒的这个错误尽管是自然而然的，但也是相当严重的。歌德的杰作《浮士德》乃是一个本质上的北方天才和现代天才的造物；《浮士德》是主观的、"情感式的"，因为《浮士德》要表达的是朦胧且无从界定之物，因为《浮士德》无可救药地无法取得同现实与世界的和解。由此可见，席勒和很多人一样，都因为《伊菲革涅亚》和《罗马哀歌》而遭到误导，当然，《威廉·迈斯特》在其中也功不可没，令席勒陷入错误境地。当席勒遇见歌德之时，歌德的诗歌世界已然瓦解了，因为歌德在那个时候已经开始仇恨《威廉·迈斯特》中那个现实世界了，而且，歌德生涯早期的那个世界，那个想象之地，那个属灵世界和异教世界，已经把歌德骗得够惨了。然而，席勒的这场错误却对歌德产生了深远的影响。席勒是歌德遇到过的最具理智特质之人，这个人似乎对他有着透彻了解，正是这样一个人，在两人交情开启之际就对他展开了一番描摹和解析，并且此一解析，几乎字字句句都适用于荷马。从1794年读到席勒对自己的那番解析，直到1800年最终放弃这场挣扎和斗争，歌德都将席勒的此一解析视为一项使命，即成为这个时代的荷马，歌德认为自己应当将此一使命担当起来。

这倒不是说此时的歌德真的自我认同于荷马，如同有那么一段时间，他自我认同于俄瑞斯忒斯和奥德修斯一样。尚且需要等到 1795 年沃尔夫的《荷马导读》（*Prolegomena*）面世之后，歌德才敢于尝试走自己的路，《荷马导读》一下子就动摇了歌德对荷马这个人物的信念。

> 首先，出自荷马之名的那健全之人
>
> 最终无畏地将我们释放，并召唤我们进入这个行列；
>
> 因为谁会敢于挑战诸神或无可匹敌的荷马？
>
> 而成为一个荷马式的人，即使是最后一位，亦堪伟大。

在给沃尔夫的一封信中，歌德重申了大体上一样的看法，而且也承认沃斯的《路易丝》（1784）以及沃斯翻译的《伊利亚特》（1793）对自己的影响是功不可没的。沃斯、沃尔夫和席勒便集结起来，催生了作为史诗诗人的歌德：席勒演示了歌德同荷马的紧密亲缘关系；沃尔夫则摧毁了歌德之于荷马诗篇之统一性的信念；沃斯进一步证明，一个现代的、日常的主题也可以呈现为荷马风格，而且完全有可能用德语来表达《奥德赛》和《伊利亚特》的形式和精神。

甚至在离开魏玛前往意大利之前，歌德就已经对德语深恶痛绝，认为同意大利语相比，德语就是蛮族语言，而且他还认为，自己之所以一直无法成为诗人，全赖这门母语。《威尼斯警句》中就有两处这样的抱怨：

> 那时，命运意将我塑造为何？或许这是一个存疑的假设；因为它通常对我们中的多数人用意甚微。
>
> 或许要我成为一名诗人；且这个意图或已回答了德语乃一条不可逾越的栅栏，所据不逮。

这样的警句可谓尖刻，从中不难见出，歌德（德语这门语言自从"抒情歌谣"时代以来，在世代进程中，已经在抒情诗歌王国中造就出诸多无与伦比的经典，而此时的歌德已经是这个脉络当中最为伟大的诗人之一）所要求于德意志语言的，恰恰是德意志语言无从提供的东西，确切地说，就是古典的六步格和五步格韵律。《罗马哀歌》、《威尼斯警句》、《列那狐》、《齐妮亚》、《亚历克斯与朵拉》（Alexis and Dora）、《新鲍西亚斯和阿闵塔斯》（The new Pausias and Amyntas）等诗篇，已经展示出极高的技艺，然而，无论歌德身怀何等技艺，若要让德语接纳一种全然外来的韵律形式，歌德势必要经历极大困难。从1788年到1800年乃至更晚一些，歌德都难以用德语节律展开写作，这就足以表明他对一切德意志事物的厌恶和不信任。倘若对他自己强行铸就的德语诗歌无法感到满意，他通常都会责怪德语，而不会责怪自己对德意志语言的这种奇怪背离。

歌德已然本能且正确地感觉到，德意志语言是不可能成就荷马那样的史诗的。德意志语言只能以短篇集群的方式写就一些没有激情的，要么是格训式的要么是微型田园诗式的诗篇。一部完整的史诗实非德意志语言所能及，这一点歌德已然十分确定。然而，恰在此时，沃斯却令歌德相信自己错了；沃尔夫则向歌德证明，已经有人成功地推进了荷马传统。歌德遂决心加入此一现代的荷马家族。

《赫尔曼与窦绿苔》（Hermann and Dorothea）的确有着重大分量，因为这部作品象征着歌德对悲剧的又一次伟大征服，这场胜利并非针对歌德自身的恶灵，而是针对法国大革命中的恶灵元素。

126

　　革命风暴已然近在眼前，这个故事也随之以黑暗预兆作为收场。这样的黑暗若是以前的歌德，恐怕是难以想象的，更是难以容忍的。不过，一种在千锤百炼之下呈现出来的生活方式征服了恐惧和邪恶，此种生活方式全然凭借着自身的惯性，最终得以挺过一切的瘟疫、饥荒、革命以及战争；这种生活方式闯过了世事沧桑，任何统治体制、任何暴政、任何民主体制，乃至布尔什维主义、高压独裁体制以及希特勒体制，等等，都
127　不足以将之摧毁；这种生活方式也就是寻常人家的那种狭隘但也满足的存在方式，寻常人家，无论置身何种时代、何种境遇，都能够找到自己的低层面生活并予以维系，而且，寻常之人也都认为这样的生活方式本身就是好的、有价值的、珍贵的。寻常之人维系着恒久的寻常身份。此乃为数寥寥的稳定生活法则之一。歌德极为精湛地呈现了此种极为微末、没有任何英雄气可言的存在方式，这差不多可以说是植物一般的存在方式。这样的生活方式将自身的全部能量集中于稳定性以及主要强项之上，由此，法国大革命相形之下不过是一波转瞬即逝的扰动而已，如同水中微微泛起的涟漪，终将在世事潮流中消逝而去，沦落遗忘境地，但那小城及其表征的东西，则会持存下去。不难见出，这的的确确是一场胜利。即便一个人压根儿就不关切歌德在《赫尔曼与窦绿苔》中予以升华的这种凡俗生活，在品读这份诗篇的时候，也都不会没有同情之感。任何人在品读这样的生活方式之时，不会不愿意它持存下去。母亲在那个金色的午后穿过葡萄园，儿子和未婚妻在那个风雨欲来的黄昏回归家园，此番诗意描摹令人对收成和葡萄酒的关切丝毫不逊色于对大革命的关切，尽管这场大革命将摧毁小城居民的安宁并撕裂他们的心。这可以说是文学史上对既有标尺实施的

最具胆略的颠覆行动之一。歌德改译《列那狐》当然也是有所考虑的，就如同他并非无缘无故地研读《奥德赛》一样。奥德修斯的冒险经历可谓磅礴且令人恐惧战栗，甚至可以说是充满美感，但这一切的伟大冒险在奥德修斯及其创造者眼中，都绝不足以盖过安宁惬意的家园生活的光华。这就是一种"天真"态度，甚至可以说是一种原始态度。这样的生活态度在盎格鲁－撒克逊诗篇《流浪者》（ *The Wanderer* ）以及《航海者》（ *The Seafarer* ）当中也可以找到，这两部诗篇同样表达了对烛光摇曳的客厅、亲朋好友以及歌谣的渴望，当然，其中的情感色彩更为浓重一些。歌德此时已然臻于此等"天真"境地，从中也不难见出，正是在退避法国大革命的过程中，歌德毕生头一回具备了足够的能力，以决绝态势去确证此种最为卑微的生活方式。

温克尔曼的罗马看来是无力为歌德提供庇护，以对抗大革命潮流的冲击。温克尔曼的希腊仍在遥远的过去，尽管歌德和席勒一直都在通力协作，试图将温克尔曼的希腊引领到当前这个世界。至于当前这个德意志，却是有那么一些东西值得拯救，比如眼前这座迷人的小城。在这场胜利当中，温克尔曼的贡献仅限于技术层面。这主要是因为他发现了一个没有悲剧并充溢着和谐与美的世界，正是这么一个世界先是激发了《伊菲革涅亚》，后又激发了《罗马哀歌》。温克尔曼秉持着一个信念，认为雕塑艺术的标尺也同样适用于诗歌，正是此一信念主宰了《赫尔曼与窦绿苔》。莱辛曾对温克尔曼的观念提起暴烈抗议，认为那样的悲剧观念摧毁了悲剧的本质，并且在莱辛看来，从诗歌身上索取雕塑效果，此举无异于毁灭诗歌的灵魂。在这两个问题上，莱辛无疑都是正确的。然而，也同样是

128

在这两个问题上，全然落入温克尔曼观念之掌控的歌德，对莱辛提起的警告充耳不闻。《伊菲革涅亚》将温克尔曼的悲剧理论交付实践；《赫尔曼与窦绿苔》，其人物、意象、诗句以及情节推演，则更是雕刻而出。诗歌与造型艺术之间的平衡在《罗马哀歌》中臻于完善，但是在《赫尔曼与窦绿苔》中，天平则向着造型艺术倾斜了。只需要看一看其中的一些场景，比如赫尔曼的母亲缓缓地走过葡萄园，将之同荷马的阿喀琉斯盾牌上的收割场景以及葡萄酒的类似描述进行比较，就不难见出歌德已然在何等程度上放缓了生活的步伐以及忽略了运动和生活。就在刚刚提到的那段著名描述中，窦绿苔不小心扭了脚踝（"她崴了脚，正要跌倒"），一下子跌入赫尔曼的怀中，此番场景呈现出大理石雕像般的意象，将这对爱侣恒久呈现出来，同时也令这样的拥抱给人留下无从磨灭的印象。此情此景，这对爱侣就如同封印于希腊古瓮之上的青年男女一样，同样真切地被歌德封印在六步格韵律当中。他们并没有生活在诗歌当中，他们过的是另一种生活。济慈与歌德的小城以同样的方式得到了永恒。

> 我不曾见过这些如此荒子的街道和市场！
> 城镇看上去似乎打扫空荡，仿佛它的居民已逝。
>
> 多么小的城镇，依河傍海
> 或有着祥和堡垒的山中建致，
> 这虔诚的破晓，它的居民多么稀少！

或者不妨这么说，一切可死之物都是有悖于《赫尔曼与窦绿苔》的。故事本身很平凡。那怪异的韵律跟诗篇运用的语言并不契合。荷马风格显然也不能契合此等凡俗生活以及此等凡俗人物。人们不免无助地感觉到，一切现代事件都不足以用古代袍服予以强行包装。不曾有哪个伟大诗人敢于如此肆意地颠覆伦理和价值标尺。最后一点则在于，诗歌的灵魂，也就是节律和运动，遭到侵夺，由此令诗歌尽可能地向着雕塑艺术靠拢。然而，歌德的这份诗篇却是成功的。即便读者无法完全接纳这样一份诗歌，也都不得不承认这其中蕴含了一项令人迷惑的品性，正是此种品性拯救了这份诗歌。此一品性就是歌德的天才，这天才透入这份诗篇当中，就如同《罗马哀歌》那样。人们在此也许会提出一项想当然的解释，认为歌德的天才无论迷途多深，都会将此种无可界定的品性烙印在自己全部的作品当中，不过，这样的解释在这里却是没有力量的。毕竟，此时的歌德已然将大批全然不见灵感的作品抛在身后了，这样的作品不是一份两份，也不是两份三份，这样的作品可不在少数。相形之下，《赫尔曼与窦绿苔》则堪称奇迹，实实在在地令"巧妇难为无米之炊"这样的谚语归于无效。席勒在读完这份诗篇之后，禁不住情绪饱满地致信歌德，说他正在回归青年时代，这样的青春乃是诸神的青春，因此也将是永恒的青春。歌德则以同样的心境回复席勒说，这一切都是席勒的功劳。

然而，两人都错了。尽管《赫尔曼与窦绿苔》很受欢迎，取得了非凡的成功——这样的成功自《维特》之后，便再也没有光顾过歌德——而且还有席勒以及威廉·冯·洪堡这类人杰对它狂热赞誉，但歌德后来再也没能复制这样的成功。此时的歌德，对很多事情都已经失去了兴致，但在这个问题上，却

129

不能归罪于生活兴趣的失落。他一度暗下决心要成为德意志新文学潮流中的荷马，正是此一决心促动他和席勒尝试将古典主义强加在德意志身上，并由此催生了有关史诗之本质的一系列严肃讨论。亚里士多德的《诗学》得以介入其中，不过未能带来太多光亮。歌德遂开始找寻有价值的论题；为此，他还不得不放弃"追逐"这个在他看来没有前途也配不上他此时观念的主题，尽管歌德后来还是在艾克曼（Eckermann）的协助下，将这个主题改造成一部短篇小说。以威廉·退尔（William Tell）为主题的一部民族史诗是在正确方向上迈出的一步；歌德将这个念头溯源于1797年的瑞士之旅，他对这个主题颇为满意，因为这趟旅程令他对瑞士的风俗和情状有了相当了解。不过，回到魏玛之后，歌德便对这个念头没什么兴趣了，于是将威廉·退尔转赠席勒。整个这一时期，很可能是《伊利亚特》在支配着歌德的全部思虑。这部史诗对此一时期的歌德乃是无可抗拒的，歌德不断地予以研读，这样的研读过程，甚至令歌德认为沃尔夫是错误的，认为这部史诗是一部不可分割的统一体，因此，只能是出自单独一个人之手。愉悦、希望、洞见以及绝望在歌德心中轮番交替，这是因为在这个过程中，歌德内心已然升腾起一股心绪，力图将自己比照荷马。此等心绪虽有英雄气，但也不免令歌德绝望，歌德暗下决绝之心，要以阿喀琉斯之死为主题书写一部史诗。这当然是一部悲剧史诗，不过这样一部史诗也是现代的和"情感式"的，因为史诗主题是阿喀琉斯同波吕克赛娜的爱情。此时的席勒认定，一切的现代"天真"诗篇都是一场错误，同时也逐渐意识到，歌德并不像他以前认定的那样是一个希腊人。因此，他对这样一个情爱主题给予热切赞扬，同时也提醒歌德，要从荷马那里找寻某种"氛围"，而不是别的什么东西。歌德自己下定决心，这份《伊利亚特》续篇当中，不能出现任何"感伤"。歌德就一切可以到手的资料展开研究；他已经开始完全沉浸于荷马了；为了写作，他还依托了"特别的决心和特别的饮食计划"。从1797年12月到1799年4月，歌德展开了艰难的史诗劳作，时而置身于阴郁深渊当中，时而又浑身鼓荡着火与力。然而，这部史诗，这部"硬生生从缪斯那里博取"的史诗，只是写就了第一节，此后便再也没有进展了，即便是这单单的一节，也不过是六百五十行拖沓冗长诗句的合成体，其间的枯燥无从言表。这份《阿喀琉斯》片断，成了温克尔曼素来珍视的原则的反证。在歌德这里，高贵变成了浮华；单纯变成了愚蠢浅薄；静穆变成了僵硬；伟大则干脆消失不见了。诸神则全然变成了人，而且还是完全失去了生命力的存在物。唯有阿喀琉斯的悲剧独白存留下来，讲述着自己的身世由来。这份独白表达了对死亡的向往，言辞当中满是疲惫。自从将希腊风格奉为信条之后，这是歌德第一次经历如此惨痛的失败。歌德太了解荷马了。正是因此，这份断章在歌德的一切模仿作品当中成了唯一一份充满奴性的作品。歌德曾领略过拉丁哀歌诗人的精神，并以自己的方式予以仿造。不过，他对荷马的了解是以不同的方式展开的，在荷马面前，他是热忱且满心敬畏的小学生，由此形成的了解和理解则是致命的。后来，歌德曾跟里莫尔谈起，写作《伊菲革涅亚》之时，他对希腊的了解尚不够充分和完满。他还补充说，倘若那时他对希腊有更多的了解，也许《伊菲革涅亚》就不会有机会诞生了。"唯有不够完满的知识，才是有生产能力的。"歌德如是总结说。他彻头彻尾地对荷马展开研读，反而令他根本没有能力以自由姿

131

态纵情翱翔，去成就一部荷马风格的史诗。他只能像一个学识有余但没有灵性可言的六年级学童一样，笨拙地在荷马诗句当中躬耕劳作。

歌德在结尾之处给予阿喀琉斯的那番陈词和他曾给予欧福罗塞涅的那番美得令人心碎的陈词，是应当予以比较的，因为两个人物都是在即将沉落冥府之时抒发了自己的心绪。一番比较之下，便不难见出，在与这位伟大的希腊同行进行缠斗的过程中，歌德的精神和意气遭遇了沉重打击，近乎沦丧。不妨去读一读《阿闵塔斯》（*Amyntas*），这是歌德在酝酿《阿喀琉斯》之前不久写就的，而且跟《欧福罗塞涅》（*Euphrosyne*）一样，也是以古体韵律写就的，从中也不难见出，在此前的那个时期，悲剧写作是歌德能力范围之内的事情。荷马曾如此真切地激发了维特这么一个无知且激情满怀的青年，如今却令歌德归于麻痹，尽管歌德一直有心像荷马那样思考，并且也曾极为彻底地研究了荷马的技艺、精神和风格，而且，据说歌德和荷马之间是存在亲和力的。

恶灵及其对手在歌德内心展开了无休止的冲突和斗争，到了这个时刻，这场斗争可以说是臻于顶峰了。在1797到1800年，这场斗争变得尤为剧烈，两种观念，一方是悲剧的，另一方是静穆的，在歌德心灵当中实实在在地展开了统治权争夺战。整个这一时期，歌德一直都在纠结于《阿喀琉斯》的写作工作，同时，他也在致力于《浮士德》的写作，此一时期的歌德便同时生活在两个互不相容的世界当中。唯有天才才有能力做这样的事情，但是，这样的天才也处在极为剧烈的内部争斗格局当中。由此催生的第一个结果便是"天上序幕"，这一幕极为暴烈地将《浮士德》拉到恶灵的对立面，极为强劲地预言了浮士德的幸福终局。然而，恶灵也在那决绝的第二份独白当中展开了同样强劲的复仇行动，这一幕是在"城门前"一幕以及"协议现场"的可怕诅咒一幕之前展开的。倘若拔掉梅菲斯特的利齿，令这个魔鬼从此沦为一场玩笑，反恶灵的力量就得经受《阿喀琉斯》造成的这场严重失败，毕竟，阿喀琉斯既死，便在歌德这里再也不会有复生之机了。这是一个死结。不过，反恶灵的力量再次做出卓绝努力，反抗那创造了《浮士德》的精灵，再次将战事推进到敌人的土地上。歌德于 1800 年着手写作《海伦娜》（*Helena*）。1801 年 1 月，他生了一场重病；病愈之后，他着手写作一个很长的寓言作品序列，1803 年的《私生女》（*The Natural Daughter*）便是此一序列的开山之作，这部剧古怪且刺激，在手法和构思上都是表现主义的。① 这是一场从特殊到一般、从个别借由种最终到属的变迁，歌德将此一变迁归因于自己日益增长的年纪。尽管在生涯早期，他就已经出现了这方面的变迁迹象，不过，他的此一论断大体上算是正确的。

132

罗马最终令歌德意识到自己并非造型艺术家，他在《威尼斯警句》中非常痛苦地体认了这一点：

> 我已尝试过太多；绘图，以及雕刻，
> 用油料作画，以及用黏土塑模。
> 不过断断续续，既无所获也无收效；
> 独有一种才能，我堪当其任；

---

① 我很清楚，歌德的《私生女》被普遍认为是希腊主义作品，但是我不认同这样的观点，尽管席勒"希腊戏剧人物都是'理想化面具'"这一理论很可能影响到歌德的这部剧作。

用德语写作。我是不幸的诗人，

　　被迫用这所有中最糟糕的质料，拓展艺术和生活！

　　然而，艺术仍然是歌德的一项财产，他可以去研究，可以去享受，终生都是如此。他在这个时期发表于《神殿入口》（*Propylaea*）（1798～1800）上的一系列文章表明，温克尔曼的自然观念以及希腊艺术独特之美的观念，仍然深入他的血液中，而且，他也确实不曾抛弃温克尔曼的这些观念。他以一篇拉奥孔论章开启了《神殿入口》，这篇文章是对希尔特（Hirt）发表在席勒主编的《季节女神》（*Hora*）上的一篇文章的回应。希尔特在文章中颇为直接地指出，拉奥孔群雕的中心人物的痛楚，绝对不曾有缓和处理的迹象，相反，那痛楚被提升到最高的程度。据此，希尔特进一步认为，古代艺术家的意向与其说是展现理想美，倒不如说是致力于特征化。歌德在回应中很明显地借重了温克尔曼和莱辛，采取了当时的正统观点。他认为，拉奥孔群雕作为一个整体，尽管有着极为强烈的哀婉氛围，但唤起的确实是一种愉悦的感受，因为美与优雅缓和了痛楚以及激情的风暴。歌德用"悲剧田园诗"（a tragic idyll）这一奇怪术语来界定拉奥孔群雕。跟温克尔曼和莱辛不一样，歌德强调拉奥孔群雕充满了运动，毕竟，歌德是借助火炬的光芒亲眼见证过这座群雕的；但是歌德在解释如何将运动引入绘画和雕塑之时，还是借用了莱辛的理论。而且很显然，歌德也受到了莱辛的意蕴时刻理论的影响。歌德的这篇论章并没有给温克尔曼和莱辛增添分量，除了坚持群雕当中蕴含着运动这一点外，用歌德的话来说就是，"固定下来的闪光瞬间，石化的波浪"。对歌德来说，就如同对温克尔曼和莱辛那样，"优雅"

美化了对极度痛楚的呈现，消解了悲剧性。

歌德的温克尔曼论章可以说是为这个时期做了个了结，同时也超越了这个时期。这份论章是歌德写就的最为奇特的文章之一，可以视为歌德对于温克尔曼之感激和热忱的公开表达。《意大利游记》以及《诗与真》对此也都有相当雄辩的表达。在生命走向终点之时，歌德以颇为含混的语词总结了这一点：

> 他就像哥伦布，在发现新世界之前，在灵魂中便已经有所预感了。他的东西不会教给你任何东西，不过，他的东西能够感化你。

此一模糊表述，实际上也等于是暗示说，温克尔曼的愿景不过是一场梦幻而已，正是这样的模糊氛围浸透了以《温克尔曼及其时代》为题的那份概述。1799 年，歌德以作品和通信的形式对温克尔曼展开研究。最终，他得出结论：应当为温克尔曼立一座文学纪念碑。1805 年，迈耶出版了他那本 18 世纪艺术史概论，其中包含了温克尔曼和贝伦迪斯的二十七封通信，还有三篇温克尔曼论章：一篇是歌德所作，主题是温克尔曼的个性；一篇是迈耶所作，内容是温克尔曼的审美历程；一篇是沃尔夫所作，探讨温克尔曼的考古学分量。歌德在写作这篇论章之时感受到相当的难度。1805 年 1 月，在一段为时不长的患病期结束之后，歌德向席勒抱怨说，他仍然完全不能提笔写作，还说他实在是受不了了，只想着摆脱温克尔曼及其一切作品。几天之后，歌德又重复了这番话。歌德实施一场文学解放的时刻到来了。此时的歌德依然对作为希腊艺术研究之先 134

驱的温克尔曼极为敬重，而且也从来不曾丢失过这样的敬重。不过，作为曾发布了"效仿希腊人"这一神谕的预言人，歌德则一直都是对之抱持接纳态度。很可能就是在此种心境之下，歌德完成了对这个"宗师级教师"的描写，至少我是这么认为的，歌德将这份论章定题为《温克尔曼在意大利》。

后世对这份论章素怀特殊敬意。无论是方法、风格还是穿透力，温克尔曼论章都可谓此类文体的典范。这份论章激发帕特就温克尔曼的心灵展开了更为精细的剖析。贡多尔夫对温克尔曼论章的敬仰是彻底且郑重的。新近的温克尔曼传记作家瓦伦丁（Vallentin）用到了"纪念碑式的"以及"崇高的"这类语词来形容温克尔曼论章。这是古典目标和古典理想的宣言书，是对浪漫派提起的隐含批评，甚至可以说是明确批评，而且作为宣言书和批评文章，温克尔曼论章有着不少重大特征。同时，这也是一份致力于自我揭示、自我呈现的论章，这样一份论章是颇为含蓄且极为动人的。然而，温克尔曼论章虽然致力于描述温克尔曼其人，但其中建立起来的那幅肖像画却也是相当含混、朦胧的。论章中的温克尔曼显然已经幻化为一件象征物，用以象征歌德自己的希腊主义及挫败。论章的风格颇为慵懒怠惰，对现代生活的批判阴暗且无力，其中也明显地意识到过去的时代已然消逝，绝无可能回归了，并由此催生了论章当中的绝望感受，这一切的一切实际上都在讲述着同样的故事。尽管字里行间浸润了一种并非神圣的静谧氛围，甚至可以说是静穆氛围，时不时地令人念想起那令人伤感的夕阳余晖，但歌德是要借助这份论章去呈现一种理想的败落，确切地说，那是诸神的黄昏。在这份论章中，歌德故作安详姿态，对温克尔曼生命中一切的丑陋、悲剧或者邪恶元素表现出刻意的节制，甚至予以忽略，尽管如此，歌德的挫败感显然是极为严重且痛楚的，不免令人回想起他的《阿喀琉斯》断篇中主人公的求死意愿。温克尔曼死于生涯的鼎盛期，正值精力最为旺盛之时，这是温克尔曼的幸运，因为这样的话，他就能够在诸多生命阴影的掩盖之下获得永恒。温克尔曼论章实际上是一份代理辞职书，字里行间隐含了歌德本人的无助祈祷，他祈祷温克尔曼的命运也能降临在自己身上。

这样一份论章当中，最引人瞩目之处是歌德以代理人身份给出的一项忏悔之论。论章从 1804 年威廉·冯·洪堡从罗马写给歌德的一封信中引述了相当长的篇幅。歌德征引这封通信，当然是希望借此充实文本，不过，这只是部分的考虑。我相信真正的原因在于，这封通信包含了一段申述，这段申述极为贴切地展示出歌德自己那种不抱幻想的观点： 135

> 我们这样的人都希望成为罗马或者雅典的居民，这不过是场幻象而已。古代跟我们之间的鸿沟太大了，那样的古代完全不沾染红尘俗世，那样的古代已然消散而去了。

温克尔曼以成为罗马人自傲，这并不是没有原因的。歌德的《罗马哀歌》表明，他也曾置身那么一个田园境地，并且也一度尽享那座永恒之城的自由。两人都曾相信，倘若艺术家和诗人都效仿希腊人，那么黄金时代就会在现代重现。然而，歌德自己在力图融入荷马家族之时遭遇挫败，而且《阿喀琉斯》诗篇更成了一场惨败，这一切都表明歌德的此一梦想沦为了碎片。如今，唯一能做的便是尽可能地改进自己处身其中的这个世界；将现代生活的精神注入古典模子里，意图借此重塑现代世界，这样的希望根本就不存在。然而，就在歌德以谜一般的姿态挥别自己的昔日主人之时，席勒，作为歌德的学生以及同样的希腊主义者，却也准备好了挥别歌德，这样的结局实在是反讽。就在歌德完成温克尔曼论章两个星期之后，席勒告别了这个世界，看来，歌德还需要书写一部尾声来结束生命中的这个时期。

 海伦娜

　　歌德的生活大体上就是一个现代人的生活，也是他所属时代的写照，他既生活在那个时代，又做了大量的工作去塑造那个时代。他就是在那个时代，经历、体验并二次体验了少年、青年、成年、中年以及老年时期，并且在生命中的每个阶段，都要么调整要么创造出相应的文学模式：洛可可时期、狂飙突进时期、希腊主义时期、古典主义时期、浪漫主义时期以及象征主义时期。然而，歌德并不像人们普遍认为的那样完全是自己命运的主人。在特定时期，他会接纳特定的影响并酝酿出特定的作品。他身上的天才是极为怪异的，这样的天才基本上不会允许他及时完成手中分量最重的工作。他每个时期都会留下大量的断篇，部分断篇，他选择了完全放弃，部分断篇，他则选择了予以重塑或者重写，以便将不同的精神内容填充进去。在那些伟大的创造性诗人当中，恐怕没有人会像歌德这样如此持之以恒地做着旧瓶装新酒的工作；这是歌德最恼人的习惯之一。《塔索》和《威廉·迈斯特的学习时光》（*Wilhelm Meister's Apprenticeship*）都见证了他如何将新观念强行置入一个原本并没有此类观念诉求的象征体系当中，并由此将原有的形式彻底撕碎。这方面的典型例子就是《浮士德》。这部作品成了歌德生活和思想之全部进程的镜像，因此，这部作

136

品展示出的统一性也就全然不同于《维特》和《伊菲革涅亚》，后两部作品是单一的经验和单一的主导性情感促成的。《初稿浮士德》、《浮士德片断》、《浮士德》第一部以及《浮士德》第二部表征了歌德精神历程的众多不同阶段，对于如此纷乱的局面，人们的唯一要求恐怕就是这些作品是同质的。然而，歌德那致命的拖延症，令这最后的要求也无以达成。每个新的开端，歌德都不得不面对一系列未完工的环节，他必须先对这些环节予以修补，而后才能考虑眼前的冲突、观念和解决办法。整部诗篇便呈现出一种回溯的样态，这样一部诗篇通常也都展示出一种不断增补而来的美；同样也会有一些预见性的思考，如同阴影一般笼罩着眼前的危机和事件，而这样的危机和事件则有着全然不同的前提。这其中最令人沮丧的情形乃在于：整个的场景和段落很显然写得太晚了，作者本身在理智上已然不再信从了，或者说在情感上已经没有兴趣了。

歌德最初构思《浮士德》之时是不是要呈现一个遭遇诅咒的灵魂的悲剧，我们无从得知，尽管我本人倾向于这样的看法。不过，在生涯中那个普罗米修斯时期，站在诗歌立场上的歌德肯定是相信诅咒的，否则，普罗米修斯的神话故事是不会对他有吸引力的。歌德应该也是相信魔法的，否则肯定不会写就浮士德的第一份独白并召唤地灵。与此相连的则是对魔鬼的信仰，此一信仰并没有得到清晰推演，不过，歌德对之是有深沉感受的，尽管他并不愿意承认。巫术、炼金术以及通灵术之于此时的歌德有着极大吸引力，在歌德看来，这些都是潜在自然力量的神秘表现，超越了自我的藩篱。这些神秘力量都是危险的，但都有着强大的吸引力，自中世纪以来，便有诸多奇异元素伴随着这些神秘力量。

当歌德在罗马展开《初稿浮士德》的写作工作之时，木偶戏和廉价小书当中的古老传说已经不再是灵感源泉。随之一同消散的则是对魔鬼力量的信仰，此种情状之下，歌德无意再去召唤中世纪的黑暗迷信。年轻时代的歌德对怪异之物和恐怖之物倍感愉悦，此时，这愉悦之感也烟消云散了。歌德从意大利致信夏露蒂·冯·斯泰因，信中谈起，他年纪大了，除了艺术、自然和真理，对什么都没兴趣了。看到斯温伯恩（Swinburne）所谓的"帕拉哥尼亚亲王的巫术世界"里面一块石头上的诡异景象之时，歌德为之颤抖；罗马的嘉年华庆典令他厌倦且沮丧；离开嘉年华庆典之后，他在博尔盖塞花园中安坐下来，写作"巫厨"一幕，这一幕正如浮士德宣称的那样，实在是枯燥乏味，不能让人信服。当《浮士德片断》于1790年面世的时候，"奥尔巴赫地下酒店"一幕明显昭示出歌德已经对通灵术没什么兴趣了；初稿里面浮士德要弄的那些戏法，在断篇当中又被梅菲斯特要弄了一番，浮士德则躲在幕后，对此类戏法已然失去了耐心并颇感厌倦了。

对北方魔鬼学的这种怀疑和批判态度主宰了"巫师的安息日"，这一幕是在1800年和1801年写就的，并于1808年出现在《浮士德》第一部中。此前，歌德已经写就了《首位女巫的安息日》（The First Witches' Sabbath），这份诗篇对当时的一种流行说法提出了理性解释。据此说法，巫师的安息日是在每年5月1日晚上举办，地点是布罗肯山。从中不难见出，此时的歌德已然完全没有心情就此类邪恶想象给出诗性解读了，尽管此类邪恶想象在浮士德博士本人生活的那个时代令世人心灵震颤，而且，即便在无线电和飞机的时代，此类想象也不曾消散。舍勒对此有明确揭示，他指出，《浮士德》第一部当中"巫师的安息日"所呈现的，全然是荒诞场景，根本没有危险可言；这样的思考的确令人倍感安慰，不过，倘若要严肃看待浮士德和梅菲斯特之间的冲突，就应当对这个问题予以详尽阐释。当葛丽卿的阴森幽魂出现
138　在浮士德面前的时候，歌德自己都忘记了这一点。那幽魂着实令人毛骨悚然，那是一个影子，有着死人的眼睛，脖颈处有一圈红色的狭窄印记。然而，歌德也有着一副彻头彻尾的铁石心肠，他接着便着手实施一桩审美暴行，这并不是歌德的第一个美学暴行，也不是最后一个，但肯定是其中最恐怖的一个。这就是"巫师的安息日之梦"。这实际上是一个阴沉枯燥且略有讽刺意味的幕间剧，一直未得面世的《齐妮亚》的部分诗句最终在这一幕落地生根。在这一幕当中，场景突然从葛丽卿的邪恶幽魂切换到奥伯龙、爱蕊儿、泰坦妮亚和小精灵们吟唱的明快小曲，此一突然转换昭示出歌德对魔鬼抱持的彻底的犬儒态度。但是，不能因为歌德没有严肃对待这个问题就责怪于他，毕竟很久以来歌德对这个问题已经没有任何兴趣了。真正应该遗憾的是，这几幕并非写于1774年，或者更确切地说，真正遗憾的是，歌德没有将这几幕完全删去。1774年之后，歌德的浮士德观念经历了剧烈变化，令故事的结局尘埃落定，那就是主人公将获得最终拯救，歌德对这一点已经没有疑虑，而且也不希望让读者对此抱有疑问。在"天上序幕"当中，主人公得到了最高保证，他不会遭受永罚和诅咒，一切置身奋斗历程中的人，都不会遭受惩罚和诅咒。梅菲斯特将在同上帝和同浮士德的赌

约中都遭遇挫败，他试图赢得这场赌约，然而，这赌约不过是阻止了浮士德沦落怠惰境地。浮士德从狗身上召唤梅菲斯特的恶灵之时，所用手法大胆、简洁且专业，这同他召唤地灵之时所用的方式形成了鲜明对照。倘若不是浮士德博士在这其中展现出某种反讽姿态，这差不多就相当于一种反高潮的表现手法。葛丽卿身上蕴含着梅菲斯特的魔性（这是从早前版本中原封不动地摘录过来的），不过，在灵魂受罚问题上，坊间流行的廉价小书和木偶戏当中蕴含着更多的情感真理，马洛（Marlowe）的《浮士德》更是如此，这恰恰是歌德的《浮士德》第一部不能比拟的。从 1797 年到 1801 年，歌德一直都在辛苦劳作，希望能完成这部作品，此等境况之下，他是不可能构思一种全然排除了悲剧和邪恶元素的生活的。第二份独白、"城门前" 以及 "协议现场" 展现出绝望的深渊，这几份诗节可以说是歌德写过的最为精美也最具悲剧性的东西，然而，考虑到真正主宰着整部作品的是一种崭新的乐观观念，此等绝望的深渊就令人难以理解了。不过也切不可忘记，歌德在写作《浮士德》之时，已然对希腊的解决办法开始绝望了，希腊观念根本没有能力化解这个世界的不和谐，由此，也便不难理解为何会出现那样的绝望深渊。

139

　　大约是在 1800 年，歌德最终放弃了《阿喀琉斯》（歌德最终明白了，温克尔曼的希腊理想、希腊之美已经是过去之事，即便强行复活，也难以逃脱再次死亡的命运），着手创作《海伦娜》，大约两周内就写出了二百六十五行。这是 1800 年 9 月的事情。歌德不禁开始担心浮士德会将海伦牵扯进去，进而令海伦之美遭到扭曲，他还将这个担心告诉了席勒。席勒则保证说，他相信歌德定能获致成功，能够达成"崇高和野蛮的综合"，尽管如此，歌德的心性还是令歌德遭遇了挫败。《浮士德》进展到梅菲斯特同合唱队争吵那一幕便中断了。此后的十六年间，不曾听闻海伦的任何消息；此后的二十四年间，那断篇也不曾增补哪怕一行。1801 年 1 月的那场重病并非没有可能令歌德遭遇极大的精神混乱，令他的心绪在"巫师的安息日"和《海伦娜》之间撕扯翻滚，失去归属，失去方向感，当然，在这个问题上，我不敢给出定论。不过有一点是可以肯定的：1800 年这一年的确是歌德生命中的转折点，也是那命定的海伦的诞生时刻。海伦就是在这么一个时刻，姗姗而来。特洛伊的海伦，在神话传说当中是有着自己所属的传统角色的，而且也肯定是歌德规划当中不可或缺的人物。然而，和谐之美及优雅，是海伦这个角色世代以来的寓意，此时的歌德，心灵当中涌动着爱、渴望和绝望的混合情感，这一切的情感都是针对这个传统角色的。这样的情状以前不曾出现过，以后也没有再出现。歌德曾找寻海伦，追逐海伦，占有海伦，此时此刻，海伦已然从他的世界里消失，并召唤他将两人之间的这段短暂情缘交付永恒。海伦留下的伟大遗产就在于让人意识到，昔日荣光已然消逝，哀伤是一个欲意从希腊人那里有所获益的现代人可走的唯一道路。这样一个论题将歌德引领到一个深渊的边缘，这个深渊较之几个月后他差一点儿就走进去的坟墓更为可怕。这个深渊的名字就是悲剧，还好，歌德最终还是从深渊的边缘撤回了。他本性当中那项怪异的特质再次占取了上风。那恶灵（这次隐藏得非常深）再次遭遇挫败。我们则由此拥有了一部《初稿海伦娜》（*Urhelena*）同《初稿浮士德》抗衡。

二十四年后，当艾克曼说服歌德完成毕生作品之时，他首   140
先便是确保完成了第五幕的主题内容，而后才着手《海伦
娜》。《海伦娜》是在 1827 年单独出版的，副标题是"古典 –
浪漫幻景"（Classical-romantic Phantasmagoria）。这次就没有必
要特别担心思想碎裂的现象再次发生。这倒不是说歌德不再爱
恋海伦，不再爱恋那无与伦比的希腊之美；实际上，歌德从未
停止过研究并追慕希腊艺术和希腊文学，特别是希腊悲剧作
家。有时候，他还会萌动那旧日的梦想，希望自己成为希腊的
传人；他时而计划着为埃斯库罗斯的《乞援人》书写续篇，
时而酝酿着依托欧里庇得斯《法厄同》的残片构筑一部喜剧。
在生命趋于结束之时，歌德站在古人一边反对现代人，尽管他
自己也是现代人，但他最终还是认为现代人不配仰望埃斯库罗
斯、索福克勒斯和欧里庇得斯。而且，他还离弃了克莱斯特，
因为《彭忒西勒亚》（Penthesilea）当中阿喀琉斯遭遇的恐怖
死亡令他感受到真切的恐惧，克莱斯特这部悲剧实在称得上是
怪异、野蛮且近乎病态。歌德当然不是不再爱恋希腊，相反，
歌德表达过自己的愿望，希望能在古代雕像的展厅中生活、睡
觉，希望早上醒来之时能置身诸神的雕像当中，他就是这样一
个人，至死都抱持着对美、静穆和安宁的忠诚。

　　倘若说歌德从未丧失对海伦的爱，那也可以说，此种情感
的品性也在逐渐变化，从最初那强烈的占有欲，借由一个拒斥
阶段，转变为克制和淡然，最终则是对这样一个美人采取了平
和的沉思态度，显然，那已经不是他的美人了。这样的激情同
歌德在现实生活中对洛特·布夫、米娜·海尔茨利普（Minna
Herzlieb）、玛丽安娜·冯·维勒摩尔（Marianne von Willemer）
以及乌尔里希·冯·勒夫佐夫（Ulrike von Levetzov）的激情差

不多是一样的，经历了相似的过程。悲剧冲突在歌德生命中以五花八门的形态展现出来，这样的冲突在他同海伦的情事当中得到精神层面的演绎。写于1808年的《潘多拉》（Pandora）不仅隐含地承认了自己因为对米娜·海尔茨利普的激情而遭受的痛苦，而且还以更为绝望的方式展示了一种虚幻理想对自己的奴役：

> 噢，告诉我，我父，谁予她视力
> 这独有的，凯旋的和可惧的大能？
> 谁秘密引领她下到神秘沼泽
> 从万能的奥林匹斯山，或者沿荫而上？

141
> 你将更快飞离残酷的命运
> 逃离她敏锐的，网逻的眼眸！

> 她已迫使我，将我的生活交付她的生活，
> 在我所能生活之域，几无剩余。

> 孕育自美的命运，确乎将他分裂，
> 就让他快速翱翔，以侧目的眼眸，
> 以免被她的好奇，洞彻他炙热的灵魂，
> 他必被扭返她的榻侧，因为永恒。

那迷失了的潘多拉正是迷失了的海伦。在这部有着强烈寓意的戏剧当中，"美"将从迷失中回归，对德意志的混沌以及诗人内心的混沌实施重建。然而，歌德一度对故事的幸福结局

感到犹豫和退缩，没有完成这部戏剧。潘多拉的迷人女儿俄尔波勒已经预言了潘多拉的回归，但是悲伤的埃庇米修斯并没有看到潘多拉，他根本没有能力将潘多拉留在过去，他只能活在记忆的幻梦之地。富于进取精神和雄心的普罗米修斯也没能成功地将潘多拉从诸神手中夺回来：

> 噢，巨人们，你们的奋斗煌煌甚伟；
> 但唯独诸神能指引这路
> 朝那永恒的善与美；任他们将之追随。

《潘多拉》中展现的这种悲剧性的拒斥态度，同《海伦娜》中展现的那种彻底的放弃态度，形成了遥相呼应之势。不过，从《浮士德》第二部的规划来看，歌德最终是在写就《浮士德》第二部的时候才彻底放弃了《海伦娜》，《浮士德》第二部则是直到1816年12月才封笔。在"海伦"断篇当中荡漾着轻松、愉快的语调，显然，此时的歌德对女主人公已经没什么兴趣了。即便说有兴趣，也只能说是将之视为单纯的神话故事，除此之外，便没有别的了。要让《浮士德》第二部去充分体现歌德的希腊主义，这显然已经为时太晚，这就如同让《浮士德》第一部去充分展示歌德的魔鬼学信仰一样。当席勒敦促歌德完成这部杰作的第一部分之时，歌德已经对魔鬼的权能抱持犬儒态度，当艾克曼恳请他完成第二部分的时候，歌德已经对美的力量抱持怀疑态度。他最终还是像他自己说的那样，消化了这些"北欧遗产"，并投身希腊盛宴，这令他很满意，不过，离弃那样一个迷人的伴侣，令歌德一直悲伤不已，而且他一直没能脱离这悲伤。失去海伦也令歌德消除了对

世事的幻象，此种感受赋予了《浮士德》第二部的前两幕极
大的情感价值；展现在这部分诗篇当中的浮士德和海伦的故
事，是以象征手法呈现了歌德游历意大利期间以及之前那个时
期的希腊主义心路历程。

　　浮士德在去往"众母之域"的路途之上，身负着极度的寂
寥和孤独，浮士德此行是为了召唤海伦，确切地说，他要召唤
的并非海伦本人，而是海伦的意象，并且此举还是受命他人而
非浮士德自己的心意。歌德曾试图借助《伊菲革涅亚》实现温
克尔曼希腊之美的观念，当时的歌德尚且处在夏露蒂·冯·斯
泰因的主宰之下，《浮士德》的这一幕实际上正是对歌德此一
心念的诗性展现和诗性强化。当海伦那没有身体的幽魂出现之
时，歌德和浮士德的心灵都亮了起来：

> 我依然看得见？或者是否它驻在我的灵魂，
> 那被挥霍开启的滥觞之美？
> 我可怕的旅途将我带至他的目的地。
> 这世界多么空旷，且未开启
> 在我神职生涯以前。但现在，往事一切随风；
> 最终，它被确凿地证成，坚实，且迷人。
> 假若我收回我的忠贞，
> 那就让我毁灭，让我更无所成。
>
> 我亏欠你，这不断加速的万能，
> 以及情感最私密的体认；为了迎娶你
> 我给予你爱和信仰，疯狂尤甚。

142

　　浮士德试图抓住并占有海伦的幽魂，这只不过证明了海伦的虚幻。那幽魂消失了，浮士德陷入死一般的痛苦当中，那境状就如同歌德在意大利之旅之前那几年间的境况，那时候，生活精神也抛弃了歌德。值此，歌德便创造了荷蒙库鲁斯，负责在浮士德这个身心麻痹期阅读浮士德的心灵，解释他的幻象。荷蒙库鲁斯是一个怪异的小矮人，拥有对世界的直觉知识，但一直都被封印在一个玻璃瓶中，他一直都想着逃出去，获得自身的真实存在。荷蒙库鲁斯就是另一个梅菲斯特；歌德曾跟艾克曼讲起，荷蒙库鲁斯属于恶灵族。不过，我相信荷蒙库鲁斯就是歌德的那个恶灵，是歌德的另一个自我，尽管外观丑陋；我还觉得那个玻璃瓶就是一种反讽意象，表征着歌德的天才在逃亡罗马之前的几年间所遭遇的禁闭和奴役。荷蒙库鲁斯醒来之时，那四处弥散的阴沉"北方氛围"令他颤抖。他宣示说，必须把浮士德转往神话传说之地，让他回归自己的心性，回归古希腊，否则浮士德就不会有复生之机。这趟行程结束之际，浮士德恢复了意识，荷蒙库鲁斯遂离开浮士德，转而去解决自己的问题：如何逃离那个瓶子并获取真实的存在。在这一幕结尾处，歌德以抑扬格韵律呈现出一幅海洋画卷，从中也揭示出，海浪可以打碎那封印着荷蒙库鲁斯的瓶子，令瓶中精灵在海洋中找到归宿，最终，荷蒙库鲁斯的灵魂从在伽拉忒亚王座面前燃烧的爱火中破瓶而出，顷刻之间化为乌有。从那不勒斯到西西里的那段越海历程，令歌德那长期蛰伏的创造本能得到短暂释放，最终在释放的一刹那归于消散，这一切都在荷蒙库鲁斯的终局当中得到了最好的呈现。荷蒙库鲁斯，一个怪异的造物，其诗性意象当然不能令人满意，不过，其行为方式跟歌德的天才在意大利之旅之前以及期间的表现如出一辙。这其中

143

的原因很简单，荷蒙库鲁斯了解浮士德，也知道浮士德需要什么。但是浮士德对这个聪敏的小精灵没有任何兴趣，很显然，荷蒙库鲁斯的诉求跟浮士德的诉求不是一回事。歌德将荷蒙库鲁斯塑造得如此矮小，跟实际的躯体没有任何匹配的可能，此举很可能就是为了将自己的恶灵约束起来。

浮士德在色塞利醒转过来（就如同歌德在西西里恢复过来一样），开始在"古典的巫师安息日"中那令人迷乱的种种意象和身影中找寻海伦。此时，对西西里风景以及帕拉哥尼亚宫殿的种种记忆协同新近对希腊神话的研读，令歌德得以呈现出怪异、邪恶、美丽的早期希腊神话画卷，其埃及起源也一并展现出来。歌德曾对温克尔曼的世界展开过挖掘，此时便将那个世界的根基揭示了出来。不过，此一考古工程的诉求没有任何变化，那就是要将海伦带回这个世界。二十五年前，当歌德奋力研读荷马之时，他就已经有了这样的诉求：

> 而伴着这渴慕的最大可能的强力
>
> 是否我不该将这无与伦比的形式拖拽进亮光？

这韵律的发问（Gewalt-Gestalt①）回音般反馈给《潘多拉》。

浮士德对海伦的渴慕是以一种激情方式呈现出来的，这实际上是以寓意手法表征了歌德对希腊主义的追寻，同样的激情也贯注于歌德的这一追寻历程当中。然而，当海伦本人最终在第三幕现身的时候，这个真实的海伦却令人不敢辨认。这真是

---

① 这两个词是押韵的，意为"暴力‑形式"。——译者注

那个特洛伊的海伦吗？还是说，眼前的这个海伦仅仅是古老传说的那个幻象，用于迷惑世人的眼睛，而真正的海伦却悄然生活在埃及？她是从埃及回来的？还是从"伊利昂那高高的塔楼"走来？抑或是说，她只是那个同琉刻岛上的阿喀琉斯永结同心的海伦的幻影呢？她身边的那个少女合唱队是不是真的见证过特洛伊的沦陷？还是说，那只是一场可怕的幻梦？这是记忆还是幻象？海伦也不免自问：她还是希腊人和特洛伊人为之争战的那个可怕意象吗？她还是那个幻象吗？她变了没有？将来，她是不是还要扮演那个角色呢？

　　此时的梅菲斯特伪装成福尔库德斯的一员，他很清楚，海伦从来都不具备真实的存在。正如卡戎向浮士德暗示的那样，海伦不过是神话人物，诗人们可以随心所欲地使用。梅菲斯特嘲讽海伦的不真实，并提起那彼此矛盾的海伦传说，以此折磨海伦。看着海伦在他的揶揄嘲讽之下开始向幽灵之域退却，梅菲斯特感到一阵恶魔般的快慰。《海伦娜》断篇不仅是为了让人们意识到海伦不可能真正地回归这个世界，不可能真正地回归生活，还蕴含了更为深沉的失败主义，那也是一种更令人痛苦的怀疑主义。海伦和她的合唱队本质上属于"昏暗的冥界，那里到处都是无可捉摸的幽灵，永恒的空虚"。海伦，是希腊之美的象征，因此也就象征着在这个世界上从来没有也绝无可能获得真实存在的东西。温克尔曼的希腊，无论多么美，都是一场幻象。这不仅仅是因为歌德在写作这一幕的主题内容之时已经是个老人，衰老令他对此种幽暗的虚幻有了特别的感受。1800 年完成的那些诗行展现出同样的意象和感受，尽管那个时候，梅菲斯特尚且没有就海伦的虚幻特性进行挖苦讽刺。从斯巴达的墨涅拉厄斯宫殿前上演的这部幽暗的希腊戏剧转向欧

145

里庇得斯的《特洛伊妇女》，就会经历一场有益的震动。那悠缓的行动、那鬼魅般的声音、那古旧的语言以及整部戏剧背后那阴惨惨的美感都在催眠我们，令我们沉醉在一场不会有任何结果的白日梦当中，令我们迷失在空幻的幻影世界当中，这样的世界不存在任何令人渴望、令人悲伤或者令人欢呼的东西。欧里庇得斯为我们呈现的是一部纯粹的悲剧，这悲剧源自一个美丽、致命且不祥的女人，她那些悲伤的受害者对她憎恶不已。尽管欧里庇得斯的这部悲剧笼罩在无可化解的阴郁氛围当中，不过，在倾听了歌德的海伦之后，再去阅读《特洛伊妇女》，想必会生出不少宽慰之感，这部悲剧可以让人在现实中找到立足之处，这当然是极大的宽慰。

浮士德和海伦相会，这个世界为此已经等待了太长时间，这一幕代表了歌德精神生活的巅峰，同时也是浮士德在前两幕表现出那样的激情和渴望之后不可避免地要出现的反高潮。此次相会附属于浮士德和梅菲斯特在《浮士德》第一部当中的初次相会；歌德的这两幕场景都写得太晚了。倘若歌德能够在1800年完成《海伦娜》，他就不会再去描写海伦之美对林叩斯产生了何等影响，而会描写此等美貌对浮士德产生的影响。在两大主人公接下来的对话中，海伦学着用韵文说话，这是一个轻松、愉快且诙谐的小场景，那个时代在情爱主题上的轻佻氛围浸染了这段诗节的每一个语词。合唱队给出的旁白和评说，甚至略为有些不雅。此外，歌德还将大段大段的信史和神话史放置其中，成就了《海伦娜》第二部分。浮士德与海伦相会的场景读起来的确令人失望（尽管其中不乏优美诗行，尽管林叩斯也表现出莫名的尊崇态度），不过，恰恰是这一点极大地展现出歌德是何等真诚。歌德已然没有能力去亲身体验这样的情境，也就只能予以间接呈现；歌德以戏谑方式来处理两大主人公之间的这场会面，就仿佛一个历经岁月沧桑的善良老人在观看两个孩童的嬉戏一样，这情境当中充溢着仁慈。海伦显然不再是这一幕背后的灵感力量；海伦是从一个莫名之地姗然而来；当她逐渐退入幽冥之域并将面纱留在浮士德手中的时候，浮士德对于她的消失并没有太深的记惦，因为此时的浮士德已然经历过一桩沉重得多的不幸。海伦那空幻的服饰化作云团，将浮士德带走，这也不曾触发人们太多的关切。第四幕开启之时，浮士德从云端降下，海伦则永远地消逝了，可能是化作朱诺、勒达或海伦娜（随读者自己去挑选），人们彻底意识到，浮士德同海伦的这段姻缘同现实几乎没有任何关系。就如同第二部当中其他所有场景一样，此事对浮士德并没有太大影响。是不是这美的力量给了浮士德足够的勇气去闯荡一番呢？或者说，同半女神婚配，就是这样的结果？梅菲斯特似乎就是这么认为的。不过，这也许只是一场玩笑，剩下的便是无边的沉默。

146

 恶 灵

　　当歌德在同艾克曼的谈话中回顾自己漫长的一生的时候，他显然意识到自己这一生遭遇了严重的错误，他的天才从一开始就遭遇了挫折。歌德用众多名字来称呼这个一直阻碍他的力量，正是这个力量将他的生活弄得一团糟；内在的和外在的种种要求一直都在消耗着他的精力；他在公务、绘画、艺术以及科学研究上挥霍了大量时间，他也消耗大把的时间关注法国大革命，料理魏玛剧场事务，为席勒的杂志供稿；时人和同胞不曾给过他像样的鼓励，特别是《伊菲革涅亚》和《塔索》这两部剧遭受了颇多非议；他谈道，他生活的这个时代对诗性创造抱持彻底的敌意，这个时代和这片土地充斥着仓促消化的知识和半吊子的文化，拘谨、迂腐且势利。他说，在他年轻的时候，情况还不至于如此糟糕，此情此景，令他时常叹息不已，就像一个无助的老人。然而，即便在年轻的时候，这个德意志又能给自己的诗人和剧作家们提供怎样的主题呢？甚至可以说，那样一个德意志是否给自己的诗人和剧作家们提供过合适的主题呢？德意志的早期历史一片混沌，后期历史则根本没有任何普遍的民族旨趣可言。此情此景，歌德说，与其去崇拜希腊的悲剧家们，倒不如去崇拜他们处身的那个时代，那样一个时代，到处都激荡着伟大主题和伟大观念，希腊悲剧家们就是

147

那么幸运地日日沉浸其中。歌德毕生都在追寻合适的戏剧主题和史诗主题，然而，此一追寻历程却演变成一场神话之旅。歌德未能找到完全适合的主题，即便是在八十岁高龄，他仍然坚信自然或者上帝是善良的，仍然坚信这个世界，也就是他生命中的阻碍力量彰显其中的这个世界，是没有善良可言的。他跟艾克曼谈起，终有一天，上帝会厌倦这个世界，那时候，上帝也许会毁灭这个世界，对之实施重造。还有谁能像歌德一样，用神话的方式表达这样一种彻头彻尾的神话态度呢？歌德尝试过提坦精神。不过，那样的精神最终被证明是歌德承受不起的。这就是为什么瑞士的山峦竟然会让歌德如此烦乱，最终令他强迫自己从纯然矿物学的角度去看待巍峨的自然景观。荷马的万神殿反映出一个同现代完全悖反的世界，这座万神殿压垮了歌德。歌德抱怨说，现代诗人注定了只能创造女人而非男人，原因很简单，荷马已经穷尽了男人的一切，《伊利亚特》呈现了勇敢的典范，《奥德赛》则呈现了智慧的典范。至于莎士比亚，则俨然是个巨人，即便是一个赋有创造天才的诗人，一年能展读此人的一部戏剧，便已经很不错了，否则，就会被莎士比亚彻底毁掉。甚至哈默尔（Hammer）译介的哈菲兹（Hafiz）的诗篇，也是如此庞博，歌德说，此等诗篇若不能激发自己的创造力，自己就只能被击溃了。提坦精神、奥林匹亚精神、悲剧精神以及宿命精神，这一切歌德都尝试过，都不足敷用，都未能同他的真实思考协调起来。他说，看来他是不会有这样的福分了。

歌德说，作为一名自然科学家，他是泛神论者，作为一名艺术家，他是多神论者。他的科学泛神主义展现出清晰的神话倾向，诸如他的植物和动物形态学、初生植物体理论以及光学理论，他将光视为初始现象，是无可分割的统一体。他说他写了那么多，最令他自傲的却是《色彩理论》（*Theory of Colour*）：

> 我认识到了那真正的光，我要为之战斗，这是我的职责。然而，这个世界却在竭尽所能地让这光沉沦到黑暗当中。

148　　先知就是这么谈论自己的上帝的。歌德对待牛顿理论的态度，一直都是一个真正信徒的态度，一个肯定要遭受假先知蔑视和忽略的真信徒的态度。对于歌德来说，作为初始现象的光学理论是一份宗教信仰条款，而非科学理论。问题在于，倘若作为科学家的歌德满足于初始现象的此种神话本质，那么这样的理论对于作为诗人的歌德显然就不会有任何用处；他的上帝观念也是一样的情形，他的上帝观念根本不是什么多神论，而是一种经过启蒙的、有着深沉宗教情愫的自然神论。歌德观念中的上帝是一个无可理解的奥义存在，一个赋有高度创造力和生机力量的存在，拥有无限的权能和属性，非人类心灵所能探测，那样的上帝就是在自然当中彰显出来的无尽且永恒的爱。这些就是歌德对上帝的部分认定。此种观念是极具诗意灵性的。抒情诗篇毫无疑问可以在这样的观念当中尽情伸张，自由呼吸，不受拘束。然而，这样的观念同时也是极具拟人特质的，因此，其中的想象要素尚且不足以将此等观念改造为神话。由此，这位"多神论艺术家"便不得不从提坦神话、奥林匹斯神话、北欧神话和东方神话当中不断借取，有时候甚至不得不乞援于基督教神话。所有这些神话元素当中，希腊神话是歌德的最爱，尽管他对希腊神灵根本就没有信仰可言，甚至他生涯当中那个普罗米修斯时期也不例外，当时，他只不过是运用希腊的神话人物来表达自己的至深体验。不过，《阿喀琉斯》断篇倒是致力于客观地呈现希腊神话人物，将之视为真实存在的人物；然而，这份诗篇并没有成功。1801 年，歌德陷入重病当中，克里斯提安娜听到他在病痛的恍惚中呼喊基督的名字，那呼喊声中倾注了深沉的热忱，那语句更是极为动人，令人心神摇撼。有人说，歌德的此番顿语出自他的一份早期诗篇，那份诗篇呈现了基督降身地狱的场景。确实有此可能。不过，事实依然是事实，歌德那个潜意识的自我在汲汲于寻求希腊神灵的替代品，因为希腊神灵已然遗弃了他。几年之后，歌德直接将天主教比之于荷马的万神殿，认为天主教体系同样能够激励诗歌创作。在同里莫尔的谈话中，歌德也多次明示，他认为神话是诗歌的一个本质要素，也是造就了希腊人之优越性的要素之一。

149

　　歌德对待基督和基督教三一论的态度，较之对待希腊世界那些古老神灵的态度，则要模糊得多。对于希腊诸神，歌德喜欢以象征手法予以运用，而且他也只是在暮年之时才放弃了希腊神灵，其间并不是没有哀婉和叹息。他告诉艾克曼，希腊的命运观念已经过时了，他还借梅菲斯特之口说：

　　　　你在天庭的那帮老朽的神灵，

　　　　让他们滚蛋吧，他们的时日结束了。

　　从通达世事的那个年龄开始，也就是从在斯特拉斯堡遇到赫尔德之时开始，他便不再信仰基督了，当然，这其中的前提是他真的有过一段不信仰基督的时期。尽管他一直都在这个问题上焦躁不定，但一开始，他对基督信仰是抱持同情态度的，不过，意大利之旅期间以及其后，他便对基督信仰抱持明确的敌对态度了。有时候，他甚至会在这个问题上给出极为亵渎之论。里莫尔曾说起，歌德对基督教这个"神圣家族"有过极为尖刻的讥讽，他将这个神圣家族比作异教当中伏尔甘－维纳斯－丘比特的三位一体。此一攻击之论是 1809 年 8 月 3 日的事情，这一年，歌德正尝试完成《亲和力》（*The Elective Affinities*），并将一种神秘的罗马天主教式的终局赋予这部作品。"天上序幕"写于 1797 年；中间的这个时期，歌德的通信当中到处都是对"天上序幕"所表征的宗教的憎恶，那憎恶几乎到了病态的地步。因此，即便是《浮士德》第二部的歌剧风格的"终局"，也根本不足以论定歌德的心性真的发生过变化。然而，倘若艾克曼提供的传闻是可信的，那也可以说，歌德对基督和基督教的此种憎恶在 1824 年已经消散了，即便此时的歌德仍然时不时地会对三而一（Three were One）以及一而三（One was Three）这样的观念来上一番揶揄，毫无疑问，常识在歌德心灵当中唤醒了相反的故事。此时的歌德在谈起"这门宗教"之时，表现得非常宽和，甚至充满敬重，不过，其中的一些评说也彰显出一丝虔诚意味，这不免令他的此类申述引人起疑，特别是要考虑到，大臣缪勒（Müller）在日记中曾提到，这些年的歌德对基督教诸般奥义的攻击是极为肆意且恶毒的，尤其是在圣灵感孕说这个问题上。自 1813 年之后，歌德的这个态度就不曾有什么变化。正是在 1813 年，歌德跟里莫尔谈起，唯有希腊人才真正有能力避开两性纠葛，单独去呈现那不死的青年和纯洁少女，"圣母既是贞女，又

150

当了母亲，这完全是胡扯"。歌德还在艾克曼那里留下了两则非常醒目的评论，他说他可能是自己那个时代唯一的基督徒，还说他之信仰基督，是因为在他看来，基督是最高伦理原则的神圣启示者，肯定不能将此类论说理解成歌德信仰基督的神性；切不可忘记，歌德同样也乐于将太阳作为最高伦理原则的启示者加以敬拜。无论歌德是抱有敌意的怀疑主义者，还是宽和善意的怀疑主义者，作为诗人，他都是多神论者，基督教的三位一体观念并不契合他的品位。

在《浮士德》第一部、《亲和力》以及《浮士德》第二部的结尾部分，歌德运用了一种他并不信仰的宗教，而且在写作前两部作品之时，他对这门宗教肯定是抱持明确敌意的，也正是因此，他是在神话意义上运用了这门宗教；这样的情形令人颇感怪异。不过也不难见出，此举意味着歌德给了基督教一个诗人所能给予宗教的最高赞誉。而且应当强调的是，在这三部作品中，基督教之运用，都是为了避免一场灾难或是为了缓解悲剧结局。然而，还有一个更为怪异的情形。这位伟大异教徒的杰作建基于基督教的地狱和永罚故事，并以天堂和浮士德的救赎结尾，此一结尾是基督教式的，而且，这显然也是一个必然的结尾。这样的情形在歌德这里无疑是非常冷酷的，因为他不会也没有能力呈现悲剧。因此，对于生命的悲剧，他能够提起的唯一神话学和解，便是基督徒所信仰的彼岸天堂。

能否认这是歌德生命当中的一项决定性情状吗？这个最为伟大的现代天才，其才具足以同荷马、但丁和莎士比亚比肩，甚至超越他们，完全有能力去呈现现代世界的本质，就如同荷马呈现古风时代、但丁呈现中世纪、莎士比亚呈现文艺复兴。

然而，歌德却在自己的这项任务面前遭遇挫败，这是因为歌德手里并没有可以提供襄助的神话资源，对这一点难道还会有任何怀疑吗？歌德生命中之所以会遭遇如此沉重的挫败，恰恰就是因为他一直都不肯承受如下事实：世界反映了生活，而生活乃是极具悲剧性的，也许只有基督徒不这么看。歌德相当直接地否认了悲剧，这导致了他在呈现他置身其中的世界之时遭遇了审美失败。由此可见，无论是他的生活还是他的作品，都在表明，他本人恰恰就是现代人之二元精神格局的典范表达。

151

后来的叔本华在那神秘特质胜过哲学特质的"生存意志"当中，将此种二元主义变成神话，此种"生存意志"以根本错误的方式在世界当中伸张开来。歌德在暮年之时，则是以一种半神秘、半哲学的方式切近了这个问题（歌德最早是在《初稿浮士德》当中以诗歌方式呈现了这个问题）。在1813年4月4日的日记当中，歌德留下了如下语词："恶灵的观念和埃格蒙特的观念"。他很可能是在1816年写就了《诗与真》中的相关论说，并以此作为整部作品的结尾。在1817年的《俄耳甫斯箴言集》（Orphic Gnomes）以及1820年对这些箴言做的评论当中，他将恶灵定义为个性或者个体性，也就是成就每个特定个体的那种要素，这样的要素不能在人与人之间置换，因为那是每个人性格中的命运要素。在生命历程的最后四年，在同艾克曼的谈话当中，歌德更为详细地阐发了此一观念，而这也正是他为解决生活之奥秘而做出的伟大贡献。我认为，从1816年开始接触拜伦的诗歌往后，拜伦的个性和生涯就一直主宰着他的心灵，每次在他对这个问题展开思考的时候，拜伦就会进入前台。《诗与真》的第二十章申述了埃格蒙特的性格问题，那样的申述更契合拜伦而非《埃格蒙特》的主人公。

《诗与真》呈现的恶灵，是一个真实的神话造物，歌德从哈曼阐释的苏格拉底的恶灵那里有所借取，借重于拜伦的成分则要多得多，但其主体元素都源自他本人及其切身体验。此番描述乃是歌德的最后一次尝试，他试图解释自己的终生信念：这个世界肯定是哪里出了问题。在《诗与真》中，歌德申述说，恶灵元素是他在自然与历史当中以及在人身上不断遭遇的东西，这样的元素主要在矛盾当中彰显出来。歌德还说，恶灵元素不能用任何范畴予以归类，也无法用任何言辞予以界定，它既不属神也不属人，既非天使，也非魔鬼；恶灵是模糊的、无可理解的，却也极为强劲。他称之为恶灵，乃是效仿古人。他也逐渐意识到，最好不要尝试去思考这恶灵，他试图借助具体的形象来逃离这恶灵的困扰，于是创造了埃格蒙特，来表征恶灵品性，埃格蒙特对生活有着无尽的爱，对自己有着绝对的信心，而且还拥有无可抗拒的个性魅力。恶灵在人身上得到了最为可怕的伸张。恶灵极为危险，极具毁灭性，而且其吸引力也是无从抵制的。唯有宇宙本身能够将其征服，恶灵同宇宙处在冲突当中，还是那句话：唯有神能够反对自己。然而，这可怕的恶灵力量，本身也是宇宙的组成部分；它从伦理世界秩序体系当中横贯而过，如果说生活是纬线，那么这恶灵力量便是经线。

152

此一特出比喻相当完满地呈现了歌德之于生活和世界的二元感受；恶灵在埃格蒙特那里得到具体表征，埃格蒙特同时也揭示了歌德自己身上的恶灵元素，对此，歌德从来都是有意识的，恶灵观念一直就伴随着他。不过最终，歌德还是否决了自己身上的恶灵元素。1831 年，他告诉艾克曼，恶灵并非他本性当中的组成部分，他还黯然补充说，他曾屈从于这恶灵。
1823 年，歌德再次同恶灵展开缠斗，这是最后一次，当时，
乌尔里克·冯·勒夫佐夫和音乐精神摇撼着歌德的根本信念。
歌德再次依托具体人物来寻求庇护。一番搏斗之后，歌德还是
臣服于恶灵，不过这次，他选用了拜伦来代替自己。

　　从 1779 年的《伊菲革涅亚》到 1827 年的《海伦娜》，
歌德一而再再而三地拜倒在海伦脚下；1827 年的献祭行动，
实质上是歌德在赞颂自己的恶灵，尽管他毕生都在同这个恶
灵进行无情斗争。从艾克曼谈话录中不难见出，此时的歌德
已然看清了恶灵的创造能力和毁灭能力。他将恶灵同年轻及
其荣耀联系起来，同拿破仑这个无与伦比的功业创造者、腓
特烈二世和彼得大帝、菲狄亚斯和拉斐尔、丢勒和荷尔拜因、
153　莫扎特、路德和莱辛、莎士比亚和拜伦联系起来。从无意识
之境生发而出的音乐以及一切的抒情诗篇，乃是恶灵的极致
表达；恶灵是一切创造行动的源泉，激情之爱就是恶灵之本
真元素。1828 年 3 月 11 日，歌德跟艾克曼专门谈起了生活
和诗歌当中的恶灵元素，那场谈话引人入胜，歌德将《维
特》时期、情诗时期、《克拉维戈》（Clavigo）时期以及《兄
妹》时期，视为自己生涯当中最富创造力的时期；他也谈到
了《西东合集》（West-Eastern Divan）时期的那段小阳春。最
具启示的是歌德在 1831 年 6 月 20 日就自己的创造过程给出
的那番描摹：

　　　　那是一场属灵行动；部分和整体融合无间，同一种精
　　神贯注其中。诗人并非四处乱撞；相反，恶灵掌控着诗
　　人，令他执行自己的命令。

在这个恶灵序列当中，歌德只提到了一个希腊人，菲狄亚斯；至于希腊作品，歌德则一部都没有提及。显然，歌德心目中的恶灵跟他心目中的希腊，完全不是一回事。讽刺的是，暮年之时，他身上的狄奥尼索斯精神竟然征服了阿波罗精神。浪漫主义情愫此时在他身上已然发育到极致，拜伦对狄奥尼索斯精神的这场胜利自然是功不可没，然而，这一切来得太晚了。

恶灵在拜伦身上极为强劲地彰显出来，这对歌德产生了无可抗拒的吸引力：他那亢奋的青春、他那可怕的个性、他的尖刻和倨傲、他的毁灭性、他的反社会罪错。拜伦简直就是奥林匹斯之神歌德或者圣人歌德的对立物。不过，他也活脱脱地就是普罗米修斯时期的歌德，除了他高贵的英格兰出身。他的作品和他的生活决绝且强烈地否决了歌德在希腊星辰指引之下追随的那些理想。此时已然是八旬老翁的歌德，时常会禁不住地生出一种心念，也许拜伦是对的，而非温克尔曼。歌德仿佛看到自己的恶灵在这个英国诗人身上重生了。每每思量拜伦，歌德内心都要升腾起臻于极致的嫉妒，对此，路德维希（Ludwig）给出了自己的锐见，他说，那是一个悲剧性的征服者对更具光彩的被征服者的嫉妒。他们是一类人，真正吸引歌德的，正是拜伦身上的此种毁灭性元素，歌德只能这么远远地观瞧拜伦那流星般短暂但辉煌的生涯，那以灾难见长的生涯，他心中不禁暗想，要不是阿波罗的恩惠，那本应是自己的生涯才对。自从来到魏玛，歌德再也没有尝试颂扬自己的恶灵；然而，此时身处生命末端的歌德，则开始颂扬另一个人身上的这种怪异、危险且昂扬激荡的生命精神。他至死都信守自己的信念，认为这恶灵乃是毁灭性的，并将这个恶灵呈现在欧福良身上，以诗性

154

之光华环绕着浮士德的儿子。拜伦最终身死希腊，这会令歌德
对拜伦的仰慕和嫉妒有哪怕一丁点儿的提升吗？希腊，歌德一
直在用灵魂找寻，但他从未见证过希腊，也从来没有这样的意
愿，他的脚步停留在那不勒斯和西西里，他认为它们较之希
腊，毫无逊色之处。拜伦的赴死行动，蕴含着英雄主义情愫和
侠义精神，那是自我的勃发，相形之下，歌德在对抗恶灵之时
展现的不事声张的坚定是何等渺小。这一切来得太晚了。不
过，年事已高的歌德至少还能够对此种狂野且美丽的元素表示
敬意，他这一生一直都是如此苛待恶灵，拜伦则教会了他去敬
重恶灵："伊卡路斯！伊卡路斯！哦，悲惨的结局！"

　　最终，歌德还是承认，那恶灵的另一个名字就是天才。此
时，他应该也意识到，他的追逐海伦之旅实际上是一场虚幻之
旅，他本当追随恶灵的指引。他召唤海伦来驱逐自己的天才，
此举无疑是太成功了。到了生命末端，他就只能将自己交托给
"隐忒莱希"，只能寄望自己得到重生。温克尔曼的黄金时代
乃是一个强有力的魔咒，对歌德来说，这魔咒是邪恶的。这魔
咒扭曲了这位伟大的北方现代天才，令其最终偏离了自己真正
的并且是注定了的道路。

　　　　海伦娜麻痹了他
　　　　令他的理智无以复生。

第五章

敌对者：席勒
(1759 ～ 1805)

战败的"巨人"

对于 20 世纪的英国读者而言，约翰·克里斯托弗·弗里
德里希·席勒可能是所有德意志作家当中最缺乏吸引力的：
顶多只能算是一个战败的巨人；说得不好听一点儿，席勒虽
然拥有皇皇辩才，但骨子里只是一个道学家。这两种看法都
并非没有道理，但席勒此人绝不止于此。席勒是德意志文学
史上最难解的作家之一，特别是要考虑到，表面上看，席勒
是非常简单的，可以非常轻松地将某种程式套用于他，而且，
他的文学生涯是有着明确分期的（悲剧时期、历史时期、哲
学时期和戏剧时期）。此外，席勒的作品有着两大突出特点，
早期是极度缺乏品位，成熟时期则是过分的道德说教，对于
那些见木不见林的英国读者而言，这些都是令他们反感乃至
憎恶的东西。

单就构思和写作方面的伟大而言，席勒的第一次戏剧冒险
《强盗》（*The Robbers*），在他的作品库当中显得非常特别，这是
一部极为凶蛮的宇宙闹剧，以一种高洁的伦理论调收尾，整部
剧中，种种尖利激情彼此冲撞，席勒并没有在其中展开和解。
同样的伦理音符也在《费耶斯科》（*Fiesco*）的暴烈煽情当中奏
响，并在《阴谋与爱情》（*Cabal and Love*）的现实主义之中激
起刺耳的噪音。不过，青年自然是要倾向于说教的；这些剧作

散射出阴郁的光彩，桀骜不驯和狂躁言辞充斥其中，这一切都植根于青年席勒的本能，这本能当中蕴含了强大力量，也蕴含了强劲的戏剧天才和悲剧情感。此等情境之下，一旦这个凶悍的年轻巨人暂时中断自己的狂暴和愤怒，转而宣泄老掉牙的道德说教，这一切都是可以原谅的，他身上的另外一些缺陷也是可以原谅的，毕竟，他还年轻。

然而，当《唐·卡洛斯》（*Don Carlos*）中的波萨侯爵以美妙的素体诗韵律抒发了对自由和人性的高贵情怀之时（此番韵律在席勒那强劲的散文风格映衬之下，显得那么刺眼且造作），这个戏剧家的罪恶秘密便显露无遗了。他一直致力于再造我们，但我们已经对此失去耐心。那高昂的道德论调我们都听得真真切切，但是我们英格兰对文学中的此种道德论调是极其瞧不起的，尽管在实际生活中，我们英格兰人一直都奉行那样的道德。在席勒后来的作品中也不难探查出此等道德论调的颤音，当然，在他的早期作品中，此一颤音表现出更高的敏感度。我们英格兰人恐怕是最敏于辨识出这样的道德论调的，但席勒在这方面表现出的嚣张肆意的冒犯态势，恐怕也是无人能及的。他的诗篇无不高扬那抽象的伦理标尺，由此便将此种情状揭示无遗：在他的诗篇中，真、善、美以及崇高，作为伦理标尺得到无尽的推崇；此外，还有追求与理想，智慧与学识，和谐与和平。昔日的宇宙仇恨大剧，连同那强悍的血性和狂躁之气已然成为明日黄花。此时的希腊开始为那令人迷醉的宇宙之爱书写腻人旋律，在我看来，此情此景实在是令人悲哀！这一切莫不令人们生出深深的疑问，令人们对世事之黑暗产生期待，正是在这样的疑问和期待当中，我们要看一看席勒那些叙事谣曲以及后期戏剧，也许，我们的预感能在这些作品中得到

应验。那是一种世人都能理解并接纳的道德信息：罪错因受难
而得到宽宥；罪人遭遇复仇；主人公遭遇诸般诱惑并最终予以
克服；恶人倒地，德性胜利；无处不在的"永恒道德难题的
重负"；"美丽灵魂"，从纯洁境地升华到崇高境地，令整出大
戏笼罩在一片紫气当中，光华缭绕。现在，轮到我们来说教
了。我们会宣扬艺术之独立性，并据此对席勒展开驳斥，认为
席勒不过是用他那毫无疑问的戏剧天分来置换一堆乱糟糟的康
德哲学，由此，悲剧视野便不得不弃他而去。于是，我们会斥
责席勒，认为他将诗歌贬抑到修辞的水准，他的缪斯不过是那
高扬的道德，他的主人是人性而非艺术。不过，即便是在他的
道德箴言当中，世人也不难感受到一种真正的伟大。于是，对
此感到困惑的人们便开始怪罪他的先驱者们和他的同时代人，
比如，法国的古典派戏剧家、康德的致命影响以及希腊悲剧营
造出的异域氛围。我们不免哀叹这一切，这也并非没有道理。
然而，罪魁祸首既非拉辛也非康德，既非索福克勒斯也非欧里
庇得斯；罪魁祸首乃是死亡。倘若席勒能够活到完成《德莫
特里厄斯》（Demetrius），也许我们就不难感觉出，这其实根
本没什么值得哀叹的。实际上，席勒之天才看似陷入诸多歧
途，但他在四十六岁的年龄上却也正在一条路上大踏步前进， 159
这条路就是，如一些作家所相信的那样，席勒最终会成为这片
土地上最伟大的悲剧作家，尽管这片土地孕育出了歌德、黑贝
尔、格里尔帕泽和克莱斯特这样的人物。

青年剧

　　席勒在着手写作青年剧之前，就已经经历了戏剧化的生活，那是他的天才同暴政、欺骗、贫困以及激情的冲突。他是在斯图加特学院之时写就了《强盗》，这表明他已经意识到了学校生活那种本质上的戏剧特质。即便在今天这样一个时代，青年和老人、反叛和权威、野蛮精神和纪律精神之间的战争已然被压制到一个非常谨慎的轨道上，学院当中已然充斥着拉帮结派、挟私斗狠、连横合纵，到处都是野心和挫败、阴谋和谣言，但是，今天的学院仍然是一个足以用一部戏剧来予以表征的世界，只不过那戏剧就蕴含在日常生活当中而已。这样一部戏剧极为真切地揭示出人物之间的争斗以及人物同环境之间的争斗。这其中最为重要的是，这样一部戏剧包含了外来的命运要素，并且还是以至高权能的形态展现出来的，这命运可能是善好的，也可能是恶毒的，但不管怎么说，这命运是无可猜度的，是神秘的，所表征的乃是世事当中之偶然元素。符腾堡的卡尔·欧根（Karl Eugen）公爵在席勒的生命中就扮演了这么一个角色，先是在索利图德宫，后是在斯图加特；欧根公爵是一个强悍且专制的王公，他的邪恶和德性几乎同样令人赞叹，一名学童恐怕不会遇到比欧根公爵更令人心惊胆战的校长了；他那华丽的仪仗、他那颇富德性的情妇、他的奇思异想、他的剧场和宫殿、他过去的和当前的权势，都引发了学生和臣民极大的兴致，成了这座城市永恒的谈资。此外，符腾堡公国所奉行的严格的军事训练体系——此一体系极为奢华、庄重——可以说是席勒的内部境遇，外部境遇方面则是狂飙突进运动掀起的革命潮流，此一潮流先是涓涓细流般渗透到这座文艺复兴学院，而后便洪流般奔涌而来，席卷了这座拥有众多聪敏学童的学院。两种境遇形成了强烈对照，触发的精神、情感以及智识领域的种种冲突，实际上也成就了一处温床，要造就未来的戏剧家，天下恐怕没有比这更为合适的土壤了。此外，席勒自己的生活境遇也并不缺乏悲剧要素，一个本来还算幸福的孩子，不得不离开挚爱的家庭，一个虔诚的年轻学者，不得不去学习法律和医学，一个热忱的理想主义者，遭到友谊和生活的欺骗并彻底失去幻想，一个含苞待放的戏剧家，不得不穿上医生的粗陋服装。到处都是现实的障碍，困扰着这个昂扬的精灵。名声在召唤，但那暴君却在阻拦。绝望中，纵身跃入苦难的海洋，就这样，一个即将溺亡的人在奋力抓取那最后的稻草，这个世界就这么看着他沉下去。并不奇怪，席勒早期作品中的生命视野乃是悲剧性的。不过，此种悲剧性乃是在相当宏大的层面上展开的，这些作品也证明，席勒对那样的悲剧性是有足够体验的。当然，一个人的心灵很可能会因为对这个年轻人的怜悯而痛苦［席勒逃离斯图加特期间所承受的苦难，以及在曼海姆期间升腾而起的那种不抱幻想的生活态度，忠实的斯特莱切（Streicher）是有动人描述的］，不过，这样的苦难恰好能成就一个戏剧家。一切伟大戏剧都是悲剧性的。这个孤寂、落魄且倍受羞辱的年轻天才正在亲身体验悲剧。

　　不过，从一开始，此种情状更为明显地展现在他的诗歌作

160

品而非戏剧作品当中，而席勒心灵当中的戏剧才具则遭遇了另一种倾向的冲击。一种乐观的、理想主义的特质植根于他那本质上高贵的性情当中，他童年时代那极端的虔诚就已经彰显了此一特质，到了青年时代，席勒则一直都在以半哲学化的方式尝试调解冲突，尝试化解诸如身体与灵魂、生与死之间的碰撞，并竭力将之消解到普遍的和谐当中：那是超越了道德的宇宙友谊或者宇宙之爱；天际的音乐湮没了尘世的争斗。所有的伟大悲剧作家都经历过自己心灵当中那创造性元素同毁灭性元素之间的冲突。他们创造是为了毁灭，在毁灭之后，他们都有着极为强烈的欲望去重新创造，这欲望催动着这样的悲剧作家望向更远的地方，望向更为伟大的创造行动。那眼光是闪烁不定的，的确有希望的光芒在其中闪现，不过，并无完全的信念。若非如此，他们将毁灭悲剧的前提设定，《欧门尼德斯》以及《浮士德》第二部就是这样的情形。悲剧作家是不可能既肯定又否定的。所谓冲突，乃是一个平衡的问题；但是，悲
161　剧作家必须做出抉择，只能选择一端，而且在两种生命观念的中间地带，一个悲剧作家是绝无可能停留太长时间的。席勒也许是所有剧作家当中最为独特的，因为他竟然能够在悲剧的世界解释模式和乐观的世界解释模式之间将自己撕裂开来。从本能角度讲，他对生命的体验乃是悲剧性的，毕竟，他的审美意识差不多完全是戏剧性的，而戏剧的推演机制则不可避免地朝向灾难结局。但从理智上讲，席勒却是那种意在达成综合的人，这一点从他的哲学作品中便不难见出。从性情角度看，席勒则更是一个理想主义者。因此，思想家和创造者，这两种身份、两种权能，从一开始就在他的心灵中展开争斗，而且还是一场大体上不相上下的争斗。

这场剧烈且痛苦的冲突在席勒的早期诗篇中肆虐无疑，这些诗篇毫无品位可言，而且极为夸张，并且在这方面，可以说在文学史上无出其右者。克洛普斯托克式的迷狂、裁相式的阴郁、狂躁的哀叹、对暴政的猛烈控诉、歇斯底里的声色之欲、肆意的属灵诉求、病态、残酷、扭曲的情感、直截的讽刺、启示录般的愿景，这一切的一切就是 1782 年及其前后那个时期的《诗选集》（*Anthology*）的特质，当然，其中倒也有那么一两份诗篇是例外，不过也不能说是十分显著的例外，这些诗篇简直不是语言能够评说的，而且看起来也的确否决了席勒的诗歌天分，即便是当他灵感勃发的时候，更确切地说，特别是在他灵感勃发的时候：

> 手挽手，步步高
> 自蒙古至希腊的预言家①
> 联袂那位最后的撒拉弗，
> 我们漫步高蹈，以环形的舞步
> 直至伟大的海洋中，那永恒闪耀的
> 时辰和尺度，在视线中没泪。

在这些臃肿诗篇中，希腊人名和神话指涉四处显现，洛可可式的软木塞就那么漂浮在裁相的海洋之中。其中不乏对荷马和维吉尔的征引；不过，如此众多的典故和神灵，恐怕主要还是出自比格尔（Bürger）的《维纳斯的守夜》《*Vigil of Venus*》

---

① 此处英译本中的"higher – seer"造成的韵律上的瑕疵，准确地再现了席勒原文中"höher-Seher"造成的韵律上的瑕疵。

和维兰德的《美惠三女神》（Graces），此二人以及奥茨（Uz）

和格莱姆（Gleim）这样的"阿那克瑞翁派"诗人，都喜欢用

162　这类典故来装点自己的散文和诗歌。无论席勒这些诗篇中的学
识渊源何在，奥维德式的氛围乃是占据主导地位的，只有
《诗选集：辑自地狱和乐土》当中的两份诗篇是例外，也就是
这两份诗篇还像点样子，其中一份诗篇很明显是从温克尔曼的
拉奥孔群雕观念当中汲取的灵感，而且，席勒很可能是通过莱
辛的那本小册子了解到了温克尔曼的此番申述：

> 听——仿佛大海狂风暴雨的呢喃，
>
> 如同一条激流穿越中空的岩石，发出哀叹，
>
> 那悲伤既深且重，沮丧低语不已；
>
> 烦恼痛苦在在沉吟。
>
>
> 扭曲的痛苦
>
> 乃他们的模样；而极度的悲伤
>
> 用嘶哑的咒骂放声亮嗓。
>
> 他们的注目空乏，极度心悸地
>
> 面朝科赛特斯河①之桥，他们的眼眸凝注，
>
> 流泣，当他们追随着它悲伤的航程。
>
>
> （他们）互相征询，感悟心悸，
>
> 是否他们能亲盻圆满。

---

① 科赛特斯河（Cocytus），流经哈迪斯（Hades）地狱冥府的五条河流之
　　一，意为"哀伤之河"。——译者注

永恒在他们之上滚滚驶过，

而萨吐恩①的镰刀居中裂断。

　　题为《乐土》（*Elysium*）的"悬诗"（pendant poem）没有在品位上出现问题，这一点颇值得称道。这份诗篇是非常有意思的，因为正是在这份诗篇中，席勒的尘世至福理想首次浮现而出。此一理想超越了一切感官元素，并且在《理想与生活》中得到最终的表达。这份诗篇足以预示席勒后来的思想进程，不过，这并非唯一的例子。席勒后来写就了他最著名的一系列诗篇，其中出现的那些希腊神灵以及希腊神话典故，都可以在《诗选集》中找到萌芽，特别是《爱的胜利》（*Triumph of Love*）这份诗篇，它差不多同样是从比格尔的《维纳斯的守夜》和维兰德的《美惠三女神》中汲取的灵感。这些德意志权威的背后，仍然是奥维德《变形记》的影子。此时，丢卡里翁和皮拉的神话故事（维兰德，《奥维德》卷一）、德墨忒尔（刻瑞斯）和珀尔塞福涅（普洛塞尔皮娜）（比尔格、维兰德，《奥维德》卷五）的神话故事、皮格马利翁的神话故事（维兰德，《奥维德》卷十）、朱庇特和塞墨勒的神话故事（维兰德，《奥维德》卷三）以及阿克塔伊昂的神话故事（《奥维德》卷三）已然成为席勒的精神素材。此外还有难以计数的古典掌故，其中有许多是比格尔和维兰德在自己作品中已经运用过的，而且，在当时的德意志文学作品当中也是随处可见，诸如奥林匹斯众神、赫利孔、伊利西昂、塔塔洛

163

---

① 萨吐恩（Saturnus），农神，在古罗马神话信仰中，象征繁衍、丰收、财富、谷物、纪元更替和自由。——译者注

斯、奥尔库斯、冥河、克塞忒斯河、忘川河、阿弗纳斯湖、刻耳柏洛斯、喀戎、米诺斯、俄刻阿诺斯、赫斯珀洛斯、欧门尼德斯、帕尔卡厄、阿波罗、九位缪斯、萨图恩、克罗尼昂（《伊利亚特》，卷一，527f）、阿佛洛狄特、赫拉、提提厄斯、勒达、泽菲尔斯、埃莫、丘比特、小爱神、命运女神、月亮女神、潘多拉、普罗米修斯、阿斯特莱亚、奥里昂等。就这样，席勒的万神殿毫无意义地挤满了此类希腊－罗马－阿那克瑞翁神灵。席勒此时的作品中，对冥界及其神灵的运用乃是占据主导地位的，比如《塞墨勒》（Semele）中的戏剧化描摹以及《聚在地狱塔尔塔洛斯》（Group in the Tartarus）中那阴暗的色调，这一切都展示出这位悲剧戏剧家的关切所在。不过，从总体上说，此一希腊影响力乃是虚假的，而且也是极为表面的。希腊神话和希腊的命运观念在席勒的早期戏剧中很难说有什么分量，尽管这些作品中会不时出现古典掌故。此一时期，席勒很可能也对普鲁塔克（Plutarch）有所借取，不过很显然，对希腊戏剧家们则是没有任何借重可言，他求学时不曾读过希腊剧作，在斯图加特、曼海姆、奥尔巴赫、莱比锡以及德累斯顿的时候，他也不曾有过这方面的阅读。席勒熟悉荷马，特别是比格尔译本中的一些名段，而且《强盗》中的阿玛莉亚也曾吟唱了经过席勒加工的韵文版的"赫克托耳告别安德洛玛刻"。不过，荷马只不过是偶尔用来补充他从维吉尔和奥维德那里汲取的有关众神和众英雄的故事，于席勒的天才，并无任何实际作用可言，无论是戏剧还是诗歌都是如此，充斥在这些作品当中的，乃是已然朽落的文艺复兴神灵。与此同时，席勒致力于为自己的戏剧天才寻找自己的形式。《强盗》《费耶斯科》《阴谋与爱情》都是在这个方向上展开的实验，那是现代现实主义的恢宏伸张。《唐·卡洛斯》表征着席勒屈从于法国影响力,这部剧采取了诗性语言和观念论的处理办法,在这部剧中,席勒将自己的至深情感和自己至为珍视的政治观念宣泄而出,以真正的伏尔泰方式,对观念实施了戏剧化的呈现,然而,此后的多年间,希腊的创造力便走上了陨没的轨道。

希腊诸神

164　　　《唐·卡洛斯》乃是席勒文学生涯开启以来最富雄心的戏剧尝试，然而，这部剧最终从一部个体悲剧转变为一部政治戏剧，由此彻底毁灭了席勒的这场实验之旅。《唐·卡洛斯信笺集》（*Letters about Don Carlos*）表明，席勒对这场毁灭并不是没有意识。多年的劳作、巨大的艰辛，席勒一直都希望自己能成功地写就一部古典风格的恢宏戏剧，并将人性和自由灌注其中。然而，《唐·卡洛斯》最终却是一场重大挫败（尽管席勒一直拒绝承认），这样一场挫败于席勒之自信心毫无疑问是一场打击。看来，席勒是没有可能从中恢复过来了。早期戏剧中，席勒以自己那本能的轻松心态去应对一种他并没有掌握的艺术形式，个中体验当然令他迷茫且痛苦。这样的体验毫无疑问是崭新的，而且也是非常恼人的，于席勒而言，更是无从承受的，原因很简单，歌德的《伊菲革涅亚》（比《唐·卡洛斯》早几个月问世，《唐·卡洛斯》是在 1787 年夏天面世的）也正是在这个时期问世的，对此，席勒的感受只有一个：在自己失败的地方，那位伟大的同时代人却取得了成功。此前，歌德之于席勒，不过是《维特》和《葛兹》的令人仰慕的作者，虽然高高在上，令席勒无法比肩，但还不至于到了断绝嫉妒念头的地步。1783 年 6 月 9 日，席勒从奥尔巴赫致信莱茵瓦尔德（Reinwald），后者当时正考虑造访魏玛：

> 你要离开了，你很快就会见到那么多优秀人物，很快就
> 会忘掉这个奥尔巴赫的可怜老友。你会拿我跟维兰德、歌德
> 等人比较，你会意识到我跟他们之间的巨大差距。你回来之
> 时，将满怀他们的理想，那么多的天才之光会令你目眩神迷；
> 我这点黯然的荧荧之光，恐怕你不会再关注了。

此时的席勒，和世人一样，也将歌德视为狂飙突进时期作
家们尊崇的无所畏惧的现实主义天才。席勒不曾梦想过能同歌
德比肩，然而，《强盗》取得的成功可谓非同凡响，一下子将席
勒提升到这些一等人杰的位置上。恰在此时，席勒发现自己的
这位竞争对手竟然在风格和观念两方面都转向古典主义，而自
己也一直都在不辞辛劳地希望吸纳古典风格和古典观念，歌德
已经先于他几个月做到了这一点，并且还胜过自己，此情此景，
对席勒构成了至深的困扰和挑战。此一心念就这么困扰着他，
直到 1796 年，从《希腊诸神》到《论天真的诗和感伤的诗》，
到处都能见到席勒的此一感怀。此一心念困扰催生的第一个结
果便是席勒之造访魏玛，此次造访改变了席勒此后的全部生涯。
他必须亲眼看一看魏玛，必须更多地了解歌德，此时，歌德并
不在魏玛，不过，他至少要同那些认识歌德的人聊一聊。他听
到太多关于歌德的东西，足够他用一辈子，他强烈反对这种盛
行的崇拜。他也听了科罗娜·施罗特（Corona Schröter）吟诵
《伊菲革涅亚》中的一些诗节，而且，科罗娜还向他高声吟诵过
一些散文体的章节。这是 1787 年夏天和秋天的事情。歌德和希
腊、希腊和悲剧，此时已然在席勒内心无可拆解地纠结在一起。

165

还有谁比维兰德更适合给席勒提供希腊启蒙资源呢？风闻，同维兰德的几番交谈在席勒那善于接纳的胸中唤起了对一切希腊事物的热忱（此时的席勒已然借由《伊菲革涅亚》而改宗希腊），尽管席勒对希腊并无直接的了解和认知。席勒已然进入一种对理想的迷醉状态，正是在这样的状态当中，他于1788年3月在根本没有闲心予以检查的情况下匆匆投稿，将《希腊诸神》抛给了维兰德创办的《德意志信使》（German Mercury）。这是继1785年《欢乐颂》之后，席勒写就的第一份还算有些分量的诗篇，实际上也是席勒的第一份真正意义上的诗篇。

　　这世界上并不缺乏对希腊这个传奇之地的哀悼之词，《希腊诸神》却算是其中最富激情的一份篇章。这传奇之地居住着希腊诸神，比格尔和维兰德已经将这些神灵推广开来并予以通俗化阐释。莱辛的《拉奥孔》已经为这片土地贡献了那么一两个人物，他还写就了《古人如何呈现死亡》，这份小册子激发了一系列的华美诗行，这一系列的灵性诗句的背后，则是异教和基督教之间的对照。对这个已然逝去的过去，世间涌动着无尽的哀婉，自赫尔德《观念》（Ideas）之后，此等缅怀之情已然成为德意志文学当中无可化解的音符。维兰德的《美惠三女神》则更是荣耀了那段诸神临在凡间的岁月。因此，席勒的这份诗篇并没有任何新东西可言；而且也完全不难想见，这个主题本身就没有太大的前景可言。奥维德《变形记》中呈现的那个世界，那个居住着"如同提线木偶一般的神话人物"的世界，"无论是奥维德本人，还是别的人，都是不可能信从的"①。但是，这位拉丁诗人呈

------

① R. W. Livingstone, *The Greek Genius and its Meaning to Us*, O. U. P. 3rd ed. 1924, p. 101.

现的那些事件，诸如残害、谋杀、强奸、通奸、乱伦、残忍和
欲望等，在这个时期又经历了一次变形；从拉丁诗人的虚幻世
界幻化为德意志观念论，这场变形之剧烈，毫不逊色于菲洛梅
拉幻化成夜莺或者达芙涅幻化为树木之时所经历的那种变形。
奥维德的神话在席勒的早期诗篇当中只不过扮演了诗性工具的
角色，歌德的《伊菲革涅亚》令这样的神话故事焕发出美的
光华，而席勒的这份诗篇意在借助韵律的力量，令他心目中那
个希腊世界获得永恒，那样的韵律乃是有着强劲的催眠效能
的：

> 当你们还在统治美丽的世界，
> 还在领着那一代幸福的人，
> 使用那种欢乐的轻便的引带，
> 神话世界中的美丽的天神！
> 那时还受人崇拜，那样荣耀，
> 跟现在相比，却有多大的变化！
> 那时，还用花环给你祭庙，
> 啊，维纳斯·阿玛土西亚！

> 那里现代学者解释，太阳不过是
> 没有生命的火球，在那儿旋转，
> 那时却说是日神赫利俄斯，
> 驾着黄金的马车，沉静威严。
> 曾有个树精在那棵树上居住，
> 曾有些山精住满这些山头，
> 曾有可爱的水神，放倒水壶，

倾注银沫飞溅的泉流。

那棵桂树曾挣扎大呼救命，

尼俄柏默然化成这块石头，

绪任克斯曾借那芦苇哀鸣，

菲罗墨拉曾在这林中悲愁。

那条小河有得墨武耳的眼泪，

她为琅耳塞福涅哭得好惨，

这座小山曾听到爱神库武瑞

呼唤美貌的朋友，唤也徒然。①

167　　《希腊诸神》蕴含着强劲且持久的魔力，至今，这样的魔力仍然不曾褪去，肯定不是这份诗篇运用的语言塑造了此等魔力。语词、句法以及掌故深染了诗性意味，其中不乏含混甚至并无丰沛意义的诗句。诗篇的创造者不曾亲眼见识过自己哀悼过的这片土地，这倒完全有可能遂了诗人的心意，毕竟，诗人致力于从自己内心的一系列意象当中重塑一个希腊世界，最终，这个世界颇为危险地展示出一派阿卡迪亚风光，田园和神话在此融合，希腊和罗马神灵在此混居，那绚烂的黎明、洒满露珠的草地和销魂的长笛熔铸出一种慵懒风雅之气，这是席勒的诗篇历来都缺乏的。正是此等乐感篇章令席勒魂牵梦绕，令席勒迷醉其中，此等场景恐怕是任何别的语言都无法重现的。那恢宏的反复曲式、那由子音和元音组成的或洪亮或低沉的旋

---

① 此处参考了钱春绮译文，略有改动。参见《席勒诗选》，钱春绮译，人民文学出版社，1984。——译者注

律、那雷鸣般的比拟、那哀歌般的对仗、那时而冲上云霄时而急坠谷底的情感激荡、那强烈的古今对照，还有那钟声般响亮的语词，改变了——改变了——绝迹了——空无了（anders - anders - ausgestorben - leer），令那段往昔岁月在大地回响，直击过去之坟墓。此等雄壮的大合奏，造就了令人无从抵御的孤寂和悲伤之感。

席勒真的为奥维德的"神话木偶"所熔铸的那么一个虚幻的黄金时代心碎吗？若非如此，何以解释那诗行当中喷薄而出的情感真理呢？至少我相信，真是歌德依托《伊菲革涅亚》而召唤出的那个希腊，令席勒奉献出这份无与伦比的挽歌，席勒乃借此种意象来表征自己童年时代就已经颇为熟悉的神话人物和神话故事，尽管他从未亲眼见证过那个希腊世界。《伊菲革涅亚》激发了席勒极大的热忱，同时也令席勒陷入莫可名状的沮丧，毕竟，这部剧乃出自一个德意志人之手，席勒自感无力与《伊菲革涅亚》的创造者相提并论。席勒嫉妒它，他在 1788 年给里德尔（Ridel）的信中承认了自己这份嫉妒，在 1793 年同胡温（Hoven）的谈话中也没有避讳。充溢着《希腊诸神》的那种强烈的悲伤情绪，不是没有可能植根于席勒的此种悲剧意识：席勒自己绝不可能成为歌德，而此种悲剧意识之于这份诗篇的效能，并不逊色于此一意识，即歌德的希腊已然是过去之事了。的确，人类心灵就是这般复杂且深沉，席勒一方面因为见证到这么一种完全出乎自己能力的美而心醉神迷，另一方面却也实施了潜意识当中的复仇行动，就如同赫尔德之前所做的那样，哀叹希腊之美已经永远消逝而去了。J. G. 罗伯特逊（J. G. Robertson）教授于 1924 年在泰勒讲座中以"德意志诗学当中的希腊诸神"为题发表了自己的演讲，

168

他认为席勒乃依托这份诗篇为希腊诸神打开了大门，令希腊诸神得以进驻德意志文学王国。席勒的确释放了希腊诸神，然而，他这么做，可能是要令这些神灵从此消散而去（谁又说得准呢？）。但不管怎么说，席勒出此诗篇之后，洛可可诸神便淡出德意志文学舞台，并就此消散而去。以荷尔德林诗篇为标志，希腊诸神借由席勒打开的这扇大门，蜂拥进驻德意志文学王国。

《希腊诸神》明确标示了席勒精神历程的一个新时期。这份诗篇所表达的乃是一种渴望和一种仰慕，这样的情感格局无论何等混杂，最终则是令席勒如同离弦之箭一般，急切地扑向希腊文学。1788 年 8 月 28 日，席勒从鲁多尔施塔特致信科尔内（Körner），信中谈起，他的重点研读对象已然变成了荷马，并且他用的是德语译本。他还告诉科尔内，他决定用两年时间研读荷马，这期间不再碰触任何现代作家。他宣示说，现代作家莫不令人误入歧途，偏离自我。希腊人给了他真正的享受。希腊人将会纯洁他的品位，往日里他那不洁的品位令他远远地偏离了真正的朴素和单纯，令他变得繁复、造作。他说，他将依托好的译本去研读古代作家，据此同古代作家建立心灵感应，而后他再去阅读希腊语原著。这样的话，他不用花费太大工夫，就能够学会希腊语。正如席勒未来的弟妹卡洛琳·冯·沃尔措根（Caroline von Wolzogen）描述的那样，席勒在造访鲁多尔施塔特这段时间，整晚整晚地阅读沃斯的《奥德塞》译本，并念给她和她妹妹夏露蒂·冯·朗根菲尔德（Charlotte von Lengefeld）听。他们还从布鲁莫伊（Brumony）的《希腊剧场》（Greek Theatre）中摘引诸多段落，将之译成德语；席勒还跟她们承诺说，他会把她们最喜爱的几部希腊戏剧翻译成德语。事实上，此时的席勒还计划着效仿布鲁莫伊写就一部德语的《希腊剧场》；在通信中，席勒也曾有两次表明心迹，急切地盼望着翻译《阿伽门农》，"因为这部剧乃是人类能够创造的最美戏剧之一"。然而，非常有意思的是，席勒的入手译作乃是欧里庇得斯的《在奥利斯的伊菲革涅亚》，他以素体来翻译这部戏剧，合唱队的赞歌则以有节律的韵文予以呈现，并且以伊菲革涅亚毅然走上祭坛作为结束。席勒差不多以同样的方式完成了《腓尼基妇女》三分之二的翻译工作。此外，他还就《在奥利斯的伊菲革涅亚》写下一些评注，还对歌德的《伊菲革涅亚》展开了"批评"工作，不过没有完工，这份批判以对欧里庇得斯的《在奥利斯的伊菲革涅亚》的长篇评述作为开篇，为此，席勒还将欧里庇得斯剧中的多个段落转译成散文体。

169

　　一直以来，人们都特别强调说，这种种的翻译和评述工作乃是席勒在完全不懂希腊语的情况下完成的，席勒本人对这一点更是有着特别的强调。当然，席勒在求学之时曾读过荷马诗篇的原文，不过，他已经完全忘掉了这门语言，为此，他谈到，他在阅读译本之时，"会猜测原文是怎样的，要不就干脆给自己创造一个希腊语版"。于此，布鲁莫伊的法语散文体译本、巴恩斯的拉丁文直译本以及斯泰因布吕赫尔（Steinbrüchel）的德语译本，必定是补充了席勒在这方面的匮乏，但是，这些译本尚且不足以映射出希腊语之美。然而，席勒之研读和翻译欧里庇得斯，乃秉持了完全功利的诉求，这一点席勒在给科尔内的信中并无避讳，科尔内则对席勒的这项工作并无好评，对结果也没有热情：

　　　　我希望用这种办法在规划和风格方面都能变得更为纯

朴。而且，进一步熟悉希腊剧作，可以令我从中萃取真切的、美的和真正有效能的东西，借由这么一个不断完善的过程，我们就能形成一种理想，此一理想可以令我目前的理想得到修正和完善。

席勒之于欧里庇得斯也并非全部都是仰慕，仰慕当中掺杂了相当的批评。他曾跟夏露蒂和卡洛琳谈起，欧里庇得斯的文辞很多时候都堪称无与伦比，不过，这样的文辞常常太过冗长繁复，有些片断翻译起来实在是麻烦。他的《在奥利斯的伊菲革涅亚》评注显然表明，这个理想主义者已经拿起批判武器了。欧里庇得斯的阿伽门农，时而是残忍怪物，时而又是一个荣耀之人，这样一个人物如何让世人去仰慕或者理解呢？阿喀琉斯的行为也远非完美，而且跟阿伽门农一样，阿喀琉斯的性格当中也充斥着矛盾。欧里庇得斯笔下的阿喀琉斯有可能信从神谕，也有可能悖逆神谕。如果他信从神谕，那么他提议拯救伊菲革涅亚，就是极端的不虔敬之举，如果他不信从神谕，那么他当然就应当不惜一切地拯救伊菲革涅亚，但他最后竟然选择了让伊菲革涅亚顺应自己的命运。不过，席勒认为，欧里庇得斯对伊菲革涅亚的刻画是非常令人佩服的。那样的伊菲革涅亚混合了软弱和力量、怯懦和英雄主义，此外还有少女的端庄、内敛和尊严，这一切都形成了真切的、自然的、相当有魅力的画面。有关克吕特墨涅斯特拉的描摹也是如此，那是真正母性温婉的典范，欧里庇得斯的刻画是卓越的，唯有一处诗行例外，此一诗行暗示了这位母亲日后会对阿伽门农采取复仇行动。这显然是在预示一个未来的杀人者和通奸者，这样的情节在这部剧中完全放错了地方，扭曲了这忠诚的母亲的形象。所有这些评点已然揭示出，此时的席勒乃是一个毫不妥协的理想主义者，一个过分信守逻辑的思考者，他准备好了将人物及其行动当中的一切矛盾和歧异祛除，尽管矛盾和歧异在真实生活中拥有极其重大的分量。席勒继而径直对欧里庇得斯这部剧中最令人困惑的部分展开评说，这个部分可以说是集中体现了整部剧作的一项特质，即传说当中有关这场阴谋的传统说法以及剧中人物的相关言辞和看法之间的歧异和矛盾。席勒对此间的歧异和矛盾甚至不屑。维拉尔后来表明，这样的歧异和矛盾构成了潜在的反讽，而且这样的反讽是有着特殊魅力的。不过席勒那敏锐的感受力却也证明了他拥有敏锐的批评能力。跟歌德不一样，希腊人还不至于令席勒陷入完全的迷醉当中。他批评剧中的合唱队纯属多余。他说，《在奥利斯的伊菲革涅亚》的文本已经残缺，结局更是可疑，因此，这部剧全然是令人困惑的，可以说，席勒的此番批评总体上是相当合理的，特别要考虑到当时的《伊菲革涅亚》热潮。

不过，他对《在陶里斯的伊菲革涅亚》的批评则揭示出他内心的一项明确意愿，他要宣示现代人之于希腊人的优越性，为此，他将歌德的《伊菲革涅亚》置于欧里庇得斯的《伊菲革涅亚》之上，而且还刻意对欧里庇得斯的提起批评。他几乎是毫无理据地批评说，欧里庇得斯笔下的皮拉德斯不够理想主义。皮拉德斯希望跟俄瑞斯忒斯一同赴死，但是他提出的理由在席勒看来是根本拿不到台面上来的；而且，皮拉德斯最终同意为了朋友而活下去，此等说辞在席勒看来实在是太不堪了。席勒还认为，那个亲眼见证过俄瑞斯忒斯发怒的牧羊人，竟然只听说过皮拉德斯的名字，这样的情节并不合理。席勒认为这是非常笨拙的情节设置，对此，席勒给出评点说：

这样的情节设置是很糟糕的，因为这就等于将偶然元素引入剧情当中，悲剧家们务必要避免这一点。比如说，倘若牧羊人听到俄瑞斯忒斯这个名字，那么接下来的剧情当然就不存在了。无论是读者还是听众，对此都是有所感受、有所预期的，倘若剧情的发展究竟采取何种路线完全是一桩偶然之事，这无疑会令读者和听众非常不悦。

毫无疑问，若偶然元素介入剧情且发挥此等效能，那么兄妹相认的神奇一幕就"彻底完蛋"了。同样毫无疑问的是，欧里庇得斯以完全合乎情理的方式引入了皮拉德斯这个名字，由此令听众（当然不会是伊菲革涅亚）对俄瑞斯忒斯的出现有所准备和预期，俄瑞斯忒斯暂时隐姓埋名，这肯定不会改变整个剧情的推演路线，但是席勒对欧里庇得斯的此种做法仍然挑三拣四，此举实际上表明席勒是在刻意刁难欧里庇得斯。帕拉斯·雅典娜也在剧中现身，席勒对此也提起批评，他将剧中的雅典娜称为密涅瓦，席勒的批评则集中于雅典娜同俄瑞斯忒斯的一番交谈，观众显然听不到他们到底说了些什么，席勒认为这是很荒谬的事情。席勒似乎相信，此处引入"解围之神"是为了保持地点的一致性。诸神是非常有用的，席勒颇为嘲讽地总结说，在这方面，希腊悲剧家们是有优势的，现代作家则没有。因此，现代作家们最好是放弃时间和地点上的一致性诉求，因为现代作家并没有此等规避"技巧"。这就是席勒就这部典型的希腊悲剧做出的评点。

席勒就希腊诗歌给出的一般性评点，很可能也是温克尔曼观念的回响，而且同样是以莱辛为中转的。席勒在歌德的《伊菲革涅亚》中见证了古代艺术的静穆和伟大；即便是在激

情极度爆发之时，也掩盖不了此等静穆之美。这一切令歌德的
《伊菲革涅亚》超脱了当前时代。不过，倘若说歌德的《伊菲
革涅亚》乃是希腊意义上的上乘之作，那也就可以说，歌德
的这部剧胜过了最伟大的希腊悲剧，因为歌德的《伊菲革涅
亚》赋有现代文明养育的人性之美。也许现代戏剧无法呈现
俄瑞斯忒斯的魂灵降临冥界这样的场景，但现代依然可以胜过
古代。歌德不仅刻画了真正高贵的希腊人，更展现出更为优越
的人性范例。席勒，歌德的这个对头，就是如此慷慨地评述了
歌德的这部剧作，由此尽显自己的宽宏，并为自己赢得极大赞
誉。然而，《伊菲革涅亚》的这位创造者也未能逃脱指摘。席
勒当然要提起一系列的批评，他说，歌德的一些诗句"单调枯
燥，无法忍受"，拙劣效仿他人转接的希腊句法，还有就是伊菲
革涅亚在认出哥哥之后，竟然给出了一番冷静的哲学言辞，这
一切都是应当予以指摘的，这样的指摘在《埃格蒙特》评论中
更是肆意挥洒。席勒予以指摘的事实当然是存在的，不过，倘
若席勒并非刻意刁难，他本应表现得更为宽和一些。相形之下，
他对欧里庇得斯的态度则要尖刻得多，而且也更为自信。

172

1787 年这一年是席勒生命中一个极为扰动的关口。这一
年见证了席勒那份他自己一直认定是杰作的诗篇的诞生。这一
年，席勒也见证了自己的杰作完败于歌德的《伊菲革涅亚》。
这还不算完，歌德正是在《伊菲革涅亚》当中，向席勒揭示
了希腊之美，此前，这希腊之美不曾冲击过席勒的思虑，如
今，却给席勒带来了强劲的挑战。席勒在 1787 年到 1789 年给
科尔内的信笺表明，他意识到自己不如歌德，这意识毫无疑问
是强烈且痛苦的，此一意识正是《伊菲革涅亚》最先触发的。
1789 年 3 月 9 日，席勒致信科尔内：

　　这个叫歌德的人挡了我的路；他让我经常意识到命运对我是如此残忍。他的天才同他的命运总是那么若合符节，一切都那么轻松自然；而我总是在艰难中挣扎、拼杀，至今都是这样。

　　席勒的挣扎、拼杀，是为着向歌德看齐，也向希腊人看齐。为此，席勒先是抒发了强烈的哀婉之情，追怀希腊之美在人间四处游走的那段美妙日子，而后便纵身一跃，投入那段往昔岁月的汪洋当中。希腊悲剧作家那肃穆的伟大以及环绕他们四围的炫目光华，强化了席勒的自卑感。席勒虽然将他们视为同歌德一样无与伦比、值得人仰慕的人物，但对他们秉持着明确的抵制态度，他们毕竟是悖逆了自己的才具的。他需要跟他们搏斗，并将之击败。倘若像歌德那样或者比歌德更甚地效仿他们，并超越他们，以此彰显自己的伟大，这岂不是被他们击败了吗？当席勒酝酿着创作《马耳他骑士》（*The Knights of Malta*）之时，心里是否念及于此呢？这部剧毕竟是依希腊风格写就的，而且还配备了合唱队。不过，《马耳他骑士》并没有走得太远，令他遭受挫败的是希腊语，尽管他一度以为掌握这门语言并非难事。这个时期，席勒尚有历史作品、哲学欲念、期刊事业需要应付，1789 年 5 月，他还得到了耶拿大学历史教师的任命，而且同夏露蒂·冯·朗根菲尔德定于 1790 年的婚期也在逼近，他哪里抽得出时间放在希腊语上面呢？他根本没有时间。不过，他也郑重地告诫自己，一旦有了时间，就一定要赶上歌德，赶上希腊人。1789 年，席勒发表了颂诗《艺术家们》，这份诗篇令人窒息，意象极尽朦胧之能，崇高得令人迷醉，不过，其中给予希腊文学和艺术之黄金时代的分

量也是恰当的；席勒并非那种低估对手的人，他当然不至于否
认希腊之美。然而，这份颂诗更为狂热地高扬作为征服者屹立
在 19 世纪门槛之上的现代人的荣耀：

> 何其伟大，人噢，你站立，称颂甜美的和平，
> 至于这个世纪的末尾，正值衰败，
> 于人性的崇尚和高贵。
> 拥有心灵的警示和难以言尽的精神财富，
> 渴求但友善，遇事冷静仍无畏，
> 时代最健全之子。
> 通过自由地追问，借助授权的法律，
> 于你的彬彬有礼处见伟大，彩礼富足
> 许多韶华在你胸膛隐匿。
> 自然的主人爱慕你的枷锁，
> 无数斗争中，你的力量饱经磨砺，
> 并从你训谕的野性，绽放出玫瑰芳烃。

以上就是席勒毕生最后一份诗篇的开篇，这份诗篇席勒写
了七年，是就《希腊诸神》当中包含的尖刻的现代批判做出
的回应。这回应是令人印象深刻的，然而，较之《希腊诸神》
的哀婉情愫，《艺术家们》却远远不是那么走心。

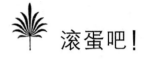

滚蛋吧！

　　席勒结婚了，并且在耶拿赢得了稳定的职业。然而，未待幸福生活的激情风暴褪去，未等困窘境遇真正结束，一场重病袭来，差点儿要了他的命。那是 1790 年和 1791 年之间那个冬天的事情，当时他染上了严重的肺炎，并发症令他痛苦难当，不得安宁，1791 年夏天，这病症还复发了。不过，祸中有福，席勒因此得到了丹麦宫廷的一份资助，为期三年。从此以后，席勒再也不会被生存问题困扰了。不过，一直以来都岌岌可危的身体，此时算是彻底完蛋了。席勒再也没有真正从病痛中恢复过来，还好这病人是席勒，若是换作他人，恐怕一击之下，就彻底崩溃了。极少有人能像席勒这样，令肉体完全服从于精神，这一点从他生命最后岁月的文学产量和质量当中就可见一斑。这个时期，席勒部分地靠着药物和治疗来抵御周期性的强烈病痛，不过，他主要还是靠着理智手段展开抵抗，他在这个时期采取的生活方式会杀死大多数人，但他是靠着这种生活方式存活下来的。这个时期的席勒将白天和夜晚颠倒过来使用，这是完全反生理的生活方式；而且这样的生活方式是极其不健康的，因为他几乎就没有到户外走走。从医学角度讲，这是一种恶性循环。此时的席勒借由高度地集中精神来克制身体的不适，为此，他纵情释放那些创造性观念，而后便不得不诉求种种有害的刺激物，其中，咖啡只能算是最普通的刺激手段，席勒就是借由这样的手段同一轮又一轮的精神疲惫展开搏斗的。席勒很可能已经知道自己时日无多，毕竟，他能够从诊疗当中看出自己的病已经相当严重了。然而，他非但没有屈从那种毫无创造性可言的病体生活，而且还在同时间展开的这场激烈竞赛中，对最基本的诊疗措施不管不顾。对此，他和科尔内的一个共同友人在 1796 年 1 月 17 日的文字中有如下描述：

> 席勒的生活很是怪异。不过，很显然，正是因为这样的生活方式，他才有可能达成过去三年间那些成就；我担心这会毁掉他。他生活在自己的世界里，不跟任何人来往。他基本上就待在自己的房间里，一待就是数月之久；一旦他在这样的情况下走出户外，单是新鲜空气就会对他造成不良影响。好在他并不愿意回归自然，回归社会，因为唯有退居生活才能给他带来真正的幸福，自然也好，社交生活也好，只能损害这幸福，不会提供任何补偿……歌德是唯一一个常来耶拿看望席勒的人，他每天下午四点前来，一直待到晚饭之后才离开……两人一般都会展开一场兴致盎然的讨论，一直持续到很晚……席勒会在房间里四处走动，躁动不安，因为他无论如何是不能安坐下来的。他的身体正在遭受痛楚，这一点很容易看出来，特别是当窒息症状来袭的时候。讨论若是变得极为激烈，席勒会走出房间，用一些镇静剂。倘若在这样的时刻，他能置身一场有意思的讨论，身体上的痛楚会暂时离开他，特别是当某种说法能够令他凝神关注，予以拆解和拼装的时候；一

175

旦这个说法探讨得差不多了，那痛楚就会即刻回归。要暂时性地抑制他的痛楚，最好的办法莫过于辛苦劳作。由此便不难见出，席勒长时间地生活于一种何等紧张的状态，他的精神对他的身体实施着何等的暴政；一旦精神萎靡，身体上的痛楚便随之而起。这就是为什么他的病竟然会如此难以治疗；他的心灵已然习惯了永不止息的活动，身体的痛楚只能激发出更为强劲的精神活动。

这世间以英雄姿态承受身体痛楚的人不在少数，而且这些人也都能够在同死亡的搏杀中有所成就；但席勒肯定是唯一一个能令精神完全不受身体痛楚影响，而且还以暴政姿态驱赶身体的人。这样的暴政和奴役已然到了极致，令他1791年之后的哲学作品、诗歌以及戏剧都展示出强烈的阳刚之气和力量，人们从中看到的是强健的身体而非致命的疾病。从这些作品中，看不出一丝一毫来自病房的呼吸；作品中也没有任何病症、病理的迹象，里面根本不曾提及生命的黑暗以及有关死亡的身体论说，特别是要考虑到，席勒是学过医的，而且也行过医。他完全活在心灵当中；1791年之后，他基本上就不曾提起他的生活状况。1793年，他回了趟家，当了父亲，先是在耶拿住了一段时间，而后又在魏玛住了一段时间，死前一年去了趟柏林，还有就是得到了一些荣誉，这些就是有关他这个时期的生活状况的仅有交代了。他不曾去过意大利或者罗马，威廉·冯·洪堡对此倍感遗憾，他从未见过大海和中国，尽管他对此一直都极为渴望。然而，就是在此等困顿之下，他依然能够演奏出《欲望》（Desire）的和谐之音，在这份诗篇中，现实依然能够幻化为理想：

奇迹能领着你

抵达那美妙仙境。

席勒写就了《威廉·退尔》（*William Tell*），但从未去过瑞士；他写就了《潜水者》（*The Diver*），但不曾见识过比小溪更为博大的水流；他描写过大量的战争场景，但不曾见识过哪怕一场战事。这正是席勒的一个习惯。三十年战争时期一场战役的"真实画面"令他惊惧不已，那还是路易斯·冯·沃尔措根（Louis von Wolzogen）费尽周折，向《华伦斯坦》（*Wallenstein*）的创作者描述出来的，当时的席勒正需要为马克斯·皮科洛米尼之死铺就一个合适的背景。瑞士和英格兰、俄国和法国、战役和群山、河流和湖泊之所以能够借由他那令人窒息的病房展现出来，全然是借助编年册和地图之类的渠道；高洁的精神体验就是他日常生活的全部内容。这同那更近乎人情的情感不是一回事。在 1791 年病倒之前，席勒曾经历过丰富且多变的情感生活，其中，友谊扮演了极为重要的角色，并且一直维持至他辞世。女人对他同样有着重大影响。弗劳·薇斯雪（Margarete Schwan）、玛格丽特·施万（Frau Vischer）、夏露蒂·冯·卡尔伯（Charlotte von Kalb）、卡洛琳·冯·波尔维茨（Caroline von Beulwitz）（娘家姓朗根菲尔德）及其姐姐夏露蒂，这还只是对他影响特别大的几位，这一系列的女人在他内心唤起的感觉当然也是多种多样的。强烈的色欲和高洁的精神诉求、风花雪月、受挫的激情、情感和精神上的结合，最后则是爱情逐渐淡化为亲情；这一切席勒都算是经历过了。不过在 1791 年身染重病之后，女人在他的情感世界里便消失了，尽管他对妻子的忠诚并未改变。这些女人一度对席勒狂热痴迷，特别是夏露蒂·冯·卡尔伯和他妻子的妹妹，如今，这样的痴迷也消散而去，不见踪迹。席勒已经不再是以前的席勒了。1791 年 2 月 10 日，卡洛琳·冯·达赫罗登（Caroline von Dacheröden）致信前途无量的丈夫威廉·冯·洪堡：

177

> 难以想象，他变了那么多。我感觉他已经对强烈而执着的爱情没有感觉了。他的整个灵魂都生活在另一个想象世界，对这个世界，他似乎成了陌生人……从他的举止言谈和音容笑貌当中，我不难感觉出，他心之所向乃是那些甜美的幻梦。他曾跟我谈起夏露蒂，也谈到了他和夏露蒂的生活；那样的语气实在是平静，问题显然不只是顺应生活那么简单。他甚至谈到，他已然相信夏露蒂给他的幸福是卡洛琳给不了的，他们或许给彼此制造了太多依赖。

这封信是在描述一个已经超越了激情的人；夏露蒂·冯·朗根菲尔德，温和且充满感情，是忠诚的妻子，没什么才气，但脾气或者脾性上也挑不出什么缺点，这样一个女人，显然正是现在的席勒所需要的。于是，她便成为席勒的理想女人。在创造出理想中的"美丽灵魂"之前，席勒已经在实际生活中训练出了一个富于女人味的女人，并且他对夏露蒂也是倾心相待。坊间流传说，人们在解剖尸体之时，发现有已经硬化的器官，肺部只剩下一些细屑，心脏所在的位置只剩下干瘪的外皮碎片。倘若这个说法是真的，那也可以说，席勒的心真的不剩什么了。倘若这世间真的有人可以用理想来取代现实，那这个人就是费里德里希·席勒。

一直以来令席勒迷醉不已的观念王国，在 1791 年将他紧密包裹起来，当时，他正在研读康德，为此，他自愿当了多年的囚徒。1791～1796 年，席勒写了一系列带有哲学韵味的论章，不过，总体而言，这些论章都是美学方面的。尽管这些论章都是从康德观念中汲取的灵感并且致力于补充或者调整康德观念，但人们却也不难从中见出席勒同希腊人之间的争斗。在最初有关悲剧之性质的论章中，席勒基本上没有提及希腊悲剧，既无这方面的信息，也无这方面的热情，就仿佛席勒那规划中的希腊戏剧研究工作并没有取得太多进展，仍然仅限于 1788 年到 1789 年研读的欧里庇得斯的三部悲剧以及埃斯库罗斯的《阿伽门农》，后面这部悲剧是席勒在信笺中明确提及的。这个时期的第一份论章发表于 1792 年，题为《论悲剧题材产生快感的原因》（*The Reason for our Pleasure in tragic Subjects*），论章当中提及了于翁（Huon）和阿曼达（Amanda），也谈到了克里奥兰纳斯（Coriolanus）、理查三世（Richard Ⅲ）、埃古（Iago）和洛夫莱斯（Lovelace），希腊人的名字完全没有出现。此一时期的第二份论章题为《论悲剧艺术》（*On the Art of Tragedy*），于 1792 年问世，这份论章完全是受了莱辛《汉堡剧评》（*Hamburg Dramaturgy*）的影响，只有一处重要细节是例外。在这份论章中，席勒运用了莱辛的相关阐释，并且也追随了莱辛就亚里士多德的悲剧定义所做的解说，当然，在这份论章中，席勒将"净化"完全排除于悲剧情感领域，只留下怜悯。然而，在希腊问题上，席勒则不免要向莱辛发难。《汉堡剧评》将希腊人视为悲剧艺术的最高阐释者，唯有莎士比亚可以在这方面同希腊人比肩，不过，即便是莎士比亚也不足以胜过希腊人。席勒的看法则恰恰相反，为

178

此，席勒还颇有技巧地对他心目中希腊人最为欠缺的环节发起攻击，莱辛似乎也认为那是希腊人的一个弱点。《汉堡剧评》第七十四篇谈到希腊人憎恶将罪人呈现在舞台之上，对此，莱辛评点说：

> 希腊人往往会责怪命运，令人类的罪行成为神的复仇行动，而且还是预定了的，由此，他们将人转变为机器和工具，他们并没有将如下可怕观念呈现给世人：人性当中潜藏着堕落的深渊。

席勒抓住了莱辛的这段评说，特别是抓住了"机器"一词蕴含的批判之意，据此对希腊悲剧展开全盘批判，仿佛盲目的命运主宰了一切希腊戏剧，这显然是错误的。但席勒依旧争辩说，屈从命运的盲目力量，无论如何都是对人的羞辱，而且席勒指出，这也就是为什么最优秀的希腊戏剧总是要留下一些值得欲求的东西。伟大的戏剧总是要呈现一种目的论的意涵、一种崇高的秩序以及一种仁慈的意志。至于希腊人，则从未上升到悲剧情感的纯粹高度，这是因为他们的宗教和他们的哲学都不曾为他们引路。这是现代艺术的使职，因为现代艺术拥有更具观念论特质的哲学：

> 现代的哲学取向以及现代艺术都不利于诗歌，如果说我们现代人必须因此放弃重建希腊艺术的努力，那也可以说，现代哲学和现代艺术之于悲剧艺术的影响是相当有限的，毕竟，悲剧艺术更依赖于道德。唯有在悲剧艺术领域，现代文明才能够弥补自己对整个艺术王国造成的损害。

179

至此，席勒的看法再清楚不过了。即便希腊人能够主宰其他一切艺术领域，悲剧艺术是不会轻易在希腊人面前缴械的；就是这样，席勒依托"更为纯净"的生活哲学以及更为高贵的题材，同古人在悲剧领域展开厮杀。他已经下定决心要在这个特殊的艺术领域为至高地位而战。这也是《论悲剧艺术》和《汉堡剧评》之间唯一有实质意义的差异，不过，此一差异有着极大分量。

1793年，席勒发表了《论感伤》，开篇几页差不多就是莱辛《拉奥孔》第一章内容的复制，其中引述了温克尔曼有关拉奥孔群雕的一段论说，引文出自温克尔曼的大作《艺术史》而非他早期那份小册子。席勒也就拉奥孔群雕和维吉尔的诗篇展开了同样的比较，给出了跟莱辛一样的例证，据此来证明希腊诗歌和悲剧对悲伤有着很自然的表达：诸如荷马的英雄和神灵、玛尔斯和维纳斯，还有就是索福克勒斯的菲罗克忒忒斯和赫拉克勒斯。席勒增补了欧里庇得斯的伊菲革涅亚，他希望借此令学生们更认同自己的权威。不过，也正如同《论悲剧艺术》论章，表面上看起来，席勒是在忠实效仿莱辛，实际上，这背后存在一个根本差异。席勒着重将痛苦场景中的约束法则拓展到悲剧领域，而莱辛则着重将约束法则限制在造型艺术领域。据此，席勒认为，无论是艺术家还是诗人，都不应当呈现任何臻于顶峰的剧烈情感，因为只要理性没有彻底失去效能，人类情感就不可能臻于极端。这正是莱辛所理解的美的法则，此一法则令莱辛将一切极端的情感表达逐出造型艺术王国。席勒则依托伦理观念中的人，将莱辛的驱逐令扩展开来，并据此竭力提起申述说，拉奥孔就是这方面的例子，那里表达的乃是痛苦中的崇高，是极致的感伤，对悲剧来说是如此，对艺术来说也是如此。在这个问题上，席勒忠实地重述了莱辛提起的那些希腊英雄，只不过，莱辛据此伸张的乃是跟席勒相反的观点，由此，席勒的此番论述也就成了对希腊悲剧的一项隐含批评。

180　　1793 年，席勒发表了《尊严与优雅》（*Dignity and Grace*），这份论章征引了温克尔曼《艺术史》中的另一段论述，席勒此时正在研读温克尔曼的这部作品。引文的主题是"优雅"，席勒同样提到了温克尔曼对"尼俄柏""望楼上的阿波罗""博尔盖塞的角斗士"等雕塑的评说，当然也有一段对拉奥孔群雕的评说，尽管温克尔曼并没有指名道姓。席勒这份论章以有关维纳斯束腰带的神话传说为开篇，席勒认为那是优雅的象征。不过，《尊严与优雅》的真正关切并非希腊人，这次，他的缠斗对象是康德，而非古人，他要同康德那过于僵硬的义务观念展开搏斗，为此，席勒创造了"美丽灵魂"这一观念，来对抗康德的绝对律令。然而，歌德式天才的阴影仍然穿插在这份小册子当中。其中更有一个脚注，对天才之本性展开了颇为尖刻的描述，人们普遍认为这是针对比格尔的，1791 年，席勒就已经对比格尔的诗篇进行过批判，他认为比格尔的诗篇根本就不值得一读，而且还贬抑了比格尔那无可置疑的才具。这份脚注以"天才之堕落"为主题，这很可能是受了比格尔诗篇的激发。不过，我却不由自主地觉得（歌德显然也是这么看的），此时的席勒内心里真正惦记的是歌德，而且，在这份脚注中，席勒甚至告诫歌德不要步比格尔的后尘。席勒在脚注中指出，所谓天才，纯然是自然的产物；天才之人在世人眼中仿佛归属更高的种族，仿佛生来就是贵族。然而，所谓的天才乃全赖自然。据此，席勒认为，人之自然元素和精神元素之间的完满和谐，乃是希腊人的伟大成就。作为一个族群，希腊人表征着内在的优雅。不过，跟天才一样，内在的优雅仅凭自身是不够的。要达成真正的完善，就必须将优雅同尊严结合起来，并由此进展到崇高境界。

归之于希腊人的这种内在的优雅，其至还在 1793～1795 年的《美育书简》中得到了更为慷慨的重述。席勒在这份书简中申述说，希腊人已然在单纯、艺术以及辉煌的人性等方面臻于极致。然而，随着教育和知识的进展，希腊人逐渐丧失了一度作为他们的标志的统一与和谐。而现代的特征则在于分工和离散。就在艺术和诗歌在雅典兴盛之际，政治自由和民族自由以及政治力量和民族力量，也在归于殒殁。不仅是雅典，也不仅是罗马，事实上，遍观历史，到处都能看到，美是在英雄德性的废墟之上建立自己的帝国的。现代必须以不同的方式运用美，必须让美激发人类，而非消靡人类。不过，希腊人仍然是现代人的老师，因为希腊人知道艺术乃是一场崇高且纯粹的游戏。然而，希腊人却将本应当在尘世之中施行的东西，迁移到奥林匹斯山。在那里，受到赐福的众神依然摆脱了目的、责任以及生活事务的束缚；他们自由且崇高，就如同"朱诺女神像"呈现的那样，融合尊严和优雅于一身，他们赋予我们一种情感，这种情感非理性所能构想，也非言辞能够表达。实际上，无须参照"朱诺女神像"也能意识到，希腊诸神同奥维德的神灵已然没有任何共通之处。希腊众神都是温克尔曼式的大理石神灵，仪态当中尽显"高贵的单纯和伟大的静穆"，远离一切的冲突、哀伤和悲剧。此种理想化的希腊之美，席勒当然可以予以由衷赞赏。这样的希腊之美并没有侵夺席勒的领地；而且仔细观察一番便也不难发现，席勒之所以如此

181

决绝地仰慕歌德的《伊菲革涅亚》，是因为其中的这样的希腊之美。

1787 年之后，席勒将歌德视为令自己相形见绌的巨人之后，他就将歌德同歌德所表征的希腊事物联结起来，并对二者皆予以抵抗，即便他对二者都不乏仰慕之心。然而，席勒的慷慨之气以及富于思虑的内心，是不可能将此种消极态度维系太久的。1794 年，席勒自信已经掌握了解析歌德天才的钥匙，便带着这样的发现接近歌德。当歌德分批赠送他《威廉·迈斯特的学习时光》以示回应的时候，席勒被这本书开篇几章的客观现实主义完全征服了。一切的嫉妒、恶意和尖刻顷刻间烟消云散，取而代之的是由衷的欣赏和慷慨的同伴关系。有诸

182 多因素造就了先前的敌意，不过，其中的一项情由反倒促成了席勒心境的此一转变，那就是两人的心灵从本质上讲并无相似之处。因此，两人也就不存在竞争问题。现在，席勒可以平和地看待歌德要比自己伟大得多这一事实了。而且他也看明白了，诗歌是可以容纳他和歌德所代表的两种不同模式的；他也相信自己潜在地要比歌德更伟大。对于席勒这样的理想主义者而言，这就足以恢复他的自信并令他的创造冲动再次活跃起来。就让歌德如同巨人一样在自己面前高高耸立吧，就让歌德远远地胜过自己吧，现在，席勒已经能够毫无痛楚地崇拜歌德了。在德意志的帕纳索斯山上，不仅有足够的地方供他和歌德一起容身，而且，他所担当的使命乃是无可限定的，歌德担当的则是有限定的。席勒总算为自己那痛苦的自卑情结找到了化解之道，这个解决办法看起来是如此合情合理，以至于席勒未能看清楚 1790 年的《浮士德片断》本应当令他看得明明白白的东西：歌德实际上跟他一样，天生就是要向那难以限定，甚

至根本就无法抵达的巅峰迈进的，而且，歌德的本性也和他一样，绝对不能用"天真"来形容。鉴于"天真"一词如今特别地用来描摹歌德以及希腊人，此时的席勒便需要为自己找寻一个同样特别的语词，一个同时还能够表征他那更具现代气息的雄心的语词。人们当然可以再三地表示遗憾，席勒竟然找到了两个如此粗陋的语词，不过，发表于1795～1796年的《论天真的诗和感伤的诗》仍然可以说是席勒笔下最引人入胜、最具启发性、最富有灵感的美学论章。这份论章也是德意志文学史上极为罕见的建设性的批评作品之一。在这份论章中，席勒将希腊人视为天真诗人，如果说此种观念在当时颇为盛行的话，那也可以说，是席勒凭借这份论章将这种观念凝结起来，同现代诗歌展开颇为透彻的比较，由此揭示出荷马诗歌模式的根本特质。在现代诗歌问题上，席勒界定了一种"感伤的"生活态度，由此便也有理由认为，他预言了德意志浪漫派的诞生，而且很可能此一举动本身，就是在创造德意志浪漫派。就希腊诗歌而言，席勒给出的界定特征，恰恰也正是利文斯通[①] 界定希腊诗歌那些本质特征，诸如信守自然、单纯、直接等；两人也都曾提起希腊诗歌在语气上取冷淡、坚硬一途，批评家们不难从中看出，这样的语气同情感和感伤是对立的。利文斯通的作品很显然是基于席勒并不具备的知识，不过，利文斯通的论说，于席勒就希腊诗歌之本质而做的那些申述，并没有增添什么根本性的东西。对席勒来说，荷马乃是刻画单纯的宗师，就如同对莱辛而言，荷马是呈现运动的宗师，而且席勒对荷马的崇敬乃是彻底且平静的，就如同他那来之不易的对歌德

183

---

① *The Greek Genius and its meaning to Us*, passim.

的热忱。然而，希腊悲剧再次沦落二流角色。席勒开列的天才
人物名单上，希腊悲剧作家仅有索福克勒斯，这份名单上还有
阿基米德、希波克拉底、阿里奥斯托、但丁、塔索、拉斐尔、
丢勒、塞万提斯、莎士比亚、菲尔丁以及斯特恩。此外，席勒
只是附带地提及欧里庇得斯，认为欧里庇得斯不及埃斯库罗斯
那般天真，除了这些，这份论章便再也没有提及希腊悲剧作
家。席勒的此一区分，就其整体取向而言，乃清楚表明，在他
看来悲剧在本质上归属感伤诗歌范畴。这并不是说他完全否认
天真类型的悲剧之存在可能性。他的确将莎士比亚归类为天真
派诗人，而且他还指出，这种类型的作品可以是史诗，可以是
戏剧，也可以是纯粹叙事性的东西；但有一点是很显然的，悲
剧的生活态度较之天真更具感伤特质，因为此种生活态度蕴含
了对现实世界的伤感或者轻蔑的批判。这等于隐含地拒绝了将
希腊悲剧视为最高的艺术类型，《论悲剧艺术》已经明确了这
一点，这足以表明，席勒仍然对希腊悲剧缺乏理解，实际上，
希腊悲剧是不能归类到天真范畴的；任何悲剧都不能有此归
类。很显然，席勒所做的解析暗含了一项前提，即希腊悲剧作
家归属天真类型，此一前提乃是一个重大且根本的错误。此一
根本错误溯源于温克尔曼提起的"高贵的单纯和静穆的伟
大"，歌德接纳了温克尔曼的此一申述，而今，席勒则将之视
184　为弱点而非强项。席勒触发了这个问题，却又根本不曾直面现
代悲剧，由此便不难看出，席勒在这个问题上并没有太大
自信。

　　席勒对荷马的崇敬乃是由衷的，并无虚假成分，而且，他
肯定也在总体上感受到了希腊诗歌之美。他还以令人仰慕的公
正评说了两种诗歌类型各自的强项和弱点。尽管如此，他还是

相当明确地站在感伤诗歌这边。席勒认定，感伤诗歌即便实际上不比天真诗歌伟大，但潜在地要比天真诗歌伟大。借由呈现观念而非描摹现实来感化人类心灵，这显然是更为高贵的使命。"后者的价值乃是借由绝对地达成有限之事而获取的，前者的价值则是在向着无限的伟大不断切近的过程中达成的。"此时的席勒也明确感受到，对自然的强烈渴慕和无尽追寻，较之同自然达成一致并忠实地再现自然更富于诗性。他在一则脚注中进一步指出，希腊诗人对于女人以及男女关系的呈现方式，在现代读者内心往往是要唤起憎恶之感的。1795 年 10 月和 12 月，席勒在给威廉·冯·洪堡的两封信笺中，更为开诚布公地提起了这些批评，并据此将桂冠给了现代精神，席勒宣称，现代精神当中的一些积极品性是希腊人缺乏的。席勒还对现代人效仿希腊人的举动颇为不屑。像歌德这样的人，内心也许蕴含了古代的一些精神元素，但是，在希腊人的领域，歌德是绝无可能赶上希腊人的，若强行为之，则必定是所失超过所得。1794 年之后，席勒对歌德的态度发生了转变，他相信，观念而非现实才应当是现代诗人的王国。在给洪堡的第二封信中，席勒就希腊人呈现的女人和情爱场景提起了强烈批评，信的结尾更是给出了令人吃惊的评说：歌德《葛兹》中的伊丽莎白以及歌德的伊菲革涅亚非常切近希腊女性的形象，不过，歌德作品中其他的高贵女性则并非如此。至于席勒自己，则更钟情于歌德在《威廉·迈斯特》中创造的"美丽灵魂"，而非伊丽莎白，也非伊菲革涅亚。很显然，对抗歌德和希腊人，仍然是席勒心之所系。但此时的席勒已经开始分析歌德和希腊人跟自己的不同了，并且也已经开始向着有利于自己的方向展开阐释了，也正是此一意识，令席勒从哲学王国回归诗歌王国，185

而且此时，他的心灵已经没有了疑虑和嫉妒，激发他的乃是同
那个一度压制着他的人的友谊。1795 年，席勒写就了三份伟
大诗篇——《理想与生活》《理想》《旅行》，它们足以表明，
席勒作为一个反省诗人，其力量已经臻于顶峰。《理想与生
活》颂扬了在理想层面上展开的生活，文学史上恐怕没有比
这更崇高的描摹了。希腊诸神，于荷马而言，是有限的现实，
于温克尔曼、赫尔德和歌德而言，乃表征了人性的顶峰，如
今，在席勒这里，则幻化为无限且无可切近的理想（此一理
想就是感官与灵魂之间的绝对和谐），是感伤诗人和人性作为
一个整体必须为之奋斗的目标。这就是席勒对希腊人呈现的那
种天真现实所采取的高贵复仇行动，这样的天真现实既令他愉
悦，也令他绝望：

> 永远纯粹且水晶般清澈柔滑的
> 西风之光，完全真切地流经生命
> 在奥林匹斯，因着灵魂高蹈的福报。
> 月晴月圆，世代消逝；
> 诸神确珍爱年轻不凋的玫瑰
> 在无休的混乱中，未曾改变。
> 在灵魂高扬的平和与理智的愉悦间
> 人们必须选择，——这方式多么艰难；
> 凌越了所有的悲伤，诸神的眉宇上
> 联袂闪耀，以一种华贵之光。

至于希腊，自此之后于席勒而言，仍然是一个无与伦比的
黄金时代，他会时不时地予以回望，满怀渴慕，尽管已经全然

没有了《希腊诸神》当中那种绝望感。很显然，此时的席勒
对那个黄金时代的了解远远胜过创作《希腊诸神》的时候，
据此，席勒也认为那是世界历史当中最为辉煌的时期。席勒用
那样一个黄金时代来应和自己的"感伤"诉求，他将那个黄
金时代作为同现代的比照。也正是因此，这一时期，席勒的心
念不再秉持回溯态势，如同《希腊诸神》呈现的那样。相反，
他瞩望未来之事，那将是比希腊更为伟大的时代，那样一个时
代建立起来的美的标尺，必定会帮助现代诗人超越希腊人。
《旅行》乃是以六步格写就的，在这份诗篇中，席勒再次召请
那个美丽、平和、静穆的黄金时代现身，诸神降临人间，教化
世人，令世人学会农业、工艺、航海以及战争艺术。这样一个
时代在艺术、科学、商业、殖民、爱国精神、英雄精神以及其
他一切文明成就领域，都堪称登峰造极。然而，世事变迁，这
个时代很快便消逝而去；取而代之的是人间的种种不端和恐
怖，诸如法国大革命，席勒将这场革命置于同希腊黄金时代的
尖锐且戏剧化的对照当中。然而，此一比照所触发的戏剧场景
和戏剧化效果，乃取亢奋一途而非哀婉一途。此外，席勒还在
一则注释中总结了一种特别的态度：平静地接受，同时也抱持
信念和希望。在席勒看来，在人类进程中那一切的偶然和变迁
背后，自然乃是恒久不变的：

186

> 处于同样蓝色之下，越临同样的绿色
>
> 漫步于近旁，漫步于结合的遥远的世代，
>
> 且看看！荷马见过的朗日，正在我们头顶绽开笑靥。

平静地承认希腊之美已经是过去之事；对未来的美抱持信

心；哀伤、嫉妒以及无用的遗憾情绪，皆因此种心灵态度而得到克制。此种心灵态度一直延续到席勒归天之时，尽管席勒在这个问题上的应对方式也可以说是五花八门。《旧日歌手》（*Singers of Olden Times*）和《天才》（*The Genius*）这两份诗篇运用希腊来鞭挞现代，对席勒自己的时代展开讽刺。《新世纪开端》（*The Beginning of the new Century*）这样的诗篇，则尽显一个混乱时代的绝望心绪，不过，那避难之地并不在过去，而在诗人自己的心灵当中：

> 在这梦境之世，自由独存，
> 美，只绽放于我们的深歌。

或者还会出现《世界的四个时代》（*The Four Ages of the World*）当中的绝对化申述：

> 那个奇妙的神性统治的时代
> 已经逝去，且绝不再回返。

于此，席勒也进一步提起，尽管那个黄金时代已经消逝而且是永远消逝了，但也大可不必为此绝望［见《致友人》（*To my Friends*）］：

> 因为我们活着，时辰被给予我们，
> 他总是活得堂堂正正。

187　　在生命的最后十年间，席勒对希腊极尽放纵之能，且满怀激情。此一时期，他对现代生活的批评恐怕比任何人都更为严厉、更不留情。不过，无论他置身其中的那个时代何等黯淡荒凉，诗人毕竟是在这个世界生活的，这一点席勒在《旧日歌手》当中予以了着重申述。此一时期的席勒已经下定决心，要为自己的信念战斗至死，这信念就是：现代诗人尽管不同于古代同行，但同古代诗人相比毫不逊色，同样伟大，而且，激发现代诗人的乃是一种更为伟大的理想。看起来，席勒同希腊之间的这场冲突已然是彻底解决了，就如同席勒同歌德之间的冲突一样，有此一时期的通信为证。倘若还需要更多的证据，只需要将 1793 年的《尊严与优雅》当中对天才的评说与 1795 年的《天才》诗篇、1798 年的《欢乐》诗篇中的相关申述进行比较，在后面这些诗篇中，席勒仍然认为所谓天才，乃纯粹是自然的恩赐，不过，对于天才的成就，席勒的态度则有所变化，他的态度已经向着敬重甚至仰慕的方向转变了。希腊那危险的荣耀和光华已然消散了，歌德那毁灭性的力量，也消失于无形，至此，席勒内心的一切难题和冲突似乎都得到了化解。《理想与生活》这份诗篇肯定能够传达此种印象。这份诗篇清晰地表明，人所难免的一切疾病、一切精神和心灵的困顿、一切伦理缺陷、一切身体痛楚、一切人间哀愁，都是可以克服的，为此，只需要选择在观念王国中生活就行了，因为那观念的王国是没有限制的，在那里，艺术将彻底征服悲剧：

> 当你被人类的悲伤所环绕，
>
> 当拉奥孔被蛇所迷惑
>
> 以难言的疼痛和悲伤的斗争，

那么起身反抗，让他的哭泣，

对抗着天堂拱顶那驶过的喧嚣

撕扯并撕碎你柔弱的心……

但是在信仰中，平和胜过所有的言说

那里居住着和谐的纯粹形式，

那儿悲惨的风暴不再翻卷；

那儿来自焦灼灵魂的苦痛在安睡，

那儿没有悲伤的可怖的哭泣，

别无所有，除了灵魂的征服……

188　　此番崇高宣言之后，接踵而来的便是那份题为《理想》的诗篇，这份诗篇乃是在发出哀叹，那是深染个人感伤的哀叹，率直且真切，令人不敢卒读。青年、理想和信念、同自然的交流、爱情和欢乐的小阳春、对声名的梦想以及对真理的追寻，这一切的一切都烟消云散了。这世间唯有友谊和使命尚存。除了早期的两份爱情诗篇，《理想》诗篇可以说是席勒一生当中唯一一次纡尊降贵，对自身的现实命运提起如此直截的哀叹之词，早期的那两份爱情诗篇则显然是植根于对夏露蒂·冯·卡尔伯那番尘世激情。值得注意的是，在此番"热切呼唤"当中，根本没有他那糟糕的身体状况的信息。这是仅有的一次，席勒动用了诗人的特权，借由直率的宣泄来缓解悲伤的重负。而后，席勒便将心灵转向其他地方了。对此时的席勒来说，更重要的事情就是同希腊人的暴政展开斗争，并竭力将之击败。为此，席勒希望在悲剧领域超越希腊人，要不就将希腊悲剧用作跳板，令自己得到提升，进抵那理想王国的澄明之境。相形之下，遍观周遭世界，并在这么一个中年时期，去回望过去的生活，去感怀青年时期之后的变迁，感怀当年的情爱和当年对自然的感受，以及当年的理想和迷狂，如今都变成了什么样子，这倒不是那么重要的事情了。然而，倘若一个人能够感受席勒在《理想》诗篇中表达的东西，那么这个人也就具备创造悲剧的能力了。正是他的悲剧观念强有力地推动着他走向这最后的自由之路。

 命　运

哦，到哪里去找寻那恢宏、巨大的命运？

那毁灭人又升华人的命运。

　　这是《莎士比亚的影子》（*The Shade of Shakespeare*）中的两行诗，短短两行诗句凝聚了席勒自 1792 年对希腊悲剧中的命运元素提起批评以来内心发生的变化。1792 年之后，席勒最终从哲学转向戏剧创作，在歌德和威廉·冯·洪堡的启蒙精神指引之下，重新对莎士比亚和索福克勒斯展开研究，这一切令席勒意识到，那超验的命运观念乃是悲剧的要义所在。对席勒来说，这毫无疑问是全新的观念；除了他那理想主义的风格和方式，此一观念同样也标志着他的早期戏剧和此一时期更为成熟的戏剧之间的巨大鸿沟。此前，命运问题在席勒这里都能得到简单且有效的解决，这也包括《唐·卡洛斯》这部作品。在早期戏剧中，暴政或者暴君，还有以恶棍形象展现出来的马基雅维利主义，扮演了关键且不可或缺的角色。无论是暴君形象，还是马基雅维利形象，实际上都是符腾堡的卡尔·欧根公爵的戏剧化或者升华，暴政由他而出，他的仆从则执行着他的指令。对青年时期的席勒来说，外在的必然性乃是以他实际处身其中的那个政治体系为表征的，他的早期悲剧也就给人以一

个混乱的现实世界的印象，这也正是他早期悲剧之力量的部分根源所在。但在《论悲剧艺术》中，他发现，倘若令灾难以一个恶棍的设计和谋划为依托，这将会成为悲剧的弱点，于是，席勒便转向境遇的力量，以此取代一切属人的邪恶图谋，为此，席勒还将《熙德》奉为这种悲剧类型的杰作。他于1788年开工写《马耳他骑士》，就风格和技巧而言，本来是打算以希腊方式展开的。但是，在这部剧中，外在境遇因素部分地取代了超验的命运，正是这外在境遇的力量，迫使主人公拉瓦莱特出于高贵动机而牺牲了自己的儿子。在剧情上，高乃伊和《在奥利斯的伊菲革涅亚》的影响乃同等可见。但是这部剧仅仅在风格上效仿希腊悲剧，并没有推进多远。这是席勒为着以希腊人的方式胜过希腊人而做的第一次尝试。此次尝试失败了，至于败因，则很可能在于：以这样的方式令境遇力量取代命运元素，让人感觉太过突兀和生硬了。几年之后，席勒着手修改剧情规划，他引入了一个老年人和一个年轻人之间的情爱关系，并以柏拉图对话的方式呈现出来，席勒希望借此令这部悲剧无论在内容上还是在形式上都变成一部希腊悲剧。从席勒的角度来看，这的确是让步，然而，即便是这样的让步也不能弥补那强大命运力量的缺失，没有了这样的力量，希腊悲剧也就不成其为希腊悲剧了。不过，自《华伦斯坦》之后，席勒每每想到这部流产的悲剧，便会琢磨着创造一部新的悲剧。可席勒每次都感到自己力不从心，每次都能找到各种理由予以推脱。真正的情由在于，他始终不愿意认肯悲剧元素，至少我是这么认为的。190

　　席勒的青年时代是在一种戏剧性的斗争中度过的，一方是他的个体天才，另一方是政治暴政；他生活的最后时段也是在一场冲突中度过的，一方是作为创造者的席勒，另一方则是那苍老的敌人，时间。生命的沙漏正待流逝净尽，他必须首先创造一部伟大作品；要创造一部现代悲剧，以对抗希腊人造成的乱象。他有时间吗？命运总是在他要展开创造行动之时，横加干预，将他击倒，想必他也已经意识到命运力量对他生命的侵蚀。更何况，他本能上还是个赌徒，曾耗费多少个不眠之夜去玩牌，直到有一天他计算了一下自己的损失，而后便再也没有碰过牌了。所有的赌徒都是认肯命运的。一个像席勒这样的戏剧家，有着过去和当前的宏富经验，曾在符腾堡公爵死亡之时抛弃了那个暴君-恶棍式的人物，倘若仅仅是将戏剧当作棋盘，以娴熟技巧操纵人物和境遇，就像是下棋那样，这肯定不可能令其本能得到满足。何人以及何物能够取代那个光华缭绕且强大的卡尔·欧根呢？除了希腊人称为命运的那种神秘且无可猜度的因素，还能是什么呢？希腊悲剧作家曾因为命运观念而被席勒贬抑为二流角色，现在，可算是实施了颇具反讽意味的复仇行动了。席勒并非一尘不染地从希腊悲剧作家当中穿行而过，相反，希腊悲剧深刻地影响并改造了他的观念。

　　如下情形相当有意思：当歌德和席勒从有关史诗之本质的研究中抽身而出，转而尝试写作叙事歌谣的时候，歌德依循这条路线去创作一部荷马式的史诗，席勒则是摸索前行，以叙事歌谣为跳板，重启自己的戏剧创作。人们通常用"哲学谣曲"（Philosophical ballad）来统称两人在 1797 年和 1798 年创作的东西；不过，此一称谓也只是用在诸如《巫师的学徒》、《科林斯新娘》（*Bride of Corinth*）、《神与舞姬》（*The God and the Bayadere*）这些诗篇身上才算贴切，至于席勒大多数的谣曲作

品，则都不契合此一称谓，毕竟，这些谣曲即便可以获得
"哲学"称谓，也仅仅是因为它们所展示的乃是命运问题的不
同侧面而已。《潜水者》、《波吕克拉底的指环》、《伊比库斯的
白鹤》（*The Cranes of Ibycus*）、《富尔格之路》（*The Way to the*
Forge）、《屠龙》（*The Fight with the Dragon*）以及《人质》
（*The Pledge*），不妨就以时间顺序提点这么一些诗篇，这些诗
篇足以表明，席勒正在同命运观念缠斗，命运观念于 1796 年
9 月正式开始创作的《华伦斯坦》而言，乃是重中之重。当年
11 月，席勒致信歌德说，华伦斯坦之死，命运在其中扮演的
角色过于微末，主人公自身的错误和缺陷所扮演的角色则太过
重大。不过席勒说，麦克白的最终毁灭，主要也是他自身的原
因，这让他感到一些安慰。很显然，此时的席勒希望尽可能地
令自己笔下的华伦斯坦操控在一种超验命运的手中。

　　然而，什么是命运？它如何发挥效能？在这些叙事谣曲当
中，席勒似乎一直在追寻这些问题。是因为凡人引诱了神灵而
遭受的报复吗？比如说，是不是像《潜水者》当中那个鲁莽
之人先后两次的所作所为，胆敢去挑战自然当中那神秘的恶
灵，因而招惹了涅美西斯呢？毕竟，这个女神是不会放过凡人
的任何冒犯之举的。《潜水者》当中那过分的勇气，抑或是
《波吕克拉底的指环》当中那过分的好运，令诸神抬高凡人，
目的却是为了将之毁灭。凡人当然尝试过将自己最为珍视的东
西献祭神灵，以便逃避神灵之怒，但此举终归枉然；那指环最
终还是藏在鱼腹之中，回到波吕克拉底的手中；那献祭遭到拒
绝，波吕克拉底唯一的罪错便是意识到自己的幸福，因此，也
就注定了悲惨且可怕的结局。这当然是悲剧，不过，就构思和
观念而论，也太过简单了，不足以成就一部戏剧。于是，席勒

191

262 / 第五章 敌对者：席勒（1759～1805）

便离弃了有关波吕克拉底之毁灭的预言。这是席勒第一次尝试
呈现一种无情的、无可避免的、非理性的命运，此一尝试也足
以表明，沿着《俄狄浦斯王》的脉络去写就一部悲剧，对这
个现代戏剧家而言太过艰难了。然而，就他对《俄瑞斯忒斯》
的了解，希腊悲剧中的命运，也并非全然意味着对无辜罪人的
盲目复仇。实际上，罪人也有罪有应得的时候。阿伽门农被
杀，乃是因为他出于一己之考虑而让自己的女儿伊菲革涅亚沦
为祭品。克吕特墨涅斯特拉之所以被杀，乃是因为她谋杀了阿
伽门农。罪有应得的复仇观念在伊比库斯传说中得到了典型表
达，一群白鹤出现在剧场上空，令罪犯脱口喊出被杀者的名
字，由此令罪行暴露。之所以会发生这样的事情，是因为当杀
人者听到白鹤的叫声之时，当然会认为那是被杀之人在诉求白
192 鹤为自己复仇。席勒在这个故事当中增添了自己创制的一个情
节，当白鹤出现在剧场上空的时候，舞台上正在演出埃斯库罗
斯的《欧门尼德斯》，此可谓席勒的天才之笔。复仇女神的合
唱队此时现身舞台，发出震慑性的可怕言辞，令罪人心惊胆
战，于是，罪行败露便是无可避免的了。命运，也就是那借由
偶然性这一盲目工具发挥效能的命运，由此便发现了那罪人。
甚至有可能复仇女神当时就在那剧场当中，吟唱着她们那可怕
的诅咒，于罪人来说，这诅咒之音实可谓声声入耳（席勒对
这个问题并没有给出定论，这给这份叙事谣曲带来了极大的便
利）。《伊比库斯的白鹤》这份诗篇可谓激奋至极，令人窒息，
极为辉煌地呈现了命运之戏剧效能。然而，罪行的败露以及两
名罪犯伏诛，这中间倒也难说有没有悲剧元素，而此时的席勒
要致力于在悲剧当中找寻命运元素。复仇女神，无论呈现出何
等恢宏的意象，也无论表现出何等的力度，都不能解决席勒当

前的关切。此时的席勒希望命运能够在华伦斯坦之殒殁中担当更大的角色，华伦斯坦毕竟是无辜受罪之人。正是由此，那诗性的命运观念，也就是那种借由盲目的工具、境遇以及偶然性等因素而对人物发挥神秘作用的命运观念，在华伦斯坦的情形中是能够发挥效能的。同样，让世人自己去想象华伦斯坦之灾难究竟在何等程度上是超验命运或者盲目机缘的作品，这也未尝不是好事。然而，这样的命运观念能移植到现代境遇当中吗？毕竟，在现代境遇当中，恩典之仁慈要远远胜过古时的命运，据信，上帝之恩典不仅会惩罚恶人，还会奖赏善人。从《富尔格之路》当中讲述的那个平常故事来判断，要将古代命运引入现代情境，其可能性恐怕是微乎其微，在这个故事当中，那邪恶的仆人却得到了好人的命运，这是因为那个善良的仆人在前往富尔格的途中，停下来望弥撒。仁慈恩典的观念，无论对恶人何等严厉，在这样的情境中也不免要脱离悲剧，转归道德寓言的王国。那么，命运还能在现代情境中呈现出来吗？还是说，命运观念仅仅是希腊人的一项特权呢？今天，还能不能创作类似《俄狄浦斯王》那样的作品呢？1797 年 11 月 2 日，席勒致信歌德：

> 过去这些天，我一直苦思冥想，希望能找到《俄狄浦斯王》那样的题材，希望能得到这样一部悲剧赋予剧作家的那些优势。毕竟，此等优势乃是无可限量的……然而，实际发生的事情，就其本质而论，则要可怕得多，我倒不是害怕正要发生的事情，我真正害怕的是已经发生的事情。我担心俄狄浦斯乃是那种独一无二的类型，无可效仿；若如此，那么在这么一个传奇色彩趋于消散的时代，

193

找到类似题材的可能性就微乎其微了。神谕在悲剧中扮演的角色肯定是任何东西都不能取代的；人变了，时代也变了，此等境遇之下，倘若仍然要保留悲剧的那些本质元素，那么可怕之事无疑就会沦落为荒诞之事。

信中的这份申述可以说是席勒之俄狄浦斯情结的最早显现，此一情节差不多在席勒全部的后期悲剧作品中都能见证到，正是此一情节激发席勒写就了颇为怪异的混合剧《墨西拿新娘》。此一时期，席勒身上的此一情结同他身上的理想主义乐观情怀展开了搏杀，他的此种乐观情怀拒斥宿命观念，此一时期他写就的《屠龙》诗篇就是此种乐观情怀的典型表达，其中所展现的乃是对自我的征服。《人质》同样也是此一乐观情怀的伸张，这份诗篇呈现了英雄主义、决心和坚韧是如何战胜境遇的，无论那是何等的逆境。这样的诗篇，就伦理效果而言当然是令人满意的，而且情节之推演也不乏戏剧效果，但这些叙事谣曲最终都不免要呈现一种欢喜结局，由此便也证明，潜藏在欢喜结局背后那种哲学，于一个悲剧诗人而言乃是毫无效用的。

在呈现华伦斯坦之殒殁这一场景的时候，席勒乃重现了《伊比库斯的白鹤》当中已经得到戏剧化处理的元素，只不过是以不同的方式组织起来而已。华伦斯坦之罪错在极为恢宏的层面上展开，因为他背叛了帝国和皇帝。但是华伦斯坦却也并非全然是罪人，他的行为从他自身的立场上看，是可以得到证成的。是境遇在对抗他，同时也在推动他走下去。他的性格当中既糅合了无尽的野心，也糅合了犹豫不决的禀性，这令他既无法全然忠诚，也无法实施成功的背叛之举。他实际上是自陷一种处境，那样的处境于一个雄心勃勃的梦想家而言，是不存在退路的。于是，两条行动路线之间的选择问题便沦落为如何抓住恰当时机的问题。在此，时间和他自身的性格同样在同他对抗。他犹疑不决的时间太长了，令他最终错过了时机。他就这么一直在等待星象的结果，但是，星象给出的却是虚假的预言。再往后，那星象倒是准确地预言了他的殒殁，但一切已经归于枉然。由此可以说，在每个关口之上，命运都遮挡了他的眼睛。他认为皮科洛米尼会对他忠诚，并将全部赌注押在皮科洛米尼身上。当这一切的信任最终被击碎的时候，他的本能提醒他要防范埋伏在身边的邪恶天才布特勒，然而，华伦斯坦却又没能完全遵从自己的本能。整部悲剧都贯穿了深不可测的外在命运感，不过，这并未减损人性的关怀。华伦斯坦的性格、他置身其中的境遇、奥克塔维奥的计谋、那遭遇残酷误导的梦想发挥出的恶毒效能、对星象的致命信仰、时间的无情消逝，这一切的一切铸就了这场灾难，也令人信服地展现出人类生活和命运交织而成的神秘画面。不幸的是，马克斯·皮科洛米尼这样一个人物及其言辞，过分强调了对待这场冲突的伦理态度，这样的伦理态度折损了悲剧的现实全切，扭曲了整部悲剧。这是因为在此种伦理态度之下，马克斯这样一个人物便足以令这场灾难成为对罪人的单纯惩罚，而不是境遇、性格和机缘联合铸就的不可避免的结局。在此，作为理想主义者的席勒和作为剧作家的席勒再次陷入冲突当中。

194

　　同样的二元格局也呈现在《玛丽·斯图亚特》（*Maria Stuart*）当中，在这部剧中，剧情开启之前，命运便已经对女主人公做出了死亡宣判，其确凿程度正如同那古时的预言一般，那么剩下的问题便是：这命运的预言将如何应验？此一技法像极了《俄狄浦斯王》，也就揭示出席勒是从何处汲取的灵感；特别是要考虑到，玛丽及其支持者为了规避命运的宣判而采取的举措，恰恰加速了这命运的降临。然而，在此，席勒再次引入了过分的伦理关切。这不幸的王后最终归服无辜的命运，令昔日的罪行得到宽宥，她从容赴死，荡涤了自己的罪过，苦难则将她提升到高贵境地。那毁灭了俄狄浦斯的无情命运便扭曲为一种仁慈的基督教复仇观念，以罪人的忏悔、上帝的宽宥以及天堂的承诺为终局。

在博蒂格（Bottiger）看来，席勒之创作《奥尔良姑娘》195 （*The Maid of Orleans*）乃是为了呈现涅美西斯针对凡人之倨傲，也就是希腊人所谓的"骄傲"而实施的报复。女主人公宣示如下语词之时，显然是僭越了自己的神圣使命：

> 我不会放下手中这把剑
> 除非那骄傲的英格兰彻底毁灭。

依博蒂格之见，女主人公就是以此等宣示之词引诱了命运，命运遂展开报复，令她爱上了利昂内尔，这就等于触犯了那令她弃绝人间情爱的律条。然而，在这部剧中，读者所见证的贞德犯下罪过，然后忏悔，然后获得宽宥并重新崛起，最终以战场的荣耀死亡作为终局，那样的死亡场景当然是悖反了历史实情的，见证到这一切的读者显然不可能想见会有博蒂格那样的解释。在席勒这部剧中，贞德表征了那"美丽灵魂"，她以职责之名征服了内心的情爱，并由此变得崇高，就如同马克斯·皮科洛米尼在她之前所做的那样。这部"浪漫悲剧"充

斥了中世纪的幻梦和预言、来自地狱的黑骑士，以及剧场化的
电闪雷鸣，所以它全然是非希腊式的，因而也就根本不可能同
席勒就女主人公之罪错提起的悲剧解释形成契合。贞德同蒙特
戈美的那幕场景当然会令人联想到《伊利亚特》中的相似场
景，而且席勒还是以古老的三步格韵律写就的，但这一切也只
不过是给这部本来就不真实又极为沉闷的戏剧徒增些许怪异情
调而已。诗篇《卡桑德拉》（Cassandra）是在《奥尔良姑娘》
之后写就的，这份诗篇的悲剧性，以及其题材与叙事的动人程
度，都远远胜过《奥尔良姑娘》，《奥尔良姑娘》对冲突的刻
画过于理想化，到了没有人会相信的地步。尽管如此，这份诗
篇仍然是席勒如下强烈信念的结果：创作一部《俄狄浦斯王》
式的作品，已然远非自己或其他现代人之能力所及。此一信念
是针对浪漫派的很自然的反应。席勒于 1800 年 7 月 26 日致信
苏维恩（Suvern）说：

> 　　和您一样，我对索福克勒斯的悲剧亦是绝对尊崇。不
> 过，它们应该归属它们自己的时代，时代是不可能重现
> 的。将一个时代活着的产物奉为另一个全然不同的时代的
> 范例和标尺，此举无异于做死艺术，而非为艺术创造生命
> 力。艺术之诞生和成长，乃是动态的、有机的……美是为
> 着幸福民族而存在的；要想打动一个苦难民族，唯有靠着
> 崇高。

　　席勒放弃了重铸希腊悲剧的尝试，他曾向歌德申明其中的
情由，那些引人仰慕的情由跟这封信中申述的情由是一样的。
然而，他内心的欲望仍然是存在的，他总是惦念着跟索福克勒

196

斯一较高下。《奥尔良姑娘》刚刚完成，此一欲念便再度萌
生。他再次取出《马耳他骑士》的草稿，又再度放回。不，
这次他要动真格的了，这次他不再跟命运开玩笑了，他不会再
逃避了，不会再对现代旨趣让步了；他这次一定要跟索福克勒
斯较量一番，在索福克勒斯的地盘上战斗到底。他甚至预告
说，昔日悲剧中的乱伦之事，今日之悲剧仍有可能重现；舞台
之上应当有神谕，有遭到抛弃的婴孩，有弑父行为。《墨西拿
新娘》便由此诞生，连同那合唱队以及那注定了的毁灭命运。
整整一个统治家族身染罪错。一项借由梦境发布的预言说腹中
胎儿倘若是个女孩，这个家族将遭遇灭顶之灾；另有一项梦境
预言暗示说，这个女儿将令自己的两个哥哥重归于好；还有预
言说，当父亲的会在这个女孩出生之时将其杀死，当母亲的则
将其偷偷救下，这个女孩长大成人之后，将带来预言中的灾
难。表面上看，这样的情节安排完全是在效仿索福克勒斯。不
过，在席勒这部悲剧中，完全见不到那铁一般的必然性、那严
厉的正义和悲剧逻辑，还有那神秘的命运之道。莱俄斯和伊俄
卡斯忒无视第一项预言，成为那个孩子的父母，而后，做父母
的试图毁灭这个孩子，借此避开那预言中的灾难。然而，诸神
是不可能被轻易忽悠的。路人救下那遭到抛弃的婴孩，孩子长
大成人之后，知道了那在等待着他的可怕命运。他的做法是假
装完全忘掉自己的身份，仿佛这样就能避开预言中的灾难，然
而，这样的做法恰恰是致命的，那命运仍然降临头顶，他就是
那么活生生地见证了自己犯下的无辜罪错，那罪错是可怕的。
第一项神谕乃是极为明确的；第二项神谕则是含混的，不过，
这也完全是因为俄狄浦斯由于伊俄卡斯忒和莱俄斯的罪孽，无
从识得自己的父母。席勒呈现的两场梦境以及两项预言，恰恰

揭示出他的命运观念的二元特征；对于作为悲剧家的席勒来说，那命运是外在的、无可避免的，对于作为理想主义者的席勒来说，那命运是罪人应当遭受的惩罚。俄狄浦斯因为父母之罪而承受苦难，他是没有选择的，席勒剧中的人物则跟俄狄浦斯不一样，尽管这些人物也都处身预言的阴影之下，但是那预言的应验却有着不同的方式，这些人物都是有选择余地的。贝阿特丽丝可以选择毁灭自己的家族，也可以选择让自己的两个哥哥重归于好，很显然，结局取决于当事三人的具体行动和作为。第二个梦境及其预言乃是相当含混的，两兄弟并未认出自己的妹妹，这也就令人间情爱得以在两兄弟死亡之时令他们重归于好。不过我觉得，此一情节安排完全是为了给预言保留一个颜面，席勒乃以如下语词结束了这部悲剧："恶之大者，莫过于罪"。这表明，是这些人物自己的罪错导致了毁灭的结局，倘若这些人物正确行事，那样的结局是完全可以避免的。显然，唐·恺撒身上并没有担负任何命运般的必然性，一定要去杀死自己的兄弟，而且他杀人之时也并不是不知道自己的身份；他之杀人全然是出于暴烈的嫉恨之心，这其中并没有任何的盲目可言。唐·曼纽尔则一直保守秘密，加之那样的高压手段，最终促成了自己的毁灭，也招致了贝阿特丽丝的反抗。即便如此，也不一定就会出现那样的罪行。这些人物的行为，是完全不合情理的，令人难以置信（实际上，这正是这部剧的巨大弱点所在）。在他们于情于理都应当说话的时候，他们却保持沉默。但凡关键时刻，他们总是留下关键问题，不予作答，却又没有任何特别的原因。当剧情特别需要他们在场的时候，席勒却令他们都消失不见，为的是将他们滞留在无知的迷雾当中，这样的情境倒也配得上情境喜剧的典型路数。不妨这

197

么说，在这部剧中，席勒仅仅是凭借一系列的荒诞误解，拯救了人物的自由意志，得以将这部剧的伦理意涵彰显出来。然而，此等误解却也令剧中人物犯下的罪错显得根本就无足轻重，最终令伊莎贝拉、恺撒、曼纽尔和贝阿特丽丝更像是精神上有缺陷，而非道德上应当遭受谴责。合唱队在其中的作用也是功不可没，因为合唱队给出的优美颂词当中，充溢着对命运和毁灭、罪错和报应的真切情感，仿佛这样就可以拯救这部悲剧，至少在读者和观众眼中是这样的。可以说，席勒是用那荒谬的剧情堆起一道"理想之墙"，这道墙实际上太过老旧而且令人厌烦，这还只是席勒欲同索福克勒斯比肩而展开的这场战斗的一部分，这部分战争情境出自这样一个心灵，倒也是理所当然之事。放眼这战场的其他部分，看一看席勒在那里是如何同古代命运和现代罪错问题进行战斗的，就是看席勒就那么在泥潭当中沉陷下去。然而，《墨西拿新娘》首演之时，席勒本人倒是真真切切地体验了一把真正的悲剧氛围，这可是他毕生中的头一遭。当时的境况确实是令人印象深刻的，正如一位见证者描述的那样：

　　　　这部强劲悲剧差不多演出过半了，大批观众仍然凝神屏息，此时，一阵可怕的雷声响彻舞台，那由薄墙支撑起来的舞台，一下子摇撼起来；电闪雷鸣，暴雨倾盆，甚至演员的声音都听不到了。有些观众甚至逃离剧场，不知去往何方，女士们在惊惧中不免尖叫声四起。演员们一开始也吓呆了，不过很快又恢复神智，重新投入演出，但是，剧本中那浓墨重彩的桥段仍然令他们颤抖不已。特别是合唱队的领队，此时是最受考验的，因为他必须在那电闪雷鸣当中给出如下唱念：

> 当云朵染黑了天空和喧哗的塔，
> 当雷声空空地轰鸣，惨白的惊吓
> 俘获了所有的心脏；他们承认了
> 命运的强力和它可怕的灾难性的大能。

接踵而来的剧情便是伊莎贝拉对母性的诅咒。随着悲伤涌动，这诅咒之音也变得极为尖利，伊莎贝拉遂开始诅咒那冷漠的上天、诸神和自然，合唱队则对伊莎贝拉提起如下告诫，从而令先前的恐惧更形深重：

> 可怜的女人，停，神灵还活着，
> 他们就围在你身边，可怕！

……所有人都沉陷恐惧当中，雷声仍然在肆虐；我身边的人都面如死灰，大家都不敢呼吸；甚至坐在包厢中的席勒本人都好像变成了石头。

是否诸神也曾在这电闪雷鸣当中斥责过席勒，斥责他的狂妄，警告他不要挑战希腊人？那是命运的声音吗？那是审判吗？那是掌声吗？《奥尔良姑娘》当中，那电闪雷鸣的场景也展示出同样含混的戏剧效果，席勒显然是出于自身的考量而再次动用这样的舞台手段的，倘若他见识了《奥尔良姑娘》那个演出场面，他势必也会呆若木鸡。可以肯定，在接下来的一部戏剧当中，席勒离开了希腊悲剧，并回归《唐·卡洛斯》时

199 期，这部剧将引领人们来到威廉·退尔的时代，人类将凭借自己的高贵在瑞士的群山、峡谷和湖泊征服暴政。

或许，席勒自己也被那电闪雷鸣的场景吓到了，不过，他那高昂的心气尚且不足以让他自认失败。《墨西拿新娘》的技巧是存在瑕疵的，命运在其中沦为机缘，罪错则沦为愚蠢恶行。不过，德莫特里厄斯的故事也许能够将《俄狄浦斯王》之恢宏命运同埃斯库罗斯般的恢宏罪错叙事融合起来，而且也许还能够就那样的命运和罪错展开一场现代阐释。主人公跟俄狄浦斯一样，也是在不知道自己身份的情况下，犯下无辜罪错；不过，命运之呈现并非一场灾难，而是一场危机，危机之后，主人公沦落悲剧性的罪错境地，并成为涅美西斯的牺牲品，复仇女神则从来都不会放过此等罪错，从来都在捍卫世界的秩序。在席勒笔下，德莫特里厄斯乃是一个僭越者，这个僭越者真诚地相信自己是正统的俄国沙皇。然而，就在他的冒险行动要成功的时刻，他得知了自己的真正身份。德莫特里厄斯认为，此时选择退缩已经为时太晚，遂承受了篡位者的角色，这是命运抛给他的，最终，这成就了他悲剧性的殒殁。他的罪错乃在于他不能自制。倘若他在获知真相的时候，能够将那真相公之于众，俄国会怎样？他的波兰盟友会怎样？他自己的英雄梦想又会怎样？德莫特里厄斯就这么沉陷于欺骗和阴谋的罗网当中，性格迅速腐化，周围是一群冒险家，这些人只是将他当作自利的工具。最终，德莫特里厄斯难逃被刺杀的命运，并为一个假冒的德莫特里厄斯留下王位，此人是彻头彻尾的恶棍，让俄国陷入又一轮的战争和动荡当中，直到罗曼诺夫最后拯救了这个国家。这部剧拥有恢宏的开篇，是席勒写过的最为华美的篇章，对玛利娜的刻画堪称无与伦比，篡位者同王后之关系的描述充满悲剧反讽，整体的剧情设计堪称宏阔。这其中最重要的是那两难境遇的本质以及此等境遇引发的冲突的本质，这一切都表明，席勒终于解决了罪错和命运的问题。倘若这样一部悲剧得以完工，席勒就实现了自己的梦想了。

　　然而，这部悲剧最终还是没能完工。命运允许席勒走这么远，但也就到此为止了。他犯下了傲慢之罪，因为他竟然要跟希腊人在悲剧领域一较高下。但命运还是允许他做出这方面的尝试和努力，允许他以《墨西拿新娘》来了断这方面的念想，也令席勒这个名字同索福克勒斯这个名字永远地联结在一起，这是因为是索福克勒斯造就了席勒的挫败。最终，命运还是没有允许他完成那部真正的悲剧杰作，本来这部杰作是可以证成他的自信以及他对现代戏剧的信念的。这场比拼就此结束，赌徒输得一干二净。

　　如果说歌德对海伦的爱是一场放浪的激情，那么席勒作为希腊主义者的生涯乃是一场悲剧反讽。歌德禀性当中的某个侧面在根本上是与希腊艺术的那种澄明、静穆和单纯相一致的。歌德还牺牲了自己的天才，来迎合禀性当中的这些情愫，而歌德这么做自有其深沉的心理原因：歌德一直都是惧怕悲剧的，这种情感一直都在他的生涯中居于主导地位。席勒却不一样，席勒之禀性紧张、热忱，如同火山一般躁动，跟温克尔曼的希腊根本没有共通之处可言，若不是歌德作为令他目眩神迷的对头，将他引领到那么一个希腊王国，他根本就不会尝试介入那么一个单纯、静穆之地。乍看起来，温克尔曼的希腊在席勒内心留下的印记是极为深刻的。但实际上，席勒内心很快便对这样的境地生出朦胧的敌意，令他将那么一个希腊远远地滞留在过去。席勒可以仅仅将那个希腊当作已然消逝的理想加以凭吊

200

和感怀，这样的理想在席勒这里可并不在少数，而且席勒此举并不会威胁到自己的天才。事实上，席勒只需要将温克尔曼的希腊概括成一项公式，就足以与之和解了，更何况，在席勒看来，这样的公式跟通往未来理想的密钥比起来，根本就没什么魅力可言。然而，正是在这么一个寻找祛魅法宝的过程中，席勒于无形中越过了温克尔曼的魔法之地，不慎进入了希腊悲剧这一魔性王国。在这里，希腊发现自己不得不面对温克尔曼和歌德成功予以规避的那个危险，那是一种盲目的荣耀、一种毁灭性的伟大。他的天才告诫他要警惕，要拒斥，要撤退。但是，他内心翻涌着飞蛾扑火的欲望，因此，那飞蛾的命运也就成了他的命运。1805 年 5 月 9 日，席勒在四十六岁的年纪仙逝，临死之际口中念念有词，吟诵着《艺术家们》当中的两行诗句：

此世之美
将作为真理在来世与我相会。

作为悲剧家，他遭遇了悲剧性的失败，这一点他心知肚明。不过，作为理想主义者，他并没有失败。

第六章

殉道者：荷尔德林
（1770 ～ 1843）

伊卡路斯

19 世纪刚刚开始之际，一个十四岁左右的小姑娘非常幸福地同父亲生活在布洛瓦附近的城堡里面，这个小姑娘日后将成为 de S…y 夫人。此城堡坐落在华美的花园当中，花园中有一座巨大的大理石水池，由高高的栏杆予以防护。栏杆之上排列了二十四座大小不一的希腊诸神雕像。一天，小姑娘和父亲在高处的窗台上欣赏风景，看到一个满面哀伤、衣衫褴褛的陌生人在花园中漫无目的地游荡。这个陌生人看到了栏杆上的雕像，整个人为之一振。他急切地靠近雕像，举起了手臂，那情形仿佛是在朝拜，依那对父女所说，这人仿佛还念念有词，在召请这些神灵。此人是谁，意欲何为，父女俩好奇心顿起，便下楼跟此人聊天。女孩发现自己见到的那双眼睛充满了梦幻和哀伤，令她无从忘记，更令她难以忘怀的是那人对父亲说的一番话："这水应该更干净一些，就像刻菲索斯平原上的河水或者卫城之上那处厄瑞克透斯山泉一样。让这些俊朗的神灵映照在这么一汪浑水里面，这也太不堪了。"这个陌生人一声叹息之后补充道："还好，这里不是希腊。"

"您是希腊人吗？"公爵不免问道，语气中略有戏谑之意。

"不，相反，我是德意志人。"那人不免又是一声叹息。

"相反？莫非德意志人跟希腊人是相反的？"

　　"是的，"这个德意志人非常简短地回答道，略有沉吟之后，他补充说，"不过，我们都是如此；你们，法国人，也一样；你们的敌人，英国人，也不例外。我们都一样。"

　　父女俩恳请此人接受他们的好客，他进入这座城堡，显然已经疲惫不堪。随后，在年轻女孩的舅舅的提议之下，他们同他展开了一番谈话，话题很快便切入形而上学领域，陌生人开始谈论永恒。"希腊的美丽神灵乃是这个族群之美丽思想的产物，"陌生人总结说，"那就是永恒。""那么，您也希望以这种方式获得永恒吗？"女孩的舅舅问道。看来，他们都开始对这个人感到好奇了。

　　"我？"那人的语气突然变得严厉起来，"我？您是说坐在这里的这个人吗？肯定不会。我的思想已经不再美丽。不过，要是回到九年前，我就肯定是永恒的。"陌生人不禁沉吟起来，仿佛在回望往事，片刻之后，便重复说："是的，没错，那时候的我就是永恒的。"他不能也不会告诉他们自己的名字，只是用手捂着脑袋说，等第二天再说。主人很轻松地就说服这个陌生人留下来过夜。但是第二天早上，他一下子进入癫狂状态。在这个短暂的爆发期过后，他在极度阴郁的状态下黯然离开了。

　　这个故事是 de S⋯y 夫人于 1852 年讲给记者莫里茨·哈特曼（Moritz Hartmann）听的。这故事可能是真的，也可能是假的。很可能有不少的杜撰成分；不过，除非整个故事都完全是杜撰的，否则，故事的主人公就肯定是荷尔德林无疑。1802年夏天，荷尔德林在法国游荡，当时，他也正处于精神恍惚的状态；在那么一个时候即便他的一些同胞也会处于那样的困顿当中，但除了这个不幸的荷尔德林，是没有人能像那个陌生人那样谈论希腊诸神的。

此人是谁？他的生活怎么了？头天晚上好奇不已的善良主人，第二天骑着马到处寻找他。现在，我们都知道这些问题的答案了。这是个三十二岁的年轻人，已经写就大量诗篇；不过，无论是歌德还是席勒对这些诗篇都不以为然。他没有财产，也没办法通过写作赚钱，离开大学之后，他一直都是食不果腹；母亲时常接济他，尽管母亲也是勉为其难，但还是时时接济。他先后担任过四个家庭的家庭教师，但都为时不长。他曾在瓦尔特斯豪森的卡尔伯斯（Von Kalbs）家族当过家庭教师，但是根本没有能力对付顽劣的孩子，这令他的内心极为难受，他不得不离开那里。在法兰克福的贡塔尔德（Gontard）家中，他爱上了雇主的妻子。龚岑巴赫（Gonzenbach）将他解雇，并未说明情由，他不得不离开豪普特维尔。这很可能是因为他的行为过于怪异，令人无法接受。至于为什么他会离开汉堡议员迈耶在波尔多的宅邸，其中情由就没人知道了。毕竟，到这个时候，荷尔德林已经没有能力合理解析自己的行为了。没过几个星期，他便陷入极度的迷乱状态，尽管还有两份伟大诗篇等着他出手。他患上了精神分裂症；病情越来越严重，此时的症状已经是显见无疑了，这病症还将继续发展下去，变得可怕且令人羞耻，直到他于1843年谢世。他所要求于生活的全部便是："安宁，幽僻，写东西，不要被饿死"。

"这听起来太让人寒心了；这个可怜的年轻人是怎样地零落尘泥啊，就那么卑微地生存着；精神上的病症让他的心灵蒙受了何等的黯淡和扭曲啊。大家也许会说，天才跟癫狂就是一回事；但是到了精神分裂症的地步，就不是这么回事了；这里可没什么诗意可言。歌德和席勒对这个疯子的诗篇的看法也许是对的。"倘若那个法国公爵能够了解这个陌生人的一些生活细节，想必会有此等想法。

　　然而，荷尔德林很可能是德意志民族最伟大的诗人，即便这个民族历来都盛产伟大诗人。荷尔德林在世界诗林当中，肯定也是享有至尊地位的。这样一个生命，散发出的精神能量是令人生畏的。当然，他的生活经历不免要在世人那里激起廉价的怜悯，但他那令人生畏的精神能力却也令这一切的怜悯没有任何意义。荷尔德林可不是什么软骨头，相反，他是那种典型的宁折不弯、百折不挠、不达目的誓不罢休的人。在他的生命中，那份坚毅从未有过半分动摇，至少在他沦落癫狂境地之前是这样的。他禀性当中的英雄气质以及斯多亚气质恰恰是太过浓重了。荷尔德林身上肯定缺乏那种给人制造痛苦的能力，绝对不具备那种以异乎寻常之势伤害自己所爱之人的能力，这样的能力在天才身上是相当常见的，此种能力人们也有颇为精当的定义："制造痛苦的无限能力"。也根本不能说他的生命就是黯淡的、乏味的；相反，他的生命乃是光华萦绕的，甚至为他赢得了"阿波罗"的绰号。如果说他的精神过于纯净，因而无法契合这个世界，那也就有理由说，过错在于生活，而不在他自己。在某种意义上可以说，他是借由一种特出的品质逃脱了这尘世的沾染，人们将他的这项品质界定为"永恒的年轻"。这样一个生命，拥有年轻人的活力，又绝没有年轻人的幼稚；这个生命当中有着空灵之物。最后一点，并非卑怯而是"骄傲"是荷尔德林突出的精神品性。他所渴慕的乃是加入诸神的行列。他飞得太高了，最终则不免沦落伊卡路斯的命运。当人们发现他在布洛瓦附近那座花园中游荡的时候，他已经无可挽回地坠落了，至少看起来是这样。他本人也肯定是这么想的。"我的思想不再美了。"然而，在接纳生命的最终惩罚，也就是历时四十载的癫狂岁月之前，他还是用他那已然折断的羽翼，再尝试一次决绝的脱逃行动。

　　荷尔德林跟别的诗人和梦想家都不一样，但威廉·布莱克也许是个例外［不过也不可忘记，布莱克的灵感主要来源于雅克布·波墨（Jakob Böhme）］。荷尔德林几乎不沾染生活。歌德和莎士比亚、荷马和但丁，是诗人当中的巨人，不过，他们也都同众诗人一样，立足于尘世当中。他们的视域之宏阔，当然是荷尔德林无从比拟的，但是，荷尔德林能够将自己提升到如此空灵的高度，这恐怕也是他们无从比拟的。荷尔德林全然是一个精神怪物，一个纯而又纯的诗人。他完全靠着灵感为生，根本无须生活的面包。一旦没了灵感，他内心的精灵也随之死去。不难想见，这样的诗意生活很快就会转变为先知生活。最终，人性的最后残渣以及个性的最后残余，也从他的生命体上剥落而去。没人能理解他，他也不愿跟任何人交流。他全副身心地沉浸在幻象当中，等待那最后的启示。这启示有可能降临了，也可能不曾降临，天知道。可以肯定的是，他最终是被迷狂击倒了。那样的症状是众人皆知的，而且很可能已经潜伏了很多年。此情此景，不免令人联想到伊卡路斯，联想到那遮蔽先知眼睛的幻象。

着 魔

　　约翰·克里斯提安·弗里德里希·荷尔德林，生于1770年，比歌德小二十一岁，比歌德晚十三年离世；不过，在他的正常生命结束之后，歌德又活了三十年。他只比席勒小十一岁，但是他的天才之归于死亡却比戏剧家席勒早了三年。荷尔德林的希腊主义时期开端于1788年的图宾根大学，终结于1802年，这一年也正是席勒催生《希腊诸神》的时候。荷尔德林的希腊主义时期跟歌德的"荷马"时期重叠，并且刚好结束于《墨西拿新娘》诞生前夕。就在歌德和席勒共襄大计，评说希腊，各自致力于铸就希腊作品，歌德欲同荷马一较高下，席勒欲同索福克勒斯比拼厮杀之时，荷尔德林也在致力于诗歌大业，同时也在为一部悲剧而劳作，这部悲剧对于希腊精神之呈现要比歌德那干瘪的短篇《阿喀琉斯》要真切得多，更别提席勒那怪异、僵硬的现代版《俄狄浦斯王》了。两位伟大悲剧家一直梦想着在德意志文学当中建立希腊主义的地位，此一梦想却在荷尔德林这里实现了。但他们对此一无所知。他们对待荷尔德林颇为宽和——虽然没什么效果——也在温和地贬抑他。但是当他内心的精灵于1803年弃他而去的时候，他的心灵已然超越了歌德的希腊主义；此时的席勒，正在以复杂心情倾听他的"希腊"杰作催生的那场异乎寻常的电闪雷鸣。很可能，他们已经知道了一些东西，只是不愿意承认而已。荷尔德林就是对他们发出的祈请的应答，这样的应答，往往都是这样的情形。

荷尔德林是苏亚比安人，席勒的老乡，和席勒一样，家境中等，连"氛围"也差不多。荷尔德林早早丧父，继父待他甚好，但在他九岁时也死去。最终，这个处身诺廷根的小家庭便只剩下年迈的祖母、母亲、妹妹，还有一个生于1774年的同母异父的幼弟。在风光优美的内卡区度过一段相当快乐的童年时光之后，这个温和、无父的小男孩便进入登肯多夫和毛尔布隆等地的修道院学校，这令他的心灵遭遇了极大伤害。图宾根大学的那段时光令他更为难过，1789年，他曾试过离开图宾根，不过最终还是在这所大学待到1793年，这是为了不悖逆母亲的愿望。荷尔德林从母亲那里继承了深沉、凝重的虔信品性，母亲对他的影响是至深的、贯彻始终的。不过，他对美的热爱以及对自然的亲近感，则是他自己的。在孩童时代和少年时期，他崇敬基督；不过，在大学时期，他连同他的两个著名学友黑格尔和谢林，都倾倒在康德面前。从康德进至席勒和柏拉图，则是很轻松就能迈出的一步，荷尔德林就是这样将自己的崇拜对象从基督转移至希腊诸神的，他奉希腊诸神为自然神灵之道成肉身。至交纽弗（Neuffer）有着希腊人血统，这令荷尔德林的希腊主义当中灌注了些许个人情愫，这是歌德和席勒的希腊情愫当中没有的，尽管他们对希腊的研究可能更为精深一些，不过，就纯粹的希腊学养而论，这个年轻人很可能要胜过他们很多。荷尔德林的早期诗篇效仿克洛普斯托克而行，从中也不难见出，此时的荷尔德林渴望达成品达那样的名声，诗篇当中充斥了古典掌故。在这个时期，研究希腊而不接

208

受温克尔曼的光照，就如同在今天研究相对论而罔顾爱因斯坦。因此也就毫不奇怪，1790 年，荷尔德林为获得哲学硕士学位而提交的两篇论文当中，就有一篇是《希腊人影响之下的艺术史》。这篇论文并不能说成熟，而且也确实见不出作者的潜力，不过是就温克尔曼的主要观念做了一份概要而已，还大量地参引了温克尔曼的《古代艺术史》，直接的引用也多处可见。荷尔德林的这份论章对埃斯库罗斯持约略的批评态度，对索福克勒斯极尽荣宠，欧里庇得斯则沦为牺牲品，这一切都是温克尔曼的观念。除此之外，还有很多差不多是逐字逐句照搬了温克尔曼。希腊气候在希腊文明和艺术发展进程中扮演的角色当然不会遭到忽视。希腊艺术那"高贵的单纯"在这份论章中当然也受到了应有的赞誉。最后则是无可回避的话题，拉奥孔群雕，"那个时代最后的辉煌之作"，也习惯性地出现在这份论章当中，当然，荷尔德林更是习惯性地概述了莱辛那伟大的批评作品中给出的那些反响。

209

　　这份小册子差不多就是鹦鹉学舌之作，这表明温克尔曼之于荷尔德林已经完全失去了灵感价值，尽管荷尔德林跟同时代人一样，都处身温克尔曼之希腊的魔咒之下。1789 年，荷尔德林写就一份颂词，题为《致希腊天才》（*To the Genius of Greece*），这份颂词的迷狂程度近乎歇斯底里。不过，席勒《希腊诸神》当中透射而出的无尽光华，对荷尔德林的这份热忱却是产生了毁灭性的效果。荷尔德林的这份诗篇也是对温克尔曼式的黄金时代的乡愁，然而，这份崇高的表达已然将那么一个黄金时代无情地放逐于无可挽回的过去。在自身的幻象最终消散之前，席勒就已经教会了荷尔德林绝望。

亲爱的世界，你在何方？荣光的模样，
大自然春天的花蕊，噢，请回返！
在这片诗人梦想的仙境
独存着你那传奇般的足音。
如坟墓般死寂，这片田野在喃喃低语，
没有一种神格向我显现，
可悲啊！所有光芒四射的黎明
我只能看见遍布的阴影。

所有的花蕾和花蕊，它们皆已凋谢
在北国暴烈地猛攻之下；
以致一朵接一朵独自凋残
死去，那个世界，诸神曾作别。
掠过繁星的天国，悲伤地寻找，
那儿，我不会发现月神塞勒涅，
越过树林和波涛，我的呼喊绵延
但没有回声，鸣响我的耳鼓。

这是席勒于 1788 年提起的哀悼之词，不过，荷尔德林的回应完全出乎席勒的预料。荷尔德林在 1793 年的诗篇中贡献了如下诗行：

阿提卡，女巨人，已沦落
那里诸神古老的子孙如今在沉睡；
在沦落的大理石庙宇的残骸中
维持着绵延无期的死寂。

为了那惘然找寻的失踪者，春季

悄然下到伊利苏斯神圣的平原；

但荒漠将它们藏于自身，

210　　　绝不再将它们的样态显露。

朝向我心哀吟的那片更好的土地，

朝向阿尔凯奥斯和阿克那里翁；

在一方狭窄的棺木中

同神圣的马拉松战役的伙伴，一道安居；

让这些成为我最后的泪涌

为我一再泪洗的古希腊；

噢，命运女神帕耳开，张开你们的利剪，

为了心属亡魂的我的胸襟。

荷尔德林在每个诗节的最后一行增加了一个音节，由此令自己的哀悼情绪较之席勒那份诗篇更为强烈，更少戏剧色调，同时也令情感更具个人特质，更为真切。荷尔德林似乎对自己哀悼的东西有着更深的了解。不过，不妨将 1793 年的这份《希腊·致斯陶德林》（Greece. To Stäudlin）同致纽弗的那份信件做个对比，不难从中见出，此种绝望情感乃是席勒式的，并非荷尔德林自己的。给纽弗的那份信件写于 1793 年接近 7 月底的时候：

你平寂的火焰将更为壮丽的闪耀，也许那时我的艾火早已烟熄。但这不会令我恐惮，至少我有过那些快乐的时辰，那时我回返自大自然的乳育，或伊利苏斯平坦的园

圃；那儿，我依于柏拉图的弟子中间，见识过了那辉煌的
存在的飞翔……

　　同样风格的文字不止这些。的确，如果说这份诗篇是在
回应席勒的《希腊诸神》的话，那也可以说，这份诗篇更为
清晰地印证了荷尔德林在致纽弗的信中伸张的那种意涵。只
不过，席勒运用自己的魔杖，将荷尔德林予以伸张的幸福和
希望幻化为悲伤和绝望而已。这份诗篇究竟在多大程度上表
达了荷尔德林的真实情感，我认为这个问题无从定论。毕竟，
人们显然可以在不同的时间以不同的眼光看待同一个问题，
但信笺和诗篇各自申述的情感乃是极为不同的。那份信笺表
明，荷尔德林乃是将苏格拉底和柏拉图的时代作为当前时刻
予以信从的，而且这信念出于荷尔德林的本能；那份诗篇则
接纳了席勒的信念，认为那个黄金时代已然是长埋黄土了。
一方面是荷尔德林其人，另一方面则是黄金时代之回归的幻
象，席勒，唯有席勒，横亘在两者之间，并且颇为郑重地宣
示说：

　　　歌谣中的永生
　　　必将在现世灭亡。

　　席勒之于荷尔德林的早期影响力是相当强烈的，可以用　211
"着魔"来形容。席勒的精灵完全主宰了这个年轻人。从1791
年到1793年，荷尔德林写就的一系列献给人道理想的颂词
（诸如友谊、爱情、自由、和谐、美等），见证了对席勒之精
神影响力的屈从程度，这样的屈从在文学史上堪称绝无仅有。

有时候，仿佛就是席勒在借荷尔德林之口言说；有时候，仿佛就是荷尔德林在践行席勒那种效仿魔法，目的不是效仿席勒，而是要变得与席勒本人一样。论题、节律、对比技巧，乃至萦绕于字里行间的情绪，都是一样的。然而，这并非普通意义上的模仿，这是灵感，荷尔德林的灵感。这是祭司口中宣示的言辞，这言辞不是那祭司自己的，而是神灵的。这些早期诗篇传递出一种张力，一种令人窒息的感受，恰恰就是这一点表明，尽管那老人的心灵主宰着这个年轻人的诗性心灵，但其中有着一场潜意识中的挣扎甚至抗争。十分怪异的是，当荷尔德林逐渐熟悉席勒之时，这样的诗篇便完全绝迹了。不仅如此，荷尔德林在同席勒建立密切交往的六个月期间，甚至根本就不曾写下诗篇，尽管在此期间，荷尔德林并不是没有尝试过继续创作诗歌。接着便是 1795 年夏天，此时，荷尔德林很可能已经离开席勒，也就是在这个时候诞生了题为《致自然》（*To Nature*）的诗篇，这份诗篇非常质朴，重现了席勒《理想》论章中的情感，用的是《希腊诸神》的节律，而且同样是在每个诗节的结尾增添一个音节。大体上可以肯定，此时，荷尔德林并不知道席勒也写就了一份诗篇，直到席勒的诗篇出现在 1796 年席勒自己编的《缪斯年鉴》（*Muses' Almanach*）上（荷尔德林的诗篇未能入选）。这触发了荷尔德林莫名的痛苦，不过，此事若是站在席勒的立场上倒也不难理解。将两份诗篇刊印在同一份期刊上，这未免有些荒谬，毕竟，这两份诗篇太过相似了，相似得有些荒谬。两份诗篇都是在 1795 年夏天写就的，而且差不多诞生于同一时刻。两份诗篇表达的东西也是一样的，都是对于幻象失落的感受；两人都在作别自己的青年时代；两人都在诗篇当中举目四望，看到的都是一个荒寂世界。

席勒于当年秋天收到了荷尔德林的《致自然》，此时，他内心
必定会生出一些奇特想法。毕竟，是什么令他写了《理想》
呢？那可是直接否决了《理想与生活》伸张的观念，后者仅
仅是几个月之前的事情。他又为什么会突然在这么一个时候对
青春的离去感怀至深呢？青春不是已经在许多年前离他而去了
吗？他能感受到荷尔德林感受到的那些东西吗？荷尔德林之
所以伤感，乃是因为他离开了耶拿和席勒，当然也是因为他
同席勒的这段交往并没有结出任何果实。或者有没有这样的
可能，席勒之所以写就这份诗篇，是因为荷尔德林的离开于
无形中令他意识到如下事实：青春、理想和爱实际上早已离
他而去了。席勒是不是也有可能在内心生出几分嫉妒，因为
他也许已经意识到，他予以拒绝的那份诗篇比他自己的要伟
大得多。

> 而是否你将离开，甚于夺取，
> 噢，虚伪的人，带着你那幻想般的自由，
> 带着你所有的懊悔，你所有的狂喜，
> 残忍地离开我？
> 那时，是否没有什么能将你留下，
> 噢，曾属于我的金色时辰？
> 徒劳，徒劳！你的波澜正在奔淌
> 进入那永恒的汪洋。

　　这次，席勒并不是在哀悼希腊诸神，而是在追怀不那么遥
远的东西。在短暂的停顿和沉默之后，回应之声从诺廷根
飘来：

　　死亡并逝去，那哺育并抚宁我的她，

　　可爱的，年轻的世界，她在死亡并逝去，

　　而带着欢愉，那天国曾将我充裕；

　　这哺乳凋亡，且荒瘠如一块石头。

　　尽管春色仍旧歌唱，迷魅我的哀伤

　　如莅临一首甜美的治愈之歌，

　　然而我生命自由的晨间离别了

　　而我心的春华逝去了。

　　两份诗篇所表达的情绪异乎寻常地相似，这似乎表明，在这么一个孤独的时刻，是席勒在回应着荷尔德林的哀伤，尽管他并不知晓荷尔德林的这份诗篇，或者也有可能是席勒在哀伤荷尔德林的离开。毕竟，在 1795 年，席勒并没有特别的理由爆发这么一场伤感。但是，荷尔德林是有的。

　　荷尔德林在 1793 年秋天初次遇到席勒，当时，他正在应聘席勒的老情人夏露蒂·冯·卡尔伯的儿子的私人教师一职，213 席勒开具了一封措辞谨慎的推荐信，他才得到了这次应聘机会。1793 年 12 月，荷尔德林正式入职，但是又于 1795 年年初辞去了这个职位，在此之前的那个冬天，他造访了魏玛和耶拿。接下来便是一段焦虑且无望的岁月，荷尔德林待在耶拿，试图靠稿费来养活自己，在耶拿，他聆听了费希特的讲座，并多次拜见席勒，席勒对他非常友好，看起来也喜欢他。为了尽可能地延长这段自由且快乐的时光，荷尔德林将生活开销缩减到几乎为零的水准，并且一天只吃一顿饭。然而，尽管他竭尽身心之所能，一切还是枉然，诗性灵感似乎彻底离他而去了。"巨人般的精灵"，他就是这么称呼这个伟大同胞的，此时的

荷尔德林很可能是被席勒的天才压倒了。可以肯定，他对席勒
的着迷已经到了相当程度，以至于整个下午的时光虽然歌德一
直在场，他都没有意识到那是歌德，甚至都没有注意到歌德有
什么特别的。很显然，那是因为席勒也在场，他便没有往别人
身上分神。席勒的诗篇令荷尔德林不由自主地高声吟诵，虽然
如此，在真正面对面的时候，荷尔德林一下子变得哑口无言
了。不难想见，一个胆怯且满心幻象的年轻人，在同心目中
的巨人会面之时，势必要完全承受那强烈甚至可以说是暴烈
的个性的冲击，那激昂言辞融汇而成的激流于这样一个年轻
人而言，更会是势如破竹。这就等于先将荷尔德林抬起来，
接着又将他摔在地上。一开始，荷尔德林是非常谦卑且满怀
感激的，而后便变得不安，感觉自己受到压迫。甚至歌德在
同席勒交往之时也有类似的感受，尽管他在年龄、阅历以及
控制力上都远远胜过荷尔德林。1795 年，荷尔德林离开耶拿
回家，此时，面对席勒之时的那种受压迫感仍然没有消解，
他对席勒仍然是无助的仰慕，不过，这样的仰慕之情当中，
也蕴含着畏惧。荷尔德林已经意识到这个"巨人般的精灵"
正在给自己制造危险，遂开始展开抵抗。此一时期，他的信
笺呈现出怪异的混合情感，一方面是可怜的自卑，另一方面
则是受伤的傲慢。他曾向席勒承认自己对席勒的依赖，同时
也对此番情状表示不满。他说："唯独在席勒面前，我失去
了自由。"面对这个伟人，荷尔德林的内心悄悄生出了几分
痛苦。有时候，他不免会颇为委婉地向偶像抱怨这种完全不
对等的关系。他更是极为可怜地谈到，同席勒的这份交情对
自己的干扰太大了。最后，1798 年 6 月 30 日，他按捺不住，
说出了实情：

214

> 不得不承认，我时常让我的天才跟您的天才发生冲突，我这样做的目的是在您那巨大的影响力面前，拯救我的自由。我很恐惧完全被您主宰，这样的恐惧总是令我无法平心静气地接近您。

不难见出，这样的着魔感是非常强烈的，而且也是相当痛苦的，在荷尔德林全部的清醒岁月里，这一直都是一个潜在的威胁。荷尔德林得以在席勒面前拯救自己的自由，不过，这却是以某种从来不曾愈合的创伤为代价的。席勒方面则是另外一番情形，他对荷尔德林确实很友善，但肯定是不懂荷尔德林的。一开始，席勒对荷尔德林的文学生涯和规划是持鼓励态度的，同时也刊印了荷尔德林的多份诗篇（其中就包括那份希腊哀歌）。他还将荷尔德林的散文体小说《许佩里翁》（*Hyperion*）推荐给科塔出版公司，后来该公司予以出版了。他一度称呼荷尔德林"最亲爱的老乡"，并且允许荷尔德林自由出入自己在耶拿的住宅。后来，席勒对荷尔德林的来信则是尽可能周全地予以回复，他会略掉其中一部分来信，剩下的来信则不会回复得十分圆满，由此保持一段长时间的沉默，而后，再给出相当友善且带有安慰性质的回复。此时，他对荷尔德林的赞美已经有所收敛，而且也刻意不让自己受制于此种关系。有时候，他会请教歌德对荷尔德林诗篇的看法，并且会一直等到歌德给出看法，在此之前，他不会替荷尔德林扬名。作为至高判官，歌德对席勒提供的这些诗篇给出的是谴责之词，当然会有一些赞美之词，不过那也是极为微弱的，席勒由此也就验证了自己的看法。两人都不曾看过荷尔德林最伟大的诗篇，但是两人都对他作品中展示出来的品性视而不见，这一点是非常奇怪的。在荷尔德林身上，席勒当然是很快便看到了早年的自己，此时的荷尔德林像奴隶一般效仿席勒，这肯定会令席勒心有不悦，不过，对席勒来说，这一切当然是可以理解的。茨威格非常敏锐地见出①，席勒很可能是在荷尔德林身上活生生地见证了自己在《尊严与优雅》中创造的那个"美丽灵魂"，这也很可能令席勒更加感到不安，更何况，席勒正打算将这样的"美丽灵魂"呈现在自己的戏剧当中，而且还试图表明，此一理想乃是根本没办法契合现实生活的。《理想》中的两行诗句似乎体现出席勒认可了这一点：

　　消失了，不见了，那信仰

　　在我的精神造物那里，它却升华了。

　　实事求是地说，荷尔德林就是席勒的精神造物；而且，父子间那种神秘敌意在两人的关系当中也是在场的。荷尔德林于席勒而言，一直都是挑战，荷尔德林一直在催促着席勒认肯自己的独立地位和价值；但最终，荷尔德林未能得到想要的东西。席勒则很显然是予以抵制的，并对这个孩子生出了莫名的厌恶，这厌恶最终主宰了席勒的心灵。这个孩子的天才（要比自己的天才伟大许多），他是从未有所意识的，父亲的盲目令他不能相信自己的造物竟然要比自己更为伟大，这一点在席勒心间留下了深深的印记。这一切的情感元素都是在场的，有的是潜藏着的，有的则摆到了台面上，这就是荷尔德林为期六个月的耶拿生涯当中两人的关系状况。后来，这一切元素更为

215

────────────

①　Stefan Zweig, *Der Kampf mit dem Dämon*, Leipzig, 1925, pp. 79 – 83.

明晰地显露出来。至于荷尔德林方面，也在同席勒的天才展开缠斗，但始终不能以胜利结束这场缠斗。灵感已经离他而去；1795 年夏天，荷尔德林返回诺廷根的时候，已经是一个没有希望的人，而且也已经一文不名了。9 月 4 日，在给席勒的信中，荷尔德林以如下诗句结束了《致自然》诗篇：

> 冬天包围着我，
> 令我僵冷、麻木；
> 心灵如铁，
> 就像头顶的冬日天空。

荷尔德林同席勒之天才的这场冲突，乃是荷尔德林反抗希腊暴政的一个侧面，荷尔德林最近的传记作家威廉·波墨对此是有锐见的；席勒和希腊都是荷尔德林内心极度荣宠的对象，同时，两者之于荷尔德林的自由，也都是威胁。

> 从早年时代开始，我就在爱奥尼亚和阿提卡的海滩上、在风光迤逦的阿基佩拉古斯诸岛上尽享快乐，那是在任何别的地方都得不到的快乐；我素来珍视的梦想之一，就是有一天能够亲身前往那里，看一看青春人性的圣地。希腊是我的初恋，会不会也是我最后的爱恋呢？

这是荷尔德林在《许佩里翁》序言中写下的话，后来他删除了这段话。在这部小说中，荷尔德林呈现出另外的一面：

> 谁能承受这一切？那可怕的古代荣耀岂不是要摧毁一

切，如同飓风摧毁初生的树林，就像摧毁我一样；特别是像我这样的人，内心并不具备那种足以强化自信心的元素……我爱上了这些英雄，如同飞蛾扑火。我不顾危险扑向他们，然后逃开，然后又扑上去。

　　在《许佩里翁》当中，主人阿达玛斯首先将主人公引荐给普鲁塔克和希腊诸神，很显然，这里面的阿达玛斯就是席勒。小说中，许佩里翁谈到了阿达玛斯精神当中那"毁灭性的荣耀"，并以如下语词描绘自己同阿达玛斯的关系："难道我不正是他那静穆热情的回响吗？他的精神乐章难道不正是在我这里奏响吗？于是，我成了我看到的东西，而我看到的东西如同那天界神灵。"显然，这也正是席勒对于希腊人的感受，到了荷尔德林这里，此一感受乃臻于压倒一切的程度。1801年，也就是荷尔德林最终寻获自由之后，他致信席勒，里面谈到了希腊文学研究问题，语气中不免有责难之意："一旦接近希腊文学，就难言放弃了，直到有一天能够找回当初它轻易拿走的自由……"在未完稿的论章《我们应当如何审视古典》(*The Point of View from which we should envisage Antiquity*) 当中，他也伸张了同样的看法。

　　荷尔德林这样的心灵只能生活在理想境地，对于这样的心灵，希腊及其全部的荣光，会产生压倒性的影响力。当然，若是有信念认定那样的荣光已然是无从重建了，这影响力也就必然要打折扣。席勒之权威及其全部分量，乃是反对那股回归黄金时代的潮流的。至于理想的未来则是另外一回事。此外，现代人在回望希腊黄金时代之时，则只能是心怀"感伤"和遗憾。荷尔德林乃凭借《许佩里翁》表达了此一观念，席勒是以哀歌的形式表达此一感受，荷尔德林则是将此一感受融入悲剧。许佩里翁参加了1770年那场战争，他想要解放希腊，但最终全然丧失了幻想，而且是以极为痛苦的方式。一度激荡着自己家园的那种精神已然离去，他也无意找回那种精神。此时的许佩里翁遭受了致命的心灵创伤；要么死亡，要么无望地顺从，这就是留给他的选择。此种境遇之下，若要摆脱绝望，就只能"在诸神当中"寻求解脱之策。席勒的结论将荷尔德林抛入绝望境地，自信心之缺乏更强化了荷尔德林的绝望，而自信心之缺乏又因为同这么一个卓绝心灵的交往，于无形中被进一步强化，到了残忍的程度。许佩里翁对自身之无能的自卑意识，折损了他的行动意志。最终，他只能亲近自然，在那里寻求安慰，并弃绝了一切的人类交往。

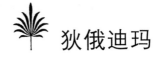

狄俄迪玛

《许佩里翁》表征了荷尔德林生命中那个真正的转折点，
当然，也是对这样一个转折点的呈现和揭示，在这个转折点
中，席勒那毁灭性的影响力遭遇了另一股力量的抵制和制衡，
那就是苏塞特·贡塔尔德（Susette Gontard）的信和爱。1795
年年末，荷尔德林已经在美因茨河畔的法兰克福稳定下来，担
任贡塔尔德孩子们的家庭教师。这家的主人是一个精明且冷漠
的商人，在他眼中，荷尔德林只是一个不穿制服的仆人，如果
传言可信的话，这个仆人的脾性是非常躁动的。女主人苏塞特
要比丈夫年轻很多，只比诗人大一岁；也许可以这么说，苏塞
特天生就懂得荷尔德林并且会爱上他。两人之间可以说是心心
相印，极为契合，甚至个人特质方面也是如此，令人不免联想
到柏拉图有关两半人的神话故事，传说被分开的两半会相聚、
相认：

> ……彼此思慕着他的另一半，想合体，而互相给递他
> 们的手……正值因饥饿而死去，渴望长成一体……因为不
> 再喜欢事事分离……因为这强烈的渴慕，他们中的一半对
> 于另一半并没有表现出爱人交合的欲求，而是别的那种相
> 互间灵魂确凿的渴望，且难以言明……没有他们中的一个

人……会否认或者不承认，这种相会和彼此的融合，这种
以一代二的变化，是他远古必需的恰当表露。

苏塞特曾致信荷尔德林：

　　我认同君的一切想法，即便君此生欲同我永远别离，
我也不会误解君。生命何其短暂，但精神之交永不断绝！
寒意袭来。生命因为短暂，就活该受罚吗？哦，亲爱的，
告诉我，何日才能再相会？如今一切都悖逆爱意，我都快
疯了。

荷尔德林也曾致信苏塞特：

　　我们能够给予彼此幸福，却不能拥有这幸福，多少年
了，我们为此落泪，念及于此，心痛不已。然而，只爱永
存，即便我们不得不就这么死去，亦是充满力量，就因为
我们的分离。

　　荷尔德林和苏塞特·贡塔尔德，也就是荷尔德林心目中
的狄俄迪玛，绝非通常意义上的情侣，尽管两人早在1796
年，就已经借由那神秘的契合而结为一体。事实上，荷尔德
林在贡塔尔德家一直待到1798年秋天，这就足以证明两人是
多么克制，将此一激情维系得多么精巧。两人是无力对抗这
个世界的，这个世界之运作基准并非那种纯粹的爱。两人同
这个世界的琐碎庸俗无从契合。然而，尽管都是如此脆弱，
但两人都以英雄姿态抵御了此番境遇中的种种诱惑，并收获

了应有的报偿。苏塞特的丈夫逐渐看出两人之间的种种端倪；在贡塔尔德同这位年轻教师一番交谈并示以极端蔑视之后，苏塞特建议荷尔德林离开这个家庭。然而，两人都无法面对诀别的哀伤。1798 年到 1800 年，荷尔德林居住在霍姆贝格·冯·德·霍厄（Homburg von der Höhe）家中，有细心且忠诚的朋友艾萨克·辛克莱尔（Isaac Sinclair）做伴，荷尔德林在这里致力于完成《许佩里翁》的收尾工作，并着手创作《恩培多克勒》（Empedocles）以及一大批颂诗。他每个月去一次法兰克福，同苏塞特短暂相会。那无疑是痛苦时刻，他们利用这样的时刻交换信笺，互诉衷肠；两人彼此隔绝，处境无望，文字成了唯一的交流手段。苏塞特销毁了荷尔德林的信笺，只留下四份残章。荷尔德林则虽然经历了四十年的癫狂期，但一直都保留了苏塞特的信笺，秘不示人，最后，在 1922 年，维耶托（Vietor）才将其辑录刊印出来。这些信笺尽显那可怜的境遇：令人心碎的爱恋以及昂扬的青春，令人无从相信，这些信笺的作者当时已经是三十岁的妇人，结婚已经超过十年，还是四个孩子的母亲；她是那样痛楚、迷惘和天真；那样危险且漏洞百出的幽会计划，任谁都能体味到那为了不分开而付出的绝望、疯狂且枉然的努力。在制定了诸多漏洞百出且令人颤颤巍巍的幽会计划之后，苏塞特写道：

　　你知道，我是多么恨这些阴谋一样的计划；我当然能感觉到，你敏感的心灵对这样的计划也是退避三舍的，我能感觉到你和我一样痛苦。但请你别弃之不顾，我这么做，是为了拯救这个世界之上最美好、最美丽的东西不被毁灭。

219

难以遏制的悲伤、滚滚而下的泪水、阵阵的啜泣，丈夫心知肚明，遂强令她承诺不要做任何伤害家庭的事情；生活在两人之间打下的楔子最终令两人彻底分离。1800 年 5 月，荷尔德林花光了在法兰克福的储蓄。他向席勒提起诉求，希望能在 1799 年的《青春女神》（*Iduna*）杂志上发表一篇东西，借此获取一笔稿费，席勒拒绝了。荷尔德林便只能从法兰克福回家，就像此前也不得不从耶拿回家一样，此时，他的生活仍然没有前景可言，亦没有任何确定性可言，尽管自从他上次寻求家庭庇护之后，已经过去了数年光阴。苏塞特最后的信笺简直不忍卒读，里面有这样的文字："不要分离"。然而，分离，尽管对两人来说是最为悲伤的事情，但终究是要发生的。1802 年 6 月 22 日，苏塞特去世；消息传到荷尔德林耳中的时候，他简直无法相信。不过，这受挫的爱并没有浪费。荷尔德林终究在苏塞特死前，创作了巅峰之作，而且，此一创作主要是靠着苏塞特提供的灵感和力量。

是苏塞特帮助荷尔德林找回了对自身天才的信心，那是席勒无意间夺走的信心。也是苏塞特令荷尔德林找回了对希腊黄金时代的信念，令荷尔德林相信，那样的信念并不完全是对已然消逝的荣耀的一场幻梦。《许佩里翁》的核心一幕就是要处理重建黄金时代的可能性问题。在那一幕中，主人公向狄俄迪玛完整地重现了雅典的古老辉煌，当时，两人正乘船从卡劳莱亚岛前往大陆，那样一个雅典正是温克尔曼构想并解析过的雅典。接着，两人便看到了世间实情：

> 就如同飓风离去之后被毁灭的船一样，水手四散逃去，船身已经粉碎，龙骨也无从辨识，就那么静静地躺在

沙丘之上。雅典就是以这样一幅景象出现在我们眼前，只
剩下凄凉树干，前一晚上还枝繁叶茂，第二天晚上便已经
被大火吞噬。

这场景将许佩里翁吓倒了，世事倾覆，差点令他顺从，令
他试图在爱的天堂寻求庇护。恰在此时，狄俄迪玛令他重新直
面自己的使命：

> 您必须坠落凡间，就像一束光芒，就像一阵新雨；您
> 必须像阿波罗一样，照亮凡间，摇撼那尘世的深渊，将新
> 生赐予尘世，就像宙斯那样，否则，您何以上那天堂。

一开始，许佩里翁接纳了这精神使命，而后又拒绝了，因
为他那集战神和提坦神于一身的朋友阿拉班达召唤他武力解放
希腊。此举最终流产，不仅许佩里翁为之沦丧，也间接导致了
狄俄迪玛的死亡。《许佩里翁》可以算是荷尔德林给予席勒的
终极致敬篇章，他所致敬的乃是席勒的一种信念：希腊以及希
腊所表征的一切，只能存活在歌谣当中。不过，一种不同的信
念也已经浮现而出；剧中的许佩里翁认为，出错的是手段而非
目的；错就错在许佩里翁背离狄俄迪玛指明的那条道路，转而
跟从阿拉班达，这是一场悲剧性的错误；有关希腊重生的信念
并没有错。狄俄迪玛的确被这个世界击败了，不过，她所表征
的那些东西并未倒下。

此等精灵，并非孤立现象，荷尔德林还会在霍姆贝格身
上见到，此乃"时代的珍珠"，她不仅是"最后的雅典人"，
也是未来辉煌的报春鸟，乃是诸神派遣来，作为他们即将回

归的保证，向散落四方的信仰者发出信息，令他们不要绝望。"踩着我的悲伤，向高处攀升"，这是荷尔德林在《许佩里翁》中给出的说法。苏塞特将悲伤灌注给他，这悲伤令他越过席勒式的顺服。任何人，只要像他那样爱过，就"一定会踏上通往诸神之路，一定是这样"。显然，此时的荷尔德林自感已经足够切近诸神了，他相信诸神即将回归；他已经将他们供奉在心间了：天父、地母以及他们的子嗣光亮或者太阳，此时已然成为荷尔德林神殿中的三位一体。1798年秋天，他祈请命运女神再给他一个夏天和一个秋天，以便他吟唱出更为伟大的诗篇。接下来的1799年到1800年这段时间，便见证了一系列恢宏颂诗，它们传扬着催动人心的先知信息。

221　　在接受席勒影响的那个时期，荷尔德林写就了一系列诗篇，从这些诗篇中不难见出，他的心灵对灵感是特别开放的，此处所谓的灵感乃是真正意义上的灵感；他本人就是一种介质，并非他自己的种种精神都能够借由此一介质得到表达。然而，狄俄迪玛并非以这样的方式为荷尔德林提供灵感。荷尔德林的许多优美诗篇都是献给狄俄迪玛的，还有许多诗篇则是以狄俄迪玛为题的。自从狄俄迪玛在他的精神世界当中占据至高地位之后，他便同席勒的那种节律作别了，改用六步格节律或者无韵颂诗。这是克洛普斯托克引入德意志文学的表达手段，荷尔德林对此种写作方式驾轻就熟，在这方面，恐怕只有歌德才能与他相提并论。不过，狄俄迪玛从未借由荷尔德林之口发言；相反，狄俄迪玛将他塑造成诸神的代言人。荷尔德林也正是由此达成了自己的宿命，而且也很可能唯有借助狄俄迪玛，才能达成这样的宿命。"你教我观看伟大事物，吟唱沉默的诸神，你自己却保持沉默。"荷尔德林生来是个诗人；但是，他的爱、他的悲伤，则将他升华为祭司和先知，此一转变在《恩培多克勒》中有所表述，那是一部有关诸神之选民的悲剧。许佩里翁正是在狄俄迪玛手中转变成恩培多克勒的。那么，在诸神手中，又会有怎样的转变在等待着荷尔德林呢？很显然，是死亡的变形（这是《恩培多克勒》的全部内容），而荷尔德林将以洁净之身与死亡重聚。

荷尔德林写于霍姆贝格的那些颂诗表明，他正在颤抖中等待完整的启示，那启示以先知的方式确认古老的诸神正待回归，不是回归希腊，而是降临德意志，就如同重生的狄奥尼索斯降临在过去一样，满是欢欣和激昂，去唤醒沉睡中的人们。期待当中融合了神秘的希望和属人的恐惧。天界正在引领他向上而行，那力量太强大了，他说，他那无家的灵魂也正渴望着脱离这生活，确切地说，是渴望着魂归希腊。1799 年 1 月 1日，他致信自己同母异父的弟弟卡尔（Karl）：

哦，希腊，你去了哪里？还有你的天才和你的虔敬。即便是我，虽竭尽所能，也只能是追随那无与伦比的诗人们的足迹，摸索前行而已；我的言行更是荒诞且笨拙，因为我正站在现代泥潭当中，如同平足的大鹅一样，无力地向着希腊的天空拍打翅膀。　222

1799 年的诗篇《美因河》（*The Main*）中亦有类似表述：

但是，没有一个遥远的国度令我如此感受亲切，

> 因为在那里，诸神的子民
>
> 在安睡，于这片不幸的希腊土地。

　　如此强烈的渴望必定有着自身的能量。的确，有时候，此等重生欲念仿佛在摇撼大地：

> 恒河的岸边听到胜利的呼喊
>
> 因为酒神巴克斯从印度河前来征服了一切
>
> 以神圣的美酒，用以叫醒
>
> 并唤起所有梦中的子民。

　　《阿基佩拉古斯》（*Archipelagus*）这份诗篇很可能是创作于 1800 年 5 月，它将全部的这些情感集结起来，由此成了一份辉煌诗篇。这份诗篇无论是韵律还是题材，都不可避免地同席勒那份题为《旅行》的枯燥诗篇形成了对比，对年纪更大一些的席勒来说，他这份诗篇差不多就是毁灭性的。席勒的这份诗篇，同样也在对雅典的黄金时代发出呼唤，还尽心尽力地罗列了那个黄金时代的全部特质，指名道姓地提及了众多神灵，但最终又放弃了黄金时代，尽管席勒还是给出了安慰性质的念想，认为荷马的太阳还会照常升起的。最后这份念想则可以说是席勒这份诗篇当中唯一称得上是诗句的东西。这次，席勒的诗篇当然也得到了回应，不过，不是来自那个零落尘世的同胞，而是来自阿基佩拉古斯。那是美丽、迷人且神秘之地，荷尔德林的这份诗篇拒绝一切的描述和解析，其中的思考沉落极度深沉之境地，其中的希望则超越了人类的理解。在诗篇当中，荷尔德林再次回望并追怀已然逝去的古希腊荣耀，追怀它的精神、它的神灵：

　　这些眼睛绝不应瞧见它们？寻找但绝不能寻见
　　你，噢，神一样的风采，穿过大地成千的路径？
　　是否我只是听说了你的话语和谣传，它们曾伤透了，
我的心
　　降至你的阴影中，就应尽早地离开我并逃离？

　　那荣耀、那痛楚、那精神的苦难，再次在现代的蛮荒洪流中翻滚而起；而后，这一切又同样地幻化为哀伤、预言和希望；那神灵、那祛位的自然群神，即将回归，并非崛起于希腊大地，而是德意志大地。甚至波塞冬都在拥抱并支撑诗人，去关切并等待诸神的降临：

　　噢，海神！
　　声音在我灵魂响彻再三，以致盖过了海水的狂澜。
　　无畏而迅捷的我的灵魂，如强壮的弄潮儿般。
　　战斗会给予新的欢跃；以及诸神的言辞，他们升腾的
　　领悟，和变化万千；而假如为我所哀的时代，
　　猛烈滋扰，俘获此脑；而凡间的灾难、不幸和错讹
　　痛扯我的生活，那生活亦有泯灭，并将其连根拔擢，
　　且让我在你幽深的水域，思慕和昶，噢，海神！

　　显然，是悲伤催生了希望，在荷尔德林的信念中，那悲伤引领他走向诸神，而那希望则深深植根于责任意识当中。荷尔德林自感是诸神回归的桥梁和工具；他只要坚持下去，准备好

223

迎接诸神，就能够在死亡之际，见证诸神的降临。这正是恩培多克勒的使命，此人是荷尔德林未完成的悲剧《恩培多克勒之死》（*The Death of Empedocles*）的主人公，荷尔德林在这部悲剧即将完工之时选择了放弃，因为新的使命观念要求一种不同的表达。《埃特纳山上的恩培多克勒》（*Empedocles on Mount Aetna*）是一份华美断篇，较之早前的版本更为辉煌，其中的景象更为高昂，可惜荷尔德林十分残忍地使之沦落残篇境地。

在《恩培多克勒之死》当中，先知欲同诸神比肩，因而冒犯了神灵。在遭到诸神驱逐之后，恩培多克勒又被逐出阿格里真托，因为那里的祭司、统治者以及民众都意识到他已经陨落，遂效仿诸神，将之驱逐。然而，在埃特纳山的孤独境地当中，他感受到诸神回归他的身边，因为他自愿选择死亡，借此与诸神重聚。他相信，当凡人的先知付出死亡的代价之时，诸神就会重新降临凡间：

> 　　　　　　　　　　　　　是他们，
> 那活生生的诸神，那尚佳的诸神，曾缺席如此长久。
> 再见了，这是一个人濒死之言
> 因这时刻，那人确曾眷恋地徘徊在
> 你和那些召唤他的诸神之间，
> 在这十字路前，我们的精魂预言，
> 并道说真相，诸神将不再回返。

224　　　大可以仰慕《许佩里翁》，但也只能说，那样的仰慕肯定是有明确保留的。毕竟，在这部小说中，荷尔德林虽然也在尝试呈现自己的真实体验，但是情节的规划并没有展现出足够的创造力，人物刻画方面也缺乏技巧，那迷狂语调贯彻始终，令人不免生出单调枯燥之感，这一切都令荷尔德林的此番尝试大打折扣。但是，《恩培多克勒》却不是仰慕二字所能包容的。可以说，这是文学史上最为伟大的精神悲剧之一。就思想之崇高和悲剧观念之深沉而言，恐怕只有埃斯库罗斯的《普罗米修斯》堪与之媲美。《浮士德》第二部与之并置，亦显苍白，雪莱的《被释的普罗米修斯》则没有荷尔德林的《恩培多克勒》来得那般真切。跟埃斯库罗斯一样，荷尔德林也是要借助这份悲剧来揭示先知（或者半神）同诸神的关系；跟歌德一样，荷尔德林也欲求以绝对者为映衬，创作一份人类精神的悲剧。然而，当恩培多克勒相信自己已然被诸神抛弃的时候，灵魂中的悲剧就已经开始向着更为深沉的层面沉降而去，超越了普罗米修斯那单纯的英雄式的抵抗以及浮士德那绝望的独白。较之提坦神的命运，恩培多克勒的悲剧更切近人性；较之浮士德的苦难，恩培多克勒的悲剧更切近神性。实际上，恩培多克勒的悲剧就是荷尔德林本人的悲剧，只不过是在恢宏层面上伸张开来而已；那是精神的幻灭，在那样的时刻，一切的梦想和幻象都抛弃了他。那也是最终的启示，令他真正意识到，他在灵感时刻见证到的那种伟大，并非以此世为根源。诸神偶尔会临在于他，不过，同诸神永久相聚的唯一办法就是死亡。恩培多克勒之落寞的背后，潜隐着荷尔德林的个体体验，这样的体验是极为真切的，毫不逊色于最终与诸神重聚而催生的那种非尘世的胜利体验。这实际上是一部宗教悲剧，所呈现的乃是这个半神的苦难和净化历程，并由此确立起极为强烈的戏剧效果。恩培多克勒的本性和境遇乃是被人顺次揭示出来的，先是潘西亚，接着是他的敌人，最后则是他自己；以放逐为终局的暴风雨一幕；埃特纳山上命运的转变；阿格里真托的祭司、统治者和民众试图召回这个不久之前他们予以蔑视的人，但他们一切的恳求都没有用，尽管此人仍然对他们的爱秉持开放之心；阿格里真托的此一尝试遭遇了荷尔德林的诗意嘲讽；预言的高潮冷却为向保萨尼亚斯作别的落寞，而后，又借由潘西亚和自己钟爱的门徒回归；所有这一切构筑了一幅场景，以极具戏剧化的方式呈现出人类灵魂当中的精神冲突。剧中情节时刻都在变幻，每一刻都不一样，将读者置于巨大的张力和期待当中。读者大可以一遍又一遍地展读这部悲剧，每次都能够发现新东西，都能够在这场冲突当中体验到新鲜和烈度，体验到信念之黎明在缓缓降临，体验到那恢宏的胜利。荷尔德林正是由此找到了一个伟大的戏剧意象，以此揭示生活和命运的奥秘。至少，看起来是这样的。悲剧当中充溢着种种预感，读者不免会在其中觉察出那即将到来的结局以及恩培多克勒的求死欲念，死亡将拯救恩培多克勒脱离那无可思议的命运：

> 我乞求诸神，因着一件出自我内心的恩惠：
> 一旦在未来，我将不再，
> 我处于年少力强的神圣使命能够担当
> 且不会犹豫踟蹰；但如同那些往昔的
> 热爱诸神的人，我的精神之力
> 将变得愚笨；——因此我乞求他们：
> 那时带上我，将一个迅疾的命运
> 径直送抵我心；而这会是一个暗示
> 天色已然破晓，那时我会被赎回；
> 并且，在一个于我最感赐福的时刻，

我仍会为了一段新的韶华而拯救自己，
以致诸神的那位友人将离开人群
变成一桩嘲弄和冒犯的事情。

今天，我们都知晓这样的祈请获得了怎样的应答。"突然降临的命运"以癫狂现身，荷尔德林并没有死去，而是活着成为"任人嘲讽和奚落之物"。诗歌较之生活要更为美丽，更为悲悯，荷尔德林之戏剧双重奏的命运，较之戏剧创造者荷尔德林本人的命运要好一些。

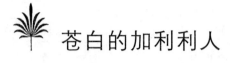

苍白的加利利人

　　若有荷尔德林这样的精神来全权引领生活，那么生活肯定是危险重重的，同苏塞特的诀别则令这样的危险更加严重。他曾对席勒抱持一种英雄崇拜，也曾对狄俄迪玛爱恋有加，但这两项情感均无果而终，甚至令他沉陷较之以往更为荒寂孤独的境地。并不是说荷尔德林没有朋友。黑格尔，特别是诺弗，同他相交甚厚，尽管 1800 年之后，他们之间的通信便中断了。他也有热情的仰慕者，比如爱德华（Edward），也叫艾萨克·辛克莱尔（Isaac Sinclair），此人是苏格兰后裔，出身相当神秘，自始至终都追随荷尔德林。在霍姆贝格·冯·德·霍厄家中时，辛克莱尔既是荷尔德林的知交，也是他的保护人，随时都在找机会给他提供经济援助。他则尽可能地予以拒绝。诗篇《莱茵河》（*The Rhine*）就是献给辛克莱尔的；不过，另有一份题为《致爱德华》（*To Edward*）的诗篇则表明，辛克莱尔的脾性对荷尔德林来说太过专横了，令他感受到不小的压力。辛克莱尔给他的一封信笺似乎表明，这个热忱的追慕者对苏塞特倾心有加。尽管辛克莱尔以高贵姿态抗拒此一情感，但这肯定会令荷尔德林伤心。此外，在霍姆贝格、豪普特维尔和法国，家里人也一直都是他的主要联系人。他对家人是非常忠诚的，对母亲更是敬爱有加。家庭情感乃是他生命中的第三份重大情感，不过，这份情感同前两份情感一样，都是灾难性的。席勒的冷淡，乃至苏塞特的离去，他都闯过来了，并且还将苏塞特的离去转化为一场精神上的胜利。倘若他能在进一步的折磨和苦难中凤凰涅槃，那么希腊诸神就完全有可能以凯旋之势回归他的诗篇，并借由他回归这个世界（毕竟，这是实实在在的事情）。然而，在霍姆贝格期间，他经受了另一场精神冲击，这场冲击是极具毁灭性的。他同母亲的关系总是牵动着他的情感。母亲给他的信不曾保留下来；不过，他给母亲的信则足以揭示收信人的性格。他的母亲肯定有着朴素且正统的宗教信仰。她对这个大儿子肯定是保有期待的，那样的期待恰恰是荷尔德林自己最为忧惧的：母亲希望，儿子能以乡村牧师的身份获得一份稳定生活，娶妻生子，其乐融融。信中所有的信息都表明，他的母亲是慈爱且温和的，很少指摘人，也正是这一点，令她对荷尔德林的影响更为强烈。在荷尔德林那极端动荡的生存状态中，母亲代表着稳定。终其一生，母亲在他的生活罗盘中都代表了一个极点，他的生活指针总是向着这个极点旋转。然而，从理智和精神角度来看，母亲提供的极点在他的生活中呈现出反向态势，他一直都在竭力避开母亲，这也给他造成了永久的痛楚。总有一些返祖性的、非理性的力量在牵引着他，他无从控制，不自主地走向母亲呈现出来的那种境遇；他希望能像母亲那样，就如同他也曾希望自己能像席勒那样。然而，他的天才一直都在造反，拒绝投降。至此，他的天才一直都能在这场搏杀中占据上风，一直都能够借由回避或者压制之策，不受母亲提供的那幅愿景的侵袭，事实上，他一直都是靠着这样的办法来疏解母亲方面于无形中给他带来的痛苦。母亲的快乐也就是他的快乐，因为母亲的赞许和信任

227

于他而言，乃是至关重要的，那样的分量几乎到了匪夷所思的程度。

　　这么一个至真至情的儿子当然不能将自己生命中最为沉重的一段经历告诉同样至真至情的母亲，这一点是极为重要的。事实上，荷尔德林甚至都不曾向母亲提及苏塞特·贡塔尔德这个名字。他只是用泛泛之词向母亲解释自己为何离开法兰克福，他告诉母亲，那是因为"雇主们"的"傲慢"，给母亲留下的印象则是女主人跟男主人一样傲慢。母亲必定会认为他的爱是不合法的，是违禁品，因此，不让母亲知情，乃是对母子两人的保护。在霍姆贝格的这个痛苦时期，荷尔德林几乎是生活在一种英勇作战的状态当中，一方面要弃绝生命中那段激情，另一方面要抵挡母亲那沉甸甸的爱，就是在这个时期，母亲一直在天真地催促他回家，去过愉悦的悠闲时光，去娶母亲中意的一个姑娘，争取能最终安定下来。对此，荷尔德林以闪烁的安慰之词予以回复，从中倒也不难体会到荷尔德林的内心遭受了怎样的折磨，那样的话也只能在远离母亲的地方才能写出来。那情爱的伤痕已然铭刻在心间，此种情况之下，他是不可能回归家园，去面对母亲的眼睛的。事实上，从来不曾有这么一个如此挚爱母亲的儿子，能够将生命中如此重大的秘密隐藏起来，不让母亲知道。

　　爱上一个已婚妇女，此事荷尔德林对母亲守口如瓶，不过，在母亲面前，他防护得更为严密的，则是他对诸神的爱恋。荷尔德林一直都希望而且也时常让自己相信，他的宗教情感从根本上讲跟母亲是一样的。然而，倘若他在母亲面前袒露心迹，母亲势必不会认同他的宗教情感跟自己的是一样的，这实在是令人哀婉之事。1791 年，荷尔德林从图宾根给母亲写

下一封长信，信中宣示了自己的基督信仰，并从哲学角度予以
伸张。事实上，此时，荷尔德林的基督信仰已经动摇，他只
不过希望借此令自己和母亲一样相信，他的此一信仰并没有
动摇。很显然，他的意图就是借由这么一封长信，来证明自
己和母亲的信仰乃是一样的，由此获得精神上的慰藉。他最
终失去基督信仰之时，便再也没有提及这个话题。在热烈追
慕席勒并据此展开哲学研究期间，他便完全失去了同母亲分
享宗教的念头，此一时期，他仅仅是向母亲讲述自己的外在
生活，尽可能以此来取悦母亲，与此同时，他已经远离了教
会。但在霍姆贝格期间，他开始相信自己作为先知去迎接诸
神回归的使命，由此触发了一场精神危机，他的灵魂深渊又
开始激荡起来，仿佛四处都回响起羽翼拍打之声，此时，他
潜意识当中那怪异且恒久的欲念再度涌起，他希望变得像母
亲那样。在霍姆贝格期间，他给母亲写下两封长信，虽然没
有界定自己的真实信仰，但力图让母亲相信，本质上，两人
的信仰是一致的。1798 年 12 月 11 日，荷尔德林给母亲的信
中写道：

228

  我最最亲爱的母亲，您常常在信中谈起宗教，仿佛对
我的宗教信仰不是很确定一样。且让我在这里向您完全地
袒露我的内心吧！且容我这么说吧！您灵魂中的一切生命
之音，莫不在我内心引起共鸣。且用一样的信仰迎接我
吧。不要对我的信仰有所疑虑，我会更为彻底地展现在您
面前。我的母亲，是有些东西横亘在我和您的灵魂之间。
我无法说出这东西的名字。也许是我对您的尊重太少了，
也可能是其他的原因，我说不清楚。不过我内心深处完全

可以确信：即便您不能用言辞表达自己，您依然与我同在；每时每刻，我都能强烈地感觉到，您在隐秘之地拥有我的灵魂……

这些文字是令人震撼的，绝不仅仅是诗性的抒发。几个星期之后，荷尔德林应母亲要求，为祖母的寿辰写就一份诗篇，在这份诗篇中，他将祖母比作基督的母亲，"是人中之凤，伟大的调解者……有着神一样的精神"。这份诗篇是即将到来之事的最初预兆。这绝不是一份改宗宣言，因为在这份诗篇中，基督显然归属凡人。不过，这也是自早年的学童期之后，基督的名字第一次在荷尔德林诗篇中重现。此时的荷尔德林非常想同母亲建立密切的精神联系，此一欲念很显然也结出了果实。

1800 年和 1801 年之间的那个冬天，荷尔德林在豪普特维尔担任龚岑巴赫家族的家庭教师，从瑞士致信同母异父的弟弟说，他此时的主要关切乃是宗教。在这批瑞士信笺以及稍早的一批信笺当中，兴奋以及某种程度上的错乱第一次变得明显起来。霍姆贝格时期那些信笺展示出纯净且和谐的风格，而且思维也是清平明晰的。在经历了诺廷根那个短暂逗留期之后，那种纯净和谐的风格让位给一种恢宏且激荡的节律，这种节律暗示着风雨欲来的情境，预示了他最后那批有着极为浓重的灵感特质的诗篇将要运用的自由韵律。在霍姆贝格和豪普特维尔之间的这个时期，确切地说，就是在 1800 年《阿基佩拉古斯》和 1801 年《面包和葡萄酒》（*Bread and Wine*）之间的这个时期，荷尔德林的心灵肯定发生了某种变化。在霍姆贝格时期，他开始感受到希腊的自然 - 神灵正在向他靠近，于是，他向母亲宣泄此一感受，并向母亲保证，他的神灵也正是母亲的神灵。在见到母亲并接受了这个"在隐秘之地拥有他的灵魂"的女人的光照之后，他内心开始涌动起一种欲念，他要在异教和基督教的鸿沟之上，搭起一座桥梁。这座桥梁就是诗篇《面包和葡萄酒》。

这是一份气势相当宏伟的诗篇，荷尔德林借这份诗篇，再次回望奥林匹斯和德尔菲。"未来的神灵出自那里，并回归那里。"荷尔德林禁不住再次哀叹已然消逝的古希腊理想。诸神为何离弃我们？"或者说，他是不是曾经回归并展现为凡人的形态呢？他是不是曾经应验并完成那天堂的盛宴，给人带来慰藉呢？"我们生得太晚了。尽管诸神仍然存活，但他们都生活在我们之上的另一个世界，他们似乎不曾关注过我们，忘却了这些软弱的根本无从理解他们的世间凡胎。不过，当这世间有足够多的英雄再次崛起，他们必定会在雷鸣中到来。与此同时，诗人将如同酒神的祭司一般，在黑夜当中，游荡于大地之上。狄奥尼索斯奉派前往世间，预言诸神的离去，不过，诸神留下了面包和葡萄酒作为礼物和保证，保证他们终有一天将会回归。那面包乃是尘世的食物，经过诸神之光的赐福，那葡萄酒乃是雷电之神留下的礼物，这些东西令世人不会忘记诸神曾在世间与我们同在，并且终将回归。那叙利亚之子不正是作为上帝的引路者来到凡人中间的吗？智者看到了这一切；那禁闭的灵魂也浮现出灿烂的笑容。

230

荷尔德林在这份诗篇中运用的诗歌技巧以及神秘的神话观念可以说是无从理解的，此一神话观念将狄奥尼索斯和基督视为一体，视为尘世之上最后的神灵，离去诸神之荣光散射而出的血色残阳。《面包和葡萄酒》当然在荷尔德林的神殿当中增添了一个新神，但荷尔德林的首要信仰仍然是指向希腊神话中的自然－神灵的，是指向天空、大地和光明的，确切地说，就是指向宙斯、塞墨勒和阿波罗的。在这三大神灵的旁边，才是他们的信使狄奥尼索斯，基督则是狄奥尼索斯的另外一个名字。圣餐礼上的面包和葡萄酒将两种观念融为一体。作为一种诗歌意象，这份诗篇乃是独一无二的，因为它在观念上的独特联想，也因为它在基督教和异教之间实施了极为大胆的融合，这样的融合是正统基督徒根本无从接纳的。就荷尔德林而言，这样的融合也只能说是自己在精神冲突当中取得的一场暂时胜利。那样的意象喷薄而出，但也是昙花一现。荷尔德林跨过《面包和葡萄酒》搭建的那座桥，去追寻那意象；但在越过那座桥之后，那意象便消失得无影无踪，荷尔德林却再也没有找到返回的路。诗篇当中所说的"酒神"，乃是献给海因斯（Heinse）的（此人是自然和异教之爱的热忱使徒），这里的酒神观念同"诗人的使命"当中那个意气昂扬的巴库斯神乃是全然不同的，那里的巴库斯要将人们从沉睡中唤醒。《面包和葡萄酒》中的酒神乃是小神，是离去诸神同人类之间的信差。这份诗篇可以说是荷尔德林最后一份用以昭示自然之神即将回归的诗篇，因此，这份诗篇也就绝不意味着荷尔德林改变了信仰。那酒神的确在诗篇当中得到了荣宠，那样的荣耀也的确有几分基督的色彩，但那样的荣耀却也仅仅是依托其信差的身份和职能建立起来的，不过是离去诸神之光芒的黯淡反射而已。那样的光芒曾经是人类生活的日常元素，只可惜，人类已经承受不了此等光芒的直接启示了。荷尔德林就是以这样的方式来应和基督的，这种做法当然不会伤害基督的本性，但荷尔德林也就只能到此为止了。

　　从 1801 年 4 月一直到当年的圣诞节，荷尔德林又一次不得不待在家里，因为他的经济状况实在是拮据。而且荷尔德林此时的精神状况也已经是很容易确定了，只不过他的家人对心理病理学一无所知而已。就当时的境况以及那个时代的情形而论，家人当然不会觉得荷尔德林有什么异常。1801 年 6 月 2 日，荷尔德林最后一次致信席勒，希望得到鼓励和帮助，赢得耶拿一个希腊文学的讲席。此时的席勒已然认定，这个"梦想家"（席勒就是这么轻蔑地向歌德谈起荷尔德林的）已经陷入"危险境况"当中，因此也就没有回复这封求助信。席勒尚且自顾不暇，而且，荷尔德林信中有言，"能够在耶拿同您亲近一些，这已经是我生命中不可或缺的东西了"，这话很可能吓住了席勒。席勒的沉默只能用一种方式来解释了，绝望之下，荷尔德林遂动身前往波尔多，那是 1801 年 12 月。

　　在家中滞留这九个月间，荷尔德林写就了一系列诗篇，这些诗篇都是以无韵体写就的反复曲式颂歌，非常华美，浸润了朦胧的美感。此种诗歌技巧可以溯源于《恩培多克勒之死》，在那份诗篇中，先知实际上表征着荷尔德林本人，而且这个先知的面容也像极了基督。《埃特纳山上的恩培多克勒》依照《面包和葡萄酒》的脉络来解释主人公的使命。这份诗篇乃是要追随"时间之神"前往冥界的，因此也就难以确定，是不是会有另一个统治者前来接受神灵的光照。这份诗篇是献给基督的，这里的基督担当着和解与调解的角色，但是在荷尔德林心目中，基督也不过是诸神当中的一员，也要追随那进献给即将回归的自然之神的恢宏赞歌。

231

《莱茵河》也是一份荣耀颂词，在这份诗篇中，大河的脉流象征着这些半神的命运，正是他们担当着诸神和凡人之间的信使。莱茵河那威严的灵魂渴慕着东方，同时也学会了承受自己的德意志使命，这条大河不正是寓意着荷尔德林本人吗？其他的一些先知，诸如卢梭、基督、狄奥尼索斯以及苏格拉底，也都得以或多或少地清晰呈现出来。如同此一时期的诸多诗篇一样，这份诗篇在结尾处暗示了混乱和即将到来的挫败场景：

> 夜晚，当一切都在无序地
> 重组，而那最初的混沌
> 返归。

232　　《日耳曼尼亚》（*Germania*）应该是荷尔德林离开德意志前往法国之前写就的最后一份诗篇了。这是一份颂诗，它仍然浸润并消融在此一时期诸多诗篇所特有的那种令人迷醉的朦胧美感当中，并在这样的朦胧境地辗转游走。这份极富美感的诗篇，暗示了荷尔德林灵魂中翻滚涌动着的风暴，这样一个灵魂虽然得到了狄俄迪玛的安抚，但也终究潜藏了另一个面相，那就是欧洲的那场革命。当然，德意志精神最终还是平息了这场风暴，他灵魂当中的这两个面相都在诗篇当中得到了神秘暗示，尽管他没有明言。《日耳曼尼亚》乃是荷尔德林所有诗篇当中最具先知气息的，甚至《阿基佩拉古斯》《面包和葡萄酒》在这方面也不能与之相比并论。《日耳曼尼亚》中的神启展现得如此近切，仿佛就要降临了；跟世人渴望的所有神启一样，《日耳曼尼亚》中的神启跟诗人自己的梦想并不是一回

事。那神启当中蕴含着危险。荷尔德林在第一诗节中也给出了
悲伤的申述：他不能再去召唤希腊诸神了。他的灵魂也一定不
能再回归他过分钟爱的那个过去了：

> 因为那是致命的
> 而不允许从睡梦中将亡灵唤醒。

　　然而，荷尔德林毕竟是荷尔德林，他最终还是回望过去，
并令诗篇中的意象和言辞再次沉陷朦胧境地：

> 他觉察到
> 曾经在世之人的影子，
> 正重访大地的古代诸神，
> 因为到来的他们压迫着我们，
> 而那位神圣的神－人的主人将不再
> 长久逗留于那片蓝色的天国。

　　就是在如此艰难的境况当中，荷尔德林展开了前往波尔多
的孤独之旅，在波尔多，他寄居在迈耶家中，这段生涯究竟令
他的精神状况恶化到怎样的程度，我们无从猜度。他灵魂当中
希腊诸神同基督之间的那场战争究竟肆虐到何等程度，我们也
无从知晓。那个法国小女孩是否真的看到荷尔德林在布洛瓦附
近的花园中朝拜心中的那些偶像，我们也无从确认。不过可以
肯定，这些都是荷尔德林生命中的主导激情，这些激情追随着
他回家的足迹。也正是这些激情，在 1802 年到 1804 年一直环
伺并压迫着他，令他在癫狂症的间歇期，极为艰辛地致力于品

达颂诗以及索福克勒斯的《安提戈涅》与《俄狄浦斯王》的翻译工作，这些作品在荷尔德林那里幻化为灵感，而非单纯的翻译。然而，无论这些激情何等严密地包裹着他，压迫着他，他都没有胆量再去召唤它们，除非是借由某种转接机制。原因很简单，那个苍白的加利利人，那个"唯一者"，于他的关系仍然是更为近切的：

> 我的君王和主人
> 噢，是你，我的导师，
> 为何离我如此遥远？
> 而当我询问古人，
> 英雄们，
> 和诸神，为何你
> 缄默不语？而今，我的灵魂
> 充满悲伤，仿佛神圣者是妒忌的；
> 以至于如果我侍奉谁，其余的就会将我贬损。
> 然而我完全明白，那是
> 我自己的错，因为，噢，我的基督
> 我太依赖于你
> 我，赫拉克勒斯的亲兄弟……

> 而爱，维系于一人……

《唯一者》（*The Only One*）这份诗篇，标志着荷尔德林内心希腊与基督之间的冲突的顶峰。他从法国返回之后写就了这份诗篇，此时，他已经接近最终的崩溃。这份诗篇并未完成，尽管荷尔德林后来尝试将其完工，但他的努力只能带来一团混乱，这本身也就足以揭示出他极大的心灵困顿。在这份诗篇当中，他承认了如下事实：他不能同时侍奉两个主人。最终，他选择了弃绝希腊诸神，转而信靠基督，对此，他给出了极具悲剧性的申述："我太依赖你们了"。这并非理智上的信念，因为此时的荷尔德林仍然相信，所有的神灵都源自共同的父亲。不过，他在诸神当中展开和解的努力最终令他崩溃：

> 而我大胆地向你们宣告
> 艺术也是狄奥尼索斯的兄弟，
> 谁给虎驾的篷车套上车轭
> 下到最遥远的印度
> 播撒欢愉的侍奉，
> 并种下藤树，
> 驯化民众的愤怒。
> 但是，仍有一种羞惭禁止我
> 拿这些世界的各色之人同你们比较。
> 然而，我清楚你们的创造者，
> 你们的父乃是同一个……

由此，这份诗篇以混沌草草收场。

《帕特摩斯》（*Patmos*）很可能是 1803 年的作品，也是荷尔德林予以完工的最后诗篇，在这份诗篇中，希腊诸神最终消逝而去，由此，先知便也失去了见证神灵或者塑造基督形象的希望。在这份诗篇中，荷尔德林当然提供了相应的意象，但那 234

样的意象再无愉悦可言：

> 在可见的愤怒中，有一次，我看见过
> 天国的君王；并非我要成为什么，
> 而是去认知……

　　这份诗篇极富启示录色彩，以基督之生死为题，但是，其中已经完全没有了霍姆贝格时期甚至之后一段时期充溢着荷尔德林内心的那种神秘期待。就在这么一个准备好了迎接至高神启的时刻，基督却手持那把以火与力锻造的刀剑，挡在荷尔德林的路上，这在荷尔德林的生涯中，已经不是第一次了，也不是最后一次。这次，荷尔德林那已经激昂而起、准备迎接诸神的心灵，一下子碎裂了。他那已经得到升华以便理解诸神的心，也在一瞬间崩解了。自他童年时代开始，基督就一直驻守在他心灵的幽深之处，一直在等待着这么一个时刻：

> 太多，我已遭受过
> 为了你和你"人子"的计划，
> 哦，圣母玛利亚，因为我曾听说过他
> 在我甜蜜的青春。

　　在背离自然诸神之后，荷尔德林便转而敬拜那个新来的闯入者，一开始，那崇拜展现得气势恢宏，而后，便变得犹疑不决，前后不一了。最终，荷尔德林回归母亲膝前，口中念念有词，那是破碎的感恩祈祷：

您的典范、您的劝诫，都引领我敬拜那更高的神灵，这令我至今都受益匪浅，您的神灵在一切属灵事物当中，本身就是值得崇敬的，您在我生命中的存在更令我的信仰得到了强化。①

———————————

① 这段话写于 1807 年，也就是荷尔德林精神崩溃五年之后。

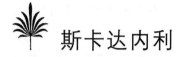

斯卡达内利

> 我在诸神的怀抱中得到哺育并长大

在荷尔德林的心灵完全没入黑暗之后很长一段时间,对希腊的渴望以及对诸神之存在的神秘感受,一直都不曾消退。法国南方,那里的民众以及古老的废墟,令他对希腊有了更为近切的感受,他在返回德意志之后这样写道。他还颇为含混地谈到了"那强有力的元素,那天堂的火",而且还给出了相当醒目的申述:"鉴于神话传说都在讲述英雄的故事,那么我也可以说,我是被阿波罗击倒的。"一些批评家虽然尽心尽责,但不够敏锐,他们竟然认为这话的意思可能是指荷尔德林在回家路上中了暑,荷尔德林的这趟回家之旅包裹在一片晦暗当中,刚才引述的那个故事根本无助于揭开这个谜团。荷尔德林早在1798 年,就曾谈到某种"恶灵"正在折磨着他。在动身前往法国的前夜,他尚且致信友人:"现在我担心,我的命运将会跟坦塔罗斯的命运一样,坦塔罗斯根本没办法吞噬那么多的神灵。"① 《恩培多克勒》这份诗篇同样充斥着悲剧预感。在《安提戈涅》评注当中,也有一段话特别谈到了癫狂,这似乎暗示了,他在最终崩溃之前,已经有了崩溃的体验,而且也暗

235

---

① 这实际上是借用了品达的一句颂词,见 Pindar, *Olympian*, I, 54 – 57。

示出，他差不多是有意识地靠着癫狂来寻求逃避：

> 在意识臻于极致的时刻，逃避意识，在被神灵真正抓住之前，用大胆甚至亵渎的言辞对付神灵，由此来防护精神之神圣的生存空间，此乃处身隐秘境地的灵魂往往会采用的一项重大防御措施。

　　回家之后，荷尔德林判若两人，而且极为专注地从事希腊作品的翻译工作。在发病间歇期，他表现得更是清明。这一切都令辛克莱尔拒绝相信荷尔德林真的疯了，反而认定他只不过是在效仿哈姆雷特，装疯卖傻，以此逃避生活。1804年，辛克莱尔将他从家中带走，在黑森－霍姆贝格公爵那里给他找到一个图书管理员职位，由自己给他支付薪水。然而，荷尔德林的状况显著恶化，他于1806年被移交给图宾根的一家诊所。为期一年的治疗虽然没有根除病状，不过也已经令他成为不那么危险的疯子了，于是他于1807年离开诊所，并在图宾根与一个名叫齐默尔（Zimmer）的木匠同住。在那里，他一直待到1843年去世，这期间，一直都有温和且合理的监管。同样也是在这个时期，荷尔德林的精神状况每况愈下，不过，剧烈爆发的情况越来越少见了，而且也不是那么压抑了。

　　传闻、文献以及报纸杂志都对这个时期极为关注，种种说法更是五花八门，这也就难怪波墨会有如此决绝的怀疑，他对流传下来的一切描述和故事都不相信。然而，最富悲剧色彩的故事却并非依托传闻而来。1804年7月，小沃斯（Voss the younger）将荷尔德林的几段索福克勒斯译文大声朗读给席勒

236

和歌德听。这些译稿刚刚出版，很显然，此前，有关荷尔德林境况的一切消息都不曾传递到魏玛这个封闭的圈子。荷尔德林的译文是席勒一直都想望予以媲美而不得的，今天，世人普遍认为荷尔德林的译本乃是绝佳之作，尽管偶尔会有不准确的地方。这些译文绝对都足以成为辉煌诗篇，特别是其中的合唱队唱词，更是散发出令人迷醉的朦胧之美。然而，静穆和单纯在荷尔德林的译文中是完全不在场的，而且，在《安提戈涅》译稿中，荷尔德林还给诸神起了很怪异的名字，译者本人在注解中就此事做出了解释。他认为，"上帝"一词用于指称希腊诸神在这个时代显然已经不合适了，因为基督已经将此一称谓篡为己用了。荷尔德林的索福克勒斯译本完全未能赢得德意志主要希腊主义者的认肯；整个这派人都不免在内心里自问，此人究竟是不是真的疯了。"一定要读一读《安提戈涅》的第四段合唱队唱词，"沃斯致信友人说，"估计您能想象席勒是怎么笑的。"数年之后，荷尔德林差不多已经丧失了记忆，然而，也就是在这样的状态之下，一个曾经悲剧性地彻底误解了他的人的名字，竟然还能够令他闪现出一瞬间的旧日热情。"荣耀的席勒！"这个可怜人禁不住脱口而出，尽管此时他已经记不得自己的名字，自称"斯卡达内利"（Scardanelli）。

　　然而，荷尔德林已然朦胧的记忆中，仍然存留着希腊人，而且那朦胧的希腊记忆反而变得更为强韧。在发病的早期（至少有这样的传闻），家人曾专门请了一个颇有天分的年轻人给荷尔德林朗诵荷马诗篇，借此来缓解症状的爆发烈度。荷尔德林曾经信仰的希腊之美，此时无可拆解地同他对一个已经故去的女人的记忆纠结在一起，这个女人的信笺他仍然保存着，不过，很可能已经被遗忘在杂乱的书稿堆里了。

假如相隔遥远，虽然我们此刻分离，

我依然为你和你之过去所熟悉，

噢，我痛苦的共享者，

能否显露你的拳拳善意……

渐渐地，荷尔德林失去了持续写作的能力，不过，他仍然在残篇断页间写下给狄俄迪玛的信笺，有时候用散文体，更多的时候则是用品达体或阿尔凯奥斯体，这些文字一直都是围绕同样的主题展开的：同上帝或命运的搏斗与缠斗、对希腊的敬意。至少，这是魏布林格（Waiblinger）的说法。此一时期，荷尔德林的言谈中掺杂着德语、拉丁语和希腊语，令人无从理解。1811 年，荷马诗篇偶尔还是能够对荷尔德林的病状形成安抚，生活中一点点的不如意或者一点点的轻慢，都有可能令他发病，这同正常状态之下他那种谦卑风格形成了极为怪异的对比。1822 年，当魏布林格第一次见到他的时候，他尚且拥有连贯的表达能力，不过，仅仅是围绕三个话题展开的，其一是苦难，其二是俄狄浦斯，其三便是希腊人。据说，他听闻1822 年的希腊解放战争之时，仍然能够散射出一瞬间的热情之光，但仅仅是一瞬间，接着，他便重新没入无尽的黯然和冷漠当中，将自己闭锁在隐秘之地，关切着一己之思。

接下来的一个时期，荷尔德林对希腊的爱转变为狂躁和愤怒。这个时期，他会简短地拜访正在翻译埃斯库罗斯的康茨（Conz），眼神中常常会表现出提防和紧张，他会大声阅读几段原文。接着，他会突然高声喊叫说："我一个词都看不懂！这简直是天书！"言语间还爆发出阵阵歇斯底里的怪笑。1824 年，魏布林格对荷尔德林有了很深的了解，但也就是在这个时候，希腊成了荷尔德林的禁忌话题。法兰克福、狄俄迪玛、他昔日的诗篇、希腊人，这一切都是不能在他面前提起的。倘若有访客因为疏忽或者是出于故意而打破了这个禁忌，他就会变得极端亢奋且愤怒。有那么一次，他尖叫着说，狄俄迪玛为他生了很多儿子，现在已经疯了。最后，仅存的这么一点儿可怜记忆也离他而去。当费舍尔向他索要一份诗人在不惑之年写就的诗篇时（此时的荷尔德林仍然能够随意写就愉悦、轻快的韵文，虽然那样的诗篇已经没有任何意涵可言了），他即刻应答说："既然阁下有令，我自当遵从。那么阁下要哪方面的呢？春天？希腊？还是时代精神？"费舍尔选择了时代精神。

"没别的，就是对该死的异教徒的热忱，冲昏了他的头脑。"据说这是担当着荷尔德林养父职责的木匠齐默尔1836年向年轻的德意志作家古斯塔夫·库恩（Gustav Kühne）说的话。倘若齐默尔真的有这么一番高论，那也足以见出这个木匠的锐见，即便不能说这话正中要害。荷尔德林的精神崩溃之直接原因或者说是直接症状，在我看来就是他在那最后的关键时刻得到的令谕，这令谕要求他改变对即将满载荣光回归世间的希腊诸神的忠诚，转而将这忠诚交付人子基督。此前，他的精神一直都是靠着希腊梦想活着的，一旦弃绝了那样的梦想，他的精神便随之死亡了。这死亡倒也不是顷刻间便到来的，而是在经历了长时间的折磨和痛楚之后到来的，也就是在这么一个过程中，他那狂躁的病状逐渐淡化为绝望的冷漠。紧随死亡哀鸣而来的是一片静寂，那静寂之中回荡着斯卡达内利的哽咽之声，此时的荷尔德林已经完全不知道自己的名字了。这个世界最伟大的诗人之一，就这么毁灭了，这景象实在令人惊惧。此情此景，人们甚至都分不清楚，究竟是一度宠爱着荷尔德林的希腊诸神抛弃了荷尔德林，还是此时的荷尔德林已经同诸神重聚了？

温克尔曼的希腊观念作为一个活的传统，借由莱辛、赫尔德、歌德和席勒这么一个脉络得以串联并传递下来，荷尔德林则是这个统绪的最后一脉。荷尔德林同赫尔德、歌德、席勒都有个人交往，还尊席勒为老师、主人，从席勒那里接收信息。然而，温克尔曼诸门徒当中这个心地最为单纯者，却没有留下自己的追随者。他一生中最重要的诗篇直到 1826 年才开始结集出版，其中有很多都是第一次面世；他最伟大的诗篇则要等到 1846 年才算真正同世人见面；他毕生最具分量的一些断篇，则要等到今天才得以刊印在《神殿入口》（*Propyläen*）当中，跟公众见面。辛格纳吉（Zinkernagel）在岛屿出版社出版了荷尔德林文集，这是荷尔德林作品的第一座纪念碑，荷尔德林也得以第一次有机会充分展现在世人面前。不管从哪个角度来看，荷尔德林都是在 20 世纪才被人们发掘出来的，当然，尼采是个众所周知的例外，他了解并崇敬荷尔德林。

荷尔德林之后，温克尔曼开启的这条脉络便断了，温克尔曼的希腊梦想便也随同荷尔德林归于消逝。自温克尔曼发掘出那样一个希腊之后，德意志人对古希腊的浪漫乡愁便被激起了，这乡愁在荷尔德林这里臻于巅峰，也归于完结，荷尔德林也因此沦为一种理想的祭品，这理想，即便是荷尔德林的信和爱，也是不能实现的。这场挫败令荷尔德林承受了个体的绝望，当然，并非他一人有这样的绝望。不过，他是第一个酝酿并享受那种自我牺牲观念的人，当初，温克尔曼可是拒斥了此等观念的。希腊诸神已然死去，这是赫尔德予以认

239

定的，是席勒予以强烈追怀的，是歌德在《浮士德》第二部予以最终认肯的，为此，歌德还说："让他们走吧，他们的日子结束了。"不过，唯有荷尔德林拒绝接受此一事实，并且也发现自己不能接受此一事实。德意志古典运动的两大巨头，对于希腊黄金时代的消逝表示出极为痛彻的遗憾之情，这样的情感同荷尔德林予以伸张的那种乡愁完全不可同日而语。对他来说，希腊黄金时代乃是他所珍视的精神财产，这情感是如此浪漫，就如同置身北方荒凉之地的杉树，在梦想着火热南国的棕榈树一般，兀自哀伤落泪。歌德和席勒都曾尝试将那棕榈树移植过来，但结果反而是令那梦想碎裂。两人都发觉，那古老的希腊于现代人乃是无缘的理想，两人也都从这一梦想当中惊醒。荷尔德林拒绝接受这一点。他转而认从席勒式的未来愿景，在那样的愿景中，希腊式的和谐将在更高的境界中得以重建，显然，这仅仅是形而上学冥思之事，而非现实操作之事。席勒极为尖锐地将真实世界和理想世界区分开来，并且也能够在两个世界之间转换身份，席勒的这堂课是荷尔德林根本没有学过的，而且荷尔德林想必也学不会。但席勒终究是一个伟大梦想家，他的梦想当中蕴含了极为巨大的灵感力量，令他的梦想成了荷尔德林的现实。荷尔德林信从席勒的理想未来，他将这样的未来阐释为诸神的回归，并且，他还向这个世界传扬着此一信息。至于席勒，虽然从某种意义上说是他创造了荷尔德林，但他最终从这理想之地背身离去。精神之父最终还是抛弃了自己的精神子嗣。

作为温克尔曼统绪的最后传承者，荷尔德林的命运蕴含了噩梦般的逻辑特质。数代伟大人物对于一个伟大过去的爱恋和

渴望，竟然在荷尔德林这里结晶为一个固定观念：那个消逝的 240
黄金时代即将回归。这本身就是十足的讽刺。对希腊诸神的审
美热情，竟然造就了这么一个率真且忠实的信徒并以此作为收
场。这也是十足的讽刺。异教和基督教之间的战争由此便在这
个年轻人的心灵当中获得了一个悲剧性的终局，对这个年轻人
来说，这场战争不仅是哲学问题或者个人气质问题，甚至也不
仅是致力于调解两种不同生活观念的诗性欲念问题，还是人类
精神之生存还是毁灭的问题。

　　之所以会出现这样的情状，乃是因为温克尔曼在发现希腊
的时候，也解放了德意志人，令德意志心灵如同飞蛾扑火一般
扑向一种观念。现在，是反抗的时候了。令人欣慰的是，此
时，造反者已经诞生了。

第七章

反叛者：海涅
(1797 ～ 1856)

路西法

海涅作为抒情诗人的地位如今是人人都认肯的，不过，他
的作品作为一个整体却一直都不曾得到充分评估，当然，部分
原因在于，此种尝试本身有着相当难度。在青少年时代之后，
海涅便不再运用任何形式的传统文体了，青少年时期的海涅曾
写就两部并不成熟但也并非没有前途的韵文体悲剧①，并且还
着手创作一部小说②。此一时期，海涅写就的成形作品除了上
述两部悲剧和一部小说，还有一部诙谐体的史诗③和一份讽刺
体的叙事诗④。在埃尔斯特版的海涅作品集中，散文体作品占
据了七卷中的五卷，这些散文体作品的形式并不明确，内容颇
为复杂，情感也是多种多样。此外，还有一些游记作品⑤，风
格不一，有的是浪漫派风格，有的是印象主义风格，还有的则
是现实主义风格，其中包含了大量主观和虚拟的素材，纯粹描
述性的东西极少，有很多都是对生活的反思。文学评论和美学

---

① *Almansor*，1821；*Ratcliff*，1822.
② *The Rabbi of Bacherach*，1824－1826.
③ *Atta Troll*，1842.
④ *Germany，a Winter's Tale*，1844.
⑤ *The Journey through the Harz*，1824；*The North Sea III*，1826；*English Fragments*，1827－1830；*The Journey from Munich to Genoa*，1828－1829；*The Town of Lucca*，1829－1830.

评论方面的东西①，则最终都成了政治、宗教以及社会性的宣传作品。更为纯粹一些的政治作品②，则诗性的内容和理论的内容差不多平分秋色；自传作品③赋有玄想的神秘特质，要么是为着论战目的而展开的宗教自白，要么是对过去进行的极富想象力的重构。他写就的浪漫传奇故事④则是虚构、自传和象征主义的集合。关于德意志哲学的作品⑤实质上是一份预言。几部芭蕾舞剧本⑥深染宣传色彩；民间故事和传奇故事集⑦都是审美性质而非科学性质的文字，有着强烈的情感诉求。海涅运用的标题极具误导性，他的写作技巧也极其令人困惑。传记⑧会在无形中变成自传，会自行消解为一系列的攻击和谴责，并最终消融为一种神话叙事。讽刺作品⑨则会在一番渲染之后，幻化成种种愿景。

将海涅称为随笔作家或者小册子作家，这恐怕是低估了他；将他斥为报刊作家，则是严重的不公。"讽刺作家"这个称谓似乎更为切题一些，不过，也完全不足以涵盖海涅作品所

---

① *Romantic Poetry*, 1829；*Menzel's German Literature*, 1828；*French Painters*, 1831；*The Romantic School*, 1833 – 1835；*Letters about the French Stage*, 1837；*Introduction to Don Quixote*, 1837；*Shakespeare's Girls and Women*, 1838.

② *Introdution to Kahldorf on the Nobility*, 1831；*Conditon in France*, 1832；*Lutetia*, 1840 – 1844.

③ *Ideas*, 1826；*Epilogue to Romancero*, 1851；*Preface to Salon II*, 1852；*Confessions*, 1853 – 1854；*Memoirs*, 1855 – 1856.

④ *Schnabelewopski*, 1833；*Florentine Nights*, 1836.

⑤ *History of Religion and Philosophy in Germany*, 1834.

⑥ *The Goddess Diana*, 1846；*Doctor Faust*, 1847.

⑦ *Elemental Spirit*, 1836；*Gods in Exile*, 1853.

⑧ *Ludwig Borne*, 1839.

⑨ *The Baths of Lucca*, 1829.

展现出的异乎寻常的情感。而且，海涅在作品中刻意为之的自我剖白显然不能归并在"讽刺作家"这一称谓之下；在海涅作品中，第一人称的运用是占据主导地位的。即便是讽刺元素也并没有贯穿海涅的全部作品；在他的六部更具分量的散文作品中，讽刺元素总体上只是扮演了一个次要角色，诸如他有关德意志哲学和文学史的作品、他对 1832 年和 1840～1844 年巴黎的叙述，以及他的民间故事和传奇故事，等等。事情的真相在于：海涅并非自己作品的唯一作者；他还有一个合作者，这个合作者是无情的奴隶主，也是海涅的仇敌，同时也是海涅的不幸伙伴。这个合作者就是海涅处身其中的时代精神，海涅自己称之为"观念"。"不，并不是我们抓住了观念；是观念抓住了我们，它奴役我们，用鞭子驱赶我们进入角斗场，我们不得不为它而战，就如同古代的角斗士一样。"早在成年之前，就像海涅自己所说的那样，他就已经加入了自由大军。也许，更恰当的说法应当是：早在成年之前，他就已经被那粗笨的政治机器吸进去了，那机器将他拖进世事污浊当中，碾压他，最终又把他吐了出来。海涅的生活实际上是一场悲剧。每一场、每一幕，海涅都亲笔记录下来，这记录工作乃是在他那严厉的合作者的监督之下实施的，这个合作者总是过分热心地介入其事。就这样，海涅和这个合作者轮流书写主人公及其对头。结 245果，海涅的作品无法形成一个和谐的整体，每部作品都自成一体，分别呈现出一个天才在同激荡时代缠斗之时犯下的种种罪错以及承受的种种苦难。海涅的作品集所呈现的就是诗与生活之冲突的现代版本，这个版本是非常伟大的，不过，基本上也是模糊难辨、令人费解的，这是因为这些作品并未凝结为明确、固定的形态，而是在时光中涣散飘摇。海涅的精神生涯

338 / 第七章 反叛者：海涅（1797～1856）

之开启当然是对生活轻浮且莽撞的挑战，这样的生涯经历了众多的起起伏伏，包含了诸多闹剧场景，睿智颇多，基本的态度是玩世不恭与屡败屡战。总体来说，海涅的全部作品构成了一部悲剧，他的抒情诗在其中扮演了合唱队的角色。那样的抒情诗篇散射出透人心脾的甜蜜，也渗透了莫可名状的痛楚，在乐感节律当中，回响着主人公的全部激情和情感。这其中，最具启示色彩的而且很可能也是最具悲剧色彩的，乃是恐惧，那是在面对四处奔袭而来的滚滚红尘之时生出的激情。这就是一出大戏，如同画卷一般在读者面前缓缓展开，这样一出戏剧灌注了令人痛彻心扉的现实主义气息，尽管海涅一直都竭力以理想化的态势来刻画主人公。此种理想化的处理方式当然产生了反弹，最终令他自己深受其害，这样的效果丝毫不逊色于他对敌人实施的恶毒攻击；如果说整出戏剧是一种自我呈现，那也同样可以说，这样的戏剧是一种自我揭露。事实上，人们也都在反复引述他发表的作品，以此证明海涅此人是记恨、恶毒、残忍之辈，他为人怯懦，甚至没有信义，有着强烈的自怜自负倾向，满心妒意和恨意。不过（除了一直都在对他发挥着救赎效能的心灵之美），他作品当中也不乏段落展示他的慷慨、仁慈、友善、勇敢以及忠诚。那么，何以调和他的侠义精神与他的肮脏漫骂之声呢？何以调和他那种大无畏的精神与他的恐惧喊叫呢？他内心的绵绵恨意，奔涌不绝，那背后显然潜藏了恶魔般的能量，同时，他内心的爱意也到了匪夷所思的境地，这样的情形究竟又是怎么回事呢？倘若回望一下他生命当中最后八年的那个殉道期，便不难想见一个惊颤不已、面色苍白的惶恐犹太人形象同种种普罗米修斯式的意象是如何纠结起来，轮番展现在读者面前的。那八年的殉道时光，因为奉献给一桩伟大事业而尽享光华，但其中也充斥着犹疑和软弱，在这一切之中似乎灌注了一种兼具悲剧感和美感的目标诉求。然而，这两种意象实际上都经不起仔细考察，而且，他那魔鬼般的笑声也足以将这两种意象击得粉碎，由此便有另一种更为贴切的意象浮现而出，那是海涅用来指称"黑色威廉"的比喻性说法，海涅曾亲眼见证因为同谋爱德华·汤普森的揭发而在老贝利被处死的场景：

据中世纪传说，撒旦曾经是个天使，同众天使一起生活在天堂，后来，他尝试怂恿众天使造反，上帝将他贬入地狱的永恒黑暗当中。从天堂坠落之时，撒旦的眼睛就一直盯视着上界，他一直就那么死死地盯着那个揭发了他的天使。他在地狱当中沉陷得越深，他的眼神就越可怕。那必定是令人毛骨悚然的眼神，因为一直被盯视的那个天使变得面如死灰；从此之后，那个天使的脸上再也没了光彩；后来，那个揭发了撒旦的天使被称为死亡天使。

现在，死亡天使爱德华·汤普森也变得面如死灰了。

可惜的是，海涅的敌人绝少有谁具备足够的想象力，因此，在海涅那可悲的不断坠落的过程中，不会有谁真的变得面如死灰，即便有这样的人，也是为数极少的。不过，在这个过程中，海涅那痛苦、恶毒的目光也着实令人害怕。海涅之坠落正是这些人所为，这一点可以肯定，但罪责真的在他们身上吗？诸如普拉滕（Platen）公爵、卡尔·古茨科（Carl

246

Gutzkow）乃至路德维希·伯尔纳（Ludwig Börne）之流，以及一干宵小，这样的人，真的有能力压倒海涅吗？更不用说那一干俗众同谋了。于是，人们也就有理由认为，此类人物在海涅的生命中，不过是顺势而为，就如同重力法则一样，不断地侵袭这个不幸诗人。海涅处身其中的那个时代，生活的阴暗领域似乎一直都是他摆脱不了的，似乎一直都在追逐他，而且，看起来他也是无可挣脱的了，因为他是个犹太人，还是个满怀自由激情的极度敏感的诗人。此外，他的经济状况永远都不曾改观，他的家庭情感永远都是那么强烈。种族上的偏见、文学上的嘲讽、政治上的指控、经济上的拮据以及家族方面遭遇的刻薄对待，这一切的元素都汇聚起来，最终令海涅从诗歌的天堂跌落，沉入谩骂和阴谋的黑暗深渊当中。然而，他的境遇并未到此为止。他不仅就禀性而言没有能力超脱世事，而且还想望着在诗歌天堂与红尘世事中都要实现梦想和理想。抓住那被人叫作“自由”的喀迈拉，并借由制度手段将之确立于世；以手中如椽大笔去书写并找寻那和平、丰裕、和谐的黄金时代。这些都是他的目标和诉求，在他的作品中处处可见；这些都是他要求自己的天才去做的事情。然而，这样的目标和诉求违反了游戏规则。天才之本性就在于其永恒性，这样的本性跟时间无涉；所谓天才，是要挣脱相对和绝对这一对比框架，如果一定要就天才说些什么的话，那就只能说，天才必定要尽可能地在形式上向着完美靠拢，并靠着这样的手段展开自我表达。然而，海涅却将自己的天才消解在时间脉流当中，他选择了去创造仅仅具备相对价值的东西。他的作品尽管都拥有巨大的美感，但也都负载了诗性想象和冷硬事实之间的歧异和裂痕，犹如同床异梦者之间的关系那样令人难安，两者终究难免要不停地扭打、搏斗，难免要沉陷彼此间的怒火当中，分道扬镳的命运是无可避免的。海涅试图从永恒梦想之境进驻现实规划之境，从根本上便已经犯下巨大错误。这令他从永恒之境坠落到时间洪流当中，这实质上是他生命中的悲剧，他在道德上的滑落和退步只不过是此一悲剧的一个侧面而已，而且还不是最具分量的一个侧面。然而，即便是这一点，也不能完整地解释诗人在面对海涅之时，不免要生出的那种非理性感受。实际上，海涅的自我感受也同样是非理性的。人们不难察觉出，海涅生命中的此类堕落现象尚在其次，因为人们都不难感受到，在另外一个地方、在另外的某个时刻，海涅身上发生了一场严重得多的堕落。那样一场堕落跟种族偏见无关，而是某种可怕的个体性的灾难：

> 哦，且让我饱览往事，俯瞰今人，那是怎样一番光景啊！且让我漂荡黑夜的大海之上，倾听波涛翻滚，所有的感觉和记忆一下子在内心苏醒，我仿佛在俯临人世，突然袭来的恐慌令我战栗、迷狂，令我跌落这尘世；我一度感到自己的眼睛因这远观而变得无比澄明，似乎真真切切地见证了星体在天空穿行，但是那炫目的光华又遮蔽了我的双眸；接着，就仿佛千年的沧桑和万般的思绪涌上心头，那是难以尽数的古老智慧；但是，这一切又是何其朦胧，令我难明其意。

此类返祖记忆暗示了一个堕落的神灵。诗人很可能意识到了此乃一场无可挽回的毁灭，一种失落了希望的生活，正是此种意识，令海涅倾注自己的全部睿智、诙谐以及讽刺才能，意 248

图推翻人间君王和权贵，甚至将更为强大的神灵也拉下台来：

> 他就那么面露着笑容，仿佛他自己就是毁灭之神。就仿佛他希望看到毁灭，毁灭一切，只要他还能够承受那巨大的毁灭带来的噪音。

这的确是路西法的微笑，无所畏惧，无往不利。这撒旦式的毁灭情感当中无可拆解地化育了一种兼具羞耻和悲伤的激情。海涅，既被逐出天堂，便只能承受自身之内部光亮同尘世黑暗之间那无可猜度的深渊，他无法在二者之间展开和解：

> 诗人总是借助诗篇之光华现身这个世界；诗人可远观不可亵玩，远观之下，他们实在光彩照人。但切不可近观诗人！若是远观，他们周身都散射出美妙的光芒，令人如同置身夏夜的凉亭和草地，仿佛他们就是落在尘世的星星，是花园里玩耍的王子遗落的宝石珠玉；或者是草丛中落下的夕阳余晖，在嬉戏跳跃，等待着与黎明聚会，等待着融入黎明的霞光当中。切不可在朗朗天日之下去找寻这星星、这珠玉、这落日余晖。否则，就只能看到一条褪了色的可怜小虫，在泥土中仓皇爬行，看一眼便令人倍感憎恶，你都不愿意踩它一脚，因为它实在是太可怜、太卑微了。

海涅真的像他自认的那般伟大吗？他时常宣称自己是诸神的一员，真的是这样吗？他常常以动人的辞令宣示说，他是不朽的诗人，只因境遇所迫零落尘泥，在这肮脏世事中挣扎搏杀，是这样吗？在他身上，我们所见证的究竟是一出真切悲剧，还是一番纯粹的恼人说辞呢？倘若海涅在 1848 年死去，人们势必不会就这些问题给出毫无犹疑的肯定回答。"不朽"是个大词，倘若海涅死在 1848 年，人们也许不会将这个词用在海涅身上。"英雄"一词蕴含了仰慕之情，完全有可能被世人滥用。海涅将自己的心灵投注于红尘俗世当中，寄托于现实诉求，这其中当然有滥用和浪费的情况。但不管怎么说，海涅的心灵都是一个伟大诗人的心灵，从中彰显而出的愿景令海涅远远地超越世间俗众，这一点有 1851 年的《罗曼采罗》（*Romancero*）为证，而且还有一些散文作品以及一些身后面世的诗篇也可以为证。如果说他的三十载成年生涯更容易招致诟病而非赞誉，且更令人们难以平心静气地对他予以评判的话，那么也可以说，在他生命中最后八年的殉道时光当中，他的英雄主义情怀则是如同亮光一般，散射而出，这一点无人可以质疑。海涅并非擅长隐忍之人；特别是在生涯开启之时，那狂放的哀叹之词一再从他口中喷发而出。但实际上，他的行为完全是顺其自然的，而且他的耐性也是相当可观的。他的幽默感、机智、爱美之心、情感，乃至他的敌意，都是即时而发，并集结起来，令他浑身都充满狂暴的、创造性的能量，正是因为他时常宣称自己是超人，此说也并不为过。他的灵魂则依然自有其"日出日落"。他是在自身想象力那"崇高且永不褪色的荣耀"当中寻求力量和慰藉的。即便在不断遭受身体痛楚的那些年，他的心灵依然能够愉悦他人，也能愉悦自己。这真是奇迹，足以令众人在仰慕中哑口无言。

　　时间，自然会摧毁人的身体组织，它毁掉了海涅的骨头，

249

令海涅的肌肉萎缩。尽管他正值鼎盛年华，时间还是无情地将他抛弃，令他成为运动和事件洪流的局外人，令他在"床褥墓穴"中度日如年。当初，他为之奉献天才的事业同时也在侵蚀他的灵魂，但现在，这一切都离他而去了。这八年的时光可以说是静止的，海涅则在这段时光当中，纵情于或美丽或邪恶的愿景和幻象当中。有时候，愿景或者幻象也会消退而去，令海涅可以看到那可怕且无望的现实。于是，现实令他惊惧，显然，这是一个遭受着病痛折磨的路西法：

　　1480 年，诸般歌谣回响在德意志大地，这些歌谣比德意志昔日的任何歌谣都要甜美，都要可爱；人们无分老幼，特别是妇女，都沉醉在这些歌谣当中，甚至于一个人行遍德意志大地，从日出到日落，到处都能听到此类吟唱。然而，这些歌谣……乃是一个年轻牧师所作，他正遭受着病痛折磨，在狂野中离群索居，自绝于世。读者当然都知道，在中世纪，麻风病意味着什么，也都知道，贫穷可怜之人一旦患上此等无可救治的疾病，会被隔绝在人类社会之外，禁止接近同伴。这样的人，会像活死人那样四处游荡，从头到脚，将自己包裹得严严实实，一条头巾将脸遮挡起来，还需要手持拉撒路拨浪鼓，以便适时警告人们，他要路过，请回避。这个可怜牧师就是这不幸群体中的一员，即便是《林堡编年史》也不能忘怀他的诗才；当整个德意志大地都如醉如痴地吟唱他书写的歌谣之时，他却枯坐孤寂境地，兀自伤怀。他的诗才、他的令名，正在于他那天下闻名的讽刺之能，他无情地嘲讽上帝，无论中世纪那华美饰物给予上帝何等打扮，当日之情形不正是今日之情形吗？……我时常在哀伤的午夜幻象当中，看到那牧师就站在我面前，《林堡编年史》中的他，于是成了我的兄弟，如同阿波罗一般显灵了；他那苦难的眼神散射出异样的光芒，透过那遮挡脸庞的头巾，盯视着我；不过，转瞬之间，他便飘摇而去，只听见那拨浪鼓的声音渐渐远去，如梦如幻。

作为鬼魂的诸神

　　海涅的希腊语功夫足以阅读荷马诗篇原文；他对荷马诗篇
了解得非常透彻，而且也有充分认知。他对希腊悲剧作家所言
不多，尽管他肯定读过他们，也喜欢他们。他倒是极为敬仰阿
里斯托芬，他在阿里斯托芬身上辨识出跟自己类似的精神，并
且只用寥寥数语，便以雷霆之势将阿里斯托芬的作品刻画出
来，足以令施莱格尔无地自容。简言之，海涅谙熟希腊文学，
是希腊文学颇为昌明的仰慕者，不过，他从一开始就决绝地反
对现代人模仿希腊题材和古典节律。希腊诸神、希腊英雄以及
希腊神话不仅是海涅的老相识，而且，这一切于海涅而言也都
是活生生的观念，海涅心灵之塑造，这些观念都是功不可没
的。他稔熟无数的古典掌故，此类掌故在他的作品中不断出
现。当然，一般而言，他会在其中融入自己的创造性理解，而
且他也总是将希腊掌故同犹太教传统、基督教传统乃至东方神
话中的掌故予以并置、比较或者对照。没有可能也没有必要去
251　仔细考证希腊影响力是借由怎样的德意志渠道传递到海涅这里
的；原因很简单，在海涅时代，希腊观念已然融入海涅呼吸的
空气当中了。《自白》（Confession）中有那么一段话申述了倘
若他作为一个德意志神父和考古学家能够置身罗马，那将会是
何等美妙的生活，从这段话中不难见出，海涅是研读过温克尔

曼信笺的。倘若温克尔曼读到海涅给予拉奥孔群雕的献词，想必会在墓冢中激奋不已：

> 此刻，来甜蜜地拥抱我，
> 你那美丽的迷人的捆绑；
> 优雅地，缠绕我，
> 用身体、手和足！
>
> 她已盘卷并将我缠绕
> 她那美丽的婀娜之姿——
> 我，乃至福的拉奥孔，
> 她，乃最奇妙的蛇。

　　海涅另有一份题为《吗啡》（*Morphine*）的诗篇是直接从莱辛有关"死亡"和"睡眠"这对孪生兄弟的小册子当中获取的灵感。不过，这份诗篇之结尾却是相当痛楚的，是以希腊谚语"于人类而言，最好之事莫过于不曾出生"作为结尾的。海涅对莱辛极为敬重，对席勒那样的伟大心灵同样敬仰，但经常嘲讽席勒的诗歌。他跟赫尔德一样，对希腊诗歌和希腊文明采取了比较的视角；不过，即便海涅不曾读过赫尔德的一字一句，他也仍然会采用这样的视角。海涅不可能知道荷尔德林的诗篇，因为在《苏阿比亚镜鉴》（*A Mirror for Suabians*）所举证的杰出人物当中，根本不曾提及荷尔德林这个名字；不过，他应该听闻过荷尔德林发疯的事情。"想想龚特尔（Günther）、比格尔、克莱斯特、荷尔德林和不幸的勒瑙（Lenau）吧！"1849 年，他曾向梅斯内尔宣泄说，"还能说什么呢，这就是德意志诗人的诅咒！"然而，无论海涅对这些希腊化的德意志人是否了解或者了解多少，同希腊在他生命中的分量比较起来，那种了解是无足轻重的，正是希腊的影响力，部分地解释了海涅之于希腊诸神的持续关切，并且肯定也部分地塑造了海涅的此种关切。于海涅而言，此乃歌德传递下来的影响力，因为歌德表征着德意志古典主义，表征着奥林匹斯王朝以及希腊造型艺术。

252　　　那么一个希腊黄金时代，于温克尔曼、莱辛、歌德、席勒以及荷尔德林而言，表征着永恒、完美之物，全然超越了时间的毁灭力量，无论他们将那个黄金时代置于过去、当下还是未来。海涅则跟赫尔德一样，从相对的角度来体验希腊。在生命将近结束之际，海涅说，他历来都将整个的过去、整个的当下和整个的未来都背负在身上。他立足自身所属时代的滚滚红尘当中，回望过去，前瞻未来，于他而言，不会有什么东西是稳定的、固定的或者经久的。他那富有深沉怀疑的理智，是显然已经灌注了相对主义元素的心灵的产物，在自身所属时代的潮流当中，灵动而变。希腊艺术之静穆和安详，因其完美而吸引着海涅，也因其遥远令海涅生出拒斥感。他用一个词来总括此类感受——"大理石"，就是美丽、冰冷、无生命且静谧，但终究不可小觑的东西。他的异教生活观念也正是如此，那夜夜萦绕在他梦中的希腊诸神，同样也是如此。1816 年的《梦中幻象》（*Dream-Visions*）是他最早一批诗篇之一，海涅在这份诗篇中描摹了自己如何拥抱着一个"大理石般苍白的少女"（maiden marble-pale），这个少女实际上已经死了。这不免令人即刻联想到歌德的《科林斯新娘》。也许是偶然，不过这毕竟是第一次将歌德同大理石的寓意联系起来；此后，二者之间的联系便变得明确且紧密了。1819 年，另一种思维联想也得以第一次浮现出来，此一联想也同样是海涅式的。此一联想建基于相对性之上，就是以合题或者反题的方式，将希腊神话和犹太神话（也包括基督教神话）联系起来：

> 苹果是恶的根源。
> 夏娃借苹果带来死亡；
> 厄里斯①带来伊利昂的灾火；
> 你带来灾火亦带来死亡。

异教和基督教之间的这种对峙，此时已经在某种程度上成为海涅剖析生活之时所依托的模式，此一模式激发了海涅 1820 年的论章《浪漫派诗歌》（*Romantic Poetry*）；两种生命观念之间的冲突所触发的悲剧呈现在《阿尔曼梭尔》（*Almansor*）当中，在其中，海涅所偏爱的主题——十字架之于夜莺和玫瑰的胜利，被极为娴熟地引入作品当中，并得到了精细刻画，这在海涅的作品中尚属首次。

接着便发生了一件相当重要的事情。1824 年 10 月 1 日，253 海涅前往魏玛向歌德表示敬意，但受到冷遇，甚至可以说是遭遇了很唐突的回绝。有人说这是因为海涅告诉伟人歌德，自己"也"在计划写作一部《浮士德》，这话惹恼了歌德，此一传闻之真假，我们就无从知晓了。此前，海涅曾将《诗歌集》（*Poems*）和《悲剧集，以及一份抒情间奏曲》（*Tragedies with a lyrical Intermezzo*）赠送给歌德，并附了两份极为恭敬的信

---

① 厄里斯（Eris），希腊神话中司争吵、不和的女神。——译者注

笺，但歌德均置若罔闻。歌德在自己的任何作品中都不曾提及这个年轻诗人的名字，此次，他给予海涅的冷遇则更是确定无疑了。一开始，海涅只是假装这一切都没有发生过，甚至还以此自我欺骗。但是后来，海涅不得不面对这个事实，并且像席勒在他之前已经做过的那样，就自己和这个魏玛圣人之间的本质差异展开分析。然而，在这个问题上，他跟席勒仍然是一样的，他绝非那种狂妄之辈，因此，他绝不至于否认或者小视对方的天才。海涅内心对此事的郁结是难以消解的，并且终究是要表现出来的。他以种种方式对歌德的品性表达过不屑之词，此类说辞倒也不能说完全没有理据。如今，奥林匹斯王朝看来是已经拒绝他了。奥林匹斯王朝与他无关，此次教训，海涅定然是从中有所汲取的。此次短暂的拜访并没有改变歌德什么，不过，对这个雄心勃勃的年轻诗人来说，却是实实在在的一场悲剧。然而，此次拜访拓展了海涅的视野。这次拜访于海涅而言，等于是同一个奥林匹斯神灵来了一次面对面，此等体验令他终生难忘，此次拜访之后，他总算知道荷马诸神究竟是怎么回事了。海涅之于希腊诸神那种诗性的、创造性的和极具现实气息的观念，首先要归因于歌德，而且，海涅在这方面的昂扬兴致，看来也应当首先归功于歌德。

　　我相信，1824 年的《哈尔茨游记》（*Journey through the Harz*）就是海涅实施的一次复仇行动，这样的复仇决绝且真切地展示出海涅的风格，尽管在当时，这部作品并没有引起太大的关注。在整部作品中，只要有机会，海涅就会把歌德拖进来，并且还有两次特别明确地提到了《维特》。阅读布罗肯山那顿晚餐中发生的事情，读者便不免会一再地联想到歌德。两个年轻人，如同大理石雕像一般美丽、苍白，其中一人像极了阿多尼斯，另一人则跟阿波罗颇有神似之处，而且两人都是好酒且极易感伤之士。布罗肯山的晚餐中，两人在一片愁云惨雾中，交换着哀伤和情感。海涅以偷听者的姿态叙述了这个故事，在海涅的一番叙述之下，这故事就像是对维特讲起的一则故事的嘲讽，维特曾跟阿尔伯特讲起一个为爱而选择自溺身亡的少女，这也是格雷琴悲剧之发端。这样的观感肯定是会有一些的，也许读者不会那么轻易地信从自己的观感。不过，这两个年轻人突然间开启那种耄相式的高谈阔论模式之时，便不难想见，这仍然是在影射歌德，尽管有些扭曲。已经酩酊大醉的设宴之人将二人锁进壁橱；两人匍匐在地，不停呕吐，但仍然在夸夸其谈，此番宣泄乃以耄相的一段话作为收场，那也正是维特跟洛特读过的："今天到此为止。"这一系列的怪异意象，诸如大理石、希腊诸神、沃尔夫冈·歌德，肯定不会是纯粹的巧合。

《哈尔茨游记》也呈现了海涅最初的神话幻梦。恍惚当中，哥廷根大学图书馆壁龛里的忒弥斯正在同一帮法学家展开论辩，海涅不得不逃离那样的喧嚣和聒噪，冲进隔壁的房间，房间里竖着"神圣雕像"《美第奇的维纳斯》和《望楼上的阿波罗》，海涅拜倒在维纳斯的脚下。此时，希腊的静穆已然穿透了海涅的灵魂，与此同时，福波斯·阿波罗的甜美琴音也正在从海涅头顶倾泻而下。很显然，这样的吸引力生发于同海涅心性正相反对的一个极点。这是根本不可能造就真正的心灵交融的。海涅曾谈论过大海，不过，对于希腊诸神，他肯定不会说出同样的话。海涅之热爱大海，是因为他的灵魂正如同大海。他曾说过，大海似乎就是他的灵魂。大海同他的灵魂是极为契合的，无可置疑的威严、躁动难安、狂放不羁、暴烈、残

352 / 第七章 反叛者：海涅（1797～1856）

忍、痛苦。奥林匹斯之神歌德对他的冷遇令他失去自信，并将此等毒液灌注到他的血液当中。很显然，这样一种大海意象或者说是灵魂意象实在是一服适时而来的解毒剂，毕竟，此等意象对静谧构成了决绝的否定，而且那伟大意象当中也是蕴含了无限的。1825～1826年的《北海集》（*North Sea Cycles*），就呈现了这么一种躁动、狂野且痛苦的元素，此一元素在第一诗集中极速涌起，在第二诗集中，又迅速退去。在这部诗集中，海涅并没有对大海实施理想化处理，他运用的节律是现实主义的。然而，也只有真正热爱大海之人，才能够如此忠实且准确地呈现每一种变幻不定的情感：壮观的风暴和暗藏凶险的静谧、昂扬的潮起和颓废的潮落、低语抚慰和狂放笑声、阳刚之力和阴柔之美，还有对自己制造的种种灾难所抱持的崇高的冷漠。

255　　大海之上、大海之下以及大海之中，群集着诸神；诸神之令名依然如故，但意涵却已经发生了变化。月神和太阳神，满心哀伤，曾经的爱侣，如今不得不分离：

> 邪恶的嘶嘶作响的舌头
> 带来悲痛与毁灭
> 甚至加诸于那些永生的诸神。
> 而现在那些匮乏的诸神在天空起身
> 痛苦游荡于
> 他们无止境的荒凉之路
> 且不能死去，
> 并沿路强行兜售
> 他们辐射四溢的不幸。

显然，诸神已然不是你想的那样了。倘若哪个神灵在黑夜之中进入你的房间，向你宣示说，曾有那么一段古老且美好的时光，那时候，诸神与凡人同在，而这位神灵正要令那样的时光重归人间，于是高声向你索要一杯配有朗姆酒的茶水，来驱赶那不死的寒意，你大可不必吃惊。你也不必试图安抚波塞冬，因为你不是奥德修斯，你不可能像奥德修斯那样，仅凭水手的粗俗玩笑就能够轻易地打动笨拙的安菲特律特以及涅柔斯的愚蠢女儿们。倘若一定要向大海祈祷，那就这么祈祷吧：

> 噢，大海！
> 泡沫诞下的美人的母亲，
> 饶恕我，爱的祖母！

此等情境令人相当困惑且不安；不过，同接下来的情境比较起来，则实在是小巫见大巫了。海潮汹涌而来，臻于顶峰，由此形成摧枯拉朽的净化之势，和平随之降临，人们看到基督大踏步而来，如同巨人，耸立于大地和大海之上：

> 他的头，塔一般伸进诸天，
> 他在赐福中将手伸展向前
> 覆盖陆地和海洋。
> 并如同他胸间的一颗心脏
> 他承载太阳，
> 那绯红且燃烧的太阳。
> 而这燃烧的绯红的太阳之心

> 倾倒出它恩慈的光束
>
> 和它甜蜜的爱的光线，
>
> 以容光和温暖
>
> 荫庇着陆地和海洋。

256   在此，基督以古风英雄的身份现身，在海涅的作品中，出现这样的意象也就是这么一次。海涅笔下的基督通常都是在十字架上遭受痛楚的哀婉形象，不过，这一次，也只是这一次，基督胜利了。海涅还为此一辉煌意象附上了一份极具犬儒气息的后记。但他后来又将这份后记删除，这很可能是因为后面的诗篇［也就是第二诗集结尾处题为《在港口》（In Port）的那份诗篇］当中，会对"和平"有相当尖锐的回应，删除这份后记，读者就不会对此等回应建立预期，否则就会损害此一场景的诗性效果。

    第二诗集乃以"塔拉塔！塔拉塔！"（Thalatta! Thalatta!）这样的致辞开篇，相当有气势，它所呈现的是退潮的场景（至少我是这么看的）。它的节律相当平缓，这同第一诗集那迅疾奔涌的节奏形成了精妙的对照。它的语调较之第一诗集要绝望得多，而且还是以一场痛苦失败为终局。第一诗集中那狂暴的笑声在第二诗集当中变得野蛮且残忍，令人不禁联想到波德莱尔在《着魔》（Obsession）中呈现的大海意象：

> 失败的人
>
> 在痛哭，受尽凌辱，那苦涩的笑，
>
> 我在大海的狂笑中听得真真。

海潮退去，时常会裸露出丑陋之物，海涅偶尔也会呈现此类丑恶。日落表征了第一诗集当中月神和太阳神的悲剧性分离。不过，在第二诗集当中，却有了不同的解说：第一诗集中的分离催生了第二诗集中一桩肮脏的婚姻，这是光彩夺目的光明女神同老朽不堪的海神之间的功利婚姻，那海神身着黄色法兰绒夜间外套，待到女神于夜晚回归他那阴冷巢穴和已经萎缩的臂膀之时，便残忍地予以啃噬。卡斯托耳和波吕科斯在风暴中发出祈请，但徒劳无益，最终还是难免沉船之灾；苍老的达奈斯族裔则依然在疲惫中继续那毫无意义的劳作，一桶又一桶地取出海水，试图将大海抽干。可怜的海仙女们眼见海涅的惨状，不免回想起普罗米修斯。不过，她们也都清楚，这个诗人要比普罗米修斯更加无能，他只不过是一个顽固、愚蠢的狂徒罢了，若能有阿特拉斯那样的耐心，便已经很不错了。所有这些无能、哀伤的形象，如同鬼影一般隐现于重重雾霭之中，所表征的就是一场失败。

此时，奥林匹斯众神如同巨大且大理石般洁白的云团一样，出现在天空；这些神灵曾经统领尘世，无限欢愉，如今则遭到罢黜，以死魂灵的身姿四处游荡，成了耸立在午夜天空中的巨大鬼魂。海涅将这份诗篇命名为《希腊诸神》，因为它是对席勒的直接回应，是对温克尔曼、赫尔德、歌德和席勒所阐释的那座荷马神殿提起的批判，这简直就是一记耳光。海涅以现实主义风格描摹希腊诸神，也将相对主义色调灌注其中，将希腊群神描绘成失败、无助的存在，希腊群神如同他们当初罢黜的提坦族一样，如今也被年轻一代赶下王座。"即便是神，也不可能永据王座。"宙斯，当初的弑父者，如今已头发花白，满面愁容，只剩下那古老的自负。赫拉那雪白的手臂已经

257

失去了力量；她的复仇力量已经无法再压制那珠胎暗结的贞女，也无法再压制那勇于制造神迹的儿子。（塞墨勒和狄奥尼索斯在此以朦胧意象幻化成了玛利亚和基督。）盾牌和智慧于雅典娜而言，也已经毫无功用，根本不足以阻止奥林匹斯王朝的坍塌。如今的阿佛洛狄特，已然不再是金光缭绕，而是散射出惨淡的银光。尽管她已然是腰带在身，但谁还会拥抱她呢？她已经成了维纳斯·利比提娜，死亡女神，专责操持丧葬而已。那令人生畏的阿瑞斯于她已经没有了眷恋。诸神的俊朗笑声早已沉寂下去。此情此景，的确令人哀伤。这倒并不是说海涅热爱希腊诸神，他自己也补充说，他素来厌恶希腊诸神，而罗马人对于希腊诸神则是相当仇视。海涅之哀伤，仅仅是因为他不忍看到当年的群神沦落如今的惨境，幽灵般四处游荡，羸弱得如同薄雾，一阵微风就可以将其吹散。也应当考虑到，那些阴暗的篡位者是何等贪婪、伪善且猥琐，此等情境不免令海涅生出一股恶气。此等情境之下，海涅比大权在握之时的诸神表现得更为宽宏，他愿意为这沦落的诸神而战，他愿意将他们的神坛重新树立起来。

月光之下，海涅兀自伫立海边，凝望着鬼影一般的诸神，为他们黯然伤神，如同为自己的同伴伤怀一样，这样一个海涅无疑像极了路西法，为同伴的陨落暗自垂泪，却又暗自欣喜。他已经被逐出奥林匹斯神殿，那么，群神也沦落同样的命运岂不是一种慰藉？对于此种境遇，他恐怕较之任何大权在握的神祇或者一切的凡人，都有着更为切身的体验、更富理智的怜悯以及更为深切的理解。席勒倾注了一切情感，去感怀那么一个因诸神之离开而沦落荒芜境地的世界。席勒还借此创造了一种极具悲剧色彩的荒寂之感，不过，仅仅做到这一点是不够的。

海涅则在哀伤当中观瞧着这些置身惨景的希腊兄弟，以极为庄严也极具现实主义风格的五十行诗句，将希腊诸神之剪影雕琢在大理石之上，并以无助的哀伤灌注其中，由此将一种特殊的魅力赋予诸神。他称他们为影子、云、雾。然而，自荷马以来，希腊诸神在海涅这里第一次焕发出此等炫目光华。当然，此等光华也是一闪即逝，接着便重新没入无尽的黑暗当中，为那永恒的星辰让路。

是大海之上那波涛翻滚的景象首先告诉海涅，诸神的地位变幻莫测，天上和人间一样没有稳定性可言。正是此种不安定的观念令《旅行素描》变成一团混乱；不过，在这个问题上，大海不应当担当全责。拿破仑死了，在海涅心目中，拿破仑正是那有着大理石般面容和古典之静穆的神灵，他的额头上曾书写着："除我之外，不得信从别的神灵"。他是救世主，"哈德逊·罗伊令他蒙难，拉斯卡萨斯、奥没拉和安东马尔基为他书写福音书"。他是现代的普罗米修斯，他盗取天火，而后便被绑缚在大海之中那荒寂的岩石之上，日日遭受秃鹰啄食心脏。结果，这人间的王座和权能依然在不断坍塌，并在极端动荡的政治世界当中，纷纷瓦解，纷纷寻求改革之策。海涅感受得到正在摇撼着欧洲的每一阵战栗，但海涅胸中有着自己的自由观念作为北极星，引导着他去解释这些激情。在宗教领域，海涅则毫无激情可言。在生涯的这个阶段，海涅将犹太教界定为人间的一场不幸，而非一种宗教，而且海涅还常常揶揄犹太人。然而，如果说犹太教是一场不幸的话，那也是海涅生来便需要负载的不幸；毕竟，海涅是不可能从灵魂当中摆脱犹太教的，就如同他也不可能仅仅凭借一场洗礼，就从社交层面上清除自己身上的犹太人烙印，因为那样的印记"是绝无可能被清洗

掉的"。他禀赋当中有着对异教的偏爱，但是这其中也交叉着
一种情感：认为异教过于冷硬。天主教倒是拥有众多诗性的和
审美的优势，不过，天主教已经同政治纠缠在一起，难以拆
解，而且，海涅觉得在自己这个时代，天主教已然成为对自由
的威胁。新教倒是站在自由一边，不过，新教之精神实在是太
过贫瘠了。他的理智也在不断提醒他，任何宗教信条都没有绝
259 对的真理元素可言。在这个尘世的历史之中，宗教之间的斗
争，实可谓城头变幻大王旗。在海涅的心灵当中，情形也是如
此。有时候，他的心灵当中涵养着一切宗教，有时候，则没有
任何宗教可言。他将这样的心灵状态称为"亵渎"。在他看
来，一切宗教的神灵都是平起平坐的，而且也没有理由彼此排
斥。或者也可以说，海涅轮番地令一切神灵切近自己的生活和
情感，有时候是悲伤，有时候是愤怒，有时候则是剑锋一样的
睿智。这其中，十字架的意象令海涅因极度的怜悯和极度的厌
恶而退避三舍，他在基督论题上给出的亵渎之词是最多的，也
是最令人吃惊的，无论是信笺中还是《旅行素描》中都是如
此。不过，这倒并不一定就意味着海涅真的改宗了希腊。海涅
有着奇妙的灵魂重生观念，他认为这个世界乃是某个醉酒神灵
的一场幻梦，这个神灵很快就会清醒。他感觉自己的心灵穿越
悠悠千载时光，深入过去，也深入未来；这个世界已经在暴烈
的阵痛中沦为碎片，他的心也一同碎裂，诸神则令他走上诗人
的殉道之路。然而，诗歌虽然据此获得神圣地位，但终究也只
能是达成自由这一神圣目标的手段而已。至于他本人，则作为
新的幸福世界的先知，身染这个时代的可怕疾病，这疾病是无
可救治的，将生活也转变为一场疾病，将世界变成麻风病院，
唯有死亡才有可能担当这个世界的医生。没有什么能比此类极

为痛楚的思想更缺乏异教气息、更为沉重，题为《诸神的黄昏》（*The Twilight of the Gods*）的诗篇也正是据此呈现出极端的悲观情怀：

> 我已看透你，我已看见正义
> 通过这个世界的构型；我已看得太远
> 又太深；而离去乃是福分。
> 永恒的痛楚驻进我的灵魂。

　　海涅还经历了一场没有回报的情事，此事令他伤怀不已，他悲剧性的生活观念因此更为严重。一个无情的世界是很难将此种生活观念当真的，特别是要考虑到，海涅本人通常也不把这样的生活观念当回事。然而，真正了解海涅的人都很清楚，即便这世间绝少有人将爱看得比命还重要，海涅也正是其中一员，爱的确会摧毁海涅。梅斯内尔曾宣称，爱已然融入海涅的生命当中，并最终吞噬了海涅；海涅的生命是经常遭到爱的拒斥的。他的堂妹艾米丽·海涅（Amalie Heine）在他尚是少年的时候，就已经令他心碎过。七年后，艾米丽的妹妹特蕾莎（Therese）再次令海涅心碎。这双重的拒斥令他倍感疼痛。这很可能是因为这样的拒斥于他而言，等于犹太人的拒斥，毕竟，两姐妹是自己家族的成员。当然也有可能是因为这样的打击也令海涅意识到，所谓爱，并非绝对、永恒之事。两姐妹令海涅的心灵和心绪陷入动荡和混乱当中，此等情境恰好能够解释《观念》（*Ideas*）中那死去的孩童"小维罗妮卡"为何会在"夫人"身上转生，也解释了为何"已死的玛利亚"的幽魂会令人如此厌烦地纠缠着《从慕尼黑到热那亚的旅行》 (*The Journey from Munich to Genoa*)。大致上可以肯定，两个堂妹对待他的那种冷若冰霜的态度，令雕像和女人在《旅行素描》当中成了同义词。早在1822年，海涅就宣示说，他同波茨坦无忧宫阶地上的一座雕像恋爱了。1824年2月，海涅更是宣示说，他同时跟哥廷根大学图书馆的"美第奇的维纳斯"和一个名叫鲍尔（Bauer）的法学家的美丽厨娘恋爱了。（值得一提的是，在海涅的那场梦境中，这个鲍尔也侧身忒弥斯身边那群法学家之列。）女人的雕像对海涅有着直接的影响。在意大利旅行期间，海涅碰到的每个女人，都在海涅心中幻化成雕像。一个穿着棉质褐色条纹状连衣裙的农妇，幻化成尼俄柏；一个因愤怒而全身僵直的美丽少女，立刻令海涅联想到美狄亚；英格兰妇女在海涅心中则更是白皙如大理石，也冰冷如大理石。一个被海涅叫作弗兰西斯卡（Francesca）的姑娘，实在是像极了卡诺瓦的维纳斯，令海涅日思夜想，他甚至梦到自己将那雕像抱在怀中，那雕像逐渐有了生命并开始用弗兰西斯卡的声音跟他低语。1828年，海涅在一封写自佛罗伦萨的私人信笺中宣示说，他已经跟乌菲兹宫的男神和女神混熟了，而且还认识了其他一些同样美丽的神灵，她们不像古老的、拼凑而成的爱神那般冷若冰霜。海涅同奥林匹斯王朝的争端始于那次拜访歌德的行动，不过，在此之前，拒绝以鲜活姿态进入他怀抱的女神们，就已经令他生出怨愤。海涅就是这样从个体经历的角度来思量整个问题的，据此，他最终得出结论，希腊诸神是缺乏爱的，他们因此被征服了：

261

那时，他将酒从左至右倒给其他所有的神，从盛碗中舀出琼浆玉液。他看到赫菲斯托斯围绕宫殿忙得团团转，在受祝福的诸神间止不住地笑起来。他们整天宴饮，直到太阳落山；于这公开的夜宴，他们的灵魂并非不节制；阿波罗演奏的竖琴也并非不优美，而缪斯们用甜美的声音轮番歌唱着。①

接着突然间，冒出一幅画着一个苍白犹太人的画像，他滴着血，头戴一顶棘冠，还有一个巨大的横在他肩上的木头十字架；他将这十字架放到诸神的高台上，以至于那些黄金的盛碗颤动起来，而诸神陷入沉寂并变得苍白，且越发苍白，直到他们最终离去，消失于雾霭。而此时，一个悲伤的时刻随即到来。快乐的诸神不再，而奥林匹斯变成一个麻风病院，在那里，被扒皮、被炙烤、被放在肉串上翻转的诸神急不可耐地逃散，身负重伤，口吟悲歌。信仰不再给予幸福，而仅是安慰。它是一种悲伤的、带血污的信仰，施于悖逆之徒。

但或许它对于病快的和下滑的人性是有必要的？那看到他的神也在受苦的人，更易忍受自身的痛苦。先前体悟不到自身痛苦的灿烂的诸神，对于一个贫穷的、受难的人所能感到的折磨程度是没有意识的。……他们曾是假日的诸神。……而那就是他们不曾被真正全心奉爱的原因。为了被全心奉爱，必得受苦。怜悯是最后的爱的献礼，也许

---

① 海涅此处乃是借用了沃斯译本中的一段话，沃斯的译本被称为"通行译本"。诸位应当还记得，莱辛也曾从沃斯译本中借用了一段极为相似的场景描述，以此表明，有些场景是非常适合用作绘画题材的。莱辛大概没有预见到海涅会有类似的运用。

就是爱本身。基督因此受到最大的爱戴，远甚所有曾在世
的神所受到的。尤其为女性所爱戴。

262　　这段论说是非常有意思的，从中不难见出，海涅心目中唯
一的神－人关系，就是怜悯，紧要时刻，这种关系也可能是相
互的。海涅在此反转了《北海集》中的观念，转而采取了更
为正统一些的立场，无论是对于荷马群神，还是对于基督。希
腊群神的幽魂在海涅这里赢得了一场道义上的胜利，并且这胜
利是针对那个将他们逐出神殿的英雄的。如今，一个被钉在十
字架上的可怜犹太人，已然征服了鼎盛的奥林匹斯王朝。不
过，这并非终极的征服；海涅的词汇表里面显然不会有"终
极"一词；那个苍白的加利利人（倘若地域也能成为标尺的
话）随后便从海涅的世界中消失了。至少海涅在《英国片段》
（*English Fragments*）的开篇是这么说的，《英国片段》的写作
时间要早于《卢卡城》（*The Town of Lucca*），开篇那段话实际
上是《卢卡城》里面的一段，不过，那段话先是在《英国片
段》中刊印出来，后来则附在《卢卡城》的后面。在这份诗
篇中，海涅抒发着自己的感怀，昔日人潮涌动的紫薇园，如今
已经荒寂。哥特式的大教堂也已经沦为废墟。古老的神灵悉数
死去，当今时代已然没有足够的想象力去创造新的神灵。不
过，当今时代也拥有自己的宗教，那是围绕自由建立起来的宗
教，有自己的使徒、殉道者，也有自己的叛徒，但没有神灵。

　　在书写那个正在受难同时也正在征服的犹太人之时，海涅
完全没有感受到任何神性。《卢卡浴场》（*The Baths of Lucca*）
对普拉滕公爵发起了攻击，此番责难也令海涅自己的品位沦落
到那个身为天主教贵族的蹩脚诗人的水平，甚至更低。海涅抓

住普拉滕的私生活不放，将那泥潭翻了个底朝天，他自己也因此弄了一身的泥水。也许，海涅颇为急切地想去证明一个希伯来人是如何击败奥林匹斯王朝的，毕竟，他和普拉滕之所以会有此等麻烦，恰恰就是因为两人之间的冲突是一个背教的犹太人和一个自诩的现代希腊人之间的冲突。普拉滕称海涅是一个受了洗的犹太人，口中散发着大蒜的味道，这是普拉滕在《浪漫主义的俄狄浦斯》（*The Romantic Oedipus*）中说的话。这部剧非常沉闷无聊，是对阿里斯托芬的夸张模仿。尽管如此，普拉滕还是将种族污点贴在海涅身上，海涅也毫不示弱，指斥普拉滕是同性恋，当然，海涅自己相信这是真事。在此番冲突中，海涅表现得极为野蛮，他的嘲讽之能也是致命的，不过，海涅也因此弄脏了自己，令自己的内心承受了极大的痛楚，与此同时，整个德意志都在强烈斥责海涅。

回望往事，便不难发现，最终也许正是海涅命定了要在这个问题上置身风口浪尖。温克尔曼的热情自不待言，不过，温克尔曼的巨大热情通常都是隐蔽在考古墓穴当中，远离公众视线；他绝大部分的私生活都是在罗马展开的，至于他的通信集，则是在 1781 年之前出版了完整版，因此，受众面不会很广。莱辛对整个这一问题不闻不问。赫尔德则将之视为希腊生活的一个侧面，认为这样的现象植根于"近乎疯狂的爱美之心"，因此，他对之抱持明确的贬抑态度，尽管他给出的评说是相当温和且简短的。他认为出版温克尔曼的信笺，乃是非常糟糕的事情。歌德曾从罗马致信魏玛的卡尔·奥古斯特，信中指出，这样的话题即便是日常交谈也不宜提及，更何况是在作品中。在有关温克尔曼的论章中，歌德对温克尔曼那直白的言辞很是震惊。《西东合集》中的《侍酒人之

263

书》也揭示出诗人和侍酒青年之间的类似关系；《浮士德》第二部的结尾处，梅菲斯特向众天使提起的丑恶动议，也触及了此种关系的另一面。不过，歌德的"希腊"作品并没有给此种关系留下空间。席勒则更是谴责了希腊人对女人和异性之爱的态度。不过，席勒自己也崇拜男人之间那种理想的友爱关系，由此为希腊风俗增色不少。在《马耳他骑士》中，席勒经受了极大的诱惑，完全有可能将这个主题引入这部悲剧当中，并尽可能地辅以傲然且高贵的元素。然而，这部剧并没有完成，也就更没有可能在他活着的时候出版了。《许佩里翁》的主人公和阿拉班达之间的关系，也包含着情欲元素，但是，荷尔德林高高地置身于云端，因此也就不可能赋予这样的关系以任何现实色彩。海涅则大胆地闯入这片禁地，高声喧哗着，打碎了一直以来那讳莫如深的沉默氛围。他不仅将同性恋用作棍棒，对普拉滕发起攻击（平心而论，这样的举动是有些过分了），还将之作为武器，对希腊文学的现代模仿者发起全面攻击，在这方面，海涅的立足点则要更为稳固一些。在这个问题上，古希腊观念和现代欧洲观念是存在根本差异的，据此，海涅宣称，正是这样的根本差异令这种关系在现代变得卑贱、丑陋、可耻。但在古希腊，这样的关系是开诚布公的，也是美丽且不乏英雄气息的（海涅据此对普拉滕的诗篇展开攻击和谩骂，还做了不少的摘引）。因此，这种关系并不适合作为现代诗歌的主题。对希腊文学的任何模仿，倘若忽略了这一点，都将是片面的。海涅说，也只有普拉滕这样的人会为这种关系留出位置，可能是在作品中，也可能是在生活中。海涅说，普拉滕这样的人根本不能算是诗人，而且这样的人也是相当可鄙的。海涅的确击中了要害，直奔德意志古典复兴运动最为薄弱的一个环节而去，德意志古典复兴运动存在一种普遍倾向，就是过度理想化一切希腊事物，完全缺乏现实性，同性恋问题只不过是此一普遍倾向当中的一个侧面而已。席勒对现代境遇当中的"天真的诗"抱持一种更为谨慎的拒斥态度，海涅则以一段意涵颇为丰富的论说回应了席勒的此一态度，在这段论说中，海涅相当巧妙地将中世纪的浪漫崇拜和古希腊的"愤怒"相提并论：

> 这个世界曾经是完整的；古代就是如此；中世纪尽管面临着外战，但中世纪的世界仍然是有着统一性的，当然也就孕育了完整且和谐的诗人。且让我们敬仰这些诗人，并享受他们的诗篇吧；不过，要模仿他们的统一性以及和谐特质，则终究只能是一场谎言，明智之人一眼就能看穿这样的谎言，谎言既已戳穿，自然不会赢得尊重。

作为魔鬼的诸神

　　巴黎七月革命的消息传来之时，海涅在赫尔戈兰岛，他正在努力清除自己的羞耻感。显然，他已经极端厌倦政治，厌倦文人之争，正思忖着到何地寻求逃避。如果他的说法可信的话①，此时的他仍然对基督那"甜美的神－人意象"感怀不已，仍然在想象着人子抛洒在各各他的鲜血溅在希腊群神大理石雕像之上的场景，仍然在观望着希腊群神是如何病入膏肓的，并以莫可名状的情感倾听那绝望的呼喊，"潘神已死"，那喊声回荡在提比略时代的爱琴海上。恰在此时，大陆方面传来消息，宣布自由获胜了，此情此景，如同天堂来信一般。刚收获此一令人振奋的消息，未及消化，海涅便急忙将那"甜美的人－神意象"贬入幽魂之地，显然，此时的海涅已经不再需要这样一个安慰者了：

　　　　随着我脚下的地裂和撞击声，大地敞开，而老迈的诸

---

①　我曾在另外的文章中指出，1839 年，海涅决定将 1830 年的《赫尔戈兰信札》（*Letters from Heligoland*）收入有关伯尔纳的作品当中，此时，海涅修订或者重写了信札的部分内容，我在那篇文章中对此举出了诸多理据，证明海涅的确对信札做了修改。修改后的信札包含了有关自然精灵特别是流亡中的诸神的内容，这就进一步支持了我的看法。不过，我在那篇文章中并没有提及这方面的内容，因为我认为这些内容都是后来增补进去的。参见 *Mod. Lang. Rev.* January 1923。

神探出脑袋，以极度的烦躁和惊愕问道："这些刺扰了大地深处的欢声在播报什么？有什么奇闻？我们应再次出山么？""不用；你们就待在阴暗之家，那里另一位死去的战友将很快加入你们。"……"他叫什么名字？""你们熟知他；他是那位曾将你们投入永夜之域的人。"……潘神死了！

随后的几个夜晚，海涅当然是激奋难消，不免会梦到自己飞升天堂，发现那天堂已然荒寂，只剩下一两个身着破旧的红色制服的仆人；昔日里巍峨的殿堂已经被民众摧毁，至于上帝，则已然踪迹全无。海涅在《卢卡城》的尾声当中谈到了七月革命，他将这场革命视为一个新的提坦神族对奥林匹斯王朝发动了新一轮攻击，他本人也置身革命者行列，他们恨透了那些"懦夫一样的篡权者"。

不出预料，七月革命激发了海涅的巨大热忱，这热忱催动他投身政治，投身法兰西。此后，这热忱再也没有在他身上消退，他也再也没有离开法兰西，除了几个极为短暂的时段。1831 年，海涅写就了《卡尔多夫〈论贵族〉导论》（*Kahldorf on the Nobility*），1832 年，又写就了《法兰西境况》（*Conditions in France*），由此成就了两份自由宣言书。不过，1831 年，当他尝试完成《法兰西沙龙》的时候，他就已经无力再坚守自由论题了。更能说明问题的是，此时的海涅已然在抓住一切可能的机会，滑落现实政治领域，要么就是滑落"新宗教"的王国，这"新宗教"正是圣西门分子在肆意宣扬的，他们要认肯这俗世的生活和快乐。很快，海涅便对七月革命的结果不抱幻想了，他还一度想着放弃自由事业，回归诗歌

王国。恰在此时，海涅在阿弗尔格雷斯看到了德意志移民的悲

266 惨处境，这段经历将海涅重新拉回现实政治的旋涡当中。至
少，海涅自己在1833年《法兰西沙龙》第一卷的序言中是这
么交代的。这些德意志移民告诉海涅，他们之所以背井离乡，
是因为实在无法再承受德意志的压迫体制，双方交流结束的时
候，这些移民极为无助地告诉他，他们没有能力发动一场革
命。同这些德意志移民一番接触之后，海涅不禁于暗夜之中驻
足海边，兀自啜泣，那情形就如同当年的阿喀琉斯。海涅得到
的回应虽然没那么温暖，却是催人奋进的，这回应之声是一种
命令，而且激荡着智慧。那声音在海涅耳畔低语，传递着一个
足以拯救世界的语词（毫无疑问，那语词就是"自由"）。于
是，海涅挥别了那构思中的小说和喜剧。身边的大海正在汹
涌，无边无际，变幻莫测，令海涅心驰神往，令他从那诗歌的
绝对王国回归政治的相对之地，重新扛起宗教和社会改革的
大旗。

　　1833年，海涅写就《施纳贝勒沃普斯基先生传》
（Schnabelewopski），其中激荡着海洋之声以及波光粼粼之势。
蔚蓝的阿尔斯特湖上，雪白且健硕的天鹅四处游弋；大海的咆
哮声中，隐隐地有丹麦歌谣 Master Vonved 相伴。那遭到诅咒
的"飞翔的荷兰人"号在狂暴的波涛之上穿行。海涅的精灵
就沉落在那绿色的幽深之地，融入海涅众多的幻梦当中。此
时，水仙子从海面升起，为这悲惨的命运哭泣，为人类终究难
免的死亡结局哀伤。这是《施纳贝勒沃普斯基先生传》中唯
一赋有希腊特质的场景。主宰整个故事的神灵是那不知感恩的
老迈暴君耶和华，这暴君抛弃了困境中的参孙。这个矮小但勇
敢的法兰克福犹太人，为了证明上帝的存在而同一个无神论者

展开决斗，最终重伤致死。那老迈的偶像崇拜者耶和华自接受洗礼之后，便抛弃了自己的选民，转而幻化为纯粹的精神：

> 这个上帝，这纯粹的精神，乃是天堂的新贵。这是道德主义、世界主义和普遍主义的新神。我相信，这尊新神对那可怜的犹太人是心有怨愤的，这些犹太人知道他的过去，知道他当初的粗陋形态，并且还在会堂当中日复一日地提醒他不要忘记当初那晦暗的民族境遇。也许，这个苍老的绅士根本就想忘却自己的巴勒斯坦出身，忘掉自己曾是亚伯拉罕、以撒和雅各的神，并且最早时候自己的名字就是耶和华。

现在，耶和华也难掩自己的飘摇地位，他的王座开始倾 覆。自 1823 年之后，海涅便开始生出这方面的疑虑（这一年，海涅致信自己的一个犹太友人），认为犹太人的民族之神正在经历国际主义、世界主义和启蒙精神的改造。不过，海涅等了十年，才公开发布此种言论，这很可能是因为耶和华毕竟是他自己所属族群的神灵。尽管海涅之禀性当中有着"天生的不知感恩"，但耶和华仍然能够在这个极其背离正统的犹太人内心激发出敬重之情，而且，即便是在这么一个革命时期，海涅也并不是特别想着要给耶和华致命一击。

实际上，此时的海涅还有更紧迫也更契合于他的工作去做。自他将最后的颂词呈送拿破仑的坟墓之后，另外一尊神也死去了。沃尔夫冈·歌德去世了，必须将他也迁移到神殿当中。自 1824 年那次灾难性的拜访之后，海涅的所有散文作品都包含对歌德的评说。《北海集》第三诗集、门泽尔《德意志

267

文学》（*German Literature*）评论、《从慕尼黑到热那亚的旅行》
等，都在这个话题上留有浓墨重彩的一笔。此类评说可谓为数
众多且色彩纷呈，海涅在其中呈现的主旨是"艺术时代"，也
就是海涅心目中的歌德时代，那个时代尽管在很多方面都是令
人仰慕的，但到此时已然结束了，一个更富进取精神的新时代
即将展开。歌德和席勒的相对优劣问题可以说是一个永恒问
题，在这个问题上，海涅也给出了自己的看法，他更多地将歌
德视为诗人，很明确地将席勒视为一个人。歌德为人冷淡，对
政治保持冷漠态度，缺乏"阳刚观念"，嫉妒后起之秀，相当
世俗，以自我为中心，这一切都多次被海涅拿来冲抵歌德的天
才、创造性的才能以及诗篇之美。倘若歌德性格上的这些缺陷
的确影响到了他在德意志文学世界的地位，那么海涅也正是由
此搅起一摊浑水，从来不就歌德的文学地位给出明确说法。
1833 年到 1835 年，歌德写就《浪漫派》（*The Romantic
School*）一书，在这本书中，海涅最终还是直面了这个问题，
并且给出了最终的看法。其中，海涅对诗歌的宣传作用抱持肯
定态度，确切地说，海涅要对自己的文学生涯展开辩护。为
此，他首先讽刺了同时代的一些人，这些人仅仅因为席勒笔下
的英雄人物之高贵，仅仅因为席勒热爱自由以及席勒的理想主
义，而令席勒居于歌德之上。这个非道德的作家非常坚决地指
出，艺术跟道德没有任何关系。但是艺术也不能游离于生活之
外，不可能完全独立地创造一个自己的世界。这话听起来是完
全在理的，不过，在这个问题上也必须意识到，海涅所谓的
"生活"，乃是指党派政治、社会改革和宗教宣传。要求缪斯
在这些问题上奉献自己的才智，这显然是弄错了缪斯女神的本
性；尽管海涅就文学之宣传职能提供了相当华丽的辩护，但海

涅本人当然是不会因此而改宗的。然而，海涅的比喻性论说也总是要比他的逻辑更难以抵御；他的确将歌德迁移到奥林匹斯神殿当中，不过，他运用的方式暗藏杀机，那是一份两面三刀的颂词，绵里藏针，表面上是追捧，但实质上却是羞辱和贬抑。更为严重的是，海涅还相当强劲地将歌德的作品界定为美丽雕像，称其有着巨大的独立价值，是德意志的珍贵饰品。人们当然可以敬拜雕像，甚至爱上雕像，但雕像毕竟是雕像，无论如何，都是没有生育能力的：

> 歌德的诗歌不生造。席勒的诗歌则能。那生造是孩童之语，而歌德的优美言语则并非孩童式的。那是一种对一切艺术单独创造之物的申讨。这尊皮格马利翁①所雕之像是一个美丽的女子；这位大师，同她身陷爱河，而她前来置身于他的亲吻之下；但就我们目前所知，她未替他孕育子女。……昨日，我曾如此思索，漫步穿行于卢浮宫更下层的亭阁。我思忖着诸神的古老雕塑。那儿，他们矗立着，带着沉寂无言的白色眼眸，一种冰冷微笑间隐隐的愁绪，一种悲伤的记忆，或许是埃及的，那片他们发源的亡灵的陆地；或是一种正在受苦的欲求，因自他们已被别的神祇所放逐；又或许是悲伤，加诸他们切魅的不朽性。他们似乎等待着那将再次还予他们生机，并将其从他们冰冷、坚实的禁锢中释放出来的言语。说来奇怪，这些古代雕塑让我想起歌德的作品，恰似完美，恰似壮丽，恰似静

---

① 皮格马利翁（Pygmalion），希腊神话中塞浦路斯国王，相传性情孤僻，擅长雕刻。——译者注

谑，并且仿佛让我也领受了那种严格且冰冷，隔绝于我们当下温暖、澎湃生活的悲伤，他们不能同我们一道经受痛苦和快乐，他们并非人类，只是神像和石块没有快乐幸福的杂糅。

这就是海涅对这个"伟大异教徒"的忖度和思量，早先时候，海涅称歌德为"沃尔夫冈·阿波罗"，此时则干脆称之为"众神之父""主神宙斯"，此番评说详细阐述了从一开始就潜藏在内心的这种比对。《哈尔茨游记》的行文如同车轮一般飞速旋转，辐条之上非常醒目地张贴着"希腊神灵沃尔夫冈·歌德的大理石雕像"，此等行文速度令整部作品都变得含混不清（很显然，这部作品的推动力就是怒火）。现在，这车轮的旋转速度一下子减缓下来，因为海涅在此时承受了某种反向的压力，面对希腊诸神，他内心不禁升腾起罪恶的傲慢之感，此一感受令他有必要舒缓下来，向诸神表达怜悯。

这怜悯乃是针对所有神灵的，没有例外。随后，海涅于1834年写就了《德意志宗教和哲学史》，在这部作品中，耶和华陨落了，并且也彻底毁灭了，或者像海涅说的那样，是康德的《纯粹理性批判》毁灭了耶和华。这的确是一场毁灭，足以引发人们的同情和怜悯，足以令世人见证神性之相对性，而且也足以触发一种令人缠斗的恐惧感受。无论是希腊群神还是他们的征服者基督，都不曾在这个不敬神的犹太人内心激发过这样的恐惧：

> 在下一部分，我们将谈论这场灾祸，无神论的降临。一种反常的不安，一种神秘的崇拜，禁止我们今天写下更

多。我们被租让给最可怕的怜悯。是耶和华自己预备了他的死亡。我们已熟知他，自他先前在埃及的襁褓以来，他在神赐的犊牛、鳄鱼，以及圣洁的洋葱、朱鹭和猫群中，被抚养长大。我们见过他道别儿时的玩伴，道别他的故土尼罗河流域的方尖碑和狮身人面像，为了成为巴勒斯坦一个孱弱且贫穷的放牧部落的神王①，他居住在那里的他自己的宫廷里。之后，我们看到他前去接触过亚述人和巴比伦人的文明，并去除了他所有太过人性的情感。在任何关头，不再有不可遏制的发怒和报复，或者至少不再为任何琐事大发雷霆。我们见过他移居帝国首都罗马，在那里他抛弃了全部的民族偏见，重新宣讲所有人神圣的平等性，以练达精致的语句组织了一场针对朱庇特神的反抗，他进行了长时间的组织谋划，到最后，他进入权力层面，统治了这个城市和全世界。我们发现他变得越来越精神化；他柔和地呜咽，变成一个慈爱的父亲，一个人性的友人，一 270 个普世的恩主，最终成为一个慈善家。

并且没有什么能救他。

你听见这丧钟了么？跪下吧。他们正带来一场圣礼，给一个濒死的神。

倘若没有圣西门主义作为替代，海涅会放任耶和华就这么离去吗？很可能不会，毕竟，海涅直到最后都在很明确地追附耶和华。不过，既然新的信条已经确立起来，而且地位又是如

---

① 神王（god-king），指人神同体的君王，古代埃及人称法老为神王，西藏人也称转世达赖为神王。——译者注

374 / 第七章　反叛者：海涅（1797~1856）

此稳固，也就不可以再去多愁善感了。更何况，新的信条是完全值得那样的牺牲的，毕竟圣西门主义足以将希腊之欢愉和美同基督教的精神愉悦融合起来，令海涅可以同时享受二者提供的福祉，于海涅而言，此乃不可或缺之物。圣西门主义宣示了神灵在自然和人身上的存在，也宣示了神灵在精神和肉体上的存在，宣示了神灵就存在于我们的亲吻和祈祷中间。这神灵可以说是无所不在的，而且也是极为宽和的。海涅以诗性的方式，将此种泛神论阐释为多神主义。希腊群神和日耳曼群神一样，都曾经是自然之神；基督不曾像海涅一度认为的那样，杀死了这些异教神灵；他们不曾消解为雾霭，不曾凝结为天空中的云团，他们就在自然当中，无处不在。不过，他们都已经变形了。基督教在他们身上实施了黑魔法，承认异教神灵之存在，不过坚持认为，异教神灵都是魔鬼。由此，奥林匹斯神殿幻化成一座空灵的地狱，诸神则相应地转变成丑陋的魔鬼；自然成了自然精灵的居所，据信，这些精灵都是邪恶的。简言之，此番情境当中，泛神主义也就幻化成泛恶魔论；毕竟，以基督教的角度观之，一切甜美、可爱之物都是敌基督撒旦的造物，都是要予以谴责的。在《德意志宗教和哲学史》以及1835年《自然精灵》（*Elemental Spirits*）的第一部分当中，海涅致力于表明，所有这些遭到抹黑的神灵并非基督教所说的那般黑暗。在这个问题上，不妨借用海涅自己提供的意象加以说明，海涅将这些自然精灵比作夜莺，夜莺拥有超凡的歌声，这极具诱惑力的歌声在中世纪僧侣那里便难免要被称为恶魔的诡计。一直以来，海涅内心都瞩望自由，因此也就一直希望将古老的群神封印在地下，但是现在，在圣西门信条的光照之下，海涅则意欲让众神回归。不过，这项工作未及着手，便被迫

停顿下来。因为他生命中的一件大事发生了。克莱森提亚·
欧也妮·米拉特（Crescentia Eugénie Mirat）此时闯入了他的
生活。

海涅称之为"玛蒂尔德"，显然，他并不认为自己此时内
心的扰动和震荡是因为她。玛蒂尔德没有接受过教育，无知、
朴素、出身微末，总之，在这些方面，可以说是随便人们怎么
想都成；但是，这是个欢快、吵闹、健康、粗朴、美妙且精力
旺盛的十九岁姑娘，这样一个姑娘是不可能心有阴暗的。而且
也不难想见，这个女人倘若有任何阴暗之处，势必会直接激起
海涅的强力抵制。在这个问题上，倒也不妨看一看歌德同克里
斯提安娜·沃尔皮乌斯刚刚同居的那段日子，那是何等清平的
幸福境地，克里斯提安娜不正是德意志的玛蒂尔德吗？不过，
也应该考虑一下此后萦绕于海涅心间多年的阴影，他在这些年
间一直认为同一个"女工"结合，那是自我贬抑之举，是在
惩罚自己的灵魂。几年前，我曾在一篇文章中解释了海涅这种
令人困惑且歧异丛生的禀性，我在那篇文章中指出，这是海涅
禀性当中那贪婪的色欲和昂扬的精神之间的恒久冲突和摩擦导
致的结果。不过现在，我不再这么简单地看待这个问题了，尽
管这样的二元格局是海涅精神构造当中的根本成分，尽管这样
的二元构造的确令海涅承受了巨大痛楚，而且也部分地解释了
海涅在异教和基督教之间的犹疑摇摆。现在，我相信，海涅禀
性当中的核心要件是他的倨傲，这样的倨傲在现实与理想发生
冲撞之时，将是悲剧性的。海涅的诉求是要对时代和人群发挥
强劲的影响力，同时又完全超脱人群和时代，绝不受时代和人
群的熏染，此等目标乃是诸神的特权，于凡人而言，是没有可
能性的。然而，海涅之禀性当中，并不具备超脱之才具，也不

具备尊严之要素；他的禀性要素当中，即便有八分之一的要素可归于神性，至少也会有八分之七的要素是要沦落人性歧途的。"腐烂的百合比野草更令人作呕"，海涅曾引用这句谚语抒发胸臆。海涅胸中怀有春秋梦想，但这一切的梦想总是被拖入毫无价值的现实泥潭当中。圣西门主义就是他的胸中梦想之一，而且他也决心要实现圣西门式的梦想；然而，当这梦想以"玛蒂尔德"的形态展现出来的时候，海涅不禁在恐惧中退避三舍。在遇到玛蒂尔德之前，他的情欲一直都极为尖锐地分裂着，一边是极具悲剧特质的、精神化的激情，另一边则是轻佻、色情的欲念。那个时期，无论是在诗歌中还是在散文中，272 海涅都不遗余力地宣示说，自己禀性当中那轻佻、色情的欲念太过杂多，而且"变幻多端"。不过，此类近乎幼稚的吹嘘之词当然是有水分的，是要打不少折扣的。海涅禀性当中的感性欲念，乃是一个智识倾向的问题，而非一桩事实。海涅对女人的吸引力也许并不像他自己吹嘘的那么大；艾米丽和特雷莎都拒绝了他，这定然强化了他禀性当中的自卑，而自卑情结乃是他一开始就有的。海涅极为挑剔，因此不可能沉陷真正意义上的感官欲念当中，他心灵的精神取向也是十分强劲的，因此他不可能从物质女人那里得到什么愉悦。至少可以肯定，肉体和精神在海涅的全部生活中，都不曾以均衡态势出现，因此，这样的生活也就不可能得到现实的祝福。玛蒂尔德的出现改变了这一切。实际上，玛蒂尔德乃借助激情之力替海涅"解放肉体"，这种激情在两人之间一直就是相互的，而非单向的，而且，至少就海涅这边的情形而论，他是立刻就得到了真爱的回报的。1831年之后，海涅便一直凭借自己那无知的雄辩，宣扬感官和精神的融合，不过，此种融合境界却绝不可能是海涅想象中的理想之美和幸福状态。他，海涅，竟然会爱上一个微贱的年轻姑娘。这怎么可能？于是，他的内心翻滚着复杂的情感，令他倍受折磨。激情和痛苦将他撕裂。这一次，情形的的确确就是这样。这一次，海涅本想捉住一只凤凰，但最终只是斩获了一个世间俗人，一个"鞑靼人"，这个鞑靼人正将他拖入"塔尔塔罗斯"（请原谅我使用这样的双关语）；这是因为海涅是离不开玛蒂尔德的。可以说，这是海涅生命中的又一次堕落，而且，此次堕落对海涅内心的冲击要比普拉滕事件大得多，毕竟，此次堕落对海涅禀性当中的倨傲的打击，要比普拉滕事件更为严重。最终，海涅还是强行离开玛蒂尔德，并在贝尔焦约索（Belgiojoso）公主那里寻求逃避，看来，只要他移情这个女人，这个女人就能够升华他正在体验的这些激情。此情此景，令他相信自己得救了，他不禁长出一口气。1835 年 7 月 2 日，海涅致信坎佩（Campe）：

我曾经是那么愚蠢，不过，现在我认为激情时光于我而言已经结束，我再也不会落入人性的激情旋涡，我已经像永恒诸神那般静穆、自持、节制；看一看以前的我，竟然会爆发出如此强烈的人性，就像年轻人那样。现在，则靠着那无可抵御的精神力量，我的灵魂平静下来了，往日里肆虐无度的情欲也都归于驯服，现在的我，乃静谧安详地生活在一个美丽友人在圣日耳曼附近的一座城堡当中，有高朋相伴，甚是愉悦。我相信我的灵魂已经得到了净化，我已经将尘土悉数扫去；我的诗篇将更加优美，我的作品也会更加和谐。有一件事情我是可以肯定的。我现在对一切肮脏、可鄙、躁动之事都心怀真真切切的恐惧。

仅仅几个月之后，尽管海涅仍然远离玛蒂尔德，不过此时的他已经感觉到这场所谓的胜利正在转变为一场失败。1835年9月27日，他致信劳贝（Laube）说：

> 我已经成了那种恐惧一切激情并对之退避三舍的人。可惜啊！尽管我们处处小心，但激情那压倒一切的力量总是要征服我们，令我们失去见解和思想上的清明，即便我们并不愿意轻易地缴械投降。心灵一旦被蒙蔽，精神一旦被动摇，我们便无以同诸神为伍。长久以来，我都一直与诸神为伴，此刻是可以确认这一点的。我一直游走在诸神的光照当中，那么静穆；然而，过去的九个月间，我的生活已经呈现出风雨压城之势……我仍然在尽力平复我那已然躁动起来的灵魂，即便不能重归明朗天日之境，至少也要挣脱那夜晚的漆黑……我仍然驻留在这个可爱、高贵且智慧的女人的城堡里卖弄……不过我并没有陷入爱恋当中。我注定了只能去爱那微贱且愚蠢的女人……像我这般骄傲且智性之人，这样的境遇会是何等折磨，你能明白吗？

海涅于1834年10月同玛蒂尔德相识。1835年4月，他给勒瓦尔德（Lewald）的一封信笺足以表明他已经完全沉陷在对玛蒂尔德的激情当中。尽管如此，海涅无意同玛蒂尔德成婚，而且此时的海涅仍然沉浸在激情带来的狂乱幸福之中。两人之

间会有些争吵；不过，在两人的关系史上，海涅为了解放自己
而真正展开的决绝斗争，则要等到他第一次意识到那令人狂乱
的激情已经消散的时候，在那样一个时刻，海涅显然也已经意
识到，他的整个存在已然拜伏在一个女人面前，这个女人的精
神、智性以及社会地位均不及自己。迟至 1842 年，亚历山
大·维尔（Alexander Weill）仍然能够写下他对此事的观感：
海涅对玛蒂尔德的情爱，就如同一个受到诅咒的灵魂，在经受
地狱的折磨而非天堂的喜乐，那是惩罚而非奖赏。然而，这段
情爱也许是海涅生命中最美丽的一段。这段情事荡漾着欢声笑
语，两人就那么笑着、闹着。海涅这么一个极为倨傲之人，素
怀讽刺天才，但在这个无知无识且没有知性可言的伙伴面前，
从来没有摆出居高临下的姿态。海涅之于玛蒂尔德的情爱乃是
骑士之爱，虽然如此，他也不曾在两人之间设置什么距离；争
吵也好，爱欲也好，两人都完全是相互的。他承受了玛蒂尔德
的反复无常，也纵容玛蒂尔德的奇思异想；他因此赢得了玛蒂
尔德全副身心的爱恋，而且，对于海涅来说，也唯有这样一个
女人才会如此信从他的天才，并且她和他一样，对于维系此种
关系所需要的自我牺牲浑然不觉。然而，无论是对是错，海涅
从一开始就认定，自己既然屈从了激情，也就自然要落入
深渊。

274

　　与这场个人灾难同时发生的则是青年德意志运动遭遇的那
场灾难，普鲁士当局和联邦当局对海涅、劳贝、古茨科、穆恩
特（Mundt）和韦恩巴克（Wienbarg）等人的作品发布了禁
令。几个月之后，此一禁令有所缓和，调整为专门的审查制
度，这是相当有效的政治口衔。倘若海涅能够将此事作为终局
接受下来，并克制一下自己那天生的尖刻态度，也许会有拯救

之机。然而，德意志当局此举激发了海涅的战斗精神，他那无可遏制的愤怒连同可怕的锋锐勃发而出。如何意气昂扬地展开争论家的生涯？如何最为有效地发泄对门泽尔的怒火，据说正是门泽尔反古茨科和韦恩巴克的文章挑动当局发布了禁令？如何规避或者骗过新闻审查官？这些就是海涅在1836年到1839年的主要关切，这个时期，海涅正在酝酿一项不幸的计划，他要为刚刚亡故的流亡同伴、犹太民主人士路德维希·伯尔纳书写一份传记，此人是海涅一块永远的心病。两人之间经年的冲撞、嫉妒、恨意和恶意，实际上令传记工作放在海涅手中是非常不合适的。此事招来了大麻烦，最终以一场决斗收场。在此之前，海涅就已经同古茨科不和，此人是海涅最为恶毒的敌人之一，还令海涅陷入了同他的出版商尤里乌斯·坎佩的一场令人羞耻的公开口水仗当中。此外，一个名叫古斯塔夫·普菲泽（Gustav Pfizer）的苏阿比亚人也一直盯着海涅不放，对他口诛笔伐，此人不仅道德堕落，而且是个低劣不堪的作家，还是一个见风使舵、投机取巧的政客。此等情形之下，也就毫不奇怪，当特殊审查制度于1842年趋于缓和的时候，海涅只有两份还算有些分量的非论战性的散文作品问世，1835～1836年写就的《自然精灵》和1836年写就的《佛罗伦萨之夜》。

　　第一部作品乃是在认识玛蒂尔德之前就开始构思的，应该追溯到1834年，甚至有可能更早一些。这部作品是要以诗性的方式阐释圣西门派的泛神主义，并且是以古老日耳曼民间传说的形式呈现出来。这部作品的第一部分应该说是延续了《德意志宗教和哲学史》开启的工作。不过接下来，海涅梦中的神灵便有了变动。此时，玛蒂尔德现身了。这部作品的第二部分以一则寓意故事开篇，这则故事是关于一个名叫海因里希·基茨勒的作家的，这个作家颇为不幸，他书写了一系列博学且明辨的作品，但极少能够完工，因此这些作品也就从来没有机会问世。基茨勒在理智上的刚正几乎到了致命的程度，这令他总是在一项论题未及充分阐发之前，便以同样的力度阐发相反的论题，这样的情形简直是无可救药。他的代表作《基督教之优越性》就是如此。这部作品包含了世人为辩护或者为荣耀基督信仰而说过或者写过的一切，而且还对异教信仰以及异教神灵展开了极为猛烈的攻击。但是在最后时刻，利巴尼奥的《捍卫神殿》一书又令基茨勒的心思变得飘忽难定了，因为这本书令基茨勒相信基督教极为阴暗地摧毁了艺术，由此犯下了重大的亵渎罪行。最终，这个不幸的作家只得将《基督教之优越性》付之一炬，在火光升腾之时，他不禁高声喊叫："烧了吧，这破碎的美丽雕像；烧了吧，诸神的幽魂，你们现在不过是游荡在诗歌之幽灵王国的可爱魂魄而已，这书全当献祭诸神吧！"

不过，这次，海涅要献祭的并不是基督教，而是异教群神当中最美丽的神灵，爱神维纳斯。在《自然精灵》的第二部分，维纳斯以极为邪恶且可怕的形象复生。此间的诸多故事取材于威利巴尔德·亚历克斯（Wilibald Alexis）和埃兴多夫（Eichendorff）的《维纳斯山》（Mons Veneris），海涅以特有的哀婉笔调复述了这些故事。接着，叙事急转直下，读者未及弄清楚怎么回事，便都被海涅囚禁在维纳斯山，和那落魄的唐豪瑟关在一起，先是倾听民谣《少年魔号》，而后是倾听海涅所做的更具悲剧性也完全是寓意性的阐释：

276

我爱她，以超凡的力量，
一种凌越沮丧的强力，
它如同一个最狂野的瀑布
洪流涌动不会缓停。

从悬崖到悬崖，它怒泻而下
而飞沫越过被漠视的石礁，
上千次，它的脖颈近乎折断，
它的航向却不曾阻断。

而假如整个天国都是我的，
我情愿将它给予维纳斯；
我愿给她旭日，我愿给她明月
和繁星，我爱她，如此痴狂。

我爱她，以耗尽的力量，
以狂野灼烧我的火焰。
这些已然是地狱之火么，
以及上帝唾弃我的一声叹息？

噢，神父，噢，乌尔班，噢，教皇，
收紧或松开你拥有的权力，
将我远离这地狱的折磨
离开此时的邪恶的权柄。

教皇哀恸，当他举起双手，

并哀悯这些言辞的破碎：
"唐豪瑟，噢，你这沮丧的人，
那魔法绝无可能破除。

"至于地狱下面的所有魔鬼
维纳斯远离那些至恶肮脏；
而我绝不可能通过她可爱的手爪
将你拯救——你徒劳地哭嚎。

"你须为肉身的欲望恕罪
用你这同步的灵魂；
你被抛弃，并被罚入
地狱永恒的痛绞。"

那美丽且冰冷的维纳斯大理石雕像，是海涅在意大利期间 277
对之伤怀不已的，此时，它突然复生了，令海涅惊惧不已。显
然，维纳斯之复生乃是海涅最为珍视的心愿，如今可算是心愿
达成，然而，最终却不过是一场灾难。教皇的权杖也绝不会为
他绽放，以此表明上帝宽恕了罪人。这次，他彻底迷失、沉
沦了：

在汉堡的村镇，我绝不会被发现
因为我的罪孽是可憎的。
我将永远属于
我亲爱的女主人维纳斯。

《北海集》中那可怜的落魄群神之幽魂令海涅倍感痛楚，卢浮宫中的大理石神像，也曾令海涅兀自伤怀，怜悯不已。这些被糟糕残忍地对待的神灵，海涅本来是要在这部作品中为他们洗雪冤屈的，但现在看来，这些神灵在海涅心目中的确已经成了魔鬼，而且还是最为邪恶的魔鬼。特别是维纳斯，异教群神当中最美丽者，也是最令人追慕者，如今却成为群神当中最令人害怕的一个。直到 1842 年，海涅在一次同亚历山大·维尔的交谈中，依然不忘群神雕像这个话题，并且还同玛蒂尔德关联起来。不过，海涅此次谈话的方式和语调已经坦然了不少。海涅就是玛蒂尔德的皮格马利翁，是他将灵魂赋予玛蒂尔德。在生命的最后一年，海涅告诉卡米莉·塞尔登，他真正爱的是那些已经死去的女人和雕像。"大理石"一词不仅融合了他的宗教情感，于他而言，这个语词还有着情欲上的意涵，指涉和思想上的这种模糊状态，融合了过度劳累的肉欲。《佛罗伦萨之夜》所呈现的是一个雕像世界，海涅借助这么一个世界来描摹女人在他内心唤起的一系列超感官的、极具精神意向的情感，这也是海涅就此类情感展开的最为完整的剖白，在给卡米莉·塞尔登的临终忏悔当中，海涅将此类情感凝结起来。《佛罗伦萨之夜》非常怪异，构思精妙，但行文却又十分散漫。事实上，在马克西米连向玛利亚讲述的往事和故事当中，并没有什么随意之事，玛利亚已经因为肺病而奄奄一息了，正躺在绿色丝绒沙发上，倾听这些故事，身上盖着透明的软棉布（此番情境乃是相当浪漫的）。不过，在嘲讽此番情境之前，在那沉沉睡去的女人醒来之前，有必要弄清楚这究竟是为什么。这很可能不过是一场视觉幻象，然而，玛利亚像极了马克西米连年轻时候极其热恋的草丛中那具雕像，这是何等诡异之

278

事。从那以后，就有众多的雕像先后将他俘获，他的那段生命也因此如同梦境一般。至少有六个月的时间，他就是这样生活在至深的精神隔绝状态之中，满心都是对一个死去的姑娘的记忆，他未能在这个姑娘活着的时候爱过她；后来，一个梦中的女人取代了那姑娘的位置。由此，马克西米连便于无形中转向了音乐（这是最为精神化的艺术形式），也就是转向了帕格尼尼的绝妙作品以及此类乐章在他内心唤起的造型意象。马克西米连将乐曲转化为场景，并在至深的迷醉时刻，回忆起那完美的希腊艺术品。此时，叙事突然中断，大理石雕像再度现身：玛利亚又一次陷入沉睡，昭示着冷硬、美丽和死亡。第一夜的叙事以雕像开始，也以雕像结束，那雕像已然幻化为幽魂，空灵得如同梦幻，后来消融为乐曲，最终又变回雕像。

　　第二夜的中心人物也是雕像，不过那是一座活动着的雕像，也就是舞蹈中的酒神女祭司，而且，第二夜叙事的目的也是不一样的。第二夜的诉求不是要消解大理石，而是要让雕像活动起来，由此令女人更为切近马克西米连。这显然是海涅自己所论的"诸神之黄昏"的情欲对等物，而歌德也牵涉其中。劳伦斯小姐显然是对应着迷娘，这本身就暗示了《从慕尼黑到热那亚的旅行》中琴师的女儿，那个身染悲剧色彩的小妇人。在一个矮子和一条博学的狗的陪伴之下，劳伦斯小姐在伦敦的街道上展开舞蹈，那是诡异、邪恶且赋有象征意涵的舞蹈，像极了古代花瓶和陶器上巴库斯女祭司的迷狂舞姿。五年后，马克西米连与这个舞女重逢，不过这次不是在伦敦，而是在巴黎这么一个伟大世界。那是在巴黎的一个晚会上，晚会上，崇拜快乐且疯狂舞蹈的巴黎人令马克西米连不禁回想起德意志人称为"薇莉"（Willis）的女鬼。那是一个在婚礼前一天死去的新娘，她在死去当天的午夜时分走出坟墓，在月光洒满大地之时，跳了一支短暂的舞蹈，那舞蹈美得可怕，极为诡异且狂野。当时的劳伦斯小姐像变了个人一样。现在的劳伦斯小姐已然是贵妇人了，不过，不难看得出她经历了岁月的沧桑；她的脸上已经有了斑点，就如同一座雕像在历经时间拷打之后，脸上沉淀了斑点。马克西米连逐渐了解了劳伦斯小姐的经历，正如劳伦斯小姐的养父母说的那样，她是"死亡之子"。不过，劳伦斯小姐有着非凡的美貌，马克西米连遂成了"这个有着天使面容和魔鬼身材的女鬼"的情人。两人一起给劳伦斯小姐那老迈的丈夫的脑袋上装了两只角。但是，当她午夜时分从他身旁起身，同昔日的舞伴（此时，这三个舞伴都已经死去了）舞蹈之时，他仿佛感觉到整个世界就像是被地狱火焰包围的冥王一样，并且那冥王还将珀尔塞福涅抱在怀中，那红色的丝绸床帏和那跳动的火焰当然也促成了此一幻象。于是，第一夜里面那冷硬的大理石雕像成了第二夜里面那热舞的巴库斯女祭司。她拒绝变成幽灵，相反，她获得了生命，此时，已然是实实在在的冥界女神了。以上就是这个现代的皮格马利翁的梦境。

　　同玛蒂尔德的"结合"给他造成的真正不幸，明显地体现在 1837 年的《法兰西舞台信札》（*Letters about the French Stage*）当中。这也许是海涅最为呆板、最为沉闷的作品了。当然，这也是唯一一部可以用这类语词来刻画的作品。玛蒂尔德当然不是令海涅悲伤的唯一原因，实际上，针对他的作品而来的官方禁令也对他的精神造成了重大影响。不过，整部信札当中弥散着不抱幻想的论调，对法国人的松散道德、物质主义以及造作的多愁善感，海涅亦是批评有加，这一切恐怕要归因于海涅自身软弱的羞耻感，这样的弱点是他一直都摆脱不掉的。信札痛苦地谈起流亡他乡之时的思乡病，并且还是以毕生第二个重大的神话幻梦结束了这部信札。在第一个重大幻梦当中，海涅得到了安抚，并且还借由美第奇的维纳斯和望楼上的阿波罗，确切地说，就是借助温克尔曼式的希腊艺术之静穆，超脱了四面楚歌的法律旷野。法国戏剧艺术信札也是以一场梦幻收尾，不过，此一梦幻呈现出决绝的失败主义态度。无边的荒漠，漫漫黄沙，灰黄的天空，面容和四肢均已残损的可爱大理石雕像躺在脚下，这就是梦中场景。那么，什么是艺术？也许，巴黎那座巨大的斯芬克斯石像能够作答。 280

关于伯尔纳的作品乃是海涅和同时代人展开的又一次缠斗。歌德已经被海涅贴上了"奥林匹斯"的标签，而且歌德的作品也被他归入无生命的艺术作品的博物馆之中。由此，海涅便可以任意地垂怜它们，毕竟，海涅是伟大的反歌德派，是"运动之人"，是满怀神圣怒火及更为神圣的梦想的诗人。不过，要对付伯尔纳，海涅就必须改换战场，采纳一种开明的希腊立场，借此去评判并垂怜一个犹太人。就在此前一年，海涅刚刚在《莎士比亚的少女和女人》（*Shakespeare's Girls and Women*）当中对夏洛克及其族群实施了辉煌辩护，现在，他必须马不停蹄地去处理伯尔纳了。然而，像一个异教徒那样去感受并像一个犹太人那样去受苦，个中滋味，海涅心知肚明；拿撒勒人的脾性在这个犹太同胞这里道成肉身，他对此种脾性展开的剖析是极富锐见的，而且也不乏同情［除了在伯尔纳同让内特·沃尔（Jeannette Wohl）、萨洛蒙·施特劳斯（Salomon Strauss）的关系问题上的那些恶意指摘之词之外，此类指摘是令人遗憾的］。这部作品的私人意图就是要一劳永

逸地表明，伯尔纳跟海涅是全然不同的两类人，海涅要伟大得
多。这一点是应当言明的，当然，若是由别人来说明此事，则
显然要更好一些。不过，这显然是不可能的。时人总是将他们
相提并论，将二人视为政治和文学上的狄俄斯库里。如果说的
确有谁因此吃了亏的话，那应该是海涅，因为海涅毕竟不像伯
尔纳那般热衷革命，而且海涅的人格魅力也远远不及伯尔纳那
般强劲有力。"我跟伯尔纳有什么关系呢？"海涅经常在怒火
中高声喊叫，"我是个诗人！"

　　但是，这一切的辩解终归枉然。两人都是犹太人，两人都
是德意志流亡者，两人都是自由思想家和政论作家。表面上
看，两人是极为相近的。然而，两人彼此仇视，这一点伯尔纳
的《巴黎信札》（*Letters from Paris*）和海涅的传记都给出了证
明。这实际上是个人仇怨的问题，鉴于此，海涅给予伯尔纳的
赞扬之词实在算得上慷慨了：

281

　　　　没必要增光添彩，只需要将他的真实面貌呈现出来；
　　　真实就是对他最好的纪念。他既非天才，也非英雄。他不
　　　能侧身奥林匹斯神殿。他就是一个凡人，是这个尘世的居
　　　民。他是个好作家，也是一个伟大的爱国者。[1]

　　伯尔纳的存在本身连同他的脾性以及观念，似乎都在将海
涅拉回犹太人的街区，令海涅这个名字永远跟自己的名字相提
并论。不仅如此，伯尔纳的共和情感乃是海涅从未分享过的，

---

[1]　最后这句话正是奥古斯都皇帝对西塞罗的评说，当时，奥古斯都发现自
己的孙子正在阅读这个政治对头的作品。参见 Plutarch, *Life of Cicero*,
Chapter XIV。

伯尔纳等于将海涅置于无可承受的进退维谷之境。海涅很可能会被认为对自由事业不够忠诚，甚至会被认为背叛了自由事业。此外，海涅则也完全有可能从那孤傲、独立且卓绝的诗歌地位之上跌落下来，陷入伯尔纳身边那批德意志流亡共和分子的肮脏泥潭当中，若如此，他肯定会落入极为不堪的境地：

> 噢，翅膀被点燃的甲虫有祸了！
> 如同一只身处其他陆地的蠕虫，他被摒弃
> 且必得在地面匍匐和爬行
> 随潮湿的气味可怖的昆虫。
>
> 放逐最糟的灾祸，你听他正在说，
> 是你被驱入那低级的队伍；
> 你被判联手一伙人
> 歹徒、附会者，以及许多蛀虫组成的。
>
> 我的翅膀已被点燃，可叹可哀！
> 我将不会回去我的祖国，
> 但，我是蠕虫，将卑微地呼吸
> 并在污秽和泥沼中腐烂。

如此激荡的情感，肯定是要找到一个发泄口的。为此，海涅在两人之间展开了精细的对照；一方是阴郁的拿撒勒人，另一方则是光彩四溢的希腊人，此番对照是海涅这部传记的灵魂，并且将整部传记串联起来，令这部作品获得统一

性。传记由五个章节构成，其中的四个章节传达了一个重大
意象：海涅在风暴肆虐的大海之上遇到即将沉沦海底的伯尔
纳，但是海涅无法伸出援手，他担心这会危及船上的货物，
那船上装载着未来的神灵；基督（伯尔纳是以基督徒的身份
去世的）在七月革命之后落入地狱；在这个犹太弥赛亚的
《塔木德》里面找到预言，这个弥赛亚乃是一个俊美、纤细
却又相当有力的年轻人，正在啃噬自己身上的黄金锁链，只
待有一天这锁链断裂，这个犹太弥赛亚将身负权能，降临世
间，拯救世界。这些人虽然在种族上应当归属犹太人，但是
跟伯尔纳不一样，他们禀性当中灌注了希腊元素，因此，如
此的梦境也是合情合理之事。最终则是一场伟大的神话愿景
为整部传记作了了结。在这部传记中，海涅以极大的技巧和
极度的感伤，呈现了那么一个荒凉的未来场景。倘若伯尔纳
的共和理想以及伯尔纳的天主教或者拿撒勒生活观念得以实
现，这场景就是人类的未来，伯尔纳的理想或者愿景一旦实
现，就必定要毁灭希腊之欢乐和希腊之美在尘世的最后一道
幽光。

　　这场幻梦也许是海涅所有幻梦当中最为伤感的，在这场幻
梦中，海涅发现自己在那么一个雾气蒙蒙的秋日夜晚，只身游
荡在一片无边的荒野丛林当中。远处有光亮闪现，但重重魅影
四处游动，将那光亮包围。他走进其中一个魅影，看到的是纤
弱且赤裸的幽魂，面容甜美但忧郁，那是一群希腊水仙女，正
聚拢在林中空地的篝火旁边。她们依然是那么美丽，不过，她
们的四肢已然消瘦，冰冷的愁容黯淡了她们永恒的青春，深沉
的哀伤遮蔽了她们的面容。她们就那么匍匐在那跳动的火苗四
周，在用希腊语窃窃私语，彼此述说着现今这个糟糕的时代，

页边标注282

述说着她们是何等恐惧那更加糟糕的未来。若是时光变得更加糟糕，她们将继续向着丛林深处逃逸。原初传来的平民的粗野聒噪之声，此时夹杂了教堂的晨祷钟声。这些可爱的林间仙女立时变得更加苍白、更加消瘦了，很快便消散在雾霭当中。民主和天主教禁欲精神乃是这些林间仙女的魔咒和灾难，令她们的美遭受重创，那样的美，在日光普照之时，是如此欢欣，如此光华四射，现在，她们只能在午夜时分在幽林中兀自徘徊游荡，随时准备离去。

然而，海涅仍然不能最终选择希腊并弃绝犹地亚。1842年写就的《阿塔·特罗尔》（Atta Troll）中有"疯狂追逐"一幕，这一幕很明显地揭示了海涅的此种态度。此次追逐行动乃是由三个美丽女人引领的，分别是女神迪亚娜、仙子阿本德和希伯来女巫希罗底，三人都经历了魔鬼般的变形，美得无可言喻： 283

> 骄傲地，如这最纯洁的雕像，
> 全能的女神一路骑行。
>
> 且她的脸如大理石般白皙
> 且如大理石般冰冷；而可怕的
> 是她的严厉而高贵的姿态
> 硬朗而苍白。
>
> 但一道可怖而离奇的
> 火焰甜蜜地在她的轨道上燃烧
> 漆黑如夜晚；并这般盲目地

坠入火焰，摧毁了灵魂。

　　她们的邪恶也都令人目眩神迷；不过，海涅最终还是选择了三人当中最为美貌也最为邪恶的希罗底：

是的，我最亲热地爱着你，
远胜过那边的希腊女神，
远胜过那边的北方仙女
我崇拜你，幽灵般的犹太女子。

是的，我爱你！且我懂得它
以我战栗的灵魂。

　　至此，海涅将异教和基督教之间的对立置于自己同伯尔纳之间的对立框架当中，予以形象化，由此将异教和基督教之间的对立视为希伯来（或拿撒勒）同希腊之间的对立。凯尔特神话中的仙子阿本德在这个魔鬼般的三位一体当中，应该说是分量最为微末者，同基督教没有任何关联。很显然，叙事的重点在此发生了转变，此一情形部分地归因于日渐年迈的海涅。随着年岁的增长，海涅越来越强烈地意识到自己同自己所属族群之间的纽带。也正是这一点，将海涅从一个令他倍受折磨的幻象中解脱出来，这幻象就是钉在十字架上的神灵，自海涅童年时代起，就一直出现在深夜梦境当中。现在，海涅终于可以将十字架上的这个人视为一个受迫害的变革者，一个同他亲近之人，同样梦想着解放人类，并因此沦落苦难境地。在1844
年的《德意志，一个冬天的童话》（*Germany, a Winter's Tale*）

当中，海涅摧毁了有关基督之神性的传说：

> 当那清晨的雾气消散，
> 就在那鲜花盛开的日子，
> 那人被钉在了十字架上
> 我凭靠路旁的塔楼望见了。
>
> 不管何时，我贫苦的堂兄弟，我看见
> 你的肖像，就充满了悲伤——
> 你，乐意拯救这个世界，
> 一个赎回世界的人，多么疯狂！
>
> 而他们确曾错误对待了你，
> 那个高居议会厅的绅士；
> 但为何，就教会和国家的议题
> 你不能持有你的主张？
>
> 对你来说是多么不幸，报业印刷
> 还未曾被发明；
> 关于天国的问题，你已写过一部书
> 并交予出版商发行。
>
> 审查机关将从那里删除
> 可应用于这个世界的任何部分，
> 审查制度将友善地销毁
> 钉十字架的这桩案情。

　　果真是金钱和银行家的转换器，

　　你被庙堂的嘲笑声所鞭挞，

　　苦恼的梦想家！而如今你吊在

　　十字架前，如一个可怕的警示。

　　欲向上与诸神比肩，此乃倨傲；欲将诸神向下拉扯，借此同诸神比肩，此乃渎神。这部作品满是渎神之词，如同滤网中的漏洞，实际上，这部作品在这个方面恰恰成了海涅一切作品中的至高典范。不过，希腊诸神、耶和华以及基督仍然被这个已然沉沦之人奉为神灵，无论这些神灵是胜利者还是失败者，无论他们仍然大权在握还是已经失去王位，无论他们是已经死去还是即将死去，无论他们已经在放逐当中幻化为冷硬的大理石雕还是经历了魔鬼变形，在这部作品中，诸神依然是诸神。

285 在上引诗句当中，基督其实就是一个改革者，同一切的改革者平起平坐，这其中当然也包括了他的“表亲”海因里希·海涅，而且，两人显然都是没有神性的。两人都不过是《德意志宗教和哲学史》中一项“箴言”的例证：“伟大精神在哪里立言，哪里就是各各他”。

　　海涅最后的倨傲很快便遭到惩罚，而且这惩罚是相当残忍的。1844 年 12 月 23 日，所罗门·海涅（Salomon Heine）——海涅万贯家财的舅舅——去世，遗嘱中没有提及这个窘困落魄的侄子。这可能是疏忽所致，因为所罗门生前曾承诺，死后给海涅的资助不会中断，倘若海涅死在玛蒂尔德前面，这份资助的一半则转归玛蒂尔德（1841 年，玛蒂尔德便已经是海涅的合法妻子了）。卡尔·海涅（Carl Heine），所罗门的儿子兼继承人，并不急于修补遗嘱的这个漏洞。最终，卡尔答应修正遗嘱，但海涅必须承诺绝对不能在自己的作品中提及现在这个已经以卡尔为户主的家族。此一条件可谓尖刻而且还带有羞辱性，背后的情由很可能就是恐惧。窘迫的经济状况、往日里承受的众多创伤，加之遭受重挫的家族情感，这一切的因素积聚起来，令海涅身上一切最为恶劣的元素悉数爆发出来。毕竟，他的禀性当中是暗藏了此类元素的，比方说，他有着致命的阴谋倾向，有着魔鬼般的手腕，有着恶毒谩骂的天分，心怀怨毒，喜欢敲诈勒索，甚至还有奉承乞怜的天资，只是一直没有机会施展而已。这一切的魔鬼元素当中，灌注了一种近乎暴烈的悲伤，一种无可忍受的不公感和屈辱感，这一切的一切都禀赋着撒旦特质，极为可怕，也极具悲剧色彩。1846 年 2 月 24日，海涅致信范哈根（Varnhagen）：

> 我素来关心的唯有人们的尊重，这是我的指导原则，为这个原则，我活着，苦着。除此之外，我根本就不关心这个世界。现在，你应该能明白我正在承受何等痛苦。救我离开这地狱吧。

于是，基督的这个"表亲"便不得不纡尊降贵，侧身借款人和银行家中间，而后，更进一步沉落自己的心灵地狱之中，那心灵俨然是扭曲了的，充满了报复欲念和痛苦。跟那些对头比较起来，海涅在手腕和愤怒这两项品质上都远远胜出，尽管如此，最终还是金钱说了算，海涅也不得不顺应时势，于1847 年给出了卡尔家族要求的那项承诺。与此同时，海涅将自己的工作强度提升到疯狂状态，并因此于 1845 年 3 月中了风。接着便是"一种深沉的引力、一种模糊的暴力"抓住了 286

他，这似乎预示着"诗歌和散文的可怕爆发"。逐渐地，海涅将此种剧烈的激情以及疯狂的诡计，转化为"极为神圣且极具神性的愤怒"。海涅坚信自己的天才遭受了致命伤害，他认为自己快要死去了。1846 年 9 月 1 日，他总结了自己的境况，简短但语意丰富：

> 上帝啊，请宽恕家人对我犯下的罪过吧。我年轻时代的好友、我自己的同宗家人，未能遵行他父亲的承诺，这的确不能说是金钱之事，这只能激起我的道德义愤；正是这一点，令我彻底心碎，心既已碎裂，死亡也就不远了。

此等动荡及其带来的恶果，恐怕只有超凡的生命力才能挺过来。1845 年之后，海涅陷入半盲且瘫痪的状态，从此再也没有恢复过来。不过，他的命数并未就此完结。英格兰方面伸出援手，令他起死回生。本雅明·鲁姆利（Benjamin Lumley），英格兰皇家剧场的总监，恰在这个时候，有了一个对海涅来说是相当幸运的念头，他邀请海涅为他创作一些芭蕾舞剧剧本。海涅从未尝试过，不过，报酬相当丰厚，而且，这对海涅来说，也是一种新的自我表达方式，显然有着很大的吸引力。鲁姆利这项提议之聪敏恐怕远远超出了鲁姆利本人的预料。此前，至少有十年时间，巴库斯女祭司就一直在海涅心灵当中舞蹈着，海涅也在作品中频繁提及这一点。不仅如此，狄奥尼索斯元素也开始影响海涅，《阿塔·特罗尔》中"疯狂追逐"的午夜幻象就是因此而得以显现出来的。鲁姆利的邀约对海涅来说，是一次绝佳的表达机会。舞蹈诗歌《迪亚娜女神》（*The Goddess Diana*）成了海涅希腊主义的一个重要转折

点。迪亚娜和侍女、阿波罗和九位缪斯、狄奥尼索斯和狂欢队
列，凭借舞蹈赢得了一个中世纪骑士的心，接着以轻快的舞蹈
步伐进入骑士的城堡。在城堡之中，以舞蹈来表现希腊异教诸
神的快乐生活与日耳曼的家庭德性之间的一场决斗，两者分别
以迪亚娜和受人敬重的骑士夫人为表征。在这场决斗中，迪亚
娜遭遇暂时挫败，遂在天空中重新现身，引领着"疯狂追
逐"，并再次俘获了骑士的心，此时骑士的身边已经围满了水
仙女、林间仙子、各种精灵以及火蜥蜴。骑士遂加入了"疯   287
狂追逐"，径直向着维纳斯山进发，不过，忠实的阿克哈特将
骑士击倒在地，此举乃是出于善意，是要拯救骑士的灵魂。葬
礼队伍沉浸在一片悲伤之中，并继续舞蹈着，进入维纳斯山，
人们发现爱神正在同唐豪瑟跳着一支双人舞，舞蹈所表达的乃
是无可摧毁的爱欲，不过，这爱欲绝对不是建基于彼此间的尊
重。阿波罗和众缪斯尝试唤醒骑士，但只取得了部分成效。是
狄奥尼索斯，"欢愉之神"，最终战胜死亡，将自己的情人交
还给迪亚娜。可以说，这份诗篇集结了海涅异教崇拜的全部元
素，其中，狄奥尼索斯更是第一次出现在奥林匹斯群神之列，
并且巴库斯舞蹈在《佛罗伦萨之夜》当中也扮演了角色。在
那里，巴库斯舞蹈是一种表达媒介，表达了那种狂野的、充溢
着灵感并造就生命的运动，这样的运动不仅能令大理石雕像变
形，也能够征服死亡。正是由于狄奥尼索斯的存在，希腊群神
得以再一次变形：他们不再是鬼魂、苍白的幽灵、冰冷的大理
石雕像，也不再是可怕的恶魔，而是变成了光彩照人的、美丽
的、活生生的神灵；他们会在白天藏匿起来，在夜晚聚会并狂
欢。此时的群神所表征的不仅是可爱，更为重要的是，他们也
表征着生命。

至于基督教神话，则表征着死亡。此一信念，海涅在
1847 年《浮士德博士》（*Doctor Faust*）中呈现出来，此乃海
涅的"骷髅之舞"。"愿上帝和歌德宽宥我"，海涅在《从慕尼
黑到热那亚的旅行》中谈到自己对歌德的攻击之时，曾给出
了此种玩笑式的说辞。不过，现在，他较之以往任何时候都更
有理由发出这样的祈祷了。海涅在《阿塔·特罗尔》中将歌
德列为"疯狂追逐"的成员，在《迪亚娜女神》中将歌德列
为维纳斯山居民。在海涅的作品中，无论希腊诸神出现在哪
里，歌德都会陪伴左右。此时，那古老的欲念，自 1824 年之
后便一直潜藏在内心的计划，重新得到了确认，而且，那情形
也是相当迫切的——他要写一部自己的《浮士德》，同德意志
文学的主神一较高下。海涅自己也曾指出，这项工作是极为艰
巨的，因为他要在四个星期内，将歌德耗费六年时光才成就的
288　杰作改造为简洁平顺的歌剧剧本。海涅此时已然成了饱经创伤
的残废之人。欲同歌德一较高下，这实际上是在发起一项极为
鲁莽的挑战。不过，相较于歌德，海涅有着一项巨大优势，而
且海涅自己对此心知肚明。长期以来，海涅一直关注着自然精
灵、中了巫术的凡人以及撒旦式群神的所作所为；更为重要的
是，他在内心里是信从他们的，这是他同歌德的不同之处。海
涅宣称，自己掌握了古代神话的真正精神，这的确是讲出了实
情，此一优势是沃尔夫冈·歌德这个伟大的怀疑论者根本不具
备的。战斗就在这个战场上展开，尽管对战双方仍然是极其不
对等的。在海涅这部作品中，梅菲斯特变成了梅菲斯特菲拉，
这是对神话故事实施的相当有技巧的改造，以符合芭蕾舞剧的
要求，而且，此一改造于海涅而言，也是一种自我表达。第三
幕中对女巫的安息日以及黑弥散的描写，表明海涅对黑魔法是

有精确了解的，对魔鬼、丑陋以及邪恶之事也是有自己的情感的，这一切都超越了歌德的想象。在海涅的这部剧中，浮士德起而反抗身边一切的阴险行为，对基督教禁欲观实施了扭曲的嘲讽，并且还恶作剧式地模仿了那些令人憎恶之事。浮士德也就得以突然体验到对纯粹之美、希腊式的和谐、荷马众英雄之高贵以及那个小阳春世界的无限渴慕之情。这一切都极为契合海涅这部剧的剧情。梅菲斯特菲拉召唤海伦娜的亡灵，不过这亡灵即刻便消失了。同歌德《浮士德》中的情节不一样，海涅笔下的浮士德和梅菲斯特菲拉乘坐神马一路追赶，并在第四幕来到阿基佩拉古斯的一座小岛，海伦娜是这座小岛的王后：

> 希腊的宁静弥漫四处，神圣的芬芳的和平，古典的平和。这里没有什么使人想起迷茫的未来，或者唤起神秘的欲望和恐惧的战栗，那些超自然的精神狂喜已将自身从肉身中解放。它是完全真实的可塑的幸福感，没有怀旧的悲伤，没有空乏的渴求和迷梦。

浮士德和海伦娜的结合，梅菲斯特菲拉以巴库斯舞蹈予以祝福，但在布罗肯山上曾陪伴浮士德的女巫公爵此时也抵达这座小岛，打断了婚礼。在北方黑魔法面前，希腊世界消退而去，变得苍老并最终沦为废墟。海伦娜及其女仆都变成了丑恶的吸血鬼，整座小岛被狂暴的海浪吞噬。在第五幕，浮士德被众魔鬼及时带走，并在一路舞蹈之中，奔赴自己的宿命。希腊诸神统治之地，就是幸福、美和生命之地。基督教神灵统治之地，则是黑暗和死亡之地。这就是海涅的狄奥尼索斯剧作《迪亚娜女神》、"骷髅之舞"以及《浮士德博士》传递出来

289

400 / 第七章 反叛者：海涅（1797～1856）

的清晰无误的信息。未来的诸神将更具希腊气息而非基督教气息。我们的子孙是幸福的，因为他们可以在老妇人的故事中，听闻那么一个时代，在那个时代，一个已死之人被奉为神灵，并在可怕的葬礼仪式上得到祝福，在这样的葬礼仪式上，在参与者的意象当中，他们吃的面包，乃是那人的身体，他们饮用的葡萄酒，乃是那人的血。1847年受难节那天，海涅在给犹太同胞亚历山大·维尔的一本故事集撰写的导言当中，就是如此申述的。

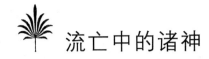

流亡中的诸神

别的世代和别的制度；
是的，我也曾一度爱过
荷马的歌咏，有关
阿喀琉斯和奥德赛的伟绩。

那些日子，我的心情镀金般
似太阳鲜红的炙焰，
而我的弓弩被葡萄蔓叶加冕
而号角喜气喧天。

随它们去吧——因着破碎的谎言
如今我骄傲的胜利战车，
和牵引它的迅豹，
都已死去湮灭；那些妇女亦然

她们曾佩着手鼓和哐当的铙钹
绕着我翩翩起舞；而我如今在地上
痛苦地翻滚着，

又瘸，又可怜——随它们去吧。

290　1848年5月的某天，海涅一生中最后一次外出，他几乎把自己拖进了卢浮宫，去面对生命中最为残酷的事实。是时候了，他要挥别自己那段幸福时光当中予以崇拜的异教群神，当然，这是告别，不是断交。海涅此处的用词是"崇拜"，这是有讲究的，毕竟，此次造访，乃是一个将死之人最后一次向表征着爱和美的女神致敬：

> 进入这间高贵展厅之际，我几乎完全瘫软，那受到赐福的米洛的维纳斯，正是美的象征，她就矗立在那基座之上。我匍匐在女神脚下，久久不能动弹，我禁不住悲恸落泪，那哭声足以融化铁石心肠。女神垂视于我，目光中满是怜悯，却又如此绝望无助，她仿佛在说：难道你没看见我没有手臂，帮不了你吗？

很多年前，海涅曾经谈起，希腊诸神于一个贫穷破落之人而言，是毫无用处的，看来此论是说出了实情；于是，海涅结束了同希腊诸神的"爱和友爱"，将他们逐出他的心灵。变的是海涅，而不是他们。正如他在1849年4月公开宣示的那样，他不再是神一样的两足动物了；不再是歌德之后最具自由气息的德意志人了；不再是歌德之后又一个伟大的异教徒了，不再是那个戴着葡萄枝王冠向歌德的宙斯致敬的狄奥尼索斯了；不再是那个光彩照人的希腊人了，再无可能在笑声中蔑视那些阴郁的拿撒勒人了。此时的海涅不过是一个破落的犹太人，境遇悲惨，至为不幸。他同诸神的关系已经完全颠倒过来，因为他此时只希望得到诸神的同情，而不再是向诸神抛洒同情。现在的希腊诸神于他而言，已然是高高在上了，而且，高高在上的神灵也已经无法安慰并升华海因里希·海涅了。在考量他所谓的"回归上帝"以及世人常常说起的所谓的改宗事件之时，此一基本情状是必须考量进去的。改宗之事乃是自然而然的，甚至可以说是于无形中发生的。他的境遇太过悲惨，他当然需要一个上帝去依靠。不过，对于此刻在内心涌动着的这些宗教情愫，海涅对其根源知道得清清楚楚。很可能早在 1848 年 7 月，海涅就致信兄弟马克西米连：

> 我的眼睛不行了，这让我感到可怕的压抑；还要在床褥墓穴中受尽煎熬，永远都看不到曙光，这就是为什么我会如此哀伤，这样的心境本来是背离了我至深的天性，这境况是如此诡异，令我心绪难安。倘若在某个明媚的早晨，你见到我的诗篇中充满忧伤和怜悯，请不必吃惊。无数个难眠的殉道之夜，我都在构思这些优美诗篇，不过，我不曾将那思绪记录下来。这些诗篇都是献给一个非常确定的神灵的，那就是我们父辈的神灵……父辈们会在天堂如何议论我呢？我不知道，不过我完全能想象到，某个心志强硬的天使会说：看看这个人，什么都不是，现在处境不好了，竟然让老妇人在上帝面前为他祈请，他健康之时，是何等蔑视上帝啊。

291

海涅在四个不同的场合，公开宣示了自己心境的这种变化，分别是在 1849 年、1851 年、1852 年和 1854 年。①

---

① "Rectification", *Allgemeine Zeitung*, April 25, 1849; the *Epilogue* to *Romancero*; the *Preface* to the second edition of *Salon II*; *Confessions*.

404 / 第七章 反叛者：海涅（1797～1856）

前三次忏悔听起来是足够真诚的，尽管表达得远没那么虔诚；最后一次忏悔则对上帝满是尖酸和讽刺，足以令此番信仰宣言失效。海涅是在 1853 年和 1854 年写就了《忏悔集》（*Confessions*），不过，在完成这部作品之前，上帝实际上就已经离弃了他。1848 年到 1853 年的信笺和谈话中，上帝占据了相当大的分量，1853 年之后，海涅几乎没再提及上帝，即便有，也只是那么一两次，而且是一带而过。1853 年和 1854 年写就的那些诗篇充斥着暴烈的怀疑主义气息，特别是在灵魂不死这个话题上——海涅在 1851 年接纳了灵魂不死这一观念。此外，这些诗篇还表达了对天堂的极度憎恶。你可以说如下诗行完全背离正统，但能写下如下诗行的人，肯定不会是信徒：

停止如此神圣的比喻；
停止虔诚的假定；
试着找出一个简易的答案
对于这些遭到再三纠问的问题：

为何正义的人会跌倒流血
沉甸的十字架的重压下，
携着幸福和胜利，
邪恶之人却在打马奔骧？

那是谁的错？是我们的神
（冷峻的想法）并非如此全能？
或是他许诺了这些颠倒的是非？
让善行驭于强力！

就此，我们的质疑，绝不会停止，   292

直到地球末日，一小撮人

堵住我们的口，而我们默然不语。

但绝不要告诉我，那就是答疑。

  1848 年到 1853 年，海涅应当是同耶和华达成了某种程度上的和解，毕竟，对于海涅那怪异心灵创造出来的神灵而言，这个称谓也许是最为贴切的，足以抚慰这个神灵。而且，一旦和解的努力失败，海涅还可以拿这个神灵做替罪羊，将之视为一切苦难的根源。海涅之为犹太人，并非无缘无故。他创造的耶和华承载着整个宇宙的罪恶和悲伤，而且，海涅还将自己创造的这个神灵驱逐到荒野之中。甚至在实施此一终极渎神行动之前，他对自己创造的这个神灵就经常予以责难，而非赞誉。当然，他的公开说辞一直都是充满敬重的，直到《忏悔集》为止；但是在通信和谈话当中，情况就不是这样了。寥寥几段引文就足以清晰地揭示出海涅的态度，根本不需要长篇大论的分析：这个老绅士如果继续这样，就只能被关起来；很显然，那些无神论者已经把他逼疯了。耶和华要比希腊诸神野蛮得多，希腊诸神是绝不会让一个诗人承受如此漫长的痛苦的。这个宇宙的创造者，正在拿海涅取乐，毕竟，他就是身居天堂的大阿里斯托芬，而海涅则不过是德意志的小阿里斯托芬。然而，这场闹剧，尽管在某种意义上可以说是取得了足够的成功，但剧情太过漫长，逐渐变得令人厌倦。此外，这出闹剧的创造者也一直都在自我重复，在剽窃自己的尊贵可敬。这就是海涅创造的神灵，海涅将众多的诗歌和散文都献祭给这个神灵，希望能够以此获得更多的稿酬，而不是像坎佩那样，只给那么一点点酬劳。海涅曾四次公开宣示放弃对这个神灵的信仰，其中一次还是以诗集序言的方式进行的，那部诗集当中包含令人毛骨悚然的亵渎之词。海涅在去世前三个月，还声称要向防止虐待动物协会举报这个神灵。这个神灵定然也会宽宥海涅："那是他的信仰"（据说，海涅临死之际，就是这么宣示的）。还有那么一句妙语，想必弗洛伊德会将之视为渎神之词的最高典范："所谓的造物，恰在毁灭之际，方显示出自己才是创造者。"海涅之创造自己的神灵，乃是有着自己的目的的。他创造的耶和华是诗人心灵的造物，因此也就完全不同于原始的野蛮崇拜，诗人对此也是心知肚明的。诗人乃是仿照自己创造了这个神灵，将自己身上极成问题的品性都赋予这个神灵，因此，这个神灵极具个性，而且也极为机智、残忍，常常心怀怨毒，没有宽仁可言。这样一个神灵，几乎是在迫使人们攻击他，而后他会给出毁灭性的反击。不过，这也是一个强大的神灵，一个令人生畏的犹太人。海涅毕生都在致力于罢黜诸神。当天堂变得空空如也，只剩下"一个被人称为'必然性'的老处女，且行动迟缓，满心悲伤"，海涅遂创造了耶和华，取而代之。这段短暂且没有荣耀可言的统治大概维持了五年。当海涅将耶和华作为老迈的篡位者予以罢黜的时候，此前遭到放逐的希腊诸神重新抬起了头。"起起落落，如同井中木桶"，拿撒勒主义、异教主义再次在海涅内心交织、争斗，一方沉沦幽暗之地，另一方则重见光明。

《北海集》当中现身天空的诸神，此前一直都是荷马奥林匹斯群神的鬼影而已：宙斯、赫拉、帕拉斯·雅典娜、阿佛洛

狄特、阿瑞斯、阿波罗、赫淮斯托斯以及赫柏等，曾经是光彩
四溢的神灵，但在《卢卡浴场》中，基督将他们驱散并令他
们都消散。此后的多年间，海涅任由希腊群神自生自灭，他只
是在跟随爱神的脚步，最终，海涅虽然不太情愿，但还是认
定，爱神、女猎手阿尔忒弥斯以及其他所有的希腊神灵，都是
邪恶且恶毒的魔鬼。再往后，海涅经历了进一步的启蒙，这令
他意识到，自己误解并委屈了这些神灵。此时的海涅已然被维
纳斯俘获了。他崇拜维纳斯，没有任何羞耻感，然而，在他生
命中那场最为重大的危机中，维纳斯无力提供帮助，海涅遂离
开了维纳斯，因为他别无选择。这是诀别。1853 年，当海涅
离弃耶和华转而追寻流亡中的诸神的时候，他已经完全忘记了
维纳斯。

两千年前被基督罢黜的这些神灵，他们在做什么？他们在
哪里？阿波罗变成了牧羊人，并在奥地利被处死，因为他那美
妙的乐曲令僧侣们感到害怕，也令他们起了警觉。严刑拷打之
下，他供认自己就是阿波罗，并吟唱了最后一曲令人心碎的歌
谣，这歌谣令众多妇女在聆听之后，满面病容，日渐憔悴。人
们认定阿波罗是吸血鬼，遂掘开他的坟墓，发现里面是空的。
阿瑞斯先是沦为雇佣兵，随后又成为帕多瓦的行刑手。赫尔
墨斯伪装成一名荷兰商人，做起了东弗里西亚和怀特岛之间
的奴隶生意。普鲁托虽没有被迫流亡，但也只是成为地狱之
主，而不再是冥界之王；基督徒称他为魔鬼，不过，他的地
位跟灾难之前相比，并没有什么实质上的变化。王朝变迁对
波塞冬的影响甚至还要更小一些；无论是钟声还是琴声，都
无法抵达他的王国，水手们依然信从于他。狄奥尼索斯则足
智多谋。他设法进入蒂罗尔的一处修道院，并成为修道院院

294

长，而后便让西勒诺斯在厨房担任打杂修士，让潘神（或普里阿普斯）成了他的管窖人。每年秋分时节，狄奥尼索斯仍然会举行那狂野、甜美且恐怖的酒神仪式，身边簇拥着女信徒和萨提，"欢迎你，酒神巴克斯"的呼喊声依然是那么激荡。

据说，一个年轻渔人在深夜时分偶然撞见了狄奥尼索斯的此一仪式，惊惧不已，海涅对此间场景的描摹可以说是他最为有名的散文段落之一。显然，这些篇章也是这个眼瞎且瘫痪之人，在床褥墓穴当中对生命、狂喜和快乐发出的礼赞之声，可谓振聋发聩。不过，此番伸张之分量主要还是在于：这是德意志文学第一次毫不含混地认肯了酒神狄奥尼索斯，也是第一次对这个神秘、模糊且迷人的神灵做出切实回应，这个神灵的仪式当中，快乐和痛苦、美和残忍、魔鬼元素和神圣元素，乃是无可拆解地交织在一起的。歌德也曾容许狄奥尼索斯元素渗透到《潘多拉》的最后几幕以及《浮士德》第二部的海伦娜序曲当中，还在第一份戏剧诗篇中给出了相当高昂的理想主义解说，在第二份戏剧诗篇中，则给出了轻蔑和讽刺性的解说。席勒也曾在《希腊诸神》当中，阐发自己的巴库斯庆典观念，那是吵闹、运动以及沉醉的喜悦：

> "欢迎你"，酒神狂女欢呼歌唱，
>
> 而文豹拉着华丽车队，
>
> 一切都在宣告大能的欢乐使者的到来，
>
> 羊人和林神在前面开道。

疯狂旋转的曼那德们①欢欣不停，

而她们的舞蹈将他的葡萄美酒颂扬，

那时红光满面的主人就邀请来宾

喝它一个大醉方休。②

　　荷尔德林也正是在发病前夕，完全归服了这么一个神秘的狄奥尼索斯，将他视为基督的亲兄弟。以上确实都是真的。不过，作为奥林匹斯主义者的歌德、作为理想主义者的席勒以及作为幻想家的荷尔德林，都天生没有能力理解这个欢快、迷醉和感官荣耀之神，因为这个神灵还有另外一个面相，那就是残忍、放荡以及极度的痛苦。在《迪亚娜女神》中，海涅仅仅是将狄奥尼索斯视为"愉悦之神"。不过现在，海涅对狄奥尼索斯的理解加深了。他先是以造型艺术般的精细，描写了狄奥尼索斯仪式，接着便申述了自己对此仪式的感受，最后则是描写了此番仪式对那个惊惧不已的年轻渔人造成的截然不同的冲击。首先呈现的是美，荣耀，以及那跳着激情昂扬的舞蹈的陌生、狂野、怪异的人群，接着便是对此一解放行动的回应，在这样的行动中，胜利的感官迸发为强烈的生命潮流，最后则呈现了这场仪式的另一面，那是魔鬼的一面、邪恶的一面，也是极具诱惑力的罪恶的一面。简言之，海涅召请魔法，将狄奥尼索斯仪式重重围绕起来，这其中蕴含着狄奥尼索斯这个神灵那

---

① 希腊神话中，曼那德（Maenad）即酒神狄奥尼索斯的女性崇拜者的称呼，这些异性以狂野、癫狂著称。这个词也可翻译为"狂乱者"（raving ones）。——译者注

② 此处参考了钱春绮译文，略有改动。参见《席勒诗选》，人民文学出版社，1984，第20页。——译者注

迷惑人的本性及其朦胧难辨的魅力。这份申述令人印象深刻，可以说，已经没有留下什么尼采可以增补的东西了。尼采所能做的，仅仅是对海因里希·海涅这个魔法宗师写就的那三四页的篇章予以扩展、细化和剖析而已。

阿波罗在这尘世之上遭遇了令人悲伤的命运，并且似乎就此消失了；阿瑞斯干起了邪恶且令人不齿的行当。普鲁托和波塞冬在新体制下过得都算不错，赫尔墨斯和狄奥尼索斯则是在各自的世界里尽力而为。然而，群神昔日的王者和统治者，他的命运极为凄凉、悲惨，令人难以置信。王朝坍塌之后，这个昔日的奥林匹斯王者立刻开始了流亡，没有留下任何痕迹。不过，就在一百年前，一批破冰前往北极的海员在一处荒岛之上发现了宙斯；那只鹰和那只母山羊阿玛耳忒亚伴随在他身边。他用发音相当古老的纯正希腊语告诉这些海员，他至为不幸，因为他知道那些更好的时代；此人的威严以及巨大的身躯令这批海员极为敬畏，以至于海员们把他当作可怕的鬼魂或者某种恶灵。海员当中有希腊人，于是宙斯便急切地问起希腊当年那些神庙和宫殿的情况。宙斯提起的名字海员们很是陌生，不过，宙斯能够将详细的地点描述出来。当宙斯获悉自己的神庙已经沦为废墟之时，极度的悲恸袭来，他一下子瘫软过去，海员们遂在极度的惊惧之中逃离现场。后来，一个一直待在船上的教授向海员们确证说，这个怪异、落魄的生灵不是别人，只能是大神宙斯。

伟大神灵竟沉沦如此境地，海涅倍感怜悯，不过，这怜悯倒也不足以成为动力，促使海涅去恢复宙斯的古老权能，毕竟，"流亡中的诸神"当中，真正的英雄乃是狄奥尼索斯。在狄奥尼索斯要求海涅忠于自己之前，海涅心中的主神一直都是阿波罗，因为阿波罗乃是诗艺之神。不过，海涅在结识了狄奥尼索斯之后，狄奥尼索斯就注定了要对他产生无可抗拒的吸引力。狄奥尼索斯并非奥林匹斯神灵；他恰恰是否定了作为奥林匹斯之象征的静穆和安详，他是冷硬和无生命的对立面，歌德正是将这样的特质赋予了希腊艺术和神话，至少海涅是这么认为的。狄奥尼索斯拥有众多的奇特称谓，并以此接受崇拜，同时也在世人心中唤起众多相互冲突的情感，由此，便有了一种厚重的氛围将这个神灵环绕起来，这氛围此消彼长，起落不定，跨越了神性和魔性。这恰恰就是海涅的神灵。

不过，即便是狄奥尼索斯也无力阻止日益逼近的瓦解命运。在海涅最后的幻梦之中，出现了神、人混杂的混乱场景，这群造物正围着他的石棺争执不休，狄奥尼索斯只是其中一员。就这样，两只木桶并排停在井底和井口之间的半道上。哪只木桶是空的？哪只木桶是满的？人们仔细观瞧那黑暗的水井，根本无从分辨，尽管不是不可以冒险揣测。不过，最终，那已经破损不堪的井绳断裂了，两只木桶都落入井底，也许，井底存在某种可怕的真相。

《致玛嘉丽特》（*For the Mouche*）① 是海涅最后的诗篇，而且也的确是名副其实，这份诗篇表明此时海涅的智识水准并不逊色于《罗曼采罗》时期，《罗曼采罗》曾震惊了整个德意志。据卡米莉·塞尔登记述，1855 年 11 月，海涅曾有一梦，海涅在生命的最后几个星期里，将这场梦境记录了下来，由此成就的诗篇在 1856 年由梅斯内尔刊发于世。当然有人对这份

① 德国人艾丽泽·克丽尼茨，海涅晚年的精神恋人，自号玛嘉丽特，诨名苍蝇（Mouche），取自海涅，因其写信盖的图印似苍蝇。——译者注

诗篇展开了仔细的文本考证工作，欲证明诗篇的真正作者是梅斯内尔，毕竟，这份诗篇的手稿一直都没有找到。[1] 我认为海涅很有可能在诗篇当中留有脱漏，梅斯内尔应该是就其略加增补。关于这个问题，我只能说这么多，当代的文献批评也是到此为止。这份诗篇乃是海涅最具悲剧性质的幻梦之一，深透人心，真实得可怕；叙事极其朴素，但也极其精细，在此等程度上将两者融合起来，恐怕也就是海涅能做到了。而且诗篇当中也蕴含了海涅那种奇特才具，这等才具无论是对他的批评者，还是对他的模仿者，都成了一个谜题，无从逾越，海涅有自己的一套办法，可以揪住人的内心。他通常会激发人的怜悯之情，此外，反讽和爱也都是他的武器，他会让人们见证他那充满悲剧情愫的心灵，由此激活上述武器。如果说所谓抒情诗不过是一种自我夸示的美丽游戏（就是一种手段，借此令人们接受诗人自身的情感，而不是对这些情感进行评估和判断），那也可以说，此种游戏在海涅这里总是能发挥出双倍的效能，而且海涅差不多也总是能在这方面取得成功。在这份诗篇中，海涅作为梦的主人，垂视着大理石棺里面那个现实的海涅，"一个已死之人，面容温和、痛苦"，大理石棺周边都是文艺复兴的废墟。不过，那大理石棺，以女像柱为支撑，逃过了世事之侵蚀。四面都刻有浮雕，全部的希腊神灵以及部分的罗马神灵都在其上；荷马以及《旧约》的众英雄，在神庙里面争执不休的"疯狂追逐"和基督；地狱中的撒旦以及巴兰的驴子。一切都是那么活灵活现。石棺当中那个死去之人的头顶处

---

[1] Ch. Andler, "D'un faux dans l'oeuvre littéraire de Heine", *Revue Germanique*, Paris, May – June 1906.

生长出一株西番莲，花朵倾斜，仿佛是在抚触那亡故之人的眼睛和额头。梦的主人将睡梦继续下去，那花朵幻化成了海涅的爱侣卡米莉·塞尔登，这诗篇则恰恰就是献给她的。在海涅生命最后几个月的时光当中，她激发了海涅内心爱的激情，双方互生情愫，海涅这段时光的信笺和诗篇以及塞尔登对这段时光的记述，都揭示出此一激情于两人而言是何等新鲜，也揭示出此一激情的本质。由此点燃的火焰一直到海涅亡故之时，都不曾熄灭：

298

> 噢，我心爱的孩子，花朵似你，
> 当你吻我，我怎会未能感应？
> 没有花的亲吻能如你般柔嫩，
> 没有花的眼泪能如此剧烈地将我灼烧。

在那空灵的月光下，两人默默相对，于无言中互诉衷肠。但是，包裹着二人的死亡的静谧却突然被打破，那是一阵令人憎恶的嘈杂之声。有斥责，有争吵，石棺浮雕上的群神在争吵，撕扯。野蛮的潘神同摩西展开了野蛮的争吵，他发出狂野且恐慌的喊叫，摩西则发出同样野蛮的诅咒。希腊群神和蛮族群神也都加入战团当中。美和真在此世是永无可能和解的，人类也因此分化为永恒的两个对立的阵营。群神、众英雄以及众圣人的扰攘之声，进而被巴兰的驴子那令人无从忍受的嘶叫之声湮没，最终，这嘈杂之声将沉睡者吵醒，将其逼入疯狂境地。

在这份诗篇中，海涅既不支持耶和华，也没有站在耶和华的敌人一边。这是他平生第一次选择不介入发生在自己大理石石棺周围的激烈争吵。此时的海涅要的是不惜任何代价的平静，即便是生命的代价。他就躺在那里，同那朵没有颜色的怪异的花交流思想，他曾在二十年前的《浪漫派》中描述过那样的花朵。那是在各各他的血浴之地生长出来的植株，那繁复的花萼之上乃微缩了基督全部的情感元素。那亡故之人，面容温和但也苦楚，静静地躺在那里，同那花朵交流。此时的海涅已然将自己等同于人子了，这在他的生命中并不是第一次（在此，海涅将自己称为人子），他是为着人类而洒下拯救世界的血。这样的比附自然是渎神的，不过，海涅并没有将此一比附坚持太久。那情感之花幻化成一个女人的形象，弯腰抚触海涅。至于海涅，则直到最后都仍然是海涅。那令人无从忍受的驴子的嘶叫击碎了海涅这最后的空灵幻梦，他昔日的所有幻象也都是因此破碎的。

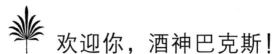

欢迎你，酒神巴克斯！

可以说，希腊艺术、希腊诗歌以及希腊诸神，乃是温克尔

曼挖掘出来，莱辛和赫尔德予以复生的。此后，基本的情况便一直就那么维持着，直到海涅出现。歌德、席勒和荷尔德林为温克尔曼的希腊做了太多事情，也承受了不少苦楚，这一切在他们的生命和作品中有着极大分量，此一分量远远胜过温克尔曼的希腊能够为他们做的一切。他们对温克尔曼的黄金时代实施了再造，并予以理想化或者精神化，但不管怎么说，他们都不曾在很大程度上改造温克尔曼的希腊。海涅则是相反的情形。海涅的感受力可以说是无与伦比的，任何单一元素肯定不可能令这样一个人发生根本改变，毕竟，海涅对一切元素都秉持开放态度。部分地因为海涅禀性当中蕴含了毁灭性的力量，部分地因为海涅具备极高的创造力和想象力，他反而会令他碰触的任何事物发生变化，希腊自然也不例外。海涅彻底改变了流行的希腊观念。奥林匹斯王朝一直享受着俗成箴言——"高贵的单纯和静穆的伟大"所提供的力量，海涅则将这种力量彻底剥夺，因为海涅将"高贵的单纯和静穆的伟大"解释成没有生命且僵硬。德意志古典主义那虚幻的理想主义，在歌德的海伦娜身上道成肉身，最终在海涅之常识感的光照之下，归于消散，为此，海涅还对荷

299

马群神实施了现实主义的呈现，同样以就事论事的方式处理了同性恋问题。歌德、席勒和荷尔德林以各自的方式坚持认为，古代希腊人乃是阳光的、欢快的、天真的、光彩四溢的，揭示古希腊人之悲剧性的悲观主义的工作尚需留待尼采。尽管如此，海涅已然在尼采之前就将整个这一主题扭转成一出悲剧了，因为海涅眼中的希腊群神不再是黄金时代的希腊群神，而是基督征服奥林匹斯王朝之后的希腊群神：海涅眼中的希腊群神已经沦落为哀伤的幽灵，充满痛楚的大理石雕像，毁灭性的魔鬼，要不就是四处逃窜的难民。海涅令相对性以雷霆之势爆发出来，由此将奥林匹斯山夷为平地，接着便用狄奥尼索斯取代了那荣耀的太阳神。自温克尔曼就望楼上的阿波罗展开那番描述之后，太阳神便一直就是奥林匹斯王朝派驻德意志的代表，狄奥尼索斯则是迷醉和灵感之神，是真正意义上的魔性神灵，正是这个狄奥尼索斯，最终在歌德心中征服了阿波罗，并对荷尔德林的心灵造成了深深的困扰。狄奥尼索斯，乃是希腊的晚到者，在德意志也是一样。是海涅真正地将狄奥尼索斯引入德意志，并将这个神灵留给尼采，让尼采去见证狄奥尼索斯是如何获取自己的权能的。

　　荷尔德林毕生都在渴望侧身群神行列并获得不朽。海涅尽管也曾有过犹疑时刻，不过最终还是抵制了不朽观念并在临死之际极为强劲地否决了此一观念。如果说荷尔德林乃是被奥林匹斯王朝放逐之人，那么海涅则是被永恒地贬入地狱了。奥林匹斯主义，或者说绝对的完美，无论置身何处，肯定跟海涅无缘。1856年2月17日，一个星期天的早晨，海涅谢世而去，卡米莉·塞尔登见证了那一刻：

早晨八点的光景，我听到房间里有一阵奇怪的响动；像是蝴蝶飞进窗户并努力寻找出路之时震动羽翼的扑打之声，这声音在夏日的夜晚常常能够听到。我睁开眼睛，不过马上又闭上了眼睛。在晨曦的映照之下，我看到一个黑色的身影，像是一只巨大的昆虫，正在竭力飞向空中……死神……就在那个早晨，来到了诗人的床前；在这个曾经爱过她、曾经歌颂过她的人的面前现身；就是在这个人身上，死神创造出那大理石般的苍白面容，那样的面容不禁令人联想起最为纯粹的希腊艺术杰作。

也许，这正是海涅之精神在脱离自己躯体之时所做的最后努力；这个因爱而生的人也令自己所爱之人体味到了这最后的努力。他身上的能量直到最后一刻都是那么高昂，令人们不得不相信这是真的。然而，若真是如此，那就要问一问，究竟是怎样的邪恶力量，竟然比爱更为强大，竟然能够征服海涅？又是怎样的讽刺，令死神将那大理石般苍白且冷硬的完美雕刻在他那冰冻的面庞之上？可不要忘记，他毕生都对那大理石般苍白且冷静的完美抱持着极度的憎恶。

第八章

·············

余 波

温克尔曼再生：
海因里希 · 施里曼 (1822～1890)

1868 年，恰好是温克尔曼遇刺一百周年的时候，海因里
希·施里曼初次踏足特洛伊平原，这是一趟发现之旅，目的是
发掘古希腊文明。"一个偏执狂，甚至可以说是一个神话狂。"
这是埃米尔·路德维希（Emile Ludwig）对他的看法，就是这样
一个人，打破了一个多世纪前困扰着温克尔曼的魔咒，不畏艰
辛，终于成功进入希腊世界。他那令人震惊的生涯以及同样令
人震惊的发现，是自然原因无从解释的，若真要追究这背后的
情由，则应该说是一个神话英雄的行绩。可以说，是艺术之手
塑造着他的生涯，并将其向着荣耀顶峰引领，他志在超越温克
尔曼。此时的施里曼就仿佛是又一次获得机会的温克尔曼，而
且这次，他没有放弃这个机会。施里曼生涯的每个关口之上，
潜意识当中的记忆都能发挥出效能，向他指明如何避开从前的
错误。两人的出身都极为贫寒，两人都对埋藏在地下之物有着
奇特的激情，两人都在童年时代就显示出这种激情；两人都是
在初次听闻希腊语之时，就入了希腊语的魔咒，那情形就仿佛
沉睡的记忆被唤醒了一样；两人也都是当即便下定决心要掌握
这门美丽的语言，而且也都下定决心以这门语言为自己的母语。
不过，施里曼自学了十八门语言，把希腊语放在了最后，这是

因为他"担心这门有着强大魔力的美妙语言，会吸去他太多的
精力，并由此威胁到他的经济状况"。毕竟，这个深受贫穷折磨
的梅克伦堡小伙子，仿佛不曾忘记经济上的窘困是如何令他的
前世倍受挫败的，于是，他竭尽身心，以极为强大的意志力改
善经济状况，据此赢得独立，最终，他在三十岁之前便达成了
此一目标。温克尔曼在三十岁这个年龄的时候，尚且还在塞豪
森给小孩子当老师，施里曼则已经成为俄国的商业大亨，而且
极有可能成为百万富翁。在三十四岁的时候，施里曼才允许自
己开始研读希腊；不过，他足足花了七年才从他那庞大的商业
事务中解脱出来，并挣脱他那已然过于强大的赚钱本能。四十
一岁的时候，施里曼总算是完全掌握了古代希腊和现代希腊，
几乎将荷马烂熟于胸，于是，他放下手中俗务，展开了一趟环
游世界之旅，并在巴黎研究考古学。1869 年，他迎娶了第二个
妻子索菲亚·恩佳斯特洛美诺斯（Sophia Engastromenos），其时
男方已经四十七岁，女方则只有十六岁，由此，他开启了生命
中那场伟大的冒险。他于 1873 年发现了特洛伊黄金，1876 年发
现了迈锡尼墓穴，并且穷尽余生，围绕荷马诗篇中的线索展开
发掘工作。他之所以有这样的发现，乃是因为他从字面上信从
荷马，据此，他便一劳永逸地将古典考古工作从理论空谈转入
实地操作。不过，这一切的情状若是同施里曼其人及其强大心
志比较起来，则全部都黯然失色了。自温克尔曼以降，一个又
一个的德意志伟大人物，在对待希腊的态度上，都难免夸张和
过分，此种态度最终在施里曼这里得到了极致表达。在施里曼
这里，就如同在一系列前辈那里，希腊乃承载着个体的命运；
不过，跟那些前辈不一样的是，施里曼主宰了自己的命运。施
里曼的理想主义要胜过温克尔曼，虽然方向不同，但也足以同

荷尔德林齐平，不同的是，施里曼将深沉的现实感同这样的理想主义融合起来，单单是梦想，是不足以满足那样的现实感的。他们欲意找寻的宝藏就在底下；信念可以令这宝藏见诸天日，但施里曼真正找到了这些宝藏。施里曼和那些希腊主义前辈一样，都服膺于一种固定观念，因此，施里曼在论定自己发现之物所属的时代并解释这些发现的时候，犯下了众多错误。他过于心急，将那些他认为同自己的发掘工作无关的障碍都摧毁了。他有着开拓者身上通常都会有的显著缺陷，就如同温克尔曼。不过，他也和其他人一样，一直都在错误中学习。最终，他变成了一个非正统的考古学家，而非一个赋有灵感的发现者，温克尔曼也经历过同样的转变。

施里曼对希腊的痴狂乃是极具现实主义气息的，这一点非常 305 怪异。他在日常谈话、信笺甚至电报中越来越频繁地运用古代寓言。"我同索菲亚只用希腊语交谈，"蜜月之时，施里曼在给德意志家人的信中是这么写的，"因为这是世界上最美的语言，是神的语言。"的确，无论是交谈，还是写作，施里曼一直都会召请希腊诸神现身，这是因为他的心灵差不多完全沉浸在荷马的过去。不过，此一情状倒也绝不至于妨碍他那敏锐的生意才能，直到最后，他都是一个生意人，而且还有着差不多可以说是美国式的自我宣示的天才。他的第一次婚姻是同一个俄国女人缔结的，此次婚姻的结局对他来说是灾难性的，因为女方最终拒绝和他共同生活，并强迫他离婚。随后，他下定决心要娶一个希腊人，便委托友人雅典主教为自己甄选未来的新娘，并代行初步接洽。这个希腊新娘为他生下的孩子取名为安德洛玛刻和阿伽门农，孩子们和母亲在经历了一番辛苦之后，才适应了父亲。毕竟，施里曼乃是一个决绝且铁石一般的自我主义者，就像所有的偏执狂那样。施里曼的偏执非常外向，温克尔曼则是将自己的偏执聚敛在自己的内心。如果说，温克尔曼对美的热爱乃是更具精神取向的，那么也可以说，施里曼的爱美之心乃是更具审美取向的。1878 年，施里曼在雅典为自己建造了一座宫殿，以二十四座大理石神像为装饰，这些神像非常巨大，兀自耸立在天空之下。温克尔曼和施里曼都是自为之人；两人都成就了一系列的奇迹。不过，施里曼乃是全然依靠自己，借由迂回路线达成自己的诉求，正是这样一条迂回路线，令施里曼成了巨富。温克尔曼则采取了捷径，将改宗以及恩主用作手段，不过，他没有像施里曼那样走得那么远。也许，是一种潜意识中的欲念使施里曼去报答自己的前世温克尔曼所得到的恩顾和保护，施里曼本人成了一个相当倨傲且令人尴尬的恩主，不过，同时也是一个颇具君王风范的恩主。的确，除了情欲，施里曼的生涯、欲望以及成就活脱脱就像是在重演温克尔曼的，只不过，更为宏大，更为成功，而且拥有更好的定向。两人的死亡也极为相似。施里曼之匆匆赴死，乃是遵从了他那无可抗拒的冲动：逃离德意志，回归自己的精神家园。施里曼同样因为耳部手术的后遗症倍受折磨，他过于仓促地离开诊所，意欲及时返回雅典过圣诞节。此外，他身上也有着德意志人爱冲动的禀性，这一点多多少少也促成了即将到来的灾难。在行程当中，他的耳部受了寒，抵达那不勒斯的时候，已经是极为疼痛了。此种情况之下，他也就不敢登船前往雅典了，遂拍电报告知雅典方面他不能及时赶回，并改道去看医生。但是在大街上，他晕倒了，无声无息，一群人围住了他，但没人知道他是谁。第二天，他在旅馆谢世而去，享年六十八岁。

同温克尔曼比较起来，施里曼的生命要传奇得多，而且也更富戏剧性。施里曼的发现较之温克尔曼的发现更令世人瞩目，不

过，施里曼在诗学王国的影响力则是可以忽略不计的。尼采的
《悲剧的诞生》于1872年问世，第二年，特洛伊黄金便见诸天日
了。不过，两人没有任何共通之处，尼采在后来的作品中，从未
提及这个伟大的希腊主义同僚；斯皮特勒和乔治（George）也都
对施里曼没有任何兴致。对于施里曼的希腊所呈现出的往昔荣耀，
这些诗人是极为冷淡的，温克尔曼发掘的黄金时代却令同胞极度
振奋，为何会是这样的情形呢？个中情由其实很清楚，温克尔曼
发现了理想，施里曼发掘的则是现实；温克尔曼确立了美之标尺，
施里曼只是挖掘了黄金。理想较之现实更具力量，即便是施里曼
发掘出来的那种极为荣耀的现实。应该说，人性就是如此，至于
德意志人，则可以说，此种情状已经成了公理。德意志的诗人、
思想家和先知，同所谓的现实是不会有任何牵扯的。德意志人也
许会有伟大的务实成就，不过，此类成就也都是从施里曼这类人
的心灵当中强取而来的，这样的心灵致力于将理想改造成现实。
通常情况下，此类现实都拥有巨大的力量，完全对立于德意志人
的空灵幻梦，不过，这样的现实也同样令人目眩神迷。从理想到
现实的此种变幻，时常借由非凡心灵运作而成，而且也带来了非
同一般的结果。施里曼就是这方面的一个例子，足以揭示出德意
志人在当时所成就的非凡之事。不过，那埋藏在地下的黄金以及
他在梦境中探测并在现实中发掘而出的宫殿，却并没有像温克尔 307
曼当年提供的希腊愿景一样，遮蔽德意志同胞的眼睛；安躺在理
想底部的现实，并非德意志人所爱。全世界的考古学家都欠特洛
伊的发现者施里曼一份情，但德意志诗人根本就不欠他什么。

酒神:
弗里德里希·尼采 (1844～1900)

　　如果说当今时代的诗人仍然纠结于古希腊的荣耀记忆,并且较之除了荷尔德林以外的18世纪晚期和19世纪早期的诗人走得更深、更远,那也可以说,此事不应当归因于施里曼发掘的古代文物或古老的黄金,而应当归因于弗里德里希·尼采对希腊悲剧的发现。① 冲动和肆意,乃是德意志禀性当中一项内在的特质,这在德意志希腊主义群体的心灵生活当中一直都展现得非常显著。到了尼采时代,此一特质已然在他们的作品中勃发而出,此前,这方面的迹象相对而言还是为数寥寥的。德意志的希腊主义群体当然要受制于"高贵的单纯和静穆的伟大",除此之外,便很难想象他们还有别的什么出路或者选择。那一度激发着温克尔曼的追随者的理想,就其性质而言,是肯定要将这些人彻底收服的。不仅如此,为了尽可能地切近希腊标准,一个又一个德意志诗人相继采纳了古典韵律,由此便使得他们的心灵尽管涵养着全然非希腊式的迷狂,却也能够在作品中创造出静穆的表象。歌德的渴望、席勒的热忱乃至荷

---

① 比如说,可以参阅 Hugo von Hofmannsthal, *Oedipus und die Sphinx*;这部作品乃是要呈现我们今天所谓的"俄狄浦斯情结"是如何施展开来的,作品本身非常怪异,既有神秘主义气息,也有心理学气息。

尔德林的迷狂，都包裹着高贵和尊严的外衣，尽管这样的情境时常显得极为怪诞。最终，是海涅击碎了这一切，确切地说，海涅提升了狄奥尼索斯的地位，促使这个神灵最终超拔而起，由此而释放了一个较他此前摧毁的神灵要危险得多的神灵。当海涅内心那令人震惊的歧异和悲剧性的纷扰最终消散而去的时候，随之传扬而起的是一种新的、令人迷惑的且令人心神难定的声音，这声音将美、深沉和狂野融为一体，这样的融合是唯有德意志人才能够有所体味的。

这声音出自弗里德里希·尼采。尼采在求学时期就知晓并热爱荷尔德林的诗篇，荷尔德林对尼采的影响一直以来人们都是有着恰当评估和充分意识的。至于海涅对尼采的影响，则至少不会逊色于荷尔德林，尽管这样的说法可能不受一些人待见，因为这些人并不愿意看到德意志最伟大的天才之一竟然如此深刻地接受了一个犹太人的影响。不过，事实就是事实，尼采将海涅视为德意志曾经孕育的唯一一个诗人，当然，歌德除外。在《瞧，这个人》中，尼采对海涅有如下评说：

> 亨利希·海涅已给我抒情诗的最高界定。这些年，我的确徒劳地在所有王国中寻找一种音乐，如他界定的甜美和激情。他拥有那种非此我无法感知的完美的神圣的怨恨……并且他曾怎样将德语运如化境！有一天，人们会说，海涅和我是目前为止最出色的德国散文的艺术家，在一种无法测算的距离上，我们超出德国人已创造的任何散文。

308

　　毫无疑问，尼采极大地深化了海涅的异教观念以及海涅围绕希腊主义和基督教之间的对立而建立起来的诗性图景，而且，也正是这样的图景支撑了尼采对待这两种文化力量的态度。有时候，尼采甚至可以说是夸大了海涅在这方面的论说和观念，最终，还在《瞧，这个人》以及《敌基督》当中，实施了极为怨毒的表述。但海涅和尼采乃是同等意义上的敌基督。此外，《查拉图斯特拉如是说》当中有关基督之死的那个著名段落，显然是源于海涅《德意志宗教和哲学史》当中有关耶和华之死的那个段落：

　　　　当他年幼时，这位来自东方的神，他强硬并充满复仇感，因着他偏爱的喜好，将自身打造成一个地狱。

　　　　但最终，他变得苍老、软弱、易摧、满心可悯，相比一位父亲更像一位祖父，但更像是一名蹒跚老矣的老祖母。

　　　　在那里，他坐在他那壁炉的角落，萎缩，因他双腿虚弱而哀叹，厌倦了世界，厌倦了他的意志，直到一天，他那全部的太过强烈的悲悯将他充塞。

　　尼采关于狄奥尼索斯的最后思考之所以散发出此等光彩，的确应当归功于荷尔德林而非海涅。不过，在1872年的《悲剧的诞生》中，尼采却是以令人无从忘怀的笔法描写了海涅《流亡中的诸神》（*The Gods in Exile*）中的主人公。而1872年这一年恰恰标志着德意志希腊主义的危机时刻或者转折点，就是以这一年为标志，自1755年之后就一直激荡着德意志心灵的那场冲突急转直下，很快就要以一场最终的灾难收场了。自

海涅将奥林匹斯王朝夷为平地之后，这场冲突曾有那么一个中
断期；在此之前，狄奥尼索斯，那可怕的新神，一直都不曾回
应《流亡中的诸神》吹响的战斗号角，而且在那个时期，德
意志希腊主义可以说一直都是一番坦途，不但摆脱了早期的束
缚，而且还以一种日益常态的方式对德意志心灵展开了一段和
平渗透的进程，这样的情状我们英格兰人应该说是非常熟悉
的。1818 年，格里尔帕泽的《萨福》（Sappho）仍将《伊菲革
涅亚》奉为指南晨星；不过，1820 年，这位作家的《金羊毛》
（The Golden Fleece）三部曲却是引领着德意志－希腊传统进一
步偏离了歌德和海涅，同时也进一步深入了纯粹为着神话而运
用神话的王国，在这个王国当中，神话就是诗歌，在这个王国
当中，情节之意涵就是对那种歌德拒绝认肯且席勒未能再现的
命运和悲剧的个体性呈现。格里尔帕泽于 1843 年实地造访过
希腊世界，但是在这趟旅行之后并没有写就任何希腊戏剧性的
东西，可以说，格里尔帕泽身上并没有任何希腊主义元素，实
际上，他是深受西班牙文学影响的。由此也就同样可以说，甚
至在海涅写就《希腊诸神》之前，德意志戏剧家就已经能够
以伟大方式应对希腊主题，同时又能够保持自己的独立性，可
以从审美角度切近希腊人，同时又不至于承受任何不利命运。
不过，格里尔帕泽是个奥地利人，因此也就不能成为当时德意
志精神潮流的代表。但是德意志方面也是一样的情形，大体上
可以说，在海涅谢世之时，一个世纪之前的希腊的暴烈复兴就
已经走完了自己的行程，一切都已经平静下来了。1872 年，
歌德已经入土四十年了，海伦娜，歌德那命定的新娘，也已经
随他而去。命运多蹇的荷尔德林，这场以崇高和静穆包装起来
的危险且激荡的运动大潮中的真正英雄，也已经离世二十五年

之久了。浪漫派则当然要竖起中世纪主义和基督教的大旗，来对抗此一希腊主义潮流。大量的批评和研究相继问世，致力于呈现希腊事物的幽暗面，此前，海涅就已经凭借自己那近乎恶毒的常识令希腊之荣光黯淡不少了。不过，尼采发表于1872年的《悲剧的诞生》则表明，希腊人根本就没有在这样的攻击潮流面前丧城失地，相反，尼采乃真切地揭示出，希腊人的作品当中尚且拥有未曾有人探识过的深度，令德意志心灵如临无底深渊。"悲剧的诞生"，这个标题本身就等于发出了某种警报，有人错误地将尼采的这部作品定题为"悲剧的重生"，这夸大了其中的寓意。尼采在这部作品中宣示自己发现了"希腊悲剧的本质"，而此时的德意志人似乎已经对此等发现不再抱有期待了。此一发现实际上关涉悲剧本身的本质，这样的悲剧及其本质是歌德拒绝面对的，也是席勒从未弄明白的。《悲剧的诞生》可以说是德意志希腊主义的至高批评文献，同时也是一部文学杰作，这个世界上，能够就如此伟大的主题写就具备此等激发力的作品，这样的事情可谓寥若晨星。施莱格尔兄弟尽管有着极高的锐见，但同尼采的穿透力比较起来，也是相形见绌的；奥古斯特·威廉那著名的"维也纳讲座"，尽管在很长时间里都被视为希腊主义论题的收官之论，不过若是同《悲剧的诞生》比较起来，就太过贫乏了。绝少有文学批评之作能够像莱辛或者尼采的作品那样具备此等灵感价值，能够对一系列的伟大诗人产生如此深重的影响。倘若荷尔德林的索福克勒斯译本无甚效能，那就根本不用指望讲座厅里会有灵感诞生。因此也就可以说，《悲剧的诞生》乃是就温克尔曼的希腊观念给出的第一次切实且毫不含混的回应，此一回应否决了那种认为一个铸造希腊悲剧的族群乃是一个欢快且静穆的族

群的看法，由此直击了温克尔曼那些乐观主义观念的根系。相
形之下，海涅虽然也嘲讽奥林匹斯主义，但仍然将欢快和静穆
视为希腊族群的特质，尽管海涅在内心里并不喜欢希腊人。
《悲剧的诞生》所呈现的希腊人，乃是阴沉、悲剧、英勇且爱
美的；这个族群对他们置身其中的世界的可怕本质有着密切认
知和意识，于是，他们便创造出阿波罗艺术来补救现实。正是
因此，荷马也好，希腊雕塑家们也好，都极力营造一种光华四
溢的神圣幻象，并将这样的幻象透射到黑暗的生活背景之上。
阿波罗乃是端庄之神，有着完美的形态，正是因此，阿波罗是
希腊人的梦中之神。接着便是狄奥尼索斯的入侵；狄奥尼索斯
的迷狂和音乐击碎了那完美的神灵形态，消融了一切人格身
份，令一切个体跌落湍急的生活河流当中，并不得不学着去认
从生活潮流当中的悲剧奥秘。阿波罗的胜势由此便岌岌可危
了。不过，阿波罗也在奋力抵挡，在展开自我捍卫。这两个对
手之间遂有了那么一个短暂的和解期，希腊悲剧就是在这个时
期诞生的。希腊悲剧的核心乃是狄奥尼索斯的音乐。用以敬拜
狄奥尼索斯的萨提合唱团，逐渐从美学角度演进为合唱队颂
诗，阿波罗式的对白就是由此脱身而出，最终诞生了一种美丽
幻象。借由此一幻象，阿波罗在某个神话英雄身上道成肉身，
亲临舞台，并且像狄奥尼索斯曾经做过的那样，承受这道成肉
身的痛楚。由此，那狄奥尼索斯式的悲剧宇宙便如同潜流一
般，支撑并伴随着对白当中阿波罗式的美和庄重典雅。因此可
以说，希腊悲剧之于浸润其中的人来说，担当着双重面相并传
递出双重信息。

311

　　音乐乃是催生了悲剧神话的创造性元素。如果说尼采将狄
奥尼索斯确立为文学中的审美力量以及生活中的活力元素，那

也可以说，尼采也由此揭示出他自身灵感的危险源泉。尼采借由德意志音乐，特别是瓦格纳的戏剧，开启了再造悲剧神话的进程，在这个进程中，尼采诉求蕴含在德意志心灵当中那些无可测度的元素和力量，而这一切则是温克尔曼的理想一直都致力于实施遏制乃至钳制的。即便是作为音乐狂想者的赫尔德，尽管历来都认为神话乃是根本之事，但也一直对之秉持着谨慎乃至小心翼翼的态度。不过，无论是赫尔德、歌德、席勒，还是海涅，对于神话都是心存欲念的；荷尔德林一度以神秘方式创制了神话，但那神话却毁灭了他。至于克洛普斯托克和德意志浪漫派，这些人则是在北方而非南方寻求神话，是在自身的过去或者是在自然当中寻求神话；《尼伯龙根之歌》的重新发现之旅乃于 1862 年在胡贝尔（Hebbel）那著名的三部曲中臻于顶峰。瓦格纳的《飞翔的荷兰人》（*The Flying Dutchman*），当然是取材于海涅，瓦格纳正是借此对神话问题展开深刻思考，并最终得出结论：一切神话都是借由一个共同的源泉变通而来的，德意志神话和希腊神话就其全部的本质要素而言，乃是同一的。瓦格纳由此便将尼伯龙根比作俄狄浦斯和安提戈涅，将齐格弗里德比作阿波罗，将那荷兰人比作奥德修斯，将罗恩格林比作宙斯和塞墨勒。不过，特里斯坦乃是齐格弗里德的另一个面相，圣杯也有"花园"的面相。由此，瓦格纳的神话戏剧便有了观念的融合和深度阐释，也正是借由这样的深度阐释，他的作品作为一个整体成了生活悲剧的神话表达；音乐则以极具神秘气息的方式，为神话故事伴奏并对之实施再阐释，那情形，仿佛就是神秘的音乐催生了神话故事一般。

　　毫无疑问，尼采塑造了数代人的欲念，瓦格纳则将此等欲念表现在乐节当中，以一种令人无可抗拒的方式荣耀了欲念及其成就。尼采说，神话必须先在地平线上升腾起来，才能再次迎来一个悲剧和英雄的时代。这样的神话乃是由音乐催生的，叔本华则正确地将这样的音乐视为悲剧性的生命意志的直接表达，表象世界则是此一生命意志的另一种形态。在聆听此种宇宙音乐的同时，人们可以将其中的神秘意涵转译为神话；那悲剧性的宇宙集结了众多意象，乐章所蕴含的审美美感，就是这个悲剧性宇宙的至高证成，神话则以阿波罗的形态来展现此种美感。没有这等音乐，就不会有这等神话；没有这等神话，也就不会有崇高意义上的悲剧；没有这样的悲剧，这个世界将是空洞的、贫乏的、纯粹物质的，那将是一个盛行肤浅的乐观主义和充斥着虚假文明的世界。这就是尼采对自己那个时代的德意志的观感，瓦格纳甚至在当时就已经在重生这么一个世界了。

今天的人们终于可以站在"后见之明"的位置上说，尼采错了。瓦格纳那粗狂的音乐剧并没有开启一个伟大的悲剧时代，而且肯定也不曾创造出对生活的神话解释。毕竟，瓦格纳并不像希腊悲剧作家那样，是在创造神话，甚至也不曾再造神话。他只不过是改造了一些古代传奇故事，以此来迎合一种生活哲学，当初的那些传奇故事当然不是用来表达这样的生活哲学的。有时候，瓦格纳甚至利用这些古代传奇故事来达成政治宣传的目的，比如《莱茵黄金》（*The Rhinegold*）就是这样。他并不是真的相信奥丁（Wotan）、洛基（Loki）或者布伦希尔德（Brunhild），他只是将他们幻化为意象。尽管这类神话人物都被赋予了意涵，但他们制造的意象却是极为古旧的，这一点无可否认。任何古时神话都不可能真正表达现代人的忧愁和困惑；古时的众神和英雄如今已然蜕化为幽灵，根本

313　不足以催生有生命力的信仰。基督教同样不具备悲剧特质，因
此在尼采这里也就不会具备审美价值，不过，基督教也拥有自
己的神话时代，那是音乐、诗歌、绘画以及雕刻艺术的伟大创
造性时代，当然，尼采并不愿意将这样的时代许给基督教。不
过，在基督教统绪当中，这样的时代也已经结束了，而且，有
史以来那个最为伟大的悲剧作家完全置身神话魔力圈之外，这
样的现象尼采并没有给出自己的解释。不过，莎士比亚乃是英
格兰人，很显然，德意志人的需求同我们英格兰人是不一样
的。最起码可以肯定的是，神话，于德意志人而言，乃表征着
美的或者悲剧性的生活启示，对此种神话的欲念一直都是德意
志心灵的一项要素。此一欲念在尼采内心是极为强劲的，这令
他甚至一度相信瓦格纳将达成奇迹。在强劲的神话欲念的催动
之下，尼采一度相信，神话是可以单凭一个人的有意识审美行
动来达成的，而无须那么一个借由无数代人的梦想融构而成的
有机生长过程，无须那么一个有着单纯的神话心灵的族群。这
是一场悲剧性的错误，追根溯源，此等错误之根系乃在于整个
德意志族群凝聚而出的欲念，正如斯特里奇（Strich）的精细
评说，那是可怕的神话欲念，是德意志诗人因思念诗歌家园而
犯下的乡愁重病。不过，在这个意义上，我们实际上都是背井
离乡的流亡者，而且，并不存在回归故园的路。尼采爆发出的
如此强劲的热忱，并没有为德意志指明回归的路，反而成了他
自己生命中的一段序幕，这序幕令他开始祛除对生活的幻象，
并引领他落入极度痛苦的境地。真相就是这么可怕，但这就是
真相。尼采并不是新的黄金时代的先知；尼采奋笔写作的时
候，一个世界正在欧洲消亡，他不过是这个即将消亡的世界的
最后一批伟大力量之一。面对现代生活的解体局面，歌德乃是

第一个为此遭受致命痛楚的天才。当尼采致力于遏制此种局面的时候，此种局面已然进一步拓展开来并且也深化开来；如今，这种局面之深化和拓展已然不知进展到何等地步了。尼采关于悲剧之重生的观念以及关于一个新的英雄时代的观念，是一场幻梦，是一个殉道者的自我陶醉，而非一个先知的自我陶醉；这只不过是一个伟大堕落者（对此，尼采当然是心知肚明的）的幻梦，在这个伟大堕落者的内心，荷尔德林那非尘世的希望正在同海涅那悲剧性的绝望进行着搏杀。

尼采生于 1844 年，也就是荷尔德林离世的第二个年头；这仿佛寄托了某种寓意，就仿佛是荷尔德林在尼采这里转世再生了一样，而且他还携带着海涅的魂灵，一起进驻尼采的身体。尼采展示出全然魔灵式的存在，已经不再有什么神性了。他的存在是暴烈的、无情的，有着撒旦式的倨傲。他迷醉并近乎疯狂地崇拜希腊群神当中最后那个神灵，海涅从这个神灵身上既见出美丽也见出可怕和朦胧的权能。海涅曾感到自己就是狄奥尼索斯，有时候这样的感受有着诙谐的意涵，有时候则是怀着悲剧诉求的。在《查拉图斯特拉如是说》当中，尼采以狄奥尼索斯的口吻明确宣示了《悲剧的诞生》中宣示的那些东西，很显然，这样一个狄奥尼索斯乃是灵感、迷醉、残忍、荣耀、迷狂和生命之神；这是一个先知神灵在借尼采之口宣示超人的到来。实际上，在《悲剧的诞生》当中，危险就已经浮现出来了，这是尼采的个人危险，一场近在眼前的灾难。《查拉图斯特拉如是说》并不是什么希腊悲剧研究，这部作品较之所谓的希腊悲剧研究可要伟大得多，也光彩得多。那是一种本能，一种伴随着诗性和幻象的本能，这世界绝少有人能拥有这样的本能，而且，更少有人能予以理解。应该说，这是这

314

个世界最为伟大的作品之一。然而，在思想艺术王国的这份至高论章当中，却也伴随着一股危险的悲剧潜流。其中，语言和观念时不时地会极为暴烈地激荡起来，这就如同刚刚避开一处险滩或者历尽千辛万苦刚刚克服一个难题那样。总体上说，这部"最为深刻的德语作品"，却并不具备令人信服的力量。作者对生命的乐观似乎不可能最终令作者自己感到信服；他在这部作品中揭示了悲剧的本质，但实际上是在揭示自己的心灵织体。观念起起落落；生活的诸般事实也可以以这样那样的方式予以阐释，但绝少有人能够像尼采这样，如此无畏地实施这样的自我揭示，更何况，尼采还是一个赋有悲剧精神的人。这样一个自我揭示的过程当然令尼采倍受痛楚和煎熬，不过，这个进程本身倒也不可能对他有根本改变；但这个进程对尼采自身造成的冲击和震荡也是不可不说的。在《悲剧的诞生》当中，尼采将自己置身危险情境之中，不过，他也一直都能克制并掌控此一危险元素。在《查拉图斯特拉如是说》当中，尼采就如同一个伟大运动员，以英雄气概纵身跃入激流之中，同暴烈的潮涌对抗，尝试抵达一片不可见的国度，而且人们也都清楚，他是不可能望见那片土地的：那是超人的神秘国度，是堕落时代的无畏殉道者的一场幻梦。

在从人们的视线中消失之前，尼采便已经沉落下去；这样的结局是相当可怕的，毕竟，这结局已然暗示出，他的灵魂当中那两股巨大力量仍然在进行着剧烈冲突，正是这样的冲突，以同样的悲剧方式毁灭了当年的荷尔德林。当荷尔德林刚刚开始意识到狄奥尼索斯和基督之间存在怪异的亲和性的时候，那指引他穿越生活历程的罗盘便丢失了。两人都生为凡人；两人都为了重生而毁灭了自己的肉体；两人都传扬一种普遍之爱的宗教；两人都将葡萄酒用作象征物；两人都将新的灵感灌注到正在僵硬的崇拜当中，将新的意涵赋予旧日的崇拜。荷尔德林不曾明言此类事情，不过，《面包和葡萄酒》所展示出的那种诗性的朦胧，暗示了这一切。很快，荷尔德林的心绪陷入混乱当中，癫狂的波浪不断冲撞他的心灵，于是，他最终便信靠了基督，拒斥了狄奥尼索斯。诸多迹象表明，那令荷尔德林倍受折磨的基督和狄奥尼索斯之间的神秘亲和性，也缠绕着尼采。很显然，狄奥尼索斯·扎格柔斯，那肢体被片片撕裂的神，同那钉在十字架上的基督，乃是相当亲和的。如果说，荷尔德林知道自己的精神家园乃与诸神同在，那么也可以说，自认是诸神之一员的尼采，因此一幻象而遭遇了巨大痛楚。当那最终的结局日渐清晰且日渐迫近的时候，尼采认定自己就是作为敌基督的狄奥尼索斯，因为他的灵魂已然开始反抗将二者视为同一的种种暗示。在《瞧，这个人》当中，尼采留下了如下反抗语词："狄奥尼索斯反十字架"。然而，这一切都毫无用处；此时的尼采已然处在那曾经吞噬了荷尔德林的旋涡的边缘，那旋涡也将他拉了进去。在那疯狂旋涡的边缘上挣扎之时，尼采留给了这个世界最后的信息，那是一批极为阴沉的信笺，上面的签名是"狄奥尼索斯"以及"十字架上的上帝"。自温克尔曼开始写作以来，异教和基督教之间的冲突也便开始在德意志精英群体当中肆虐起来，如今，人类中的又一个卓绝心灵也沦为这场冲突的牺牲品。

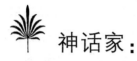

神话家：
卡尔·斯皮特勒（1845～1924）

316 　　卡尔·斯皮特勒比尼采小一岁，但是他在 1880 年到 1881 年出版了散文体寓意史诗《普罗米修斯与埃庇米修斯》（*Prometheus and Epimetheus*），这本书比尼采的那部杰作要早面世三年，在行文、风格、节奏以及一般观念方面，都同尼采的那部杰作极为接近；这可真是怪事中的怪事。尼采从未提及斯皮特勒的这部作品，很可能尼采并不知道有这么一部作品；就在《奥林匹斯之春》（*Olympian Spring-Time*）初版的第一卷问世那年，尼采谢世而去。这部诗篇致力于以史诗的形式来创造神话，这是尼采曾对悲剧和瓦格纳提出的要求，后来，尼采还打算自己去践行此一工作。据尼采述说，未来的神话应当解决生活的重大问题，应当将全部的知识融入真理当中，在美、神秘和力量当中揭示真理，最终效仿宗教之道来完成人类的复兴。尼采自己也曾在《悲剧的诞生》中说过，古时的神话不能移植到现代土壤；在这方面，超人神话拥有无可置疑的优势，因为这神话植根于进化论，进化论乃是 19 世纪的伟大发现，并从根本上改变了流行的生活观念。生命有机体沿着向上的路线逐渐生长并发展起来，一切生命都置身生存斗争当中。适者生存，这一切都自然而然地促成了尼采有关未来之更高级人种的观念，人类学家晚近的一系列发现也可以说为尼采的此一观念提供了支持。如果说，即便是这样的情状，尼采的超人仍然不能激发多大的信任，那也可以说，其中的原因更多地在于此一观念自身，而不是因为此一观念遭到了严重的误解或者误读，也不是因为此一观念之表述方式并不是特别能够赢得人们的信任。人们不会因为其诗性的而非科学的表达方式，就对其不太信任。此一观念之于严肃哲学几乎没有任何影响力。不过，非正统的思想家们，诸如萧伯纳之辈，倒是从中看出了一些遗憾和分量。倘若尼采拥有一个真正意义上的创造者的塑造 317 力量，那么，超人神话之于诗歌的影响力恐怕就会更大一些。然而，尼采的超人观念过于朦胧、散漫、抽象，因而不能对诗人形成激发；对科学家来说，则是过于意象化；对哲学家来说，乃是过于诗性；对唯物主义者来说，则不过是狂人的幻梦；于传记作家而言，则只能说是某种象征物而已。然而，作为一种诗性神话，超人神话仍然处于萌芽阶段。

卡尔·斯皮特勒的成就全然属于诗歌王国。《奥林匹斯之春》堪称那个时代无与伦比的天才之作，诗篇包举宇内，悲剧情怀浓重。无论是有意还是无意，斯皮特勒在这份诗篇中实际上呈现了尼采刻画于《悲剧的诞生》中的东西，那是一个狄奥尼索斯式的黑暗宇宙，在这个宇宙的映衬之下，光华四溢的阿波罗式的男女诸神凸显而出。倘若纯粹的愉悦就是艺术作品的标尺，那就只能承认，斯皮特勒此举乃是要将希腊神话移植到现代土壤，而且此举是相当成功的。不仅如此，他还借由另外的手段成就了此一奇迹：斯皮特勒在这份诗篇中气势如虹地恢复了叙事史诗之古代权能，此种文学形式在现代已然失去了魅力，差不多已经被散文小说完全取代了。此外，他运用的节律，若细细品味，听起来就像是终极的人工造物，那是一种六步格的抑扬节律，以对句形态展开，这本应当是 17 世纪的德意志亚历山大体，只可惜，斯皮特勒的时代已经不是 17 世纪了。正如罗伯特·法耶斯[①]评说的那样，这样一份诗篇，有着一万八千个诗节，更将众多神灵牵涉其中，当然有可能令读者厌倦。不过，情节上的魅力足以驱散这样的厌倦，而且，诗歌的整体布局极为宏阔庄严，众英雄人物的性格和命运、光彩四溢的种种观念、语言的力量以及稳固的现实主义，这一切也都在背后支撑着这份长诗。斯皮特勒的这种现实主义乃是他同荷马之间的主要连通环节；他的布局是原创的；他笔下的群神并没有被考古学或学术研究之类的东西修建得黯淡无光，而是在斯皮特勒为他们创造的世界当中过着自己的生活。较之荷马群神，斯皮特勒笔下的众神具备更为强烈的个体旨趣。他笔下的众神，犯起罪来，更为张扬肆意，受起难来，也更为痛楚。他们置身宙斯负责掌管的人间正义之中，同时也受着命运的严厉掌控；他们脚下的深渊，无论对他们来说，还是在我们看来，都是极为恐怖的。众神也正是由此转变为英雄的，斯皮特勒那巨大的创造性正在于此。斯皮特勒坚持那种众神无力疏解的命运观念，这样的命运观念乃是极具悲剧性的，而且，此种观念同众神那昂扬且强势的行动形成了对照，此一对照由此获得了必要的分量和价值。他们要在厄瑞玻斯滞留漫长时光，而后是一个短暂的光明期和生命期，接着又是漫长的厄瑞玻斯时光；此乃他们命定了的永恒循环。老神没落，新神崛起并取而代之，但最终都注定了要再次堕入黑暗当中，这只是时间

---

① Robert Faesi, *Spittelers Weg und Werk*, Frauenfeld and Leipzig, 1933.

问题：

> 石块沿路铺设，那路他们小心追随，
>
> 路面下陷而光滑，如出自一块中空的磨石；
>
> 但它并非磨石的作品，它是诸神
>
> 不可计数的经历世代永恒的上下踩踏。
>
> 一个词，一声惊叹破空而出："何其长久，这世界的存留！
>
> 而因何，寰宇盛装了不幸！"
>
> 而从那里射来的光束，直至一道回声喊出：
>
> "出自全部的永恒，没有寰宇留给悲伤驻足！"

新神置身其中的这个世界的确是可怕且邪恶的，是一个无情且机械的宇宙。这个世界的领主阿南刻，生有一双黄色的虎眼，代表着"倍受压抑的力量"，是一个满怀杀心和恶意的神灵。阿南刻自身受制于更为强大的力量，那是一个没有灵魂的机械装置，但凡诸神或者凡人叛乱，他就在其中寻求庇护：

> 驾着粗重的蹄铁和巨大的战马
>
> 一个机器装置蜷坐着，确是一件怪物。
>
> 燧石和石头材质的面具，罩在它黄铜做的脸庞，
>
> 时常从孔隙间，多次直射出一道火焰
>
> 在活动目光的位置；并且代替呼吸
>
> 那里发出一道尖声又刺耳的汽笛……
>
> 并且在战马前面的轨道上，那些斑迹是什么？
>
> 那些两百亿计的忙碌的斑点是什么？

　　　　　它们是灰尘和沙砾的大脑么？不，它们蠕动
　　　　　并随意游走，每个都是活的小蠕虫。

319　　　　但并非，并非蠕虫！因看上去，它们是有理性的造物，
　　　　　有眼、耳和意图，标记于它们的特征上；
　　　　　它们在它们头顶挥舞旗帜，并叫喊着："善"
　　　　　和"恶"；它们正说着："住手"，和"这是你应该的"；
　　　　　它们在教导："智慧"；在警告："那是一桩幻觉"；
　　　　　而此刻在野兽上方，当它们凌乱地飞舞，
　　　　　撞击着前来的机械装置。它们被击中了。一声惨叫；
　　　　　它们撞成糨糊。一种氮气的臭味：它们死了。

　　如果说众神的命运是悲剧性的，那么凡人和野兽的命数就只能说是极为恐怖的，赫柏也只是在令众神吃下魔幻坚果、借此麻痹众神的怜悯情感之后，才敢让他们去观瞧忘川河中凡人的命运。在忘川河中，阿南刻那可怕的女儿墨伽拉正在给活生生的灵魂披戴满是邪恶的腐化肉身，那活生生的灵魂则是逃无所逃，避无可避：

　　　　　且悲哀地向上，朝向神，看着那些兽类和男人
　　　　　用祈祷的眼睛，那眼睛道出那永恒的言辞，
　　　　　以友好的爱的目光穿透邪恶的肉身：
　　　　　"噢，你能否告诉我们，什么将我们犯下的罪
　　　　　判罚为这样一种粗野的宿命，经受我们被应允的苦难？
　　　　　我亦是灵；你能感知的，我们亦能；
　　　　　那么，为何我们是粗野的兽类，而你则忝列神位？"

这样的问题，在阿南刻的世界里是根本不存在答案的；在阿南刻的世界里，他发布命令，三个女儿负责执行命令。大女儿墨伽拉我们已经见识过了；二女儿莫赖厄无情、毒辣且深不可测，表征了命运；三女儿戈尔贡邪恶、反复无常，表征了欲望。阿南刻的统治体系当中也有自己的常任官员，那就是温和且善意的哈德斯。哈德斯偕同不幸的妻子珀尔塞福涅一同统领冥界；乌拉诺斯则以智慧之道统领苍穹；人类则交付众神之王来统领，无论是哪个神灵在位。不过，所有的神灵都无力更改阿南刻发布的野蛮令谕。唯有乌拉诺斯在内心珍存了希望，希望那严厉的审判日会在某天降临：

> 他们此刻踩着踌躇的步点走进这座死寂之屋；
> 房梁和墙壁以无法遏制的恐惧颤抖不止；
> 火苗舔舐着地基，那是可怖的景象，
> 当蒸汽活塞的锤打和轴承的轰隆声，重击着他们的
> 耳鼓。

> 直到最终，借助他们首领的手向前刺探，
> 进入一个他们才敢站稳的喧嚷的地牢，
> 那里气味熏鼻，那里雷声震耳，
> 而那儿他们瞪大眼睛，带着无知的恐惧四下徘徊。
> 但此刻，那位君王有意将所有人的目光
> 都引向一个运转的引擎，它的轮子上下运动
> 并带动上百个阴冷的呼啸着的铁制锤子
> 切割出一滚石质卷轴上的符文。
> 而因这种锋利切割的方式，那块花岗石疼痛地尖叫，

320

而运转不停的石卷将自己再次翻新，
那时，从墙上的开口和裂缝中，三排
监视威胁的沉寂的声筒，露了出来。

那君王带上一面铁质面具，并大声招呼，
一支黄铜质地的声筒凑近他的嘴唇，带着傲慢的姿态：
"你们这些野蛮的铁人，现在告诉我，你正在写的乃
是什么？
你正创作的卷轴的意思为何？"

而通过木质的声筒，那里发出一道嘶声的回复
凌驾并逾越了恐惧的噪声和撞击声：
"我们正在那书上锻造符文，那上面能听见
世界在谴责所有造物，以及造物的咒骂声：
身体剧烈的痛楚，灵魂的折磨，
而每一滴眼泪都在翻滚，从凡人的眼里滴落，
而每一种发自揪心焦虑的疼痛都被租让，
而每一种难过和忧伤的眼神都被传递；
那人类蓄意的悲伤，野兽沉默的痛楚，
那最小的纤虫造成的殉难－死亡，那最终和最微不足道的：
由于那时，夜晚和孤独这样遭到隐瞒，
我们精准的笔握将记录下它们，并如此揭露；
当那末日的破晓来临，那可怕又敬畏的审判，
这本书将控诉那无名的人，并道出一切。"

但是，审判之日会到来吗？可能性确实不大。阿南刻的宇

宙也有其界限，在这宇宙终结之处，他的权能也就归于终结。在这宇宙之外，乃是苍茫且无际的涅槃之海，在这海洋之外，众神认为自己可以看到另一个世界，那个世界在云端折射而出。的确流传着这样的传说，有那么一片被称为"米昂"（Meon）的土地——"米昂"的真正意思是"乌有之乡"——在那遥远的彼端海岸；那名叫"希望"（Hope）的天使曾在梦中得到信息，当公鸡报晓之声从米昂传来之时，当收割者在涅槃之海上收割水草之时，一个荣耀的救世主将降临，并彻底毁灭阿南刻的世界。这个救世主来自那极为朦胧且虚幻的未来之地，唯有"希望"天使在幻梦中才能凭借心灵之眼看到那个地方。在此期间，阿南刻依然是至高统治者。

321

就是在如此可怕的背景当中，奥林匹斯群神在厄瑞玻斯苏醒，并在一个新的灿烂黎明荣升奥林匹斯山巅，将初生太阳的光芒洒向四方，在诗篇的第二部分，也就是"新娘赫拉"当中，这奥林匹斯的光芒则变得极为炫目了。和《伊利亚特》一样，《奥林匹斯之春》的这个核心情节是相当恢宏的，不过，《奥林匹斯之春》也是一个关于愤怒的故事，讲述了这愤怒最终是如何以悲剧方式得到疏解的。不过，这是一个女人而非一个男人的愤怒，这愤怒乃是情节之源泉；这是那美貌且毒辣的奥林匹斯王后的愤怒，她身上沾染了凡人的污点，并且流淌着阿玛宗的狂暴鲜血，还有她对光明之神阿波罗那段剧烈的爱恨情仇。众神围绕赫拉展开争夺，这争斗当中充斥着侠义壮举、宫廷阴谋、辉煌的胜利和不可思议的背叛。当赫拉最终归属宙斯的时候，她和宙斯都已经犯下无可救赎的罪孽，都承受了难以形容的痛楚。不过，他们的罪行正是阿南刻所愿。他们似乎是有选择的；但事实上，他们根本就没有选择，不过是顺从本性而采取行动，甚至还常常违背自己的意愿。阿波罗遭到欺骗而将胜利拱手让人；正义，我们理解的正义，根本就不曾得到践行。宙斯为了得到霸权而付出了可怕代价，不过，这样的代价倒是以某种怪异的方式证成了宙斯的霸权：美的世界更契合阿波罗，而非奥林匹斯王朝，亦非凡间俗世。

诗篇第三部分的内容极为驳杂，既没有第二部分那种强烈的属人旨趣，也没有第一部分的神迹和神秘。不过，波瑞亚斯、波塞冬、阿贾克斯、阿波罗、赫尔墨斯、帕拉斯·雅典娜以及阿佛洛狄特的诸般行绩，众多的古老故事，特别是预言者狄奥尼索斯的故事，此外还有诙谐、美、愿景、狂放的想象以及不断重现的哀伤，这一切的一切都令这部分诗篇当仁不让地成为《奥林匹斯之春》的高潮。莫赖厄乃出于怜悯而向奥林匹斯群神宽允了这一段短暂的幸福时光，让群神在其中各展行绩，这段幸福时光在第四部分归于终结，原因是阿佛洛狄特的恶作剧。第五部分以"宙斯"为题，乃预示着这个新王朝的坦塌，尽管这部分诗篇并没有真正呈现这个王朝的坦塌场景，这就如同《伊利亚特》也曾以同样的手法预示了特洛伊即将面临的毁灭结局。当宙斯派遣赫拉克勒斯前往凡间复兴已经沦落屈辱境地的人类之时，奥林匹斯群神的春日时光便已经开始消散了。恰恰就是奥林匹斯昔日的春日光彩，催生了对于这个春日历程的整体评判，也是终极评判：群神之升华和狂喜全然拜一个拥有巨大力量和统摄力的心灵所赐；那美妙的奥林匹斯春日光景的确令人没齿难忘，但此番光景恰恰提醒人们不要忘记昔日的黑暗境遇，那黑暗境遇才是真实境遇。

这并不是说斯皮特勒自身有什么内在的弱点。这份诗篇无论是细节方面还是结构方面都存在瑕疵：诙谐有时候会变得过

于扰动；一些诗节显得很是怪异，还有一些诗节则是沉闷的离
题之作。不过，诗篇呈现的总体性的辉煌景象当中，这些瑕疵
可谓微不足道，根本不足以令整体效果遭受折损。然而，斯皮
特勒创造的这个神话宇宙，其现实性遭到了否决，这就是这份
诗篇得到的最终回应。他笔下的群神看起来都相当真实，他创
造的宇宙则更是真实得可怕，然而，此等天才作品营造出的这
个宇宙，却是绝无可能赢得世人那至关重要的信仰的。诗歌，
正如同科学、哲学以及宗教，其终极诉求是要解释宇宙和生活。
但是，刻意制造神话并借此去解释宇宙和生活，则是弄错了现
实的本质，这是根本性的错误，无论何等的创造性天才和创造
能力都不足以完全弥补此等错误。斯皮特勒的《奥林匹斯之春》
尽管充溢着现实主义气息，但最终却不能得到现实的认肯。迷
人、诡异但不具备任何的生育能力，这份诗篇可以说是德意志
诗歌给予我们这个非神话的时代的一切怪异赠礼当中最为怪异
的一份馈赠。

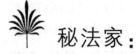

秘法家：
斯蒂凡·乔治（1868～1933）

这里［在慕尼黑 1904 年 2 月的古老节日上］……慕尼黑圈的所有竞技比赛和它的拥护者又一次结合成一种欢快的狂欢节日，如狄奥尼索斯、恺撒、混元女神①、酒神节狂女、曼那德、圣殿女役者的假面舞会。在诗歌的合唱过程中，他们将此时的自己塑造成一列狄奥尼索斯或一列恺撒；或者允许自身为一种进入狂舞状态的时空，并身心撕裂……进入那自我的遗忘状态，在其中，远近混冥，而一种音符在那种激情俘获的空气中震颤，令人难忘……一张恰巧固获了庆典结束瞬间的单人照，传达出一个栩栩如生的沉思者形象，在一个模糊的复制品中，带有某些生活光景中的深沉严肃。乔治如恺撒般以深邃的沉思状，冕冠而坐；在他正下方，舒勒身着伟大之母的暗色头纱，背靠他的膝盖，此刻确乎化身女性气质和不可思议之美。素朴的女性，甚或最浅色的，如被更高的权威所迫莅，在背景

323

---

① 混元女神（the Primeval Mother），即苏美尔文明神话中的"最初女神"（Nammu），相当于巴比伦神话中的"迪亚马特"（Tiamat），即所有神之母。——译者注

中站立不动；与此同时，前方的年轻人喜形于色但肃穆依然，争论过后，倾斜或互相背对着歇息。哪怕一名专家，在这历史手迹中也会发现，要从这幅图样和所表现的人物姿态中指认确切年代，亦为难事。

或许应当补充说：甚至无须指名道姓，也无须专家，便足以论定，如此庄重的化装舞会只能出现在德意志。而且，历史学家也都很快便能猜测说，这样的舞会乃属于某个堕落时代，比如尼禄时期的罗马就可以作为经典例证，那时的罗马将各个地方、各个时代的神话搜罗起来，在庆典之上肆意滥用，只不过是为了掩盖时代的贫瘠。为此，那时的罗马人不惜将这么一个邪恶但也稍有才气的半吊子奉为神灵。

这并不是说此类说辞也适用于斯蒂凡·乔治，他是一个有趣且高尚的诗人，曾将自己当作一门新艺术的大祭司，认为这门新艺术将复兴德意志，而后又将自己当作俊美青年马克西敏（Maximin）的大祭司，他宣称这个青年乃是神灵。后面这个说法当然是狂想，不过，斯蒂凡·乔治自己的圈子是认肯并接纳这个说法的，这些人还纷纷为"主人"树碑立传，此类作品读起来千篇一律，都取圣徒传记一途，根本不能算作批评作品或者传记作品。真实情状是不曾向公众开放的。乔治的相关通信也没有公布于世。斯蒂凡·乔治于1933年12月去世，因此，即便这些通信最终得以公布于世，也肯定是距离他去世很多年之后的抒情了。迄今，并没有信息量丰富且客观公正的传记作品问世，倒是有不少批评作品，不过，大多数的此类作品都是敬畏感有加，洞察力不足。有那么一部颇为详尽的大部头作品是讲述乔治的生平和时代的：作者是弗里德里希·沃尔特

324

斯（Friedrich Wolters），名为《斯蒂凡·乔治和〈艺术杂志〉：1890 年以降的德意志精神史》（*Stefan George and the Journals for Art*, *German Spiritual History since 1890*），1930 年出版于柏林。本章的相关摘引皆出自这本书。尽管这本书包含了众多的独家材料，不过，作品的批评态度过于孱弱，因此不足为信，而且行文也过于呆板滞重，可读性不强。不过，这部六百页的大部头作品，虽然还是以小字体印刷而成，但作品本身相当坦率且不事雕琢，因此，倒也对得起在上面花时间的读者。贡多尔夫提起了诸多浮夸指令（这些指令已经因为他以行话的方式予以措辞而流行开来），要求人们在这么一个无与伦比的天才面前卑躬屈膝，但此类指令显得过于挑衅了，因而令这本书的解释价值尽丧无遗。显然，贡多尔夫的热情反而伤害了作品。此等过度推崇甚至令歌德也深受其害。乔治的生命力尚且不及歌德的四分之一，因此，他承受此番折损的程度必定是歌德的四倍还多。不管怎么说，人们都倾向于将简单化为复杂，将美化为极度的深刻，将神秘化为莫可名状的含混，但此种倾向并不会令那严重的夸张倾向变得更易于承受。威廉·波墨也曾对荷尔德林做过同样的事情；这两位作家似乎都希望在自己崇敬的诗人和这个世界之间树起一道无可跨越的障碍。乔治其人，对凡间俗众以及一切的平易之事均秉持蔑视态度，可谓贵族做派，由此，便也不难理解他对秘义的崇拜。有许多年，他根本就拒绝同公众有任何交流，他也会印发自己的文集以及《艺术杂志》（*Journals for Art*），不过仅供私人传阅，可以说他是尽可能地同自己所属的时代隔绝开来，其程度达到了人的极限。最终，影响时代的欲念在他内心升腾而起并占据了主宰地位，而他的诗篇也开始公之于世的时候，他选择的是装潢精美的版本，这样的版本简直无法阅读。人们真的开始阅读的时候，便会发现自己已经头晕目眩了。很可能，乔治此举乃是开了一个严肃的玩笑，一个有着寓意的玩笑。字母"r"跟字母"t"根本就没办法分清楚，一般不用大写字母，除非是为了强调什么；对标点符号的运用极为吝啬，几乎到了残忍的程度。 325
倘若乔治运用的韵律颇能收服人心，那么给读者设置的这些玩笑式的障碍，倒也能在短时间内予以克服；但实情并非如此。有时候，乔治会采用斯温伯恩式的节律。但更多的时候，他的节律会变得拖沓，甚至停滞。毕竟，乔治极为蔑视的那种阴郁在他的诗篇中几乎是不会有任何空间的，正如乔治的门徒们讲述的那样，只有那些有机会亲耳聆听乔治高声吟诵这些诗篇的人，才能体味这些诗篇的美。在外人耳中，乔治诗篇的韵律听起来则只能是如同花岗岩粒一般粗糙，或者如同打磨过的大理石一般滑腻且诡异；有时候则是轻动有余，稳定不足，如同他的早期诗篇一样。但是，乔治的读者当中，没有人会否认他的作品有着一种迷人的特质，一种严格的完美性。乔治的诗篇可谓意涵丰沛，甚至可以说是负载过度了；而且，它们也都是令人印象深刻的智识作品。他的风格是高度浓缩的，包含了众多新的且含义十足的语词和句法，其中一些还刻意制造出一种古旧的氛围。他的诗篇绝少借重德意志语言的朴素之美，尽管德意志语言是有乐感的，而且相当灵活，能够展开精微的描摹。相反，他将德意志语言改造为另一种表达工具；在他笔下，德意志语言变得更为率直、更为肃穆、更为滞重，形式感更强，此番改造之下，那僵硬的句法和智识上的单纯朴素令德意志语言全然变成了另一种语言。就是这样，艺术家之手（乔治当然称得上是艺术家）对自然生长而出的这个美丽造物实施雕琢加工，将躯体之上的繁茂饰物悉数剪去，将躯体结构彻底裸露出来，将寄生之物悉数清除，并拔除缠绕其上的杂草，最终，将一切的冗赘之物也悉数清除，据此改变了这门语言自身的种种自行其是的倾向。可以说，乔治还深挖了德意志语言的下层土壤，令那水晶般清澈的水自行喷涌而出，水波荡漾，无比澄明，没有半点尘迹。此番修建和雕琢之下，德意志语言在优雅方面有所折损，一度动听的音调也尽数消失，但在形式完美度方面，却有所斩获。乔治的语言风格当然也就是他的诗篇的风格。这些诗篇的艺术性胜过诗性，取智性一途而非神秘一途，自发性极为罕见，完美性则成为常态，而且是极高的完美性。他的诗篇接纳了太多思考，由此，这位美学立法者便自然而然地伤害到了那深沉且无意识的诗性源泉。总体上看，乔治的作品笼罩在一种我们最好称为凋萎病的范围当中，不过，这氛围却是充斥了美感。斯蒂凡·乔治及其圈子乃属于文士阶层，而且也深受文艺复兴文学团体的幻象之害：他们都相信诗歌可以借由审美法则加以控制，因此，诗歌也就可以成为学派之事。此类团体很容易在剧烈的动荡期诞生并崛起。乔治的这个团体乃是直接针对 19 世纪 90 年代盛行一时的自然主义潮流以及此一潮流催生的文学无政府主义的。对于一个催生了瓦格纳、尼采和斯皮特勒的时代而言，乔治及其圈子是很自然的现象。乔治乃是 19 世纪克努特王族的第四个继承人，他们志在强势地击退现代生活的潮涌。

　　这样的姿态若是置身精神王国，当然是要激发世人的仰慕和效仿的，特别是这样的姿态乃出自一个显要之人。沃尔特斯、贡多尔夫、摩尔维茨（Morwitz）以及塞里尔·司各特先

生提供的信息和回忆材料①，都不难得出一种印象：乔治其人
乃相当霸气。在这一点上，诗篇和传记都可以为证。乔治生而
拥有很强的个人魅力，在此等魅力之外，又平添了他那种主宰
追随者的欲念和决心。在 1890 年聚集在他身边的那批门徒眼
中，他就是这样一个人。他们期望在他身上见证无可测度之
物，这恰恰是因为他对这些门徒拥有异乎寻常的影响力，而这
也肯定会反过来对他自己产生某种影响。他的音调越来越像神
父，神态当中的仪式气息也日益浓重起来，时光又将他的语言
打磨得如同在做礼拜；然而，最终，什么都没发生。倘若是一
个先知，当然可以将全部赌注押在未来，先知本人是不会活着
见证那个未来的。但大祭司的情形可不一样。而且，这么一个
深深迷醉于尼采的大祭司，内心当中无可避免地会梦想着见证
一个道成肉身的神灵（倘若他是德意志人的话），就乔治而
言，这神灵表征着美，是来自希腊的信使，正如乔治吟诵的那
样："希腊，我们永恒的爱"。在世纪之交，必须要有这方面
的启示降临了，这是非常迫切的。此时的乔治，其境况跟
1830 年的昂方坦（Enfantin）是一样的，当年，昂方坦的门徒
让他独留图圈之中，去找寻那降临凡间的"圣母"（Supreme
Mother），那是他自己召唤过的，但一切归于枉然。克拉格斯
（Klages）、舒勒和沃尔夫斯克尔（Wolfskehl），乃是乔治最为
忠实的追随者，此时也开始对"主人"感到厌倦了，对于德
意志的重生也变得日益不耐烦了。显然，这一切的一切仍然是
那么遥远，没有任何切近的迹象。乔治对女人有着根深蒂固的

327

---

① C. Scott, *My Years of Indiscretion.* 司各特先生给了我拜访机会，令我可以
亲耳倾听他对往日里他认识的那个斯蒂凡·乔治的回忆，在此特别表示
谢意。

454 / 第八章 余波

憎恶，他蔑视异性情欲，极度推崇艺术、生活以及情爱当中的男性元素。很可能就是这些因素在这三个躁动不安的追随者内心激起了一场反动，令他们在巴霍芬（Bachofen）那本有关母权体制的知名作品面前变得毫无抵抗力。于是，他们决心依托女性原则来革新这个世界，将世界带回母系状态，在他们看来，那才是人类的宿命，只不过在过去因为男性的征服行动而遭遇了挫折而已。可以说，这场运动乃是法国圣西门运动的翻版，七十年前，圣西门分子不也是在狂热地找寻那"神秘之母"（Mystic Mother）吗？只不过，此次运动移植到极具神秘气息的德意志心灵王国，并且也因此较之当年的圣西门分子要狂热得多，几乎到了癫狂境地。这场德意志运动所尊奉并追寻的"宇宙母神"（Great Mother of the Cosmics），较之圣西门派的"自由女神"（Free Woman），承载了多得多的神秘气息，后者乃是未来的女祭司，既分享昂方坦的神权，也分享昂方坦的王座。乔治并没有像昂方坦那样，宣示那句危险的口号："找到那个女人"。如果说乔治也对此事表示出兴趣，那只能说这是出于别的考量，他肯定不希望这三个热忱且大有希望的年轻人跟他疏远。然而，这三个年轻人却把乔治的此种兴致当真了，而且还极为热切地希望改造这个世界，令这个世界进入硕果累累的原始混沌状态。于是，他们便恳请主人施行强力魔法，完成此事，确切地说，就是将他整个的才能凝聚在一个时点之上：

> "请您赤身裸体置身广场，"他们恳请说，"召唤神
> 灵！""且在光天化日之下施展罪行，令世界陷入混沌！
> 且运用您的歌声，破解命运，刺穿这僵硬的天日，直透暗

夜母亲那悸动的紫色心脏！"

乔治当然没有接受此类怪异请求，他拒绝迎合这种精神病院、监狱以及那要命的荒诞举动，没有人可以因此责难乔治。不难想象，面对这些要求，这个贵族诗人是以何等傲然且惊诧的眼睛盯视着"暗夜母亲"（Mother Night）的这些狂热追随者的。当然也不难想见，当自己的要求遭到拒绝之时，这些追随者是何等愤怒，这个圈子毫无疑问将因此碎裂，不难想见，他们又是何等悲恸。此时，有传言说，他昔日的一个门徒正要抛开他，去独立完成此事，不难想见，此一传闻会令乔治陷入何等的困顿和烦恼当中。乔治当然不愿为他们造势，不愿意在暗夜之中的幽暗之地为他们制造那种"宇宙战栗"。而且，乔治同时也担心他们已经得到或者说是伪造了某种重大启示。这一切都是揣测，不过可以肯定的是，正当这些人在疯狂召请"宇宙母神"施行魔法并举办狄奥尼索斯狂欢仪式，以便将母神从原始暗夜当中召唤出来的时候，马克西敏出现在乔治面前：

> 同慕尼黑方面的同人已经开始发生摩擦，因此只有跟乔治相当亲近的友人才能够看到马克西敏。在"三诗人游行庆典"［荷马、维吉尔和但丁］活动中，马克西敏乃作为一个充满爱意的天才站在但丁－乔治身边，年轻的面容，大眼睛在黑暗中闪闪发光，脸部轮廓棱角分明，跟"主人"一样，手持透亮的蓝色预言球，透射出极为深沉的学识……在沃尔夫斯克尔举办的另一次化装游行活动中，马克西敏同贡多尔夫谈论着眼前的"门徒"队列，

他身着一件朴素的蓝色外套，头戴紫罗兰花环。除了这些安静的庆典活动，他从不在任何别的活动现身。[①]

这个俊美的年轻人此时年方十三岁，是乔治在慕尼黑结识的，大约三年之后故去，"主人"和忠实门徒都郑重宣示，马克西敏乃是神灵。人们对他的出身和家庭一无所知，整个这段故事就这么包裹在晦暗和神秘当中，乔治、贡多尔夫和沃尔特斯提供的相关记述也根本无助于驱散此一谜团。马克西敏的神性的确得到了宣示，但并没有得到证明或者支撑；尽管 1906 年，有人私下印发了一本名为《马克西敏：一部回忆录》（*Maximin, a Memorial*）的书——这本书从来不曾发售，现在已经找不到了——书中摘引了马克西敏的一些诗作，还登载了他的一张照片，但这些基本上也无助于廓清事实。我个人觉得，马克西敏不过是神性之美的一个象征，乔治主要是看中了他身上体现出来的男性元素，而且，乔治主要是将他作为同"原始暗夜母神"对等的神灵加以使用的。乔治对马克西敏的情感乃是偶像崇拜式的，这一点可以从乔治的诗篇《第七环》（*The Seventh Ring*）当中判断出来。后来，乔治也曾告诉司各特，这个年轻人的死令他极为悲恸，一夜之间，头发都白了。不过，乔治并没有向司各特提及这个年轻人的神性，司各特对马克西敏是相当了解的，他认为，乔治不曾说过马克西敏乃是神灵这样的话，也不会有这样的念头。据司各特先生记述，乔

---

① 此次游行庆典发生于 1904 年 3 月，应该就是马克西敏去世前不久的事情，此时，沃尔夫斯克尔已经回归信徒行列。具体日期这一问题上乃是极为含混的。不过，就我所知，这场运动是在 1900 年或 1901 年臻于顶峰的，在这些年间，乔治会在每年下半年同马克西敏会面。

329

治是一个纯然的怀疑主义者，没有任何的神秘主义倾向。他也许会在诗歌当中运用神话，但他绝对不会信以为真。因此，乔治虽然一手创制了马克西敏神话，不过，他本人是拒绝成为这场幻象的祭品的，相反，他是刻意在其他人的心灵当中培植此种幻象。无论如何，乔治创制的此一神秘意象，乃是作为现实强加给德意志的。当时光进入 20 世纪，德意志大地之上便传扬着这样的信息：一个神灵已经降临凡间，乔治，艺术的大祭司，乃与这神灵同在，先是作为主人，后是作为朋友。不久，乔治的崇拜者群体当中便显现出一种自然而然的倾向，要么是对这段故事予以模糊处理，要么是用一堆含混之词将其湮没。不过，所有的崇拜者都认肯，"马克西敏体验"（Maximin - Experience）乃有着深沉的宗教特质。不过，乔治、贡多尔夫以及沃尔特斯对这个神话都是予以信从的；特别是乔治，他在这个问题上的态度是毫无疑问的，这一点在他为《马克西敏：一部回忆录》撰写的序言中可以得到印证，这份序言重印在乔治的一部文集当中。他的名字一直都同马克西敏神话联系在一起，并且很可能在未来的世代当中，也将仅仅因为马克西敏神话而为人铭记。

马克西敏神话不过是为乔治的绝美诗篇提供了灵感，于德意志的世事进程并无任何明确的影响可言。情况就是如此，毕竟，马克西敏不过是一个衍生性质的神灵，只不过是将诸多人们都很熟悉的元素融合起来而已。W. 科希（W. Koch）曾对这些元素有过剖析，并据此指出，哈德良皇帝所钟爱的安提诺斯、阿多尼斯、恩底弥翁、赫拉克勒斯、甘尼米德以及后期的罗马皇帝卢西乌斯·尤里乌斯·维鲁斯·马克西米尼乌斯，有关这些人物的观念和回忆都融入了马克西敏神话当中。乔治通常都

330

是运用《圣经》意象和语言来刻画一个神灵，而这个神灵乃是希腊神灵而非基督教神灵，这一点往往会令那些冷静的读者感到吃惊。此外，乔治在描述神性之具体特质时展现出的创造性是非常显见的，这一点同样会令冷静的读者感到吃惊：

> 我是唯一者，亦是他者，
> 是母体和子宫；
> 我是剑鞘，是匕首，
> 我是殉道者和世界末日；
> 我是富人，是乞丐，
> 我是箭矢和弓弩；
> 我是祭坛和祷告者，
> 我是质料和表象；
> 我是幻象和先知，
> 我是信条和理智；
> 我是木头，是火焰，
> 我是开端和终结。

这样的窃窃私语我们都似曾相识，而且，这其中透射而出的一般观念也都不是什么新东西。倒是赖内·马利亚·里尔克在谈论上帝和众天使时运用了一种真正意义上的神秘主义者的方式，这样一个神秘主义者跟完全不同于自己的精灵的精灵有接触，而且对这场接触有着相当清晰的记忆，足以用一种怪异且个性化的方式展开描述。

不管是出于怎样的情由，马克西敏最终都未能令圈外人相信他不仅仅是一个面相俊美的男孩。不过，对乔治来说，马克西敏肯定是启示了一种特殊的希腊之美，这就是当年曾令温克尔曼予以迷狂陈词的希腊之美。倘若考量一下作为大祭司的乔治同自己的这个神灵之间的关系，我们便也不难记起，当年的温克尔曼乃是何等热切地寻找这种关系，但最终还是归于失败。也许，当年的考古学家推动的车轮，到了乔治的时代算是转动了满满一圈。那些背教的信徒脱身狄奥尼索斯的怀抱，大声召唤着"母神"，但这一切都归于枉然。马克西敏将他们全部封印在美轮美奂的阿波罗幻象当中。温克尔曼就博尔盖塞庄园中"有翼天使"（Winged Genius）发表的那番陈词也许是对乔治此番态度的最佳刻画：

331

  置身这样一个地方，我希望去描述那样的美，那种类型的美并非起源于凡间。那是一个有翼的天使，坐落在博尔盖塞庄园，俨然是一个健壮俊朗的青年人的体型。倘若有谁愿意设想这个可爱的形象，不妨让自己的想象力执着于大自然当中处处都展示出来的那种独特的美，同时也请冥思一下那来自上帝并回归上帝的美，由此便可以在睡梦当中塑造那样一种天使意象，那天使的面容焕发着神圣的光彩，身形则展示出最高的和谐；这便是博尔盖塞庄园中这座雕像呈现出的美。不妨这么说，这是自然在上帝的允准之下，依据天使之美而塑造出来的。①

如下情况是完全有可能的：倘若尼采不曾写就《悲剧的

---

① 此处仍然是采用了洛奇的译本，不过我将"流光溢彩"（effulgence）一词改换为"光彩"（radiance）。

诞生》，那么无论巴霍芬有关古代母权体制的理论于这些追随
者有着何等魔力，他们都不会对狄奥尼索斯在生活中的复兴抱
有此等希望。如下情况也是完全有可能的：倘若尼采不曾坚持
神话之于艺术的至尊分量，乔治也就不会创造马克西敏神话。
不过，乔治之于希腊之美的爱恋，很显然主要是源自温克尔曼
而非尼采。两人在品位和气质上都存在根本的近似，不过，各
自的生活和成就却是全然不同的。温克尔曼，忙碌、活跃，喜
好探究且满怀热情，较之孤高和神秘的乔治，展现出一种正常
得多的存在形态；温克尔曼犯过许多错误，不过，他从来不尝
试神秘化，也不曾受制于种种幻象。乔治提起的诡异主张，无
论是否出于真心，则都表征了一种诡异、危险且幽暗的元素，
此一元素乃是尼采注入德意志的希腊主义血脉当中的。

结 论

歌德的恶灵、尼采的超人以及乔治的马克西敏，乃是现代德意志的三大神秘造物，这些神秘造物以各自不同的方式溯源于温克尔曼对希腊的发现。这其中，歌德的恶灵乃立足于现实，因此有着强劲得多的潜在能量。必须意识到此一怪异元素的存在，此一怪异元素乃得名于大家都熟知的苏格拉底的"魔性"，不过，所表征的却是尼采后来所谓的生活和艺术当中的狄奥尼索斯面相。尼采将艾克曼的《歌德谈话录》（Conversations with Goethe）称为"最伟大的德语作品"，并在《悲剧的诞生》中引述了《谈话录》中的一段话，那是1828年3月11日歌德同艾克曼的一次谈话，主题是恶灵之显现。看起来，尼采应当是从歌德的恶灵观念中得到启示，构筑了自己的狄奥尼索斯观念，确切地说，尼采将自己的古典学识同海涅就狄奥尼索斯的暗夜仪式所做的灵性描摹融合起来。自此之后，恶灵－狄奥尼索斯便成为德意志文学血脉当中一股内在的能量。正是这股能量催生了超人，催生了斯皮特勒的赫拉克勒斯，催生了众多诗篇，并且也在当今时代的伟大批评作品和传记作品当中发挥着显见的权能。由此，恶灵驱动的超人便取代了那些黯然世代当中的圣徒、罪人和殉道者。不管怎么说，传记乃是恶灵发挥巨大魅力的场所，因此也就很自然地倾向于采

纳一种传奇色调，毕竟，那是众英雄的编年史。现代作家虽然
一贯蔑视那种生造、扭曲以及曲解事实的做法，不过往往也都
是借由一种奥义十足的心理解释手法，令自己的作品发挥出巨
大效能。相形之下，往昔时代那些率直的传记作家虽然总是会
给出率直的谎言，但也绝无可能达成此等巨大效能；此种情状
是很能说明问题的。盎格鲁－德意志血统的 H. S. 张伯伦于
1912 年、G. 西美尔于 1913 年、贡多尔夫于 1916 年以及 E.
路德维希于 1920 年以各自的方式运用了此种几乎是通灵式的
心理解释之法对歌德展开解析，令歌德成为一种隐秘英雄崇拜
的核心人物。1920 年，E. 波尔特拉姆（E. Bertram）毫无掩饰
地将自己那本令人仰慕的尼采研究作品称为"神话学的尝
试"；路德维希则对拿破仑、俾斯麦和施里曼实施了纯然戏剧
化甚至史诗化的阐释，令这些传主成了超人。此外，斯蒂芬·
茨威格于 1925 年写的《恶灵之战》（讲述了荷尔德林、克
莱斯特和尼采）、乔治圈子就"主人"写的一系列作品、塞
萨尔兹（Cysarz）的席勒传记和瓦伦汀的温克尔曼传记都可以
归属这个序列。从中不难见出，此一时期的德意志精神地平线
严严实实地笼罩在溯源于歌德和尼采的神话雾霭当中。此种情
境之下，德意志的民族英雄皆幻化为超人，其中许多人都赋有
魔性并处在恶灵的掌控当中，还在希特勒时代降临之前的那些
年间经历了进一步的神化，成为阿道夫·希特勒的先知和先
驱。这并不是一个逐渐累积的进程，不是一个借由迷信元素之
添加而形成的民间进程，相反，这是智识精英的一场意志行
动，此时，他们的心灵已然处于极度魅惑的状态。

　　如果说乔治的马克西敏神话对未来会有什么影响的话，那
么现在就来判别此种影响未免为时尚早。不过，我还是愿意冒

险揣测，有关马克西敏生平的诸多实情不可避免地会公之于世，这场非同寻常的神话很可能会在这个过程中归于幻灭，而且现在就已经有幻灭的迹象了。不管怎么说，马克西敏乃是一个真实存在的人，一个相貌俊美的青年，没有活到成年；马克西敏并不能如同歌德的恶灵那样侧身这个世界的伟大精灵行列，并幻化为其中的一股自然力量；马克西敏神话也同尼采的超人神话不一样，并不是因为进化论在一个有着深沉先知禀赋的心灵当中激发而出的极强幻梦。身着朴素的蓝色外套，头戴紫罗兰花环，这样一个马克西敏可以是一场幻象，当然也可以是一个噱头。自温克尔曼的希腊从时间海洋当中浮现而出之后，一股又一股的浪潮冲刷着现代生活的海滩，马克西敏乃是最后的那股潮涌。

　　试想当年，那个落魄的德意志修士，逡巡在罗马的街道之上，势必不会预见到自己将给后世制造此等扰攘，更不会想到自己会激发后人写就那样的作品。他身后的那些人俨然就是一个军团；即便是就德意志希腊主义的成就实施严格筛选，也足以成就一份令人印象深刻的清单。《拉奥孔》、《伊菲革涅亚》、《海伦娜》、《希腊诸神》、荷尔德林诗篇、《恩培多克勒》、《流亡中的诸神》、特洛伊黄金、《悲剧的诞生》、《奥林匹亚之春》、《第七环》等，所有这些成就，都或直接或间接地溯源于温克尔曼，如今，舍弃温克尔曼，便根本无从想象德意志文学和德意志生活。此外，荷尔德林诗篇乃全然是对德意志希腊主义的辩护。不过，人们也有充分理据去哀叹这场运动。歌德的杰作乃是在接纳温克尔曼之希腊的魔咒之前就已经完成了构思的。在接触了那么一个全然异质的世界之后，歌德对自己的杰作实施了修订，结果令这部杰作遭受折损。同样

334

的灾难也降临在《伊菲革涅亚》《海伦娜》《罗马哀歌》《赫尔曼与窦绿苔》《阿闵塔斯》《欧福罗塞涅》《阿列克斯与朵拉》《新鲍西亚斯》《潘多拉》身上，它们都无力逃脱。今天，我们都愿意用全部这些作品去交换歌德的抒情诗篇以及《维特》和《初稿迈斯特》，当然还有《初稿浮士德》。德意志古典运动的这个公认领袖，乃是借由德意志方式才抵达自己的顶峰的。席勒也是以希腊样板展开自我塑造的，此举同样令他所失甚于所得。《阿喀琉斯》断篇、《墨西拿新娘》、《迪亚娜女神》、《敌基督》以及马克西敏神话，面对这样一份希腊主义清单，我们还能说什么呢？僵硬、诡异、危险、毛骨悚然，还有就是荒诞不经。所有这些都是那么异乎寻常。德意志希腊主义包含了诸多面相，个人心中的评判取决于何种面相居于主导地位，因此，就事情的本性而言，并不存在终极评判。也许有人会问，倘若德意志天才不曾因为南方磁场而偏离了自己的自然路线，是否会铸就截然不同的、更为伟大的作品，这样的问题是毫无意义的。歌德的德意志天才当然会诞生未知的子嗣，不过，这样的子嗣从未来到这世间，此情此景，难道真的有人会愿意用荷尔德林诗篇来交换吗？说到底，在总结德意志希腊主义运动之时，无论是赞同还是反对这场运动，这都是我们必须直面的困境，而且，此一困境是无可化解的。

　　事情还有另外一面需要考量，那就是温克尔曼之发现希腊所引发的悲剧后果在众多人的生命中是很显见的。第一个受害者就是温克尔曼自己。他对他所爱恋的那片土地有着莫名的神秘恐惧，他崇拜那种希腊式的友爱，这催生了他那可悲可叹的终局。歌德则一直生活在对那"冷酷的女人"的战栗当中，

就这么消耗了多年的光阴，在那"没有鸟儿吟唱之地"，他的 335
天才承受着何等痛楚，恐怕是一言难尽，更不用说他在那段追
逐海伦娜的枉然岁月当中所承受的精神困顿了。席勒则一直在
同一个超人般的对头进行着决绝缠斗，最终遍体鳞伤，到死都
没办法确定自己在放手之时是否得到了赐福。荷尔德林对诸神
的土地有着极为深重的思乡之病，这可怕的病症最终耗尽了他
的心性，也摧毁了他的理智。海涅的生命可谓一场悲剧，其中
最为悲剧的时刻也许就是他最终向他的"亲爱的米洛的维纳
斯"作别的时候。尼采那倍受折磨的心灵则因为对狄奥尼索
斯的迷狂崇拜而被撕裂。施里曼英年早逝，还不是因为他太爱
恋希腊了。希腊诸神的致命魔力在斯蒂凡·乔治这里最终筑成
了马克西敏神话，此一神话实际上是一场令人极为怜悯的悲喜
剧。莱辛、赫尔德和斯皮特勒恐怕是仅有的几个受益于而非受
害于温克尔曼之希腊及其荣耀幻景的人；其余的人则都是遭遇
了极大的震动和冲击，那力量直透灵魂深处。

温克尔曼在艺术王国发现了静穆、单纯和高贵，除了德意
志，还有哪片土地会因为艺术王国的这项发现而催生如此悲惨
的结果呢？还有哪片土地会令狄奥尼索斯这个名字挥洒出如此
可怕的效能呢？倘若是印度教协同起怪异的荣光和狂野的恐怖
入侵了德意志，那么它铸成的灾难能够同奥林匹斯主义及其光
华四射的静穆所造成的灾难相提并论吗？那如同云雾一般令人
困惑的德意志品性，就那么盯视着我们，令我们无从作答。不
过，最起码有一件事情是可以肯定的：唯有在那么一个对自己
不满且因此充满悲剧情怀的族群当中，同某种异域理想的斗争
才会持续如此漫长的时日。对盎格鲁－撒克逊心灵而言，希腊
艺术和诗歌之美竟然催生了如此疯狂的痛苦，从中得到的纯净

愉悦却可以说是微不足道的，这样的斗争太过浪费，实在是令人叹息，甚至可以说是太过顽固。除了温克尔曼，德意志的希腊主义者实际上都担当不起对待美的此种异教态度，尽管这态度是歌德辛勤培育起来的，也是海涅大力宣扬的。客观、冷漠的沉思非德意志人力所能及。他们当然希望俘获并据有希腊之美，令它成为自己的财产，或者干脆胜过它，若不能胜过它，就摧毁它。他们也希望将希腊之美强行拖入现代，希望挖掘那深藏地下的财宝，俘获希腊诸神。此类欲念既暴烈又狂野，因此，德意志希腊主义会如此令人震撼、令人痛楚也就毫不奇怪。其中一个人被谋杀了，一个人突然死亡，两个人疯了，还有一个则发狂了。神话狂热乃是可怕的疾病，几乎摧毁了他们的一切。温克尔曼其人终究在这世间走过一趟，仅此一点，就足以引发世人十足的悲悯和遗憾。然而，世界就是世界，事实就是事实。英国有句谚语叫"逆来顺受"，这也许能带来几分宽慰。那批伟大的德意志希腊主义者留下了无与伦比的诗歌和魅力无限的散文，这一切都是德意志之悲剧情愫的文学副产品。我倒不是说，个人悲剧倘若能够催生伟大艺术，那么也就能够得到先验的证成。不过，倒也不妨退而求其次，（有意忘记此一悲剧情愫造成的那些痛楚）权且享受此等美景，作为异教徒，这当然是可以的，尽管作为德意志希腊主义者，却是没有这般福分。

原始资料选

A. GENERAL

CHOLEVIUS, C. L. *Geschichte der deutschen Poesie nach ihren antiken Elementen.* 2 vols. Leipzig, 1854.

DILTHEY, W. *Das Erlebnis und die Dichtung.* Leipzig, 1920.

FINSLER, G. *Homer in der Neuzeit.* Berlin, 1912.

MAASS, E. *Goethe und die Antike.* Berlin, 1912.

MARSHALL-MONTGOMERY. *Friedrich Hölderlin and the German Neo-Hellenic Movement,* i. O.U.P., 1923.

PATER, W. *The Renaissance.* London, 1904.

ROBERTSON, J. G. *The Gods of Greece in German Poetry.* O.U.P., 1924 (Taylorian Lecture).

SCHLEGEL, A. W. *Vorlesungen über dramatische Kunst und Literatur.* Leipzig, 1846.

STRICH, F. *Die Mythologie in der deutschen Literatur von Klopstock bis Wagner.* 2 vols. Halle, 1910.

TREVELYAN, H. *The Popular Background to Goethe's Hellenism.* London, 1934.

VERNON LEE. *Studies in the Eighteenth Century in Italy.* London, 1888.

WAGNER, R. *Die Kunst und die Revolution, Oper und Drama, Das Kunstwerk der Zukunft,* in *Sämtliche Schriften.* Leipzig, 1913–1917.

ZWEIG, S. *Der Kampf mit dem Dämon.* Leipzig, 1929.

B. EDITIONS OF WORKS AND LETTERS

WINCKELMANN. *Werke,* ed. Eiselein. 12 vols. Donau-Eschingen, 1825–1829.

—— *Briefe,* ed. Förster. 3 vols. Berlin, 1824.

LESSING. *Werke,* ed. Lachmann-Muncker. 24 vols. Berlin, 1886–1924.

—— *Briefe,* ed. Lachmann-Muncker. Vols. xvii–xxi of above.

HERDER. *Werke,* ed. Suphan. 32 vols. Berlin, 1877–1909.

—— *Briefe,* ed. E. Herder, in *Herders Lebensbild.* 3 vols. Frankfort, 1856–1857.

GOETHE. *Werke* (Festausgabe), ed. Petsch. 18 vols. Leipzig, 1926.
—— *Briefe*, ed. Stein. 8 vols. Berlin, 1924. (An excellent selection. The standard critical Weimar edition of the works and letters has also been consulted.)
—— *Briefwechsel mit Schiller*, ed. Vollmar. 2 vols. Stuttgart, 1881.
SCHILLER. *Werke* (Säkularausgabe), ed. Hellen. 16 vols. Stuttgart, 1904–1905.
—— *Briefe*, ed. Jonas. 7 vols. Stuttgart, 1892–1896.
—— *Briefwechsel mit Körner*, ed. Geiger. 4 vols. Stuttgart, 1893.
HÖLDERLIN. *Werke und Briefe*, ed. Hellingrath, Seebass and Pigenot. 6 vols. Berlin, 1923, 2nd ed. (Also contains Susette Gontard's letters to Hölderlin and other biographical material.)
HEINE. *Werke*, ed. Elster. 7 vols. Leipzig, 1887–1890. (The second edition is not yet completed.)
—— *Briefe*, ed. Hirth. 3 vols. Munich, 1914–1920.
NIETZSCHE. *Werke* (Taschenausgabe), ed. Förster-Nietzsche. 11 vols. Leipzig, 1917.
—— *Briefe*. 5 vols. Berlin, 1902–1909.
SPITTELER. *Werke*. Diedrichs in Jena.
—— *Briefwechsel mit Adolf Frey*, ed. L. Frey. Leipzig, 1933.
GEORGE. *Werke*. Bondi in Berlin, 1927 ff.

C. BIOGRAPHICAL AND CRITICAL WORKS

I mention only those works which have been particularly useful in this study; to attempt to give a survey of all the critical and biographical works which have helped to build up my knowledge of the authors involved would be impossible.

JUSTI, C. *Winckelmann, sein Leben, seine Werke und seine Zeitgenossen*. 3 vols. Leipzig, 1866.
VALLENTIN, B. *Winckelmann*. Berlin, 1931.
SCHMIDT, E. *Lessing: Geschichte seines Lebens und seiner Schriften*. 2 vols. Berlin, 1923, 4th ed.
OEHLKE, W. *Lessing und seine Zeit*. 2 vols. Munich, 1919.
FREY, A. *Die Kunstform des Lessingschen Laokoon*. Berlin, 1905.
HAYM, R. *Herder nach seinem Leben und seinen Werken*. 2 vols. Berlin, 1880–1885.
BIELSCHOWSKI, A. *Goethe: sein Leben und seine Werke*. 2 vols. Munich, 1896–1903.

GUNDOLF, F. *Goethe.* Berlin, 1928, 12th ed.

LUDWIG, E. *Goethe: Geschichte eines Menschen.* 3 vols. Stuttgart, 1920–1921.

ECKERMANN, J. P. *Gespräche mit Goethe.* Leipzig, 1923.

MINOR, J. *Schiller: sein Leben und seine Werke.* 2 vols. Berlin, 1890.

BERGER, K. *Schiller: sein Leben und seine Werke.* 2 vols. Munich, 1905–1909.

ROBERTSON, J. G. *Schiller after a Century.* Edinburgh, 1906.

CYSARZ, H. *Schiller.* Halle, 1934.

HECKER, M. and PETERSEN, J., ed. *Schillers Persönlichkeit.* 3 vols. Weimar, 1904–1909.

PETERSEN, J., ed. *Schillers Gespräche.* Leipzig, 1911.

GERHARD, M. *Schiller und die griechische Tragödie.* Weimar, 1919.

GUNDOLF, F. *Hölderlins Archipelagus in Dichter und Helden.* Berlin, 1923, 2nd ed.

KÖNITZER, W. F. *Die Bedeutung des Schicksals bei Hölderlin.* Würzburg, 1932.

LEHMANN, E. *Hölderlins Lyrik.* Berlin, 1922.

BÖHM, W. *Hölderlin.* 2 vols. Halle, 1928–1930.

LITZMANN, C. T. *Friedrich Hölderlins Leben in Briefen von und an Hölderlin.* Berlin, 1890.

ATKINS, H. G. *Heine.* London, 1929.

MARCUSE, L. *Heinrich Heine: ein Leben zwischen Gestern und Morgen.* Berlin, 1932.

HOUBEN, H. H., ed. *Gespräche mit Heine.* Frankfort, 1926.

LUDWIG, E. *Schliemann: Geschichte eines Goldsuchers.* Berlin, 1932.

BERTRAM, E. *Nietzsche, Versuch einer Mythologie.* Berlin, 1921.

KNIGHT, A. H. J. *Some Aspects of the Life and Work of Nietzsche, and particularly of his connection with Greek Literature and Thought.* C.U.P., 1933.

PODACH, E. *Nietzsches Zusammenbruch.* Heidelberg, 1930.

SPITTELER, C. *Meine Beziehungen zu Nietzsche.* Munich, 1908.

FAESI, R. *Spittelers Weg und Werk.* Leipzig, 1933.

SCHELLER, W. *Stefan George.* Leipzig, 1918.

WOLTERS, F. *Stefan George und die Blätter für die Kunst, deutsche Geistesgeschichte seit 1890.* Berlin, 1930.

GUNDOLF, F. *George.* Berlin, 1930, 3rd ed.

KOCH, W. *Stefan George: Weltbild, Naturbild, Menschenbild.* Halle, 1933.

MORWITZ, E. *Die Dichtung Stefan Georges.* Berlin, 1934.

索 引

附论　暴政都是人类自己建立起来的

林国荣

　　终生浸淫德意志唯心传统且经历了战争劫难的梅尼克，对德意志"灵魂"有如下评说："比起其他民族，德国精神所特有的往往是一种狂飙式的倾向，想要从那围绕着它的、而且或许是强烈地推动着它、诱惑着它并折磨着它的现实条件之下，突然之间朝着绝对、朝着将会使它得到解放的一种形而上学的、有时候还只是半形而上学的世界飞跃。［……］这就是十九世纪中叶以后，通过人们所称之为新现实感、现实主义、现实政治等等所发生的事情，并且是作为行动上的新导航星而备受礼赞的东西。从而他们就认为，他们已经又一次地征服了绝对。这就是说，德国精神中那种古老的形而上学冲动，又一次地表现了出来，但是由于错误和颠倒，它并没有征服任何真正的形而上学领域，而只不过是把一种地上的领域装扮成一种形而上学的领域，或者是与之近似的领域而已。"①

　　问题是，德意志"灵魂"当中如此强烈且扭曲的"哲学"冲动，是因何而生呢？本书之缘起就在于对这个问题的探究和回答：德意志灵魂当中极为诡异地缺失了悲剧和诗性的要素，由此招致"哲学"顺理成章地篡取了本来应当交托给悲剧和

---

① 弗里德里希·迈内克：《德国的浩劫》，何兆武译，商务印书馆，2011，第70页。（迈内克为梅尼克的另一译名。）

诗歌的对人类生活和族群生活的立法和训诫权能，这也就是本书书名所标示的"希腊的暴政"。正是这样的心灵暴政机制从德意志民族生活开始涌动之际开始，就从根本上瓦解了德意志人创造现代世界常规生活景观和政治－历史秩序的能力，对这一点，作者毫无隐晦。很显然，本书作者绝不是那种习惯于将民族历史叙事极为傲慢地掩盖在"命运"旗帜和"悲剧"观点之下的人，仿佛民族历史真的必须如此深沉、神秘，而且必须苦难深重，否则便不足以决然超越人类自身的常识和见解，不足以建立足够的暴政式尊严。实际上，这样的历史思维恰恰是本书作者用近一半的篇幅予以无情剖析和驳斥的。本书以极为瑰丽的方式，揭示了一段极为诡异、精微而且是决定性的民族灵魂之历程，诙谐背后隐藏着苦痛，苦痛当中又透射出戏谑。我无须在此再现书中场景，实际上，如此瑰丽的场景应该说是属于作者个人的，就如同荷马史诗一样，本质上就没有可能由他人再现。亚里士多德说过：戏剧须有终局，但史诗永不会结束。这句话恰恰可以用来充分传递这部作品的意蕴。既然是一部史诗级作品，当然会采纳一个再朴素不过的开端，本书作者也不例外："为什么文艺复兴在德意志采取了宗教改革这一形态，这就是根本症结所在。［……］对路德那深沉且阴郁的心灵来说，'真'的分量是'美'远远不能比拟的。［……］将罗马天主教同德意志人剥离开来，路德也就等于夺走了曾经养育了德意志神秘主义并扶持了德意志美感的那套体系，这套体系也曾执掌着德意志信仰。［……］无论是不是怀疑主义者，德意志诗人都发现，路德传递下来的基督教已经完全剥离了美的元素，同时也缺乏深沉的神秘主义元素，哲学便顺势取而代之。"

悲剧和诗性元素之缺失、由此导致的正当的历史理解能力以及塑造生活之能力的缺失，毫无疑问是"哲学的暴政"造成的，作者将德意志灵魂的此一本质性缺陷溯源于一场由人间必然性主宰的"偶然事件"，那就是温克尔曼对拉奥孔群雕的"发现"，温克尔曼也正是凭借此一偶然"发现"，在德意志灵魂的史诗进程中扮演了阿喀琉斯的角色。本能且强烈的哲学爱欲于无形中推动着他对拉奥孔群雕实施了自己的解释，"高贵的单纯和静穆的伟大"，这是温克尔曼凭借此一"发现"而确立起的希腊艺术的最高典范和理想标尺。毫无疑问，对那个时代的德意志人来说，这也是一项极具激发力的政治隐喻，令人不由自主地联想起柏拉图的理想国意象。更确切地说，这是一种全然荡涤了一切人间痛楚、苦难、激情和欲望的政治意象，一种无论莱辛如何竭力予以缓解也终究是绝对静态的灵魂场景。阿喀琉斯的强烈爱欲推动史诗向前发展，由此催生的命运序列在歌德身上臻于巅峰："歌德生命中之所以会遭遇如此沉重的挫败，恰恰就是因为他一直都不肯承受如下事实：世界乃反映了生活，而生活乃是极具悲剧性的，也许只有基督徒不这么看。歌德相当直截地否认了悲剧，这导致了他在呈现他置身其中的这个世界之时，遭遇了审美失败。由此可见，无论是他的生活还是他的作品，都在表明，他本人恰恰就是现代德意志人之二元精神格局的典范表达。"

由此可见，温克尔曼一手创建的"希腊对德意志的暴政"，其本质要义便是因哲学与生活之割裂和对峙而催生的二元精神结构。这样的精神结构从根本上瓦解了哲人对于生活的悲剧意识，由此便也无从指望哲人会对人类生活和历史建立起悲剧式的体悟和见解。在此，本书作者丝毫不吝笔墨，以歌德为范例，揭示了德意志心灵对那个时代最为伟大的悲剧事件的理解框架："法国大革命击碎了这座奢华温室的窗格，这场可怕风暴，遂以摧枯拉朽之势闯入温室当中。此等规模的世界性遭难，唯有'悲剧'一词方能予以描摹了。［……］歌德竟然能够如此严密地钳制自己的天才，从头至尾都将这么一场大革命视为没有任何魔性的事件，对之大加鄙夷，既不认为这场革命是不可避免的，也不觉得其中有任何伟大之处，这实在是相当有意思的事情。［……］这样一个歌德，已然对悲剧实施了封禁。"

阿喀琉斯当然不会尊重阿波罗的雕像，奇妙的是，温克尔曼也并未见识过拉奥孔群雕的原本，本书作者实际上还以极为精细的考证，确定了温克尔曼甚至连这座群雕的复本都没敢面对面地去"凝视"，最重要的是，在历经困顿和挣扎之后，他还是没有鼓起足够的勇气亲身前往希腊"看一看"，作者给出的结论是：说真的，他不敢。

当柏拉图在公元前 5 世纪后期将亚西比德式的极富本真特色的"爱欲"观念引入雅典教育体系当中之时，"公元前 5 世纪观念"的保守诉求已经深深陷入秋日阴霾般的冥思境地，亚西比德在柏拉图《会饮篇》中所展现的写真的轮廓棱角以及与之伴随的强烈情绪感在此种局面当中，毫无疑问构成了强烈的精神冲击，并且也想当然地吸引了大批急于寻求出路的年轻人。然而，公元前 390 年前后，柏拉图设想着建立一个富有强烈政治诉求的学派之时，便选择了拒绝为自己学生的政治行为及其后果承担责任，这毫无疑问是违背了"德性是可传授的"这一根本性的苏格拉底信条。于是，关于"美好心灵"的一切文化意识仿佛沉入夏日午后的冥思当中，处处散发着有着高度哲学教养的慵懒气息，拒绝为消除从现实中四处迫近的罪恶出力，对改革要么不屑一顾，要么充满厌恶。显然，公元前5世纪晚期的雅典文化精英对付不了一个急速变动的时代，这样的时代需要才智和理解的光芒，更需要纯粹基于才智的大量行动，它也要求有更多的人投身于日常的忙碌当中，哪怕为此牺牲掉一切的前途乃至性命；伊索克拉底的得意门生，也就是第二次雅典海上同盟的领袖提摩太就是此中人物的典范。文化精英们的澄澈宁静以及不为琐事烦心的潇洒，确实可以用来反衬严肃的务实阶层欲意树立的生活方式，然而这并不能凸显现实生活的庸俗丑陋的面目，因为真正的宁静和优雅只属于希波战争之后的那几十年。文化精英们能领悟的是思想，而非事实，柏拉图将这一潮流推进到极端；思想讲究的是可能性和未来，事实所讲究的是当下的世界，因为正是这个世界是人们不得不生存于其中的，也是当下的这个世界造就了现实生活所必需的才智，人们也必须让当下的这个世界继续走下去，这就是伊索克拉底极力推进的路线。文化精英们的精神天然地依附于既定的秩序，缺乏万物消长且人间的任何建制终究无常的意识。还有谁能像公元前5世纪末和公元前4世纪初的雅典保守派文化精英那样，对世界和历史实在的巨大变化如此地浑然不觉呢？还有谁能像他们那样竭尽如此天赋，为"艺术"而牺牲"生活"，为恬谧的"美好心灵"而牺牲《旧约》和罗马人的历史当中教导的火与力呢？

在公元前4世纪的希腊世界，尤其是在雅典，灾难正如圣保罗提到的"夜来之贼"，往往越过了人们对世界以及对自身有限能力的理解，往往就在出人意料的时刻到来。这样的时代需要人们去掌控，掌控这样的时代却殊为不易，它要求于人们的品质表现为最强悍的认知能力和最果敢的行动能力。在伊索克拉底的时代，希腊，尤其是雅典，其政治和文化所发生的根本性转变主要体现在：传统的谙熟经典和拥有高深教养的人们已经不可能借助那种保守主义的阅读方式来解决时代提出的迫切问题。这也就是为什么伊索克拉底要用新的修辞学教育来取代诗歌和悲剧的位置。也许还有太多的人否认"时代精神"的诞生和存在，但时代本身总是要提出不得不解决的问题。随着人民的民主逐渐因为种种危机而获得力量和信心，一项日益普遍的信念也开始得到更具分量的证成，此即天生的、直觉的但也经过明辨的民间的智慧要优越于贵族、文化精英和富人那些习得的、过于复杂微妙的、极端自私自利的高深教养。人民主义的政治支持者也开始建议放弃受过精致文明训练的政治领导者，转而采纳普通人天生的实践感觉。伊索克拉底的新修辞学教育体系很快便在经验和理智的双重引导下，超越了平民－贵族－僭主这一十分有限且狭隘的城邦政治眼界，伊索克拉底的"君主教育"转向毫无疑问是令人吃惊的，作为竞争者的柏拉图便成为反对势力的代言人，伊索克拉底由此便遭遇了"东方式的奴性"和"专制"为主的指控。但是，伊索克拉底此举也并非没有传统和现实的充分理据，这样的理据恰恰也是建立在他对黄金时代的雅典以及公元前4世纪雅典的更深一层的认知之上；伊索克拉底的理想君主显然已经经由新修辞学的教育而祛除了城市无产阶级身上的群氓禀性，同时也肯定不会侧身三十僭主时期横行希腊世界的腐朽寡头体系。更确切地说，雅典的提摩太乃是对应于罗马的西皮奥式的领袖人物。

实际上，早在伯利克里时期，雅典的城邦共和体制就已经从内外两个方向上发生了断裂。内部民主日趋激荡，土地贵族以及古老的德莫权能的暗弱，相应地也就意味着以苏格拉底为典范的纯粹理性的虚无主义之风势力日增，城邦体制遭受侵蚀看来是无可遏制的发展倾向了；伯利克里采取限制公民权作为积极的应对之策，审判苏格拉底则是保守阶层发动反击的信号。然而，提洛同盟本身所昭示的超城邦的政治诉求则更能说明问题；尽管柏拉图力主禁止年轻人探询法律之渊源，但后退的时机已然错过。孕育了苏格拉底辩证之法和前伊索克拉底修辞术的社会风气乃植根于动荡和危机当中。正如麦考莱所论："雄辩术之发育在雅典达到了一种非凡的卓越程度，这主要是因为雄辩术在雅典所发挥的影响力。时代动荡，体制乃是纯粹民主形态，人民所接受的教育乃完全奔着一个目标，那就是让人对强烈且突然的印象产生极强的契合感，敏锐但并非稳重的推理者，情感强烈，原则纯粹，精美作品的激情崇拜者，这一切都使得演说在雅典收获了极大的鼓励，在这方面，雅典堪称独一无二。"① 相形之下，伊索克拉底的新修辞学教育体系乃建基于一项基础相当宽广的政治意识之上，这是前伊索克拉底时代以及同时代的各种在我们现代眼光看来是严格意义上的"哲学"教育体系都感到陌生的，这一政治意识就是：对希腊历史过程和同时代的雅典生活所实施的一切"哲学"式的系统化揭示，确切地说，就是所有那些将发展结构呈现为冰冷图式并将问题的症结归结为"特殊德性"问题或者特定社会群体的做法，都是以掩盖政治实情为代价的。对生活的真正呈现应当以普通人那绵密的生活织体为参照框架，芸芸众生融构而

① T. Macaulay, "On the Ancient Orator". http://oll.libertyfund.org/titles/macaulay-critical-and-historical-essays-vol-3, 最后访问日期：2017年9月6日。

成的故事乃是充满野性和激情并且极为复杂的故事。显然，伊索克拉底的此种修辞学意识是针对柏拉图和苏格拉底学派而发的，无论是《理想国》还是《法律篇》实际上都是以"图式"化的方式来应对现实政治问题的典型；此种做法的本质就是凭借以"照料灵魂"为名义展开的个体性诉求取代作为政治命运之基础的集体性命运。

就此，耶格尔进一步暗示了修辞学和哲学之间的根本分歧所在。修辞学所诉求的乃是普通人的"常识"，"普通人并不难觉察出来，这些哲学家汲汲于揭露常人言谈中的种种矛盾，却并没有注意到自身行为中也是存在诸多矛盾的；尽管哲学家宣称是在教导自己的学生如何在未来问题上做出正确选择，却在当前问题上一言不发，而且根本就没有能力提供任何的正确建议。而且，普通人也并不难进一步洞察出，民众，其行为当然是建基于意见，但也正是因此，民众很容易达成一致并采取正确的行动路线，而这恰恰是那些自称已经充分掌握了'知识'的哲学家做不到的"①。毫无疑问，苏格拉底学派开启的"照料灵魂"的个体性脉络，将会激发出极为剧烈的自我正义感，这样的自我正义感一旦在作为历史常态的世事沉浮中遭遇挫折，便会立刻要么转化为极端的道德义愤，要么就幻化为同样极端的伦理怀疑主义。

伯利克里在《在阵亡将士葬礼上的演说》中将死亡和坟墓确定为政治和城邦生活的最终疆界，同死亡之必然性相关联的事物则作为政治的最高表达呈现出来；从根本上说，正是这

---

① W. Jaeger, *Paedia*, Vol. III, trans. from the German Manuscript by Gilbert Highet, Oxford University Press, 1981, p. 268.

一点激发了柏拉图的愤怒和厌恶，并决定了柏拉图同雅典民主政体及其领袖人物伯利克里之间的本质性分歧。严格来说，希腊哲学在看待政治之时，也正如同托马斯·潘恩以及现代自由主义者看待政府及其行为那样，通常将其视为必要的恶。没有人能否认自然和人类事物中的恶以及必然性，这注定了哲学不得不或者说是被迫同人类事物所展现出的"不幸状态"打交道。阿里斯多芬在其喜剧作品中呈现的哲学形象也许过分刻薄地展现了哲学对于人类事物的冷漠，但苏格拉底确实较之他之前的任何人都更强调哲学同自然的研究者的区别，其核心要义在于：不能把哲学混同于有关存在的科学，因为哲学本身并非此种形态的科学，甚至也不是某种完成形态的智慧，而毋宁说是为达到此种科学所付出的努力。确实，哲学的本质是理论的。但是，促动哲学家朝向沉思的运动本身则不能融入有关存在的科学当中：哲学，正如柏拉图在《会饮篇》中集中呈现的那样，乃是某种爱欲。因此，此种爱欲，也就是那种推动灵魂朝向神圣事物的力量，仍然是神秘的。哲学家必须接受一种根本信念的支配：未经检验的生活是不值得过的，尽管柏拉图在对话中所呈现的对生活的哲学拷问达到了何等残酷的程度是一看即知的。无论如何，哲学因此也就预设了人类幸福的问题应当以偏向于哲学的方式获得解决。

苏格拉底当然是以一种堪称卑下的姿态参与现实生活的，但此种态度的精神基础却在于一种严格的区分：一方面是人只是在共同生活的活动中所能见到和理解的事物，另一方面则是孤立状态中的个体所关心的和所认识到的事物。政治生活和沉思生活之间的等级设定，也就是沉思生活高于政治生活，经由柏拉图设计出来，并由亚里士多德予以确立之后，沉思与行动便也从本质上呈现出分离的倾向。托马斯·阿奎纳的"至善"观念完全在于一种宗教想象，也就是单独的个人针对上帝的想象，这种想象不要求友人或者他人在场。此种观念与柏拉图关于不朽灵魂之生活的观念从根本的精神倾向上讲是完全一致的。人类幸福的实质，反映在对来世生活期望中，尽管这种期望在希腊哲学中往往呈现为对话的形态，并带有戏谑的色彩，但绝不能因此否认此一问题对于哲学生活本身的重大意义；此种意义在阿奎那的哲学作品中达到巅峰状态，但丁则通过诗歌作品证明了此种哲学形态的生活本身同诗歌的兼容，从而以偏向哲学生活的方式解决了哲学和诗歌之间的长久争斗。归根结底，政治生活，或者公共生活，比如交谈、立法、办事、说服和被说服，无论对柏拉图来说，还是对但丁这样的中世纪虔诚者来说，都不能构成永恒极乐的前奏。伯利克里的葬礼演说将人类生活呈现在说服和被说服的格局当中，其中所包含的充沛激情意味着行动的可能性，正是这种对话和运动的性格特征成为柏拉图蔑视并嘲讽伯利克里的根本原因，在柏拉图看来，理念天空中的生活乃是通过单独个体对真理的沉思来实现的，而葬礼演说中所呈现的对话和行动状态无疑构成了对沉思生活的本质性背离，而人要想走出洞穴生活，便只能依靠自身的进行冒险的决心，任何的对话和行动都不足以构成走出洞穴的动力；正如柏拉图在谈到沉思生活时所说："那就如同我们学习其他事物一样，是不可能通过语言分析来达到的。"柏拉图在此将政治生活所要求的对话以及在对话基础上生长起来的常识同对真理的沉思置于尖锐的矛盾两端。

此种极端的对峙格局实际上正是同时代雅典政治生活当中那种极端张力的写照和反映；习惯的秩序遭到了颠覆，激情由此得以释放，各方都自感自己的激情乃是唯一正当的道德情感，年青一代纷纷崛起，不过他们和黄金时代的雅典先辈全然是两类人，确切地说，年轻人既缺乏训练，也缺乏经验；伊索克拉底和柏拉图乃面对着同样的世事格局，但是在伊索克拉底看来，苏格拉底派那种虚假的哲学表面上看是以几何学和天文学式的高远理智来压制激情和欲望的，然而实情并非如此，相反，"照料灵魂"这一口号于缺乏经验、训练乃至教养的年轻一代来说，是有着植根于本能的巨大吸引力的，因为这终将给那种"哲学"式的自我正义感提供最为炽烈的燃料。

苏格拉底派的"哲学"教育是以"常识"和人类生活的复杂性为牺牲品，由此建立起一种类型化、模式化的叙事形态，此种叙事形态无论是"以范例传授哲学"还是"以哲学传授范例"，最终都只能导致政治－文化视野的狭隘和政治－文化理解力的萎缩，这种不良影响经由哲学取道传递下来，对后世的人类戏剧叙事造成的毒害是非常严重的，对此，不妨借用麦考莱的一段话予以评说："几乎所有的希腊史家都对人性当中最为显见的现象展示出最为粗浅的无知。在他们所做的描述中，古典时代的将军和政治家们都完全没有了个性。他们都被人格化了；可以说他们就是激情、天才、观念、德性、邪恶，但他们却不是活生生的人。［……］假如事实就摆在眼前无可否认，这些作家也会设定一些怪异且深刻的规划，目的就是解释这些根本无须解释的事情，而这样的事情任何人只要自我审视一番，也就都知道了。"① 托马斯·卡莱尔曾有一项著

---

① T. Macaulay, "On the Ancient Orator". http://oll.libertyfund.org/titles/macaulay-critical-and-historical-essays-vol-3，最后访问日期：2017年9月6日。

名问询：究竟谁应当为法国大革命的恐怖负责？对此，卡莱尔给出的答案是：所有法国人。文明之毁灭不一定非得重大的罪行或者极端的罪人方能造成，实际上，普遍而言都被认为是好人的芸芸众生，倘若不断地侵蚀信仰并不断地展开小恶之举，也同样能够置文明于毁灭境地。倘若依据柏拉图的"哲学"观念，就很容易错误地认为，此等人间悲剧想必是一些特别的罪恶之徒所为。实际上，即便所有人都将自身的贪欲维持在合理的限度之内，政治也仍然会陷入僵局，或者更确切地说，是陷入困境，这样的困境是"哲学"教育从来都没有能力掌控的。马丁·路德当然无意让自己策动的那场改革成为大规模财产再分配的跳板，成为世俗邦国和民族－国家崛起的跳板，而且路德肯定也是绝对不会以青史留名为诉求的。1789 年的人们则确实希望万民都能够接受自己的理想，但是他们根本不会料想到，大革命的理想之所以能在各个民族得以传布，完全是因为这些理想能够帮助这些民族变革并提升自身的军事建制，由此来对抗法国军队。18 世纪的民主人士估计连做梦都想不到像俾斯麦这样的人竟然会用普选体制来威慑德意志自由派，并由此决定性地推动了德意志乃至整个欧洲的民主进程。苏格拉底派以"灵魂"为诉求的"哲学"教育，只能培育起近乎情绪宣泄的"自我正义感"，在泛希腊和帝国政治背景当中，这样的"自我正义感"也只能以希腊人的种族优越性为最终归宿；此种局面之下，一切的"自由人"观念都将丧失现实和常识根基，正如麦考莱评述的那样："一个智慧之人会珍视政治自由，这是因为政治自由保障了公民的人身和财产安全，因为政治自由倾向于遏制统治者的奢华铺张和法官的腐化；因为政治自由造就了实用的科学和文雅的艺术；因为政治自由激发了人们的勤劳并提升了社会各阶层的舒适度。而这些理论家却想象着政治自由禀有永恒且内在的善，这样的善同政治自由带来的福祉是两回事。他们将自由视为目的而非手段，并且认为为此目的是应当不惜任何代价的。"① 在《回顾与反思》中，俾斯麦劝告文化情绪勃勃日上的同胞学会依从事实，放弃那种无可言说的历史性仇恨，冷静审视法国，他特别指出，如果真要回顾历史，那不妨认真看待一下卡佩王朝，法国的开创者们实际上也是同样的一些务实并尊重事实的人；如果德意志人的心胸开阔一些，他们就更有理由尊重并重视创建普鲁士的霍亨索伦王朝、缔造奥地利的哈布斯堡王朝以及开创意大利统一的加富尔。但是在一个柏拉图式的神学化、道德化的帝国世界中，人类究竟得到什么、失去什么，这一点殊难定论，因为传统的政治-历史标准或者说人类自身的理智标准已然瓦解。

由此，哲学在政治生活中的角色也获得了新的定位，显现为一种更为冷漠、静穆，但也更具威胁性的形象。在奥克肖特看来，哲学是人类理解力的最高境界，它独具根本性并唯独哲学才向"整全"或者"最重要的问题"保持开放态势，因此哲学从性质上就不可能同常态的、稳定的政治保持一致。哲学是一种"无预设的、无保留的、无禁忌的和无修饰的经验"②。施特劳斯以类似的方式写道："哲学是这样一种努力，它试图消解社会赖以存在的要素，因此，它威胁到社会。"③ 奥克肖

---

① T. Macaulay, "On the Ancient Orator". http：//oll. libertyfund. org/titles/macaulay‐critical‐and‐historical‐essays‐vol‐3，最后访问日期：2017年9月6日。

② Oakeshott：*Experience and Its Modes*，Cambridge University Press，1933，p. 2.

③ Leo Strauss：*What is Political Philosophy*?，University of Chicago Press，1964，p. 221.

特则干脆指出：“哲学并不是生活的升华，它倒是对生活的否定……企图实现一个完全一致的经验世界，这当中或许有着某些堕落的甚至颓废的东西，因为这样一种企图需要我们暂且宣布放弃一切可以被称作善和恶的东西，一切可以被珍视或者被抛弃的东西。”① 由此，政治便被视为一种次等的活动，政治行为、事件和人物不过是“精神的低俗、虚幻的忠诚、欺诈的目的、虚假的意义”②。毫无疑问，这一切论断会让穆勒大惊失色。在他们的论述中，民主及其运用的种种手段和制度形态，也许采用的是最和平的方式，也许是教育群众走向政治参与乃至政治成熟的唯一可行方式，但归根结底，民主必定是技术性的，因此要做的就是从根本上切断民主同知识以及人类理性之间的联系。此种非理智的政治状态将改革的领导者或者赋有改革意识的政党领袖置于无法采取行动的境地，并彻底阉割了他们的政治意志。德意志政治恰恰成了此一困境的经典范例。

19世纪晚期德意志史学中崛起的那种文明诉求和异乎寻常的伦理诉求，实际上也确实是兰普雷希特所谓的“集体心理”在此一时期的一种几乎是出自本能的反应，它所回应的是逐渐成长起来的资产阶级要求停止文化和文明之间的那种长期对抗，也就是德国观念同西欧观念之间的长期对抗，并在某种程度上表达了融入整体性的欧洲资本主义生活的愿望。另一方面，人们也不想全然放弃德意志的传统精神诉求，自尼布尔－兰克以来一直遭受冷遇的歌德、席勒、莱辛和温克尔曼在此一时期的突然复兴，正是在这一集体心理状态的转变中可以

① Oakeshott：*Experience and Its Modes*，Cambridge University Press，1933，pp. 355 – 6.

② Oakeshott：“The Claims of Politics”，Scrutiny，VIII，1939 – 1940，p. 148.

得到恰当理解；但就德意志史学自身的传统来说，以尼布尔－兰克所展现出的"个体性"方向而非歌德－席勒－莱辛－温克尔曼传统所展现的"观念论"方向则是其内心最深的本能和忠诚所在。"文化观"史学在此时的崛起便是为了发挥一种桥梁性的功能，以此来克服此时表现得越来越尖锐的"个体性"和"普遍性"之间的矛盾。梅尼克在《德意志灾难》中的一段反思性的总结无意中道出了此种"集体心理"的缘起和性质："我们不需要任何激进的再教育，也能够再度有效地在西方文化共同体中扮演角色。只有纳粹自大狂的反文化和假文化才必须彻底铲除。然而，绝不能以一种缺乏意义的空洞的世界主义来取代它的位置。相反，应该是一种在过去由各种最个性化的德意志精神成就联手造就的并且能够获得进一步发展空间的世界主义。德意志精神再度找回自我之后，依然需要在西方共同体中完成它不可替代的特殊使命，这就是我们的期待和希望。"①

　　梅尼克的这种不甘于失败却又无处得到弥补的自我逃避主义心态不禁使人回想起普勒斯纳在第一次世界大战结束后就此种精神所做的评论："非但没有将对理想主义的执着与对现实情况的责任之间的鸿沟缩小［……］反而一直在扩大两者之间的分歧"②。显然，对于梅尼克来说，对于"灵魂""深度"的文化诉求，这本身就足以构成宽恕一切道德缺失的美学和哲学力量，并将柏拉图《理想国》中色拉叙马霍斯纯粹的自我

① F. Meinecke: *The German Catastrophe*, trans. by Sidney B. Fay, Cambridge University Press, 1950, p. 1.

② Helmut Plessner: *The Limits of Community*: *A Critique of Social Radicalism*, trans. by Andrew Wallace, Humanity Books, 1999, p. 57.

中心主义正义观置于已经模糊了的道德－政治责任和现实命数之上，而这种力量本身也正可用来弥合理想和现实之间的鸿沟。托马斯·曼在战前的一次演讲中再次确认了理查德·瓦格纳所塑造的日耳曼精神的优越性，但是这种优越性的基础并不在于政治－历史意识的培育，而在于某种理想主义形态的文化和世界观意识，他评论道：日耳曼精神"已经分崩离析，完全归于瓦解……但这种精神仍然具有装饰性、透析性，并且具有强烈的知性气质，因此它必然会对世界公民产生无限魅力，并因其天生的高贵诉求而产生世界范围的影响和效力"①。

在某种意义上，托马斯·曼的敏锐洞察力使他得以更为公正地呈现 19 世纪晚期的欧洲精神。埃德蒙·伯克所构想过的欧洲的"共同家园"以及兰克所构想的欧洲的"神圣统一体"以一种模糊而表面高贵的文化意识形式而非一种经济－法律主张，体现在 19 世纪晚期的欧洲精神当中。1907 年，梅尼克出版了《世界主义与民族国家》一书，这本书作为新康德主义知识理论在史学领域的最佳结晶，在战前一代的欧洲人内心重塑了对于政治和理想、精神和现实之间依据严格的新康德主义原则进行直接结合之可能性的信心。在某种程度上这是对于即将到来的世界性危机的自觉反应，另一方面也是对于 19 世纪中后期以来欧洲历史学精神的不失骄傲的总结。梅尼克在书中近乎强硬地论证了民族国家的个体性诉求同普遍价值诉求之间的内在和谐性质，他充满乐观地指出，可以呈现为普遍价值形态的那些东西，比如古典时代的人性理想或者文艺复兴时期的

---

① 托马斯·曼:《理查德·瓦格纳的苦难与伟大》，见 *Past Masters and Other Papers*，Alfred Knopf，1933，第 92 页。

人文价值观念，实际上都是诞生于民族或者政治体之间的冲突
和战争当中，基督教提倡的个体之无限价值也只有在同罗马民
族宗教相互冲突的背景中才能得到阐发和确立。梅尼克指出：
"并非偶然的是，'德意志'这一名称最早成为我们民族的标
志，是同德意志民族的罗马帝国的建立几乎同步。那时，一种
普世使命能够有助于在人类内心激扬民族观念。最后，难道欧
洲的第一个大型民族国家不是带着民族自治的完整意识建立起
来的吗？革命的法国难道不是来源于 18 世纪的母体、来源于
一个被普世观念与世界主义观念日益浸透的土壤吗？"① 显然，
梅尼克依然忠诚于兰克的传统，在将欧洲视为某种意义上的统
一体时，他心目中的统一体是以政治和精神方面的双重斗争和
民族国家间的相互影响为基础的，在精神与现实的张力和互动
的乐观格局当中，梅尼克的政治意识是非常突出的，甚至高居
于文化的地位之上："纯粹的、来源于统一文化的、丝毫未受
任何政治影响的文化民族是极其罕见的。〔……〕例如意大利
文化民族的形成就受到了对于罗马帝国的追忆以及教皇国与罗
马天主教会统治的政治影响。"② 然而，随着一方面资本主义
经济在 1873 年摆脱经济低谷之后的日益繁荣，另一方面则是
政治危机阴影的日渐临近，欧洲被置于精神和现实日益拉大的
分裂和对抗格局当中，或者更精确地说，被置于类似狄更斯关
于"时代"的"双城"格局当中。现实的进展使得人们很难
再保持梅尼克意图传扬的那种传统的历史哲学的乐观主义，面
对精神与现实之整体格局的撕裂，人们要么以一种超然的犬儒

---

① F. 梅尼克：《世界主义与民族国家》，孟钟捷译，上海三联书店，2007，
　　第 12~13 页。
② 同上书，第 15 页。

主义和宿命论态度，在纯粹的"科学"和"实证"研究中寻求逃避，要么则逐渐沉入文化和世界观的或狂热或温柔的梦幻当中寻求安慰。

在 1848 年德意志自由主义者的"强人政治"观念归于挫败之后，历史学发生了极为不幸的转向，正如史学之父希罗多德在远古之时就说过的那样，"故事往往都有三个版本"，围绕"世界史"建构起来的种种宏阔的历史哲学体系应运而生，试图强行修补令梅尼克终生抱憾的"精神"和"权力"或者说是"强人"和"智人"之间的断裂和鸿沟，也许这是无可避免的，也许这也正是人间俗状无可回避的命数，蒙森那种强劲、棱角分明且极具断代意识的政治叙事以及德意志自由主义者本来应该是毫无退让可言的政治欲念就此灰飞烟灭，"历史"转而展现为一个纯粹基于目的论的进程，在这方面，黑格尔首当其冲，就如同同一时期英格兰的辉格党史家麦考莱那样。在麦考莱看来，英格兰 1688 年发生的宫廷政变以及此一变化所产生的社会－经济结果便是历史进程之目的本身所在；1688 年革命的成果并非"生命、自由和财产"本身，而是"生命、自由和财产"成为人不可剥夺的权利，"世界史"或者"普遍史"便是在这个意义上达到了目的和终点，尽管这些权利的具体呈现形态及其与社会事实之间并非完全的合拍等这些方面依然存在并不小的变动空间，但原则与历史是在1688 年取得了合一；此后的工作是布莱克斯通这样的法学家的工作，抑或是边沁派的社会改革者的工作，这都不重要，都只是"世界史"故事的"余论"，而此前的历史则只是作为达到此一目的和终点所必经的暗影和铺垫阶段。在麦考莱看来，将"生命、自由和财产"视为人不可剥夺的权利，这本身构成了对真理的确认和执行；而真理在麦考莱看来既无关于公民，也无关于具体的国家和历史经验，真理的唯一相关者是人之为人。麦考莱当然不会不意识到所谓人之为人在世间实在的现实中是会成为具体存在物的，因此真理才不得不以"世界史"作为介质，真理也因此势必呈现为一种"世界精神"。历史也便由此获得了其目的性和规律性。显然，麦考莱的《英格兰史》在19世纪的英格兰所扮演的角色正对应于黑格尔的《历史哲学》在19世纪的普鲁士所扮演的角色；尽管思维模式和办法不同——黑格尔通过理论沉思和逻辑建构、麦考莱通过政治经验和现实事件的进程，但两者都殊途同归地以各自的方式在逻辑上摆脱了康德所谓的历史之"可悲的偶然性"或者歌德所谓的历史之"暴力与无意义的混杂"。

　　最后，让我们回到梅尼克，在《德国的浩劫》当中，他提起一项总结性评说，那里面很显然是激荡着悲悯心绪的："在近代文化和文明中，人类的一切都来自灵活生活之中理性的和非理性的各种力量之间的一种健全的、自然的且又和谐的关系。［……］其中任何一个的片面发展，无论是理性的还是非理性的灵魂力量，都会威胁着破坏整体，并且越走越远，最后将导致对个人、群众以及整个民族的灾难，如果一场事变的风暴把它们推向危险的方向去的话。"[1] 尽管梅尼克在这项评说中并没有特别指涉德意志灵魂，但人尽皆知，这段申述本身实质上是再现了那个著名的浮士德问题：

---

[1]　弗里德里希·迈内克：《德国的浩劫》，何兆武译，商务印书馆，2011，第45~46页。

> 在我的心中啊，盘踞着两种精神，
>
> 这一个想和那一个分离，
>
> 一个沉溺在强烈的爱欲当中，
>
> 以固执的官能紧贴凡尘；
>
> 一个则强要脱离尘世，
>
> 飞向先人的崇高灵境。

德意志人为了化解如此深重的二元精神格局，不得不采纳民族主义的解决办法，而且也不得不将民族主义推进到精神变态的地步，无论是深度、广度还是烈度都是如此。那么，究竟是谁之过？本书作者并没有像泰纳引领的19世纪风潮那样，去追究种族、环境和时代方面的因素，而是致力于建立一个以人物为线索的灵魂谱系，此举当然不能说是全然公正的，不过有一点也是可以肯定的：在本书作者看来，一切的悲剧史诗当中，总是少不了需要人类自身去承担的过错。

图书在版编目（CIP）数据

希腊对德意志的暴政：论希腊艺术与诗歌对德意志
伟大作家的影响／（英）伊莉莎·玛丽安·巴特勒
（Eliza Marian Butler）著；林国荣译. −−北京：社
会科学文献出版社，2017.9

书名原文：The Tyranny of Greece over Germany：A
Study of the Influence Exercised by Greek Art and
Poetry over the Great German Writers of the
Eighteenth，Nineteenth and Twentieth Centuries

ISBN 978 − 7 − 5201 − 0817 − 1

Ⅰ.①希… Ⅱ.①伊… ②林… Ⅲ.①德国文学 − 文
学评论 Ⅳ.①I516.07

中国版本图书馆 CIP 数据核字（2017）第 111750 号

希腊对德意志的暴政
—— 论希腊艺术与诗歌对德意志伟大作家的影响

著　者／〔英〕伊莉莎·玛丽安·巴特勒（Eliza Marian Butler）
译　者／林国荣

出 版 人／谢寿光
项目统筹／董风云　段其刚　　　　责任编辑／周方茹　甘欢欢

出　版／社会科学文献出版社·甲骨文工作室（010）59366551
　　　　地址：北京市北三环中路甲 29 号院华龙大厦　邮编：100029
　　　　网址：www.ssap.com.cn
发　行／市场营销中心（010）59367081　59367018
印　装／三河市东方印刷有限公司

规　格／开　本：889mm × 1194mm　1/32
　　　　印　张：16　字　数：363 千字
版　次／2017 年 9 月第 1 版　2017 年 9 月第 1 次印刷
书　号／ISBN 978 − 7 − 5201 − 0817 − 1
定　价／79.00 元

本书如有印装质量问题，请与读者服务中心（010 − 59367028）联系